Die Schuldigen

EINE GENREÜBERGREIFENDE MAFIASAGA

BAND 2

AVA J. THOMPSON

FSC
www.fsc.org
MIX
Papier aus verantwortungsvollen Quellen
Paper from responsible sources
FSC® C105338

Ava J. Thompson
c/o Literatur- und Kulturlounge
Mainzer Str. 6
55276 Oppenheim

Fotos und grafische Elemente: Unter Verwendung von Depositphotos

Verlag: BoD · Books on Demand GmbH, Überseering 33, 22297 Hamburg, bod@bod.de
Druck: Libri Plureos GmbH, Friedensallee 273, 22763 Hamburg

ISBN: 978-3-6951-9812-2

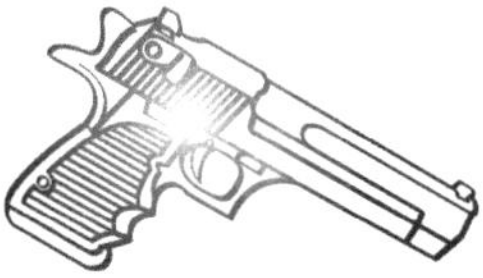

LIVAN

War das da vorn im Wald ein heller Schimmer? Ich kneife die Augen zusammen und schaue nach links, glaubte für einen Moment, dort etwas wahrgenommen zu haben.

Da ist nichts. Ich muss mich geirrt haben. Wahrscheinlich irgendeine Spiegelung des Lichts der voranfahrenden Corvette, von der uns eine Viertelmeile trennt. Hier auf Duarte Island ist es nicht nötig, ihnen direkt am Hinterteil zu kleben.

Meine Konzentration ist auf die Straße gerichtet, die dunkel vor uns liegt. Aus gutem Grund gibt es keine Laternen. Die Patrouillen sollen mitbekommen, wenn jemand auf die Insel fährt oder unrechtmäßig auf dieser unterwegs ist, wenngleich das selten vorkommt. Meist handelt es sich dann um Touristen, die sich verfahren haben.

»Hättest du je damit gerechnet?«, fragt Louis neben mir.

»Dass sie ihn in die Familie aufnehmen?«

»Ich erinnere mich noch daran, wie er lärmend mit Matteo durchs Haus rannte.«

»Heute sind sie erwachsen. Hast du ein Problem damit?« Ich schaue kurz zur Seite.

»Du magst ihn.«

»Schon, aber das war nicht die Frage.«

»Ein Urteil darüber steht mir nicht zu. Howard ist ok. Manch einer an seiner Stelle wäre völlig abgehoben. Kommt vielleicht noch, wenn ihm bewusst … Was ist das?«

Ich sehe es auch. Ein schwarzer Wagen ohne Beleuchtung rollt langsam aus der Einfahrt zum Heliport. Für mich sieht es nach eine Art schwerem SUV aus.

»Ist das einer von uns?«, fragt Louis.

»Ich bin mir nicht sicher.« Mr. Duarte hat die Schutzvorkehrungen verstärkt und die Patrouillen neu ausgestattet.

Die Corvette wird weder schneller noch langsamer. Erkennen sie den SUV als einen von uns oder haben sie ihn überhaupt nicht bemerkt? Ich dresche meine Faust auf die Hupe, um die beiden zu warnen.

Nur einen Augenblick später erreicht die Corvette die Höhe des SUV.

»Was macht der denn?«

»Das ist keiner von uns!« Louis zieht seine Waffe, und ohne darüber nachzudenken, lasse ich die Scheibe an seiner Seite herunter.

In der Sekunde, in der dieser SUV die Corvette rammt, feuert mein Beifahrer ein paar Schüsse ab, die nicht das Geringste bewirken. »Das Scheißteil ist gepanzert.«

Bevor wir in den SUV rasen, trete ich die Bremse durch. Mit einer Limousine zu versuchen, das schwere Fahrzeug aufzuhalten, ist aussichtslos. Louis schießt aus Verzweiflung sein Magazin leer, während ich machtlos zusehe, wie der SUV Matteo in Richtung Abhang drängt.

Der Fahrer geht dabei bedacht vor. Ohne Eile. Fühlt sich offenbar sicher. Ok, in diesem Wagen hat er nichts zu befürchten.

Handlungsunfähigkeit ist für mich eine neue Erfahrung und ich bin nah dran, gegen jede Vernunft einen Versuch zu unternehmen, meinerseits diesen SUV zu rammen. Das wäre schwachsinnig. Die Limousine könnte nicht schlechter geeignet sein im Gegensatz zum SUV, der über einen extra Vorbau für diesen Zweck verfügt.

Entsetzt beobachte ich an der Stellung der Reifen, wie Matteo gegenlenkt. Meine Faust landet ein um das andere Mal auf dem Lenkrad.

Die Corvette ist chancenlos und die Böschung kommt immer näher.

Louis ballert derweil auf die vorderen Fenster und stößt Flüche aus, da seine Kugeln abprallen. »Verdammt was machen wir jetzt?«

Ich halte meine Waffe in der Hand. Habe bislang keinen Schuss abgefeuert, komme mir in Anbetracht des Feindes so lächerlich vor, als würde ich bei einer Schießerei mit einem Messer auftauchen. Spare mir die Munition lieber für den Augenblick, in dem einer dieser Mistkerle den SUV verlässt.

»Eine Panzerfaust wäre toll«, meint Louis zähneknirschend.

Ich angle nach dem Funkgerät, vernehme nur Rauschen. Zufall oder wird das Signal gestört? Ich probiere verschiedene Frequenzen, bevor ich feststellen muss, dass selbst auf der Notfrequenz so gut wie nichts durchkommt. Wer immer für diesen Angriff verantwortlich zeichnet, ist Profi.

Ohne Kommunikation besteht keine Chance, die Gesamtlage einzuschätzen. Handelt es sich um einen gezielten Anschlag auf Matteo und Howard? Oder ist dieser Teil einer größer angelegten Operation?

Ich fluche, greife erneut nach dem Funkgerät, als ich mich an die Kurzwellenfrequenz erinnere, die Jander und ich früher nutzten, wenn niemand mithören sollte. Einen Versuch ist es wert.

In dem Moment, in dem sich auf der anderen Seite jemand meldet, verliert die Corvette den Boden unter den Reifen und stürzt den Abhang runter.

Im Funkgerät rauscht es, aber da ist auch eine Stimme, die nur Jander gehören kann. »Wir werden angegriffen und brauchen dringend Verstärkung«, brülle ich, während Louis den SUV nicht aus den Augen lässt. »Ist bei euch alles gut?«

»Bis ... keine ... Vorkommnisse.«

»Matteo und Howard wurden von der Straße gedrängt, wir benötigen einen Krankenwagen. ... Scheiße«, rufe ich aus, als die Frontscheibe zerspringt und eine Kugel haarscharf an meinem Kopf vorbeirauscht. Ich ducke mich in den Fußraum, derweil Louis das Feuer erwidert. »Verdammt!«

»Wie ... viele ... Angr...?«, kommt von der anderen Seite durch.

»Keine Ahnung«, blaffe ich ins Funkgerät, obwohl es mich erleichtert, dass Jander verstanden hat, in welch prekärer Situation wir uns befinden. »Bringt schwere Waffen, sie haben ein Panzerfahrzeug«, füge ich meinem Bericht abschließend hinzu.

Hier drinnen sitzen wir in der Falle, also sehe ich zu Louis und nicke in Richtung Tür. Wir öffnen die Türen gleichzeitig und benutzen sie als Schild.

Louis deutet auf eine Luke in der verkleideten Seitenwand des SUV.

Jetzt erkenne ich sie auch.

Von dort schießen sie auf uns und wir versuchen es abwechselnd mit gezielten Schüssen, aber diese Luke ist derart klein, dass es unmöglich ist, den Mann dahinter zu erwischen.

»Nimm das, du Bastard«, ruft Louis und lacht boshaft.

Einen Moment lang herrscht Totenstille.

Uns ist klar, dass es nicht vorbei ist, sondern nur die Ruhe vor dem Sturm. Ich schmeiße das Funkgerät auf den Sitz und verschanze mich hinter der Tür.

Stille.

Das Warten zermürbt und ich überlege wegzuschleichen, um die Villa zu erreichen. Eine Selbstmordmission, sie würden mich niederstrecken, sobald ich die Deckung verlasse.

Ich lausche auf das kleinste Geräusch. Empfinde die Ruhe als unheimlich. Schon klar, dass die Zeitwahrnehmung gestört ist, denn mir kommt es wie eine Ewigkeit vor. »Und jetzt?«, rufe ich zu Louis.

»Schau.« Er deutet mit seiner Pistole auf den SUV.

Mein Blick schwenkt herum. Die hinteren Türen öffnen sich.

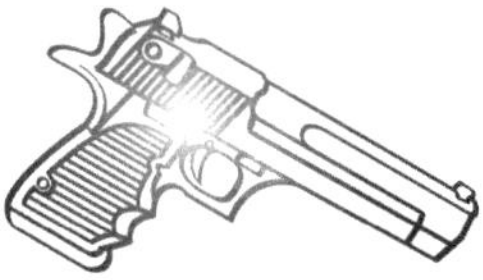

JANDER

Livan steckt in Schwierigkeiten, und ginge es nach mir, würde ich eine Maschinenpistole schnappen, ausreichend Munition und losstürmen. Aber erstens geht es nicht nach mir und zweitens habe ich gelernt, solche Impulse zu unterdrücken.

Also halte ich mich ans Protokoll und vertraue darauf, dass Livan seinen Job versteht, woran ich keine Zweifel habe.

Ich schaue zur Uhr. Es ist zwanzig nach vier. Señor Duarte hat mal gesagt, wenn mitten in der Nacht das Telefon klingelt, gibt es dafür nur zwei mögliche Erklärungen: Entweder werden wir angegriffen oder die Staatsgewalt steht mit Haftbefehlen und einer richterlichen Verfügung am Tor.

Kein gutes Aufwachen, aber ich muss ihn trotzdem anrufen.

»Was gibt es?«

»Livan hat sich vor einer Minute per Funk gemeldet«, sage ich so ruhig, wie es von mir in dieser Situation erwartet wird.

»Gib mir deinen Lagebericht.«

Ich arbeite seit Jahren direkt für unseren Patrón und merke, dass er um eine abgeklärte Stimme ringt. Natürlich weiß er, mit wem Livan unterwegs ist.

»Howard und Matteo wurden in der Nähe der Abfahrt zum Heliport von einem gepanzerten Fahrzeug von der Straße gedrängt. Es ist davon auszugehen, dass sie verletzt sind. Unklar ist, um wie viele Angreifer es sich handelt, aber Louis und Livan benötigen dringend Unterstützung. Ich mache mich mit zehn Männern auf den Weg.«

»Hast du versucht, die Patrouille zu erreichen? Sie könnten schneller dort sein.«

»Der Funkverkehr ist gestört. Livan kam nur halbwegs verständlich über Kurzwelle durch.«

»Schicke jemand anderen mit, du bist noch nicht wieder fit.«

Da ist er bei mir falsch. »Mit Verlaub Sir, ich kann eine Waffe halten und werde nicht hier rumsitzen.«

»Wie du meinst. Dann kümmere ich mich um die Familie und komme nach.«

»Negativ.« Ist der Erbe in Gefahr, gilt dem Überleben des Patrón besondere Aufmerksamkeit. »Es sind vier Männer zu Ihnen unterwegs. Wir wissen nicht, mit wem wir es zu tun haben und riskieren unter keinen Umständen, dass Sie ebenfalls verletzt werden.«

»Jander, du vergisst mal wieder, wer hier das Sagen hat.«

»Wir sind bereit zur Abfahrt«, ruft Andrey.

»Fahrt los. Ich bin in einer Minute hinter euch. Rufe nur eben einen Krankenwagen.«

»Das übernehme ich«, sagt Señor Duarte.

»Danke.«

»Was ist mit den Kolumbianern?«

»Ein paar dürften bereits in der Villa herumschwirren, um die Familie zu sichern.« Ich kann mir vorstellen, dass ihm so ein Zwischenfall noch weniger gefällt, wenn sein Bruder anwesend ist.

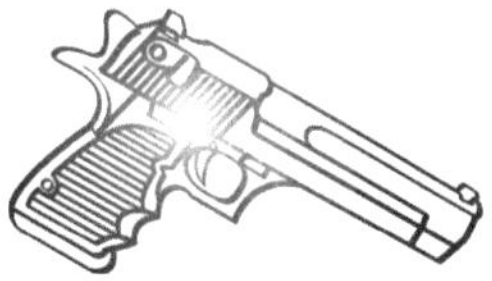

LIVAN

In dem Moment, in dem sich die Türen des SUV öffnen, vollführt meine Zeitwahrnehmung eine 180 Grad Wende. Gerade noch stand die Zeit buchstäblich still und jetzt rast sie davon, gibt uns keine Gelegenheit, einen Plan zu ersinnen.

Männer in voller Kampfmontur strömen heraus. Sie zielen mit ihren Waffen in unsere Richtung.

Es sind acht. »Vier für jeden.« Gerade verfluche ich den Moment, in dem ich entschied, dass es genügt, wenn wir zwei uns die Silvesternacht um die Ohren schlagen und die beiden nach der Initiation begleiten.

Ich feure mein Magazin leer und schiebe sofort ein weiteres in den Griff der Pistole. Nicht das letzte, dennoch könnte die Munition knapp werden. »Sie tragen schusssichere Westen«, rufe ich und ziele auf Arme und Beine.

Ein Aufschrei. Zumindest einer ist außer Gefecht.

»Wo versteckt sich der verdammte Fahrer?« Louis kneift die Augen zusammen, um besser zu sehen.

Während ich in der Dunkelheit nach ihm suche, donnern Schüsse im Graben, in dem die Corvette zuvor verschwand.

»Kannst du sie in Schach halten?«, frage ich Louis. »Die Jungs stecken in echten Schwierigkeiten.«

Er nickt mir zu.

Geduckt schleiche ich hinter unserem Wagen herum, hoffe, die Angreifer sind ausreichend abgelenkt, um das nicht zu bemerken. In der Dunkelheit stolpere ich über eine Wurzel, überschlage mich, lande auf dem Arsch und rutsche die Böschung hinab.

Der Schusswechsel lässt erkennen, dass Louis sich wacker schlägt. Ich mache mir nichts vor, ohne zeitnahe Verstärkung geht seine Chance gegen null. Irgendwann merken sie, dass er allein ist, ändern dann ihre Taktik und umzingeln ihn.

Es zerreißt mich, aber ich darf keine Rücksicht darauf nehmen. Egal wie bitter, unser Leben gehört der Familie.

In dem Moment, in dem ich den Fahrer entdecke, fällt ein weiterer Schuss.

Ich zögere nicht eine Sekunde und ballere die Patronen in seine Richtung. Ein Nachtsichtgerät wäre gerade hilfreich.

Er sinkt zu Boden und sein Stöhnen dringt zu mir herüber.

Auf dem Weg zu ihm schiebe ich ein neues Magazin in die Waffe – das letzte. Ich erreiche den Mann. Er röchelt. Da die Lage nicht unter Kontrolle ist, gehe ich kein Risiko ein und schieße ihm direkt zwischen die Augen.

Mein Blick wandert in Richtung Corvette, die sich um einen Baum gewickelt hat. Ich rechne mit dem Schlimmsten, als ich davor einen leblosen Körper wahrnehme.

Wo ist der andere Mann? Nur eine Sekunde später sichte ich ihn auf dem Beifahrersitz. Sein Kopf ist nach vorn gesunken.

Erst da fällt mir auf, dass oben Ruhe herrscht. Ich presse die Lippen aufeinander, ahne, dass Louis seinen letzten Kampf verloren hat. Keine Zeit für Trauer. Ich muss damit rechnen, dass die verbliebenen Angreifer nachsehen werden, was hier los ist. In diesem Fall sehe ich Louis bald wieder.

Inzwischen gelange ich zu dem Mann am Boden. Es ist Matteo. Um ihn aus der Schusslinie zu holen, packe ich ihn unter den Achseln. Beim Versuch, ihn mit mir zu schleifen, zerreißt mich ein höllischer Schmerz. Ich schaue zum Arm und mache am blutdurchtränkten Ärmel des Anzugs fest, dass ich getroffen wurde. Das Adrenalin, das durch meinen Körper rast, hat bisher verhindert, dass ich etwas davon mitbekam.

Jetzt ist nicht der rechte Augenblick, um schlappzumachen. Also beiße ich die Zähne aufeinander, bis die Kiefer verkrampfen. Zwinge mich weiter.

Schritt für Schritt.

Hinter der Corvette lasse ich Matteo behutsam auf den Boden gleiten. Ich sinke neben ihn, ziehe mein Sakko aus und schließe kurz die Lider, als der Schmerz übermächtig wird. »Reiß dich zusammen«, presse ich zwischen den Zähnen hervor und rolle die Jacke auf, lege sie ihm unter den Kopf.

Erst dann taste ich am Handgelenk nach seinem Puls.

Nichts.

Ich fühle an der Halsschlagader.

Nichts.

Bohre meine Finger fester in seine Haut und atme auf, als ich zumindest ein schwaches Pulsieren wahrnehme.

Auf dieser Seite offenbart sich das Ausmaß der Beschädigung der Corvette und dass es unmöglich ist, Howard allein rauszubekommen.

Ich kann ihn doch nicht als Zielscheibe sitzen lassen.

Gebückt haste ich nach vorn. Krabble in das Auto und stelle erleichtert fest, dass er lebt. Da mir nichts Besseres einfällt, setze ich mich mit dem Rücken in seine Richtung, schirme seinen Körper mit meinem ab und richte die Pistole auf die Böschung.

So vergehen kaum mehr als ein paar Minuten. Sie fühlen sich endlos an.

Dann bricht oben die Hölle los. Alles in mir drängt, dorthin zu rennen, um ihnen heimzuzahlen, was sie dem Erben und seinem Freund angetan haben – und um Louis zu rächen. Der Verstand hält mich an Ort und Stelle. Dass der Fahrer unbeachtet hier runterkam, ist schlimm genug. Ich werde nicht leichtsinnig riskieren, dass es einem zweiten Angreifer gelingt, unbemerkt zu den Jungs zu gelangen.

So abrupt der Schusswechsel begann, so unvermittelt endet er.

»Livan, wo steckst du?«, höre ich Jander brüllen.

Was zum Teufel treibt der hier? Sollte er nicht seine Schusswunde auskurieren?

»Hier!«, gröle ich zurück und bemerke eine Gestalt, die sich von der Böschung aus nähert. Ich ziele in ihre Richtung, seufze erleichtert auf, als ich Jander erkenne. Denke für einen Moment an seinen ersten Tag bei den Duartes.

Ausnahmslos jeder belächelte den Jungen mit dem Babyface. Keiner von uns hat Grund, sich über sein Aussehen zu beschweren, ein attraktives Äußeres gehört zum Jobprofil. Aber Jander? Er sah zuckersüß aus mit den zurück gegelten schwarzen Haaren, von denen bis heute die ein oder andere Strähne ständig in seine Stirn fällt. Dazu die Pausbäckchen und dieser permanente Schlafzimmerblick aus den tiefbraunen Augen, der die Weiber austicken lässt. Jahre später ziert das glatte Gesicht ein markanter Drei-Tage-Bart und der Letzte hat kapiert, dass Janders Aussehen in krassem Gegensatz zu der Härte steht, die in ihm wohnt.

»Louis?«, will ich wissen.

Er schüttelt den Kopf und ich verstehe. Da nicht länger eine unmittelbare Gefahr für Howard besteht, krabble ich aus der Corvette.

»Wo ist Matteo?«

Ich deute nach hinten und als wir bei ihm ankommen, sieht er noch weniger lebendig aus als vor ein paar Minuten. Ich lasse mich auf die Knie fallen und beginne mit der Herzdruckmassage.

JANDER

Ohne zu überlegen, haste ich die Böschung wieder hinauf. Hier oben ist es ruhig. Die Männer schauen sich die getöteten Angreifer näher an, um herauszufinden, zu wem sie gehören. Ich erfahre, dass einer fliehen konnte. Es ist nur eine Frage der Zeit, bis ihn unsere Soldaten aufspüren.

»Wir haben zwei Schwerverletzte«, rufe ich in Richtung der Ambulanzen, die inzwischen eingetroffen sind. In der nächsten Sekunde ziehen Sanitäter Tragbahren heraus und ich zeige ihnen den Weg.

Es erweist sich als schwierig, die Tragen die Böschung herunterzubekommen. Ich laufe vor und suche einen gangbaren Weg. Packe dann mit an und wir schaffen es unbeschadet. Dass meine Schulter mittlerweile höllisch schmerzt, betrachte ich als Kollateralschaden und lasse mich davon nicht ausbremsen. Was da kaputtgeht, wird später repariert.

Der Arm deutet zur Corvette und als sich die Sanitäter in ihre Richtung bewegen, eile ich wieder hinauf.

»Ich brauche ein paar Männer, um Howard aus dem Auto zu befreien. Habt ihr irgendwelches Gerät dabei?«

Drei Soldaten preschen zu mir. Einer von ihnen trägt ein Brecheisen bei sich. Auf dem Weg erkläre ich die Situation.

Als wir unten ankommen, liegt Matteo bereits auf der Trage und ich packe mit an, um ihn sicher nach oben zu schaffen, derweil Livan dabei hilft, Howard zu befreien.

Als sich ein Arzt um den Erben kümmert, fühle ich eine gewisse Erleichterung, stütze meine Hände auf die Knie und atme durch. Während ich beobachte, wie Matteo verarztet wird, kommt ein Soldat vom Suchtrupp zurück.

»Habt ihr ihn?«

»Ja. Außerdem haben wir vier tote Männer von uns gefunden.«

»Die Patrouille?«

Er nickt.

Mein Blick richtet sich erneut auf Matteo. Ihn leblos und blutend auf der Trage zu sehen, ist unerträglich. »Wie steht es um ihn?«, frage ich den Doc.

»Wir müssen die Blutungen stoppen, er hat bereits zu viel Blut verloren.«

»Was heißt das?«

»Uns fehlt die Zeit zu typisieren, und wir haben hier nur sehr limitierte Möglichkeiten.«

»Ok, jetzt noch mal so, dass ich es verstehe.« Langsam neigt sich meine Geduld dem Ende zu. Ich hätte nicht übel Lust, die Waffe zu ziehen und diesem Doc zu zeigen, wie wichtig der Mensch ist, an dem er da herumhantiert. Die Vernunft siegt und ich sehe ein, dass es eher kontraproduktiv wäre, den Doctore abzuknallen.

»Er braucht dringend Blut, sonst schafft er es nicht bis zum Krankenhaus.«

Mit dieser Aussage lässt sich arbeiten. »Null negativ.«

Der Doc unterbricht seine Bemühungen und schaut zu mir hinüber. Ich strecke ihm meinen Arm entgegen.

»Sollten Sie sich irren, stirbt er.«

»Ich irre mich nicht«, versichere ich und steige zu ihm in den Ambulanzwagen.

Kaum eine Minute später habe ich die Kanüle im Arm. Ein dünner Schlauch führt zu Matteo und schon läuft die rote Flüssigkeit direkt von mir in seine Vene.

»Wo ist mein Sohn?«, dröhnt die Stimme des Patróns durch die Nacht.

Wie konnte ich annehmen, dass er in dieser Situation vernünftig ist und in den Schutzraum geht?

»Wir sind hier«, rufe ich.

Matteos Vater erscheint in der Tür. »Wie steht es um ihn?«, erkundigt er sich beim Arzt, der mithilfe eines Sanitäters die äußeren Wunden versorgt.

»Ein Schuss ins Bein und ein Bauchschuss. Das Bein ist stabilisiert.«

In diesem Moment bringen sie Howard auf der anderen Trage.

»Stopp!«, ruft Señor Duarte, als die Sanitäter mit ihm unsere Höhe erreichen. »Wie steht es um ihn?«

»Eine Schusswunde linke Flanke mit einer massiven Blutung.«

»Schafft er es ohne Blut ins Krankenhaus?«, mische ich mich ein.

»Schwer zu sagen.«

»Wie stehen seine verdammten Chancen?« Uns mangelt es an Zeit, also kann hier mal einer auf Anhieb Klartext sprechen?

»Und?« Señor Duarte schaut zwischen den Sanitätern und dem Doctore hin und her.

»Er braucht dringend Blut«, sagt Letzterer mit verzweifeltem Unterton in der Stimme.

Der Patrón blickt zu mir. Ich nicke ihm zu.

Der Doc beobachtet uns und versteht sofort. »Schiebt ihn rein.« Ihm ist anzusehen, dass er sich dabei nicht wohlfühlt.

Die Trage mit Howard wird auf die zweite Vorrichtung in der Ambulanz geschoben. Mir bleibt nur mittendrin zu hocken, wobei ich mich nahe bei der Tür hinkauere, um weder Sanitäter noch Arzt im Weg zu sein. Dieser legt einen neuen Zugang und gleich darauf werde ich auch mit Howard verbunden.

»Wir machen uns jetzt auf dem Weg ins Krankenhaus.« Der Doctore mustert mich. »Sie halten das nicht ewig durch.«

»Dann fahren Sie verdammt noch mal schneller.«

»Ich komme euch hinterher«, sagt der Patrón.

»Ich begleite Sie, Sir.« Livan taucht in der Tür auf.

»Was ist das?«

Ich folge Señor Duartes Blick und erkenne Blut. Noch bevor ich fragen kann, ob das seins ist, werden die Türen des Krankenwagens geschlossen. Der Doctore klopft an die Scheibe, die uns vom Fahrer trennt und die Ambulanz setzt sich in Bewegung.

Als wir die Insel verlassen, spüre ich Benommenheit.

»Es ist genug«, meint der Doc und streckt seine Hand nach meinem Arm aus.

Ich weiche weitestmöglich zurück. »Die beiden sterben, wenn wir aufhören.«

»Sie können nicht unbegrenzt spenden, ansonsten sterben Sie.«

»Aber etwas geht noch. Nicht wahr, Doc?« Ich bemühe mich um ein Grinsen, merke selbst, dass ich es nicht hinbekomme.

Es fällt immer schwerer, aufrecht zu sitzen. Ich fröstle, habe den Eindruck, Blei würde den Körper nach unten drücken.

Der Sanitäter bemerkt mein Dilemma und stellt sich hinter mich. »Keine Scheu, lehnen Sie sich an.«

Dankbar akzeptiere ich das Angebot.

Eisige Kälte breitet sich in mir aus und ich beginne zu zittern. Kann es weder abstellen, noch kontrollieren.

»Das ist nicht länger zu verantworten«, ruft der Arzt und ich bin zu schwach, um zu verhindern, dass er Howard abklemmt.

»Er wird es schaffen«, beruhigt er mich.

Als er kurz darauf Matteo abtrennen will, bündle ich alle vorhandenen Reserven und lege meine freie Hand auf den Arm des Arztes. »Nicht. Er muss überleben.«

Erst als die Türen aufgerissen werden, bemerke ich, dass wir das Krankenhaus erreicht haben. Ich lasse zu, dass die Kanüle entfernt wird, die bis dahin Matteo versorgte.

Ein Sanitäter hilft mir auf die Beine.

Mir fallen die Augen zu.

Ich reiße sie wieder auf.

Knicke ein.

Werde gehalten.

Von wem?

Krankenhaus.

Matteo.

Howard.

Wo bin ich?

Panik erfasst mich.

Hände greifen nach mir.

Ein Gang.

Gleißend helles Licht.

Ich schließe die Augen.

Schlafen.

»Er bekommt Plasma. Schnell!«

Ich höre den Doctore wie durch Watte.

»Bleib wach, Mann«, ranzt mich jemand an.

Es gelingt mir nicht, die Trägheit zu bezwingen. Will etwas sagen, aber kein Ton verlässt meine Lippen.

Die Lider sind so schwer.

Alles verschwimmt um mich herum.

Lichtblitze.

Schlafen.

»Wenn du jetzt die Augen schließt, wirst du sie nie wieder öffnen.«

Ich schaffe es nicht mehr, darauf zu reagieren.

Ana Valleo

EINZIGE ÜBERLEBENDE
DES MASSAKERS VON LITTLE HAVANNA

GEBOREN AM 19. APRIL 1963

IST SEIT DEM ZWISCHENFALL
IM VALLERAMA VERSCHWUNDEN

Ana wurde nach dem Massaker, bei dem u. a. ihre Eltern ums Leben kamen, zu ihrem Schwager Aragon nach Spanien geschickt.
Dieser verfolgt eine geheime Agenda und bringt sie zurück nach Miami.

Dort lernt sie Matteo kennen und verliebt sich in ihn.

Von ihrem Neffen Joaquin gezwungen, lockt sie Matteo in eine Falle und ist seitdem verschwunden.

ANA

21. Oktober 1982
Der Tag, an dem Ana mit Matteo und Howard das Vallerama besucht

Den gesamten Tag über fühle ich mich unwohl und das liegt nur zum Teil an den Verletzungen, die mir mein Neffe vor einigen Nächten zugefügt hat. Seitdem lasse ich die Zimmertür konsequent geschlossen. Gehe nur zum Klo, wenn ich es nicht mehr aushalte, und senke den Blick, falls mir jemand begegnet.

Schlimmer ist die innere Unruhe einhergehend mit der Frage, ob ich verhindern kann, dass Joaquins Plan aufgeht, indem ich zu der Verabredung mit Matteo nicht auftauche. Unwahrscheinlich, dass er mir diese Hintertür lässt. Ich zermartere mir den Kopf darüber, ob es eine Möglichkeit gibt, Joaquin zur Vernunft zu bringen.

Egal wie lange ich nachdenke, ein Ausweg erscheint nicht.

Und so sitze ich später mit Matteo und Howard an der Theke, während in mir das Chaos tobt. Trinke vor Aufregung schneller, als gut ist. Benötige den kleinen Rausch, um nicht zusammenzubrechen.

Matteos Freund überschaut den Club, bemerkt Joaquin nicht, wenngleich er in unserer Nähe bleibt.

Der Neffe verhält sich so diskret, dass er nicht aus der Masse heraussticht. Seine stete Anwesenheit erschwert es mir, dem Gespräch zu folgen, und sein warnender Blick sagt unmissverständlich, dass ich keine Wahl besitze.

Ich kenne die Details seines Plans nicht, nur die mir zugedachte Rolle inklusive der Drohung, mitzuspielen, falls ich die Nacht überleben möchte.

Nicht zum ersten Mal frage ich mich, inwieweit Aragon involviert ist. Seinen boshaften Blick am Morgen nach der Vergewaltigung durch seinen Sohn nahm ich als Beweis, dass er nicht nur davon weiß, sondern es gutheißt.

Der Hass auf Joaquin brodelt heiß durch meine Adern, zusätzlich angestachelt durch die Überheblichkeit auf seinem Gesicht und die eigene Machtlosigkeit. Ich leere das Glas mit drei Schlucken. Stelle es zu heftig auf den Tresen und spüre Matteos irritierten Blick.

Um ihm vorzugaukeln, alles sei ok, streiche ich über seinen Arm. Das fühlt sich falsch an und doch wage ich nicht, mich ihm anzuvertrauen. Seitdem ich Joaquins Skrupellosigkeit kenne, ist Angst mein permanenter Begleiter. Vor ihm und vor Aragon.

Dazu hat sich ein gewisses Maß an Furcht vor Matteos Reaktion gesellt, wenn er erfährt, dass ich eine Vallejo bin.

Ich schmiege mich an ihn. Schaffe das, weil sich sein holzig männlicher Duft gänzlich von Joaquins unterscheidet. Trotzdem kostet diese Nähe Überwindung. Nichts ist nach der Vergewaltigung wie vorher. Ich betrachte die Welt mit anderen Augen und das Urvertrauen, das ich mir trotz allen Dramas bewahrte, ist verschwunden. Weg der naive Glaube an ein gutes Ende, der mir den Mut gab, für ein paar Stunden zu fliehen und nicht an Aragons Härte zu zerbrechen. Stattdessen fühle ich mich wie ein losgerissenes Blatt, ohne Einfluss darauf, wohin der Wind es weht.

Als einziger Lichtblick blieb Matteo. Auch ihn werde ich verlieren. Dies hier sind unsere letzten Minuten miteinander. Ein Schrei geboren aus purer Verzweiflung drängt sich die Kehle hinauf. Hastig greife ich nach dem neuen Drink und schlucke die Flüssigkeit so lange, bis ich mich unter Kontrolle habe.

Mein Blick schweift zu Joaquin. Er scheint zu bemerken, dass ich kurz davorstehe, die Fassung zu verlieren, und schickt mir eine stumme Warnung, indem er auf seine Pistole deutet, die im Hosenbund steckt.

Ich wende mich ab. Ertrage seinen Anblick nicht länger.

Nun spüre ich seinen Blick im Nacken. Umfasse mit beiden Händen mein Glas und trinke einen weiteren Schluck. Stelle fest, Joaquin nicht zu sehen, ist schlimmer, da ich nicht weiß, was er gerade tut.

Als ich mich erneut umdrehe, ist er verschwunden. Beinahe panisch huschen meine Augen umher. Finden ihn nicht.

Ist das der eine Moment? Die Chance, Matteo die Wahrheit zu sagen. Ihn zu warnen?

Das Risiko erscheint mir zu hoch. Joaquin ist nicht blöd und ihn nicht zu sehen, bedeutet nicht, dass er die Kontrolle über mich aufgegeben hat. Aber nicht nur das. Weihe ich Matteo ein, wird er entsprechend reagieren. Nicht ungefährlich, da wir uns in einem Club der Vallejos befinden. Schlimmstenfalls löse ich ein Blutbad aus.

Um dieses zu verhindern, nippe ich an meinem Drink und warte auf ein Wunder, welches aller Voraussicht nach nicht geschehen wird.

Die permanente Anspannung erschöpft mich.

Ich folge Howards Blick und entdecke diese Frau, die auffällig unauffällig versucht, seine Aufmerksamkeit auf sich zu lenken. Dem Anschein nach gehört sie zu Joaquins Plan. Beängstigend, wie es ihm gelingt, Informationen zu beschaffen, die ihm ermöglichen, an den richtigen Strippen zu ziehen. Und das in einer Welt, in der Geheimhaltung oberste Priorität besitzt.

Die Hoffnung, dass Matteos Freund nicht darauf anspringt, löst sich in Luft auf, als er Matteo etwas zuflüstert. Im nächsten Moment rutscht er vom Hocker und ich entdecke Joaquin wieder.

Er grinst dreckig in meine Richtung. Gibt mir per Handzeichen zu verstehen, dass die Zeit gekommen ist.

Ich weiß, was er verlangt. In dem Bewusstsein, dass jeder Ausweg verbarrikadiert ist, sitze ich stocksteif auf dem Hocker und schweige verbissen.

»Alles gut bei dir?«, fragt Matteo.

Ich rutsche an ihn heran. Seine Körperwärme und sein männlich holziger Duft drängen meine Angst zurück. Als ich ihm zuflüstern will, dass das hier eine Falle ist, entdecke ich in unmittelbarer Nähe hinter ihm einen von Joaquins Männern. Er öffnet sein Jackett und zeigt mir, dass er darunter eine Waffe mit aufgeschraubtem Schalldämpfer auf Matteo richtet.

Vor mir liegt eine unmenschliche Wahl.

Entweder riskiere ich, dass er Matteo direkt erschießt, oder ich schicke ihn in die Falle und hoffe darauf, dass er überlebt. Letzteres mag riskant sein, erscheint mir dennoch als bessere Option.

Also spiele ich dem Mann, dem mein Herz gehört, vor, dass ich nicht abwarten möchte, bis wir wieder auf unserer Lichtung sind. Wünsche mich gleichzeitig an diesen Spot mitten im Wald, wo niemand uns findet.

Matteo verzieht verwundert das Gesicht, als ich ihn bitte, in der dunklen Ecke am Hinterausgang auf mich zu warten. Sein Verlangen genügt, um etwaige Skepsis im Keim zu ersticken.

Ein letzter Blick in seine warmen braunen Augen. Die Vorstellung, wie er gleich draußen auf mich wartet, um herauszufinden, dass ich ihn verraten habe, zerfetzt mir das Herz.

Gequält von schlechtem Gewissen strebe ich den Toiletten zu. Joaquins Getreuer heftet sich mir an die Fersen und lenkt mich mit der Waffe zu den hinteren Räumen.

»Ana?«

Ich schaue in die Richtung, aus der mein Name gerufen wurde. Entdecke einen Mann im mittleren Alter, den ich aufgrund seines Anzugs als Bodyguard identifiziere. Gehört er zu den Duartes?

»Wo steckt Matteo?«, will er wissen und bestätigt die Vermutung.

Hoffnung keimt auf.

»Er ist …« Ein Schmerz durchzuckt meinen Kopf und ich falle.

In der nächsten Sekunde umschlingt mich Dunkelheit.

Der Schädel dröhnt stärker als nach einer durchzechten Nacht und mir ist übel. Schnell ist klar, dass ich nicht im Bett liege, sondern auf einer Chaiselongue – zu kurz, um mich auszustrecken. Die Lider sind bleiern, ich vermag nicht, sie zu öffnen.

Stimmen.

Ich höre auf die gesprochenen Worte, schaffe es nicht, sie in einen Zusammenhang zu bringen. Nur ein Name schafft es bis ins Bewusstsein.

Santiago.

Allmählich setzt die Erinnerung ein. Ich habe Matteo in Joaquins Falle geschickt und dann … Als Letztes gibt mein Gedächtnis preis, dass mich ein Mann ansprach. Nach Matteo fragte. Ab da weiß ich nichts mehr. Das und die Kopfschmerzen legen nahe, dass ich ausgeknockt wurde.

Dementsprechend muss ich im Vallerama sein, dem Club an der Calle Ocho mitten in Little Havanna, der meinem Cousin Santiago gehört, dem ältesten Sohn von Onkel Diego aus Ft. Lauderdale.

Ich kenne ihn eher vom Hörensagen, da er in der Schweiz studierte. Später in Spanien behauptete Aragon am Telefon, er sei verschwunden. Zu wem er das sagte, weiß ich nicht, hörte aber einige Zeit danach, er sei nach Miami zurückgekehrt, um diesen Club zu führen.

Mühsam öffne ich die Augen, möchte herausfinden, ob wieder nur über ihn gesprochen wird oder er hier ist. Ich blinzele. »Santiago?«

»Ah, du bist wach«, antwortet ein Mann, zieht einen Stuhl heran und setzt sich zu mir. Er besitzt ein männlich attraktives Gesicht, trägt einen perfekt sitzenden Anzug und wirkt äußerst gepflegt mit dem zurückgekämmten Haar und einem Hollywoodian-Style Bart in der Länge eines Fünftagebartes.

»Was habt ihr euch nur dabei gedacht?« Er schüttelt missmutig mit dem Kopf.

»Santiago?«, frage ich, um sicherzugehen.

»Ja.«

»Er hat mich gezwungen.«

Der Cousin deutet auf meine Stirn.

Ich führe die Hand zu dieser Stelle. Fühle eine Beule.

»Woher stammt die?«

»Einer von Joaquins Männern …«

»Dieser Irre hat dich also tatsächlich benutzt.«

Ich bin erleichtert, dass Santiago mir glaubt. »Da war ein Bodyguard. Ich denke, er gehört zu Matteo …«

»Er ist tot.«

Erschrocken schlage ich die Hand vor den Mund. Habe Angst, die nächste Frage zu stellen. »Und …?« Mein Herz verkrampft sich.

»Joaquin?«

»Matteo?«

»Der hat überlebt. Joaquin hatte weniger Glück. Ich habe Aragon bereits in Kenntnis gesetzt.«

Diese Information löst Panik aus. Ich will aufspringen, aber Santiago hält mich zurück. In die Ecke der Chaiselongue gekauert, kann ich an den Fingern einer Hand abzählen, dass mir Aragon die Schuld am Tod seines Sohnes in die Schuhe schieben wird. Und Viola genauso.

Mein Blick bettelt Santiago an, mich nicht zu ihnen zurückzuschicken. Gleichzeitig versuche ich, von seiner Mimik abzulesen, was er vorhat. Aber wie jeder in der Mafia beherrscht er es, sein Gesicht glatt zu halten.

Unerklärlich woher ich die Hoffnung nehme, dass er mir hilft. Wir kennen uns nicht. Wieso sollte er mich vor Aragon beschützen, anstatt mich auszuliefern und den Frieden zu wahren? Bin schließlich nur eine Frau. Vielleicht fußt meine Zuversicht auf der Tatsache, dass Santiago jahrelang in Europa gelebt hat. Oder darauf, dass man von ihm behauptet, unkonventionelle Wege einzuschlagen.

»Dir ist klar, dass Aragon dich will?« Mit diesen Worten durchbricht er meine Gedanken.

Ich nicke, setze offenbar zu viel Hoffnung in den unbekannten Cousin.

Ein eisiger Schauer läuft mir den Rücken herunter, als ich Schritte auf dem Gang vernehme. Ängstlich krieche ich noch weiter in die Ecke und richte den Blick auf die Tür. Rechne damit, dass es Aragon ist, der mich mitnimmt oder gleich hier hinrichtet.

Die Tür öffnet sich und ich halte die Luft an. Kralle die Finger in Santiagos Anzugärmel. Selbst als ich erkenne, dass nicht Aragon zur Tür hereintritt, gelingt es nicht, den Griff zu lockern.

»Wir haben ihm die Leiche seines Sohnes übergeben«, sagt der Neuankömmling.

Der Schwager ist also hier. »Santiago …« Weiter komme ich nicht, da meine Stimme versagt.

»Stellt sicher, dass alles nach Plan läuft. Falls Leute von Winston Gordon sich wundern, was dieser Duarte- und Vallejo-Aufmarsch zu bedeuten hat, wiegelt ab. Keine Details. Im Zweifel vertröstet sie damit, dass ich später mit Winston telefoniere.«

»Wird gemacht.«

Ich fixiere Santiago in dem Bewusstsein, dass mein Schicksal in seiner Hand liegt.

»Beruhige dich.« Er löst die verkrampften Finger von seinem Ärmel. »Aragon stellt augenblicklich keine Gefahr dar.«

Mein Mund öffnet sich, ohne dass ein Ton über die Lippen kommt.

»Ich konnte ihn davon überzeugen, dass er mit seinen paar Männern hier in Florida nichts ausrichtet.«

»Und das hat er hingenommen?« Das klingt so gar nicht nach Aragon Borja.

»Musste er, als ich ablehnte, ihm Vallejo-Männer zur Verfügung zu stellen.«

Dankbarkeit flutet meine Adern, scheinbar habe ich mich nicht in Santiago getäuscht.

»Er fliegt in der Frühe nach Spanien zurück, um seinen Sohn zu beerdigen. Meine Leute sorgen dafür, dass er es sich nicht anders überlegt.«

Ich atme erleichtert auf. »Danke.«

Santiago legt die Stirn in Falten. »Ich kann trotzdem nicht für deine Sicherheit garantieren. Nicht hier in Florida.«

»Aber …« Sofort zieht sich mein Magen zusammen.

»Ana, wir befinden uns in einer heiklen Lage. Zwar gehört mir dieser Club, doch er befindet sich in einem Gebiet, das die American Front dominiert. Verstehst du, dass diese Tatsache Konfliktpotenzial in sich birgt?«

»Sind das auch Feinde, so wie die Duartes?«

Er schüttelt den Kopf. »Wir existieren nebeneinander und es liegt in meiner Verantwortung, für Ruhe zu sorgen. Ich brauche keine Nazis, die durchdrehen. Dass dieser Club den Vallejos gehört, ist ihnen eh ein Dorn im Auge.«

Ich fühle mich überfordert, von Santiagos Ausführungen und den Geschehnissen der letzten Stunden. Erschöpfung lähmt meine Auffassungsgabe zusätzlich zu den Kopfschmerzen, die nicht abklingen wollen.

»Wir müssen verhindern, dass dieser Zwischenfall einen Krieg auslöst. Vor allem nicht innerhalb der Familie.«

»Was bedeutet das?«

»Was läuft zwischen dir und Matteo Duarte?«

»Nichts weiter.«

Santiago zieht erneut die Stirn in Falten und es ist offensichtlich, dass er mir nicht glaubt. »Egal, was es war, er wird dir den Verrat genauso wenig vergeben, wie Aragon dir je verzeiht. Solange du in Miami bist, kann kein Gras über diese leidige Angelegenheit wachsen.«

»Wo soll ich denn hin?« In diesem Augenblick verspüre ich annähernd die gleiche Hilflosigkeit wie nach dem Massaker an meiner Familie. Befinde mich ein weiteres Mal von einem Moment zum anderen in einer Lage, auf die ich keinen Einfluss habe. Heute bestimmt Santiago und ein Blick in sein Gesicht verrät, dass auch er mir keinerlei Mitspracherecht gewährt.

»Mein Vater und Onkel Sebastián werden darauf drängen, dich dieses Mal endgültig loszuwerden.«

Das Wort ›endgültig‹ lässt mich erschauern. Und was bedeutet ›dieses Mal‹? Ich wage nicht, zu fragen, und lausche Santiagos Ausführungen.

»Um zumindest eine Seite zu besänftigen, werden sie dich entweder an die Duartes oder an Aragon ausliefern.«

»Das können sie nicht«, kreische ich schrill.

»Ana, du bist für diese Familie nichts weiter als ein Ärgernis. Onkel Anton …«

»Was hat Vater damit zu tun?«

»Er ist eigene Wege gegangen und hat sich dadurch nicht sonderlich beliebt gemacht bei der Familie. Was glaubst du, weshalb niemand ernsthaft Nachforschungen angestellt hat nach dem Massaker? Im Grunde waren sie froh, euch los zu sein.«

Mein Magen zieht sich zusammen und mir wird flau. Dass die Eltern keinen guten Stand innerhalb der Familie besaßen, höre ich zum ersten Mal. »Was hat Dad getan?«

»Er hatte Kontakte zu russischen Familien und die will niemand in Miami sehen.«

»Deshalb durfte ich nicht bei ihnen bleiben?«

»Rein menschlich waren sie erleichtert, dass du überlebt hast, aber sie waren mindestens genauso froh, als Aragon dich abholte.«

»Aus Sicherheitsgründen.« Das trichterte er mir ein.

Santiago lacht schaurig auf.

»Und du? Weswegen lieferst du mich nicht aus? Wäre doch das Einfachste.«

»Wie schon zu Aragon gesagt, du stehst unter meinem Schutz.«

»Wieso?«

»Ich schicke keine Frau in den sicheren Tod. Aber ich kann und werde mich deinetwegen nicht gegen die gesamte Familie stellen.«

Es klopft und gleich darauf öffnet sich die Tür einen Spaltbreit. »Mr. Duarte ist hier.«

»Bring ihn nach oben. Ich bin in ein paar Minuten bei ihm.«

»Matteo?«

»Sein Vater.«

Ich würde gern mehr erfahren, aber Santiagos Mimik zeigt deutlich, dass er nicht beabsichtigt, mit mir über die Duartes zu sprechen. »Wie geht es jetzt weiter?« Die alles entscheidende Frage.

»Ich bringe dich an einen sicheren Ort. Dort kannst du unbehelligt leben.«

Er muss die Zweifel in meinem Gesicht sehen, denn er setzt hinzu: »Das oder du bist auf dich gestellt.«

Am darauffolgenden Morgen verfrachtet mich Santiago in ein Flugzeug nach Lima. Überrollt von den Ereignissen der letzten vierundzwanzig Stunden lasse ich es ohne Widerspruch geschehen. Hadere mit dem, was er über meine Eltern offenbart hat. Das Wissen, der eigenen Familie so lästig zu sein, dass sie mich gern tot sehen würde, löst einen Schock aus. Abgetrennt von allen, komme ich mir wie Treibgut vor.

Geblieben ist nur Santiago. Und der schickt mich ebenfalls weg.

Hätte er mir nicht Ignacio, einen seiner Männer, mitgegeben, würde ich den Ort meiner Bestimmung sicher nie erreichen. Während des Fluges taucht der Gedanke auf, ob das ein Verlust wäre.

Ignacio redet nur das Nötigste und ich unternehme keinerlei Versuch, mit ihm ins Gespräch zu kommen. Zwar sehne ich mich nach einer tröstenden Schulter, jemandem, bei dem ich mir alles von der Seele reden kann, aber dafür ist ein Bodyguard sicher nicht die richtige Person.

Ab Lima geht es mit einer kleinmotorigen Maschine bis Juliaca. Von Ignacio erfahre ich nur, dass ab da weitere hundert Meilen vor uns liegen bis La Rinconada. Dieser Ort in den Anden soll nach Santiagos Wille meine neue Heimat werden.

Bevor wir die letzte Etappe dieser Reise angehen, bringt mich Ignacio in ein bescheidenes Hotel. »Wir bleiben ein paar Tage hier, um uns an die Höhe zu gewöhnen«, erklärt er.

Zu dem Zeitpunkt verfüge ich nicht über die geringste Ahnung, weshalb das nötig ist.

Nur wenige Stunden später erschließt es sich mir, denn das Atmen fällt immer schwerer und ich gewinne den Eindruck, nicht genug Luft in die Lungen zu bekommen.

Am Abend schaffe ich es nicht mehr, das Bett zu verlassen. Kopfschmerzen begleitet von Schwindel und Übelkeit knocken mich komplett aus.

Ignacio fühlt sich ebenfalls elend. Trotzdem setzt er sich auf meinen Bettrand, flößt mir in regelmäßigen Abständen Wasser oder etwas Suppe ein. Hält den Eimer, als ich selbst die Flüssigkeit wieder erbreche.

Irgendwann drückt er mir Tabletten in den Mund. Die Dinger schmecken gleichzeitig salzig und sauer und ich fühle mich unfähig, sie runterzuschlucken. Ich schüttle den Kopf. Will sie ausspucken.

Ignacio diskutiert nicht, hält mir stattdessen mit seinen Pranken Mund und Nase zu, bis ich schlucken muss. Eine unwürdige Prozedur, für die ich ihn hasse.

Am nächsten Morgen betrachtet er mich mit so bekümmertem Gesichtsausdruck, dass ich den Eindruck gewinne, er sorge sich ehrlich.

»Ich bin mal kurz weg«, meint er.

Keine Frage, was er vorhat.

Nicht einmal die Wasserflasche rühre ich an, die er dagelassen hat. Nach dem Trinken alles wieder zu erbrechen, ist viel zu anstrengend.

Meine Zeitwahrnehmung versagt und ich habe keine Vorstellung, ob er eine Stunde oder mehrere wegbleibt.

Ständig dämmere ich weg.

Als ich ein weiteres Mal die Augen aufschlage, ist er wieder da.

»Ich muss zum Klo«, jammere ich.

Er schlägt die dünne Decke zurück. Ich setze mich vorsichtig auf, doch Schwindel lässt mich direkt zur Seite kippen.

Ignacio zögert nicht und hebt mich aus dem Bett. Trägt mich eine halbe Treppe tiefer, wo sich eine Toilette befindet. An den Schweißperlen auf seiner Stirn erkenne ich, welche Anstrengung es ihn kostet.

Es kommen nur ein paar Tropfen und diese brennen wie ein Höllenfeuer.

Ignacio trägt mich ins Bett zurück. Er holt aus der Tüte, die er mitgebracht hat, eine Flasche Schnaps hervor.

Ist ja klar, ich gehe hier langsam drauf und er will sich betrinken. Erstaunt beobachte ich, wie er etwas auf ein Wattepad gießt.

»Dein Arm.« Er tupft den Alkohol auf die Armbeuge. Im nächsten Moment holt er eine Kanüle hervor und rammt sie mir in die Vene.

Ich schreie auf. Hat er den Verstand verloren?

»Lieg still. Du brauchst die Flüssigkeit, ansonsten gehst du drauf.« Sein ernster Gesichtsausdruck sorgt dafür, dass ich mich nicht länger wehre. Dann sitzt er zwei Stunden bei mir am Bett und hält einen Beutel hoch, dessen Inhalt in meine Ader rinnt.

An dem Tag, an dem wir unsere Reise fortsetzen wollen, schaffe ich es noch immer nicht, auf eigenen Beinen zu stehen, doch wenigstens erbreche ich mich nicht länger.

Ignacio gibt mir abermals diese Elektrolyte-Tabletten, aber jetzt weicht er sie in Wasser auf.

»Ich besorg uns ein Auto. Kommst du klar?«

Tapfer nicke ich.

Zwei Tage später brechen wir auf. Das Auto sieht heruntergekommen aus und lässt mich daran zweifeln, dass es die nächsten zehn Meilen übersteht.

Ich spüre den bekümmerten Blick meines Begleiters, als wir starten.

Die Straßenverhältnisse lassen kaum mehr als Schrittgeschwindigkeit zu, und wenn Ignacio mal stärker Gas gibt, ächzt unser Gefährt derart, dass er direkt den Fuß wieder vom Gas nimmt.

»Wie geht es dir?«, will er wissen.

»Besser«, beteuere ich und verglichen mit dem Tag nach der Ankunft stimmt das auch.

»Wir haben noch tausenddreihundert Höhenmeter vor uns.«

Diese Information löst ein Aufstöhnen aus. Ich fühle mich lange nicht so gut, wie ich vorgebe, und fürchte augenblicklich einen neuen Schub der Höhenkrankheit. »Wieso La Rinconada?«, frage ich desillusioniert.

»Weil es sicher ist.«

»Santiago macht dort irgendwelche Geschäfte.« Anders kann es nicht sein.

»In der Nähe befindet sich eine Goldmine.«

Das erklärt, weshalb der Ort unser Ziel ist, von dem ich inzwischen erfahren habe, er sei die höchstgelegene Siedlung der Welt.

Ganze sieben Mal stoppen wir unterwegs. Warten länger als eine Stunde, weil das Auto so stark überhitzt, dass Gefahr besteht, es könne den Geist aufgeben. In dieser Einöde das Fahrzeug zu verlieren, wäre eine Katastrophe.

Bei jedem Halt schnappe ich mehr nach Atem, bis das Gefühl zu ersticken zurück ist. Dass Ignacio kaum verbergen kann, dass es ihm ähnlich ergeht, beunruhigt mich. Ich weiß, dass wir diesen verdammten Ort erreichen müssen, bevor die Höhenkrankheit erneut mit harter Hand zuschlägt.

***

Ignacio und ich haben La Rinconada letzten Endes erreicht. Er blieb ein paar Tage, bevor er sich auf den Weg zurück nach Miami machte.

Von da an regiert Einsamkeit.

Zeit zum Nachdenken im Überfluss und je länger ich grüble, umso mehr zweifle ich an der Richtigkeit, Santiagos Vorschlag anzunehmen. Fraglos bin ich in diesem Andendorf sicher, nur der Preis dafür erscheint mir langsam zu hoch.

Wochen vergehen, bis ich mich an die Höhe und die damit verbundene dünne Luft gewöhne. Für sich genommen ein akzeptables Zugeständnis, stünde nicht die Frage im Raum, wie lange ich unter den gegebenen Bedingungen durchhalte. Das hier lässt sich kaum als Leben bezeichnen, zumindest ist es kein erstrebenswertes oder zufriedenstellendes.

In La Rinconada gibt es weder Strom noch fließendes Wasser und eine Kanalisation sucht man vergebens. Ich bezweifle, dass Santiago jemals einen Fuß in dieses Drecksloch gesetzt hat. Falls doch, ging es auch ihm lediglich darum, mich loszuwerden.

Zusammen mit dem peruanischen Verwalter von Santiagos Goldmine bewohne ich das einzig massive Haus der Siedlung. Zusätzlich leben dort die paar Männer, die sicherstellen, dass alles in seinem Sinne läuft.

Hier sperrt mich niemand in mein Zimmer, ironischerweise halte ich mich trotzdem meistens da auf. Gewohnheit? Eher der unwirtlichen Umgebung geschuldet und dass mich nichts mit diesen Menschen verbindet.

Beim Blick aus dem Fenster sehe ich auf düstere und bedrohlich wirkende Berge. Kann dennoch froh sein, dass mir der Ausblick auf die permanent anwachsende Müllhalde erspart bleibt, die sich vor dem Ort links und rechts der einzigen Zufahrtsstraße ausbreitet.

Um eine Aufgabe zu haben, räume ich den Männern hinterher und halte das Haus sauber. Manchmal fällt es schwer, mich aufzuraffen. Ich bin unsicher, ob die ständige Antriebslosigkeit ihre Ursache in der Hoffnungslosigkeit meines Daseins findet oder durch die dünne Luft hervorgerufen wird. Letztere ist auf jeden Fall für die Kopfschmerzen verantwortlich, die mich häufig plagen.

Jetzt im Winter ist es nachts eisig, aber auch tags oftmals so kalt, dass ich drei oder vier Schichten Kleidung übereinander ziehe.

Die wichtigste Regel hier besagt, niemals den Ofen ausgehen lassen. Der in meinem Zimmer schafft keine behagliche Atmosphäre, doch ohne ihn hätte ich sicher längst eine Lungenentzündung. Also schleppe ich jeden Abend Holz herbei, um das Feuer am Brennen zu halten.

»Hoffentlich wird es bald Sommer«, sinniere ich beim Abendessen.

»Du denkst, da ist es besser?« Die Männer, die mit mir am Tisch sitzen, lachen. »Zum Ende des Winters setzt der Schneefall ein und wenn dann das Thermometer über den Gefrierpunkt steigt, verwandelt sich der gesamte Ort in ein Matschfeld.«

Desillusioniert rühre ich in meiner Suppe. Kaue auf dem Brot herum, das vom Frühstück übrig ist. Wünsche mich an einen Ort, an dem die Temperaturen nachts nicht auf minus zwanzig Grad und darunter sinken.

»Aber morgen ist ein guter Tag«, sagt einer der Männer fast beschwingt.

»Scheint die Sonne?« Dieser Ausspruch war als Scherz gedacht. In dem Moment, wo die Worte meine Lippen verlassen, wird mir bewusst, dass sich nie ein Sonnenstrahl bis in dieses Tal verirrt, und ich werde noch trauriger.

»Percy kommt.«

Ich zucke mit den Schultern.

»Er holt das Gold ab und bringt uns Lebensmittel und Zeitungen aus der Heimat. Wenn du dich gut mit ihm stellst, kannst du dir was wünschen und er bringt es dann kommenden Monat mit.«

Auch diese Aussicht, muntert mich kaum auf. Nach dem Essen gehe ich auf mein Zimmer, setze mich aufs Bett und warte, dass die Zeit vergeht. Oftmals verharre ich stundenlang regungslos und starre hinaus auf die Berge. Die Ananea Grande sind das ganze Jahr schneebedeckt. Nicht zum ersten Mal wundere ich mich, wie die zahlreichen Goldschürfer dieses Klima in ihren Wellblechhütten überleben.

Verglichen mit ihren Lebensbedingungen schwelge ich im Luxus. Mir das zu verdeutlichen, eignet sich nicht, um die Stimmung zu heben, da ein gewaltiger Unterschied zwischen uns besteht. Während ich an diesen Ort verbannt wurde, leben sie freiwillig hier. Angetrieben von der Gier nach Gold.

Manch einer bleibt einen Monat, schuftet 30 Tage für Santiago in der Mine und hofft auf den 31. Ist ihm das Glück hold und er nicht dem Goldrausch verfallen, nimmt er mit, was er an diesem Tag findet, und kehrt La Rinconada den Rücken zu. Für immer oder bis er erneut pleite ist.

Geht es nach meinem Cousin, ist mein Aufenthalt hier unbefristet.

Ich erschauere bei dem Gedanken, stelle mir wieder einmal vor, die wenigen Sachen zusammenzupacken und diesen ungastlichen Ort zu verlassen. Es muss ja nicht Miami sein, nicht mal Florida oder die USA. Nur ein Platz, wo mich niemand kennt und es sich angenehmer leben lässt als hier.

Die Welt ist zu groß, als dass Aragon sie komplett nach mir absuchen könnte. Solange ich für mich bleibe und keinen Kontakt zur Familie aufnehme, wäre ich sicher.

Selbst dafür fehlen mir Antrieb und Mut.

Draußen setzt die Dämmerung ein und ein weiterer Tag neigt sich dem Ende zu, an dem ich mich nicht durchringen konnte, meinen Träumen Taten folgen zu lassen.

Um die Mittagszeit am darauffolgenden Tag weckt mich Stimmengewirr. Ich schrecke hoch, spüre direkt eisige Kälte.

Ein Blick auf den Ofen.

Hastig verlasse ich das Bett und lege Holz nach. Vorsichtig, um die wenige Glut nicht zu ersticken. Ich warte, bis kleine Flammen aufsteigen und nach den Holzscheiten züngeln. Dann ziehe ich mich um. Tausche den warmen Schlafanzug gegen ein Hemdchen, es folgen ein Shirt, ein Pullover und schließlich eine Strickjacke. Eine wollende Strumpfhose und ein Rock, der bis zu den Knöcheln reicht, vervollkommnen die Montur.

Ich trete aus der Tür, um nachzuschauen, was meine Mitbewohner derart in Aufruhr versetzt, dass sie schwatzen wie Waschweiber.

In ihrer Mitte erkenne ich einen Fremden und zusätzliche Männer, erinnere mich an das gestrige Gespräch. Das ist dann wohl Percy mit seinem Gefolge. Sein gestutztes Haar und der akkurat getrimmte Bart, vor allem die gepflegte Kleidung verraten, dass er hier nicht hergehört.

Ich trete näher und erspähe auf dem Tisch allerlei Köstlichkeiten, von denen wir sonst nur träumen. Käse, Schinken und Salami. Dosen mit Gemüse. Frisches Obst! Zeitschriften, die hauptsächlich männliche Interessen abdecken, wie Jagen und Angeln, sogar der Playboy ist dabei. Da halte ich mich lieber an die Tageszeitungen. Schnappe mir einen Apfel und eine Orange und verziehe mich auf mein Zimmer.

Endlich Abwechslung.

Zuerst sortiere ich die Zeitungen nach dem Datum. Nehme mir die älteste vom Neujahrsmorgen vor. Erfahre, wie viele Feuerwehreinsätze es in der Silvesternacht in Miami und Miami Beach gab. Lese von einem schweren Autounfall auf der I-95, bei dem ein Mann sein Leben ließ und dass das erste Baby des neuen Jahres ein Junge mit Namen Manuel ist.

Ich kann nicht genug bekommen von den Neuigkeiten aus der Heimat. Auf Seite fünf, links unten entdecke ich eine Notiz, die ich niemals wahrgenommen hätte, würde ich die Zeitung nicht vom ersten bis zum letzten Wort lesen.

Milliardärssohn in Lebensgefahr
Miami: In den frühen Morgenstunden des Neujahrstages wurde bei einem Unfall der Sohn eines der reichsten Einwohner Miamis lebensbedrohlich verletzt. Matteo D. befand sich auf dem Heimweg auf der familieneigenen Insel und eine Verkettung unglücklicher Umstände habe den Unfall herbeigeführt, so Polizeisprecher Michael Dixon. Weitere Einzelheiten zum Hergang wurden nicht bekannt gegeben. Auf Nachfrage im Krankenhaus teilte man uns mit, dass der Zweiundzwanzigjährige weiterhin in Lebensgefahr schwebt.

Meine Hand fährt zum Mund und ich unterdrücke einen Aufschrei.

Jemand wollte Matteo umbringen. Zu entschlüsseln, dass es sich in unserer Welt nicht wirklich um einen Unfall handelte, erfordert keine sonderliche Intelligenz.

Ich lese die kurze Notiz abermals, lege die Zeitung beiseite und nehme die nächste vom Stapel. Durchkämme sie systematisch. Hoffe vergeblich auf eine weitere Meldung, die Aufschluss über Matteos Zustand gibt.

Das Blatt vom 3. Januar bringt ebenfalls keine neuen Nachrichten.

Ich setze die Suche fort, bis ich alle Zeitungen durchhabe.

Nicht zu wissen, wie es Matteo geht, raubt mir den Verstand. Ich springe auf, laufe zur Tür. Die Hand streckt sich in Richtung Klinke. Ich ziehe sie rechtzeitig zurück. Sollte nachdenken, anstatt aus meinem Zimmer zu stürmen und etwas Unbedachtes zu tun. Diese Männer hier stehen im Dienst der Vallejos und Matteo ist ein Duarte.

Ruhelos tigere ich auf und ab, unfähig, einen Gedanken bis zum Ende zu verfolgen.

»Er darf nicht tot sein«, wird zu meinem Mantra.

Keine Ahnung, wie lange ich kopflos durch diesen Raum laufe, bis ich den eigenen Worten Glauben schenke und mich an der Hoffnung festhalte. Erschöpft sinke ich auf den Bettrand und widerstehe dem Impuls, der anfänglich im Minutentakt verlangt, dass ich weiterlaufe.

Ich muss wissen, wie es Matteo geht.

Kann nicht abwarten, bis nächsten Monat wieder jemand kommt und ein paar Zeitungen mitbringt? So lange im Ungewissen zu bleiben, ertrage ich nicht und außerdem ist nicht sicher, ob ich so überhaupt was erfahre. Santiago anrufen und nachfragen fällt aus.

Jeglicher Möglichkeit beraubt, an Informationen zu gelangen, stehe ich kurz vorm Durchdrehen.

Vielleicht kann ich diesem Percy etwas entlocken?

In der Küche herrscht wieder die gewohnte Ruhe. »Wo steckt Percy? Ich möchte ihn bitten, mir einige Bücher mitzubringen.«

»Da hättest du eher aufwachen sollen«, sagt der Mann, der Holz im Ofen nachlegt. »Er hat sich bereits auf den Rückweg gemacht.«

Ich stibitze ein paar Holzscheite, um nicht nach draußen in den Eisregen zu müssen. Gehe mit ihnen auf dem Arm zurück in mein Zimmer und lege sie auf die vorhandene Glut. Unachtsamkeit hat das Feuer erneut runterbrennen lassen.

Ich rufe mir Matteos Gesicht ins Gedächtnis. Die dunklen Augen unter den buschigen Brauen, die ich so liebte und die er zu oft hinter einer Sonnenbrille versteckte. Sein Bart kitzelte beim Küssen und machte mich ganz wuschig, wenn sein Mund meine empfindlichsten Stellen liebkoste.

Ein verträumtes Seufzen stiehlt sich über die Lippen.

Nach der Ankunft in dieser Einöde versank ich oft stundenlang in solchen Erinnerungen und heulte mir dabei nicht selten die Augen aus dem Kopf.

In die Sehnsucht mischten sich weniger gute Gedanken, brachten das schlechte Gewissen mit. Es verdrängte die Erleichterung darüber, dass Joaquins Plan nicht aufgegangen war. Vor allem quälte mich, dass ich keine Chance bekommen würde, Matteo die Wahrheit zu sagen.

Seitdem durchlebe ich ein Wechselbad der Gefühle, versuche, zu entkommen, indem ich wenig an ihn denke.

Der Zeitungsartikel holt alles wieder hoch und stärker denn je hadere ich mit meiner Entscheidung. Es war falsch, der Sicherheit den Vorrang zu geben.

Besser hätte ich mich Matteo gestellt und seinen Zorn ausgehalten. Gerade hasse ich das schwache Mädchen in mir, das den feigen Weg wählte.

Zur Zeit des Kennenlernens war Matteo der Ankerpunkt, der mich immer wieder zur Flucht aus Aragons Gefängnis trieb. In seinen Armen fand ich die Geborgenheit, die mir so fehlte. Bei ihm fühlte ich mich ein wenig wie die Protagonistin eines dieser Liebesfilme, die ich mir früher häufig ansah und an deren Schluss stets ein Happy End wartete.

Schlich ich aus dem Haus, flutete Adrenalin meinen Körper, aber erst, wenn ich Matteo an der Bushaltestelle entdeckte, steigerte das Herz seine Schlagfrequenz. Diese heimlichen Treffen waren derart aufregend, dass ich nicht mitbekam, wie sich echte Gefühle entwickelten.

Dass nicht das Abenteuer, sondern Matteo mein Herz höherschlagen ließ, erkannte ich erstmals in der Nacht, in der Joaquin mich vergewaltigte. Er verletzte Körper und Seele und dennoch blieb Raum für die Angst, Matteo nie wiederzusehen. Dass er ein Duarte ist, verkam dabei zur Nebensache und es bestand kein Zweifel mehr. Ich war verliebt.

Heute bin ich überzeugt, dass es einen anderen Weg gegeben hätte. Damals regierte die Furcht. Es brauchte die Einsamkeit von La Rinconada, um zu durchschauen, dass Joaquin nicht so mächtig war, wie er mich glauben machte. Aragon mochte die Vergewaltigung tolerieren, aber er hätte nie zugelassen, dass sein Sohn die Pläne für mich vereitelt.

Ich war dumm.

Eine Erkenntnis, die mich bis heute mit dem Schicksal hadern lässt.

Damals weinte das Mädchen tagelang einer Liebe hinterher, die sie zuvor nicht zu schätzen wusste, bis ich eines Morgens die verweinten Augen nicht länger ertrug, die mir im Spiegel entgegenblickten.

Ich wollte nicht mehr schwach sein.

Es kostete immense Kraft, die Tränen zurückzuzwingen und mit ihnen die eigene Erbärmlichkeit.

Gedanken an Flucht tauchten auf. Bis heute blieb es beim Träumen. Mutigsein ist nicht einfach und so gelang es nicht jeden Tag gleich gut, die Gefühle hinter einer Mauer zu verschließen.

Seit dem Lesen dieser Zeitungsmeldung bröckelt diese Mauer. Fällt bis zum Abend in sich zusammen und gibt sämtliche Empfindungen frei.

Sie fluten mein System, überfordern mich. Keine Chance, die Unordnung im Kopf zu beseitigen. Das Herz revoltiert, kommt ohne seine schützende Hülle nicht klar. Bilder von Matteo leblos in einem sterilen Krankenzimmer verfolgen mich.

So aufgewühlt finde ich in der Nacht keine Ruhe. Übermannt mich Müdigkeit, ist mir nur ein kurzer Schlaf vergönnt, bevor sich das Gedankenkarussell weiterdreht. Bei Morgengrauen erkenne ich, dass es nur einen Weg gibt, inneren Frieden zu erlangen. Ich darf nicht länger tun, was andere mir diktieren, sondern muss endlich meinem Herzen folgen.

Um die Schwäche in mir direkt in ihre Schranken zu verweisen, vergeude ich keine Zeit. Bereits am darauffolgenden Morgen stibitze ich in der Küche immer wieder ein paar Lebensmittel. Nehme nie so viel auf einmal, dass es auffällt, und bekomme dennoch über den Tag hinweg genug zusammen. Gemeinsam mit einigen Kleidungsstücken verstaue ich Brot, Schinken, diverse Schokoriegel und Wasserflaschen in einem Rucksack.

Ruhelosigkeit macht es nahezu unmöglich, mich den Rest des Tages unauffällig zu verhalten.

Obwohl es an Appetit mangelt, lange ich beim Abendessen kräftig zu. Könnte für einige Zeit die letzte warme Mahlzeit sein.

Wie jeden Abend erledige ich den Abwasch, gehe danach auf mein Zimmer. Ein paar Stunden Schlaf wären ratsam.

Die Aufregung lässt das nicht zu und so stehe ich wieder auf. Checke den Rucksack. Der Pass steckt in einer Seitentasche. Ich habe ihn am Nachmittag, als alle bei der Arbeit waren, aus dem Sekretär des Verwalters entwendet, zusammen mit dem Geld, das ich in seiner Schreibtischschublade fand.

Kurz nach Mitternacht streife ich eine weitere Schicht Kleidung über und breche auf. Es ist still im Haus und niemand bemerkt mein Verschwinden.

Als ich auf die vereiste Straße trete, sticht die Winterkälte auf der Haut. Ich schultere den Rucksack, binde mir einen Schal vor das Gesicht und ziehe die Mütze tiefer, sodass nur die Augen herausschauen.

Vorsichtig, um nicht auszurutschen, setze ich einen Fuß vor den anderen. Aufgrund der Glätte komme ich nur langsam voran.

Es ist gruselig, zwischen den Wellblechhütten entlang zu schleichen.

Hoffentlich falle ich niemandem auf. Man könnte mich für einen Dieb halten und diese werden hier schneller erschossen, als dass jemand Fragen stellt.

Von Weitem höre ich Musik aus der einzigen Wirtschaft dieses Ortes. Als ich näher komme, vermischt sie sich mit dem Lamentieren besoffener Männer.

Ich beschleunige die Schritte, nur nicht stehen bleiben und bloß keine Aufmerksamkeit auf mich ziehen.

Gerade an der Kneipe vorbei, schlägt ein Hund an. Um mich zu meinen, ist das Bellen zu weit entfernt.

Howard Coleman

GEBOREN AM 17. OKTOBER 1960
IN MIAMI, FLORIDA

SOHN VON
SHIRLEY UND ALBERT COLEMAN
SHIRLEY IST DEUTSCHE EINWANDERIN
IN DER 3. GENERATION

WOHNT BEI DEN DUARTES AUF
DUARTE ISLAND

IST DER BESTE FREUND VON
MATTEO DUARTE

Als Howard erfährt, dass Matteos Familie der Mafia angehört, will er für sie arbeiten.

Nach dem Zwischenfall im Vallerama, bei dem er Joaquin Duarte erschießt, um Matteo zu retten, erfüllt sich sein Wunsch.

Für einige Zeit ist unklar, ob die Duarte Familie ihn akzeptiert, oder sein Ausflug in den Sumpf der Mafia tödlich endet.

Am Ende überzeugt er mit seinen Fähigkeiten und wird in die Familie aufgenommen.

HOWARD

Der Geruch von Desinfektionsmitteln kitzelt in meiner Nase und verursacht das Gefühl, gleich niesen zu müssen. Ist ein bisschen so, als hätte ich mir was von Matteos Koks reingezogen. Die Lider sind so schwer, dass es nicht gelingt, die Augen zu öffnen.

Ist das ein Drogenrausch? Müsste ich mich dann nicht wenigstens daran erinnern, etwas genommen zu haben?

Woher kommt diese Schwerelosigkeit, wenn nicht von Koks?

Das ist nicht Matteos Bett. Das Laken fühlt sich nicht seidig an, außerdem riecht es in seinem Apartment angenehmer. Und es hört sich anders an.

Verdammt, wo bin ich?

Ich durchforste die Erinnerung nach irgendetwas, dass mir weiterhilft. Alles, was mir einfällt, liegt länger zurück, erklärt weder diesen Zustand noch gibt es Aufschluss über meinen Aufenthaltsort.

Ist da jemand?

Der Versuch, die Augen zu öffnen, scheitert erneut. Die Gedanken verfluchtigen sich und im gleichen Maße nimmt das wattige Gefühl zu.

Irgendetwas hat mich geweckt. Ich brauche einen Moment, um es zu identifizieren.

Nerviges Piepen.

Wieso klingt der dämliche Wecker so seltsam? Ist wohl einmal zu viel gegen die Wand geschlagen.

Ich angele danach. Finde ihn nicht auf dem Nachttisch. Taste weiter.

Das ist nicht mein Nachtschränkchen und demzufolge kommt das Piepen auch nicht vom Wecker.

Was ist hier los?

Panisch ringe ich nach Atem.

Eine Hand legt sich auf meine Stirn. Sanfte Worte, deren Sinn sich nicht erschließt. Wer spricht sie?

Die Watte im Kopf lässt nicht zu, dass ich Antworten finde.

Ich bin wach und gleichzeitig auch nicht. Ist das ein Traum?

Nein.

Eher ein Trip.

In meinem Kopf geht alles durcheinander. Matteo … Die Initiation …

Ein Unfall?

Es gelingt mir nicht, einen dieser Gedanken zu packen.

Der seltsame Geruch. Nur eine Illusion? Wie die Geräusche?

Oder die Schmerzen, die von der linken Seite in den gesamten Bauch ausstrahlen?

Wo steckt Matteo?

Was hat er mir für einen Scheiß gegeben? Ich kann mich nicht erinnern. Ohne Belang. Das hier ist jedenfalls ein ganz mieser Trip. Dabei behauptet er stets, das Zeug aus Kolumbien wäre so sauber.

Was für eine gequirlte Kacke.

Müdigkeit lähmt mich, als hätte ich tagelang nicht geschlafen.

Habe ich?

Gleichgültigkeit breitet sich aus. Irgendwann verschwinden die Drogen aus dem System. Dann kehrt die Klarheit zurück und bis dahin schlafe ich.

Halb weggetreten drehe ich mich auf die Seite. Ein heftiger und sehr realer Schmerz schießt durch die linke Flanke.

Heilige Scheiße! Ich reiße die Augen auf.

Verwirrung, als ich begreife, in einem Krankenzimmer zu liegen.

In meinem Handrücken steckt eine Nadel und ein Schlauch verbindet mich mit einem Infusionsbeutel, der an einem Ständer hängt. Außerdem bin ich mit einem Apparat verbunden. Von ihm kommen diese nervigen Piepgeräusche.

Wie bin ich hierhergekommen?

Welchen Tag haben wir?

Wie spät ist es?

Dunkelheit vor dem Fenster lässt vermuten, dass es Nacht ist.

Wichtiger zu erfahren wäre, was mich hierhergebracht hat.

Es braucht einen Moment, bis die Erinnerung einsetzt und ich uns in der Corvette sehe, die von diesem mörderischen SUV in den Graben gedrückt wird. Gleichzeitig flammt die Panik auf, die ich empfand, als mir bewusst wurde, dass meine Beine eingeklemmt waren.

Mit dem Herzschlag beschleunigt das Piepen des Apparates. Es ist nervtötend und erschwert das Erinnern.

Was ist als Nächstes geschehen?

Matteo ist ausgestiegen. Dann war da ein Mann. Schüsse.

Vermutlich hat er mich getroffen, das würde zumindest die Schmerzen erklären. Ich schlage die Bettdecke zurück und sehe den Verband um meine Taille.

Was ist mit Matteo?

Kopflos greife ich nach dem Notfallknopf und drücke wie ein Besessener darauf herum.

Es dauert eine gefühlte Ewigkeit, bis jemand ins Zimmer kommt. In Wirklichkeit vergehen sicher nur wenige Minuten. Wenn überhaupt.

Eine Krankenschwester steuert mein Bett an, gefolgt von Livan, der seinen linken Arm in einer Schlinge trägt.

»Sie sind wach«, stellt die Schwester überflüssigerweise fest. »Haben Sie Schmerzen?«

Wen interessiert das? »Was ist mit Matteo?« Mein Blick gleitet an ihr vorbei zu Livan.

»Er lebt«, antwortet der Bodyguard prompt.

Ich seufze, registriere dann den zutiefst besorgten Gesichtsausdruck. »Rede mit mir.«

»Er wurde mehrfach operiert und ist weiterhin in kritischem Zustand.«

Mich aufzurichten, steigert den Schmerz ins Unerträgliche.

»Bleiben Sie liegen.« Die Schwester klingt leicht hysterisch. »Ich hole einen Arzt.«

Livans gesunder Arm hält mich unten.

»Ich muss zu ihm, *Cariño*«, knurre ich.

»Nicht bevor der Doktor sein Okay gibt.«

»Livan, bitte.«

Ein Arzt betritt den Raum und ich gebe vorerst nach.

»Sie dürfen nicht aufstehen«, sagt er abgeklärt.

»Ich muss aber jetzt zu meinem Freund.«

»Mr. Coleman, offenbar sind Sie sich der Tragweite Ihrer Verletzung nicht bewusst. Sie haben eine Niere verloren.«

Es ist nicht länger notwendig, dass Livan mich zurückhält. Ganz von selbst sinke ich in die Kissen. »Aber …« Was bedeutet das? Verunsicherung macht sich breit. Man braucht doch seine Nieren? »Wie …«

»Ich wollte Ihnen keine Angst einjagen. Eine Niere genügt, um ein normales Leben zu führen. Dennoch haben Sie eine schwere Operation hinter sich und ihr Körper benötigt in erster Linie Ruhe, um sich davon zu erholen.«

»Ich möchte zu Matteo.« Mein Blick bettelt Livan an.

»Mr. Duarte wird morgen auf ein Privatzimmer verlegt. Es ist sicher groß genug für ein zweites Bett«, meint dieser nach kurzem Überlegen.

»Wenn sein Vater einverstanden ist«, sagt der Arzt skeptisch.

»Ich rede mit ihm.«

»Danke, *Cariño*.«

Der Arzt verlässt mein Zimmer, ist wohl überzeugt, dass ich vernünftig bin.

»Schlimm?« Ich deute auf Livans Arm.

»Nicht mehr als ein Fliegenschiss verglichen mit euren Verletzungen.«

»Welchen Tag haben wir heute?«

Er schaut zur Uhr. »Seit einer Stunde den 6.«

Erschrecken. Wie konnte so viel Zeit vergehen, ohne dass ich es mitbekam?

»Es gab Komplikationen, deshalb haben sie dich für drei Tage in ein künstliches Koma gelegt. Danach warst du zwischendurch wach, bist aber immer wieder weggedämmert. Die Ärzte meinten, das sei ok, da dein Körper sich auf die neue Situation einstellen muss.«

»Du klingst, als wärest du die ganze Zeit hier gewesen.« Ich mustere Livan. Die Schatten um seine Augen gab es früher nicht.

»Ich stand vor deiner Tür. Und wenn ich ein paar Stunden gepennt habe, war ein anderer da.«

»Ich erinnere mich an nichts.«

»Ruh dich aus.« Livan legt mir die Hand auf den Arm. »Ich bin draußen, falls etwas ist.«

»Wer ist bei Matteo?«

»Leute seines Onkels.«

Ich nicke nachdenklich. »Livan, wer war das?«

»Alles deutet auf Söldner hin. Der Oberboss lässt seine Beziehungen spielen, um herauszufinden, wer dahintersteckt.«

»Er ist noch hier?«

»Nein. Nur ein paar seiner Männer und Señor Angel. Er kümmert sich ums Tagesgeschäft. Mr. Duarte sitzt fast die gesamte Zeit bei Matteo.«

»Er wird es schaffen, oder?«

Livan nickt, aber sein Gesicht spiegelt Zweifel wider.

»Sind sonst alle ok?«

»Louis ist tot.«

Ich schlucke, kannte diesen Mann kaum, dennoch lässt mich sein Tod nicht kalt. Immerhin ist er gestorben, damit wir weiterleben. »Jander ist bei Matteo?«

Livan weicht meinem Blick aus.

»Was ist mit Jander?«

»Es geht ihm nicht gut.«

»Livan!«

»Er ist noch nicht wieder aufgewacht.«

Emilio Duarte

Emilio verzweifelt langsam an Matteos Eskapaden.

Obwohl er ihm gern die Freiheit zugestehen würde, aus Liebe zu heiraten, beugt er sich dem Wunsch seines Bruders - der Oberboss des Kartells - und stimmt einer Zweckehe mit Louisa Rinaldi zu.

Er erkennt Howards Potential und setzt sich für seine Aufnahme in die Familie ein.

BOSS DES DUARTEKARTELLS
IN MIAMI, FLORIDA

GEBOREN AM 17. SEPTEMBER 1942

SOHN VON
CAMILO UND SOFIA DUARTE
JÜNGERER BRUDER VON FELIPE

VATER VON MATTEO

WOHNT MIT SEINER FAMILIE
AUF DUARTE ISLAND

GEHÖRT ZU DEN GEMÄßIGTEREN
MAFIABOSSEN

EMILIO

Seit beinahe einer Woche verbringe ich runde zwanzig Stunden des Tages am Bett meines einzigen Sohnes. Die restlichen vier nutze ich für ein paar Telefonate, gehe unter die Dusche, wechsle die Kleidung, lasse mir von Josi eine Kleinigkeit zu essen aufdrängen. Schlafen? Momentan Luxus und mehr als ein Stündchen an Matteos Bett sitzt nicht drin.

Anfänglich wollte ich nichts davon wissen, dass Howard auf sein Krankenzimmer verlegt wird. Livan hat mich überzeugt, dass mein Sohn die Gesellschaft seines Freundes braucht. Der Sicherheitsaspekt gab den Ausschlag. Zwei Zimmer lassen sich problemloser schützen als drei.

Am Morgen schoben Sanitäter sein Bett herein, und inzwischen gebe ich zu, dass es mir guttut, nicht allein mit Matteo zu sein. Seine Hilflosigkeit zehrt an meinen Nerven und Howards Anwesenheit macht es einfacher, mich zusammenzureißen. Als Oberhaupt dieser Familie darf ich die Haltung nicht verlieren. Gleichzeitig schätze ich die Ablenkung und ja, Matteo würde es so wollen. Unterm Strich gehört sein Freund inzwischen zu uns, etwas, woran ich mich noch nicht gewöhnt habe.

Schon wieder werden meine Gebete überhört, mit denen ich jeden Morgen in der Krankenhauskapelle darum bitte, dass wir den Tag ohne einen weiteren Kreislaufzusammenbruch überstehen. Matteos Zustand ist weiterhin instabil. In einem Moment besteht Zuversicht und die Ärzte sprechen davon, in Kürze die ruhigstellenden Medikamente abzusetzen, im nächsten spielt sein Kreislauf verrückt. Am liebsten möchte ich mir die Ohren zuhalten, um das aufgeregte Piepen der Geräte nicht zu hören.

Binnen Sekunden eilen zwei Ärzte und weiteres medizinisches Personal herbei. Ich trete zur Seite, um sie nicht zu behindern.

Bin dankbar, dass sie aufgegeben haben, mich des Raumes zu verweisen. In diesen kritischen Momenten nicht bei meinem einzigen Kind zu sein, war unerträglich. Ich brauche die Gewissheit, dass sie ihr Menschenmöglichstes aufbieten, um ihn am Leben zu erhalten. Um nicht im Weg zu stehen, setze ich mich auf Howards Bettrand. Er sagt kein Wort, aber der Horror in seinem Gesicht ist unübersehbar. Aus purer Verzweiflung raufe ich mir die Haare. Eine Berührung lässt mich innehalten.

Howard umschließt meine Hand, zieht sie zu sich und presst sie an seine Brust. »Er schafft das.«

Ich durchschaue, dass er uns beiden Mut machen will. »Ja, Sohn«, gebe ich im gleichen Bemühen zurück.

Ein weiteres Mal gelingt es den Ärzten, Matteo zu stabilisieren.

»Wie geht es Daniel?«, fragt Howard, als die Monitore anzeigen, dass sich die Vitalwerte meines Sohnes wieder im Normbereich befinden.

»Er ist in der Villa.« Darüber wurde ich informiert.

»Kommt er zurecht?«

»Ja.« Ich gehe zumindest davon aus.

Für eine Weile herrscht Schweigen zwischen uns, das abermals Howard bricht. »Wieso liegt Jander im Koma?«

Ich entscheide mich für die Wahrheit und erzähle ihm, dass mein Bodyguard so viel Blut gespendet hat, dass es für ihn am Ende nicht reichte. Die Betroffenheit, die sich daraufhin auf seinem Gesicht abzeichnet, offenbart stärkere Empathie, als ich ihm zugetraut hätte.

Am frühen Abend klopft es an der Tür. Einen Moment später tritt Onkel Angel ins Krankenzimmer. »Gut zu sehen, dass du dich besser fühlst, Junge«, wendet er sich an Howard. Dann geht er zu Matteos Bett, beugt sich über ihn und tätschelt seine Wange.

»Emilio, ich verstehe, dass du bei deinem Sohn sein möchtest, aber das Business ruht nicht. Ich kümmere mich gern um die Tagesgeschäfte, ungeachtet dessen müssen wir uns mit dem Vorfall auseinandersetzen.«

Obwohl er recht hat, zögere ich. Sehe zu Matteo und fühle bereits das schlechte Gewissen.

»Kümmern Sie … Kümmere dich ruhig ums Geschäftliche. Ich bin hier und passe auf Matteo auf«, meint Howard.

Schweren Herzens folge ich Angel, als dieser mir zunickt.

***

»Wir haben nicht genügend Männer, um gleichzeitig Palm Springs und Ft. Lauderdale anzugreifen.« Zum ersten Mal seit dem Angriff sitze ich hinter meinem Schreibtisch und spreche aus, worüber ich während der unzähligen Stunden im Krankenhaus gegrübelt habe.

»Sie leugnen standhaft ihre Beteiligung«, gibt Angel zu bedenken.

»Klar, dass sie es abstreiten.«

»Felipe konnte bei seinen Nachforschungen keinen Anhaltspunkt finden, der den Angriff auf die Vallejos zurückführt.«

»Wer soll es sonst gewesen sein?«

»Das ist die Frage. Überleg doch mal, weshalb sollten die Vallejos Söldner schicken? Das ist nicht ihr Stil.«

»Stimmt, aber ich habe keine Idee, wer sonst dahinterstecken könnte.« Das ist die traurige Wahrheit.

»Du solltest mit diesem Santiago sprechen. Der hat sich recht vernünftig verhalten nach der Sache im Vallerama.«

Ich zucke mit den Schultern, verspüre gewissen Widerwillen, mich erneut mit einem Vallejo an einen Tisch zu setzen. Lieber würde ich meine Männer zusammenziehen und gen Palm Springs ziehen. Wann immer Vallejos uns angriffen, ging es von dort aus.

»Was läuft da mit diesem Nino Rinaldi?«

»Du hast recht, wir sollten mit den Rinaldis sprechen. Wenn sie uns Soldaten zur Verfügung stellen, könnten wir parallel Ft. Lauderdale angreifen.« Ich brauche diese Rache. Matteo steht weiterhin an der Grenze von Leben und Tod. Howard hat es schwer erwischt und mein bester Mann wacht wahrscheinlich nie wieder auf. Kann mir jemand verdenken, dass ich nach Blut dürste?

»Nino Rinaldi?« Angel sieht mich erwartungsvoll an.

»Was ist mit ihm?«

»Er ruft jeden Tag an und will Matteo sprechen.«

»Sie sind Freunde.« Ich winke ab.

»So eng?«

Bei näherer Betrachtung kommt es mir komisch vor. »Wollte er wissen, wie es ihm geht?«

»Ich denke nicht, dass er von dem Angriff weiß.« Angel sieht zur Uhr. »Wir haben es inzwischen zwei. Bleibt er bei seiner Routine, klingelt in der nächsten Stunde das Telefon.«

»Ja, klar.« Es fällt mir wieder ein. »Er ist seit Weihnachten bei den Großeltern in Italien. Wenn er sich meldet, frage ich ihn gleich mal, wie viele Soldaten seine Familie uns zur Verfügung stellen kann.«

»Rede erst mit Santiago, bevor du etwas ins Rollen bringst, was sich nicht mehr aufhalten lässt«, rät Angel.

»Sie werden herausgefunden haben, dass Matteo und Howard für Sauls Tod verantwortlich sind, und das ist ihre Rache.« Diese These ergibt Sinn.

»Es klingt folgerichtig, Emilio und doch glaube ich nicht daran. Felipe hat tief gegraben und sämtliche Erkenntnisse bestätigen, was wir vorher wussten. Sebastián und Diego verfügen nicht über die Stärke, einen neuen Krieg anzuzetteln. Sie haben zurzeit nur einen Mann, der mächtig genug wäre und das ist Santiago.«

»Und der hat mir einen Waffenstillstand zugesagt. Wahrscheinlich hast du recht und ich muss mit ihm reden.«

»Konfrontiere ihn und falls du feststellst, dass er falschspielt, stehe ich hinter deinen Angriffsplänen und Felipe genauso.«

Weil es nicht in meinem Charakter liegt, leichtfertig einen Krieg anzuzetteln, gebe ich nach. »Santiago bekommt eine Chance, sich zu äußern. Aber ich lasse die Zeit nicht ungenutzt.« Die Hand langt zum Telefonhörer.

Ich rufe Andrey an, der Jander vertritt, solange dieser ausfällt und Livan im Krankenhaus Wache schiebt.

»Sir?«

Hat der etwa geschlafen? »Ziehe unsere Männer zusammen und bereite sie auf einen Angriff vor.« Ich lege auf. Mehr gibt es dazu nicht zu sagen.

Für einen Moment bin ich versucht, direkt Santiago anzurufen, aber das verschiebe ich dann doch besser auf den kommenden Morgen.

»Leg dich hin«, sage ich zu Angel. »Heute können wir eh nichts weiter erledigen. Wenn Nino anruft, bin ich hier.«

Ich nehme ein paar Papiere, schaffe es aber nicht, mich auf die Zahlen zu konzentrieren. Müdigkeit lässt meine Lider schwer werden.

Als ich die Augen öffne, graut bereits der Morgen. Nino hat sich nicht gemeldet. Nach einer Tasse Kaffee rufe ich Santiago an.

»Wo soll das Treffen stattfinden? Wieder im Vallerama?«

Ich vernehme ein unterdrücktes Lachen, lasse mich nicht davon täuschen, dass er entspannt wirkt. »Auf neutralem Boden.«

»Wie wäre es mit einem chinesischen Restaurant. Da können wir sicher sein, dass es keine Verbindung zu einer unserer Familien gibt.«

Das halte ich für eine gute Idee und überlege, wie dieser Laden hieß, der kürzlich eröffnet hat.

Jetzt fällt es mir wieder ein »Wie wäre es mit dem Flying Dragon?«

»Das ist Downtown oder?«

»Genau.«

Im Anschluss an das Telefonat fahre ich zum Krankenhaus.

Howard sitzt auf seinem Bett und erzählt Matteo irgendwelche Geschichten von früher.

»Er ist ok. Braucht noch etwas Zeit. Machen … Mach dir nicht zu viele Sorgen um ihn.«

Ich betrachte den Sohn. Keine Veränderung festzustellen, setzt mir zu. Dabei sollte ich froh sein, dass er heute bislang stabil ist. Mein Blick wandert zu seinem Freund. Ich lege eine Hand auf seine Schulter und drücke sie. Bin dankbar für diese Freundschaft. Würde es ihm gern sagen, befürchte, dass ich es nicht schaffe, die Stimme zu kontrollieren. Momentan sitzt ein Kloß im Hals fest.

Howard zögert, spricht dann wieder zu Matteo.

Ich sehe ein, dass derzeit niemand mehr für ihn tun könnte, und fahre zurück zur Villa.

Seit Jahren gewohnt, eigene Entscheidungen zu treffen, schätze ich Angels Unterstützung zwar, doch es fällt mir zunehmend schwer, sie anzunehmen. Als er anbietet, mich zum Termin mit Santiago Vallejo zu begleiten, lehne ich brüsk ab und übersehe seinen angesäuerten Gesichtsausdruck großzügig.

Für ein paar Minuten steht Schweigen zwischen uns.

»Was hast du eigentlich mit dem Jungen vor?«, wechselt Angel das Thema.

»Was denn für ein Junge?«

»Der Bruder von Howard.«

Ich seufze, habe bei aller Aufregung die Existenz unserer Geisel verdrängt. Nach dem, was ich vorhin im Krankenhaus miterleben durfte, ist es schwachsinnig, uns eines solchen Mittels zu bedienen, um Howards Loyalität zu sichern. Diese hat er mehr als einmal bewiesen.

»Schick ihn heim.«

»Er ist hier.«

»Das weiß ich, Angel. Aber hier gehört er nicht hin.«

»Das sieht Felipe anders.«

Mit einem Stöhnen greife ich zum Telefonhörer. Habe wenig später meinen Bruder am Apparat und lasse ihn wissen, wie ich über die Angelegenheit denke.

»Der Junge bleibt.«

»Hast du mir nicht zugehört?«

»Emilio, wir haben eine Entscheidung getroffen und wer soll uns ernst nehmen, wenn unser Wort nicht mehr zählt?«

Der Punkt geht an ihn, was mir nicht schmeckt.

»Das war von Anfang an ein Scheißplan.«

»Die Idee stammte von deinem Sohn.«

Ich schmeiße den Hörer in die Gabel und blitze Angel wütend an. »Was ist mit ihm?«

»Er geistert durchs Haus und bekommt sich kaum wieder ein.«

»Und was soll mir das sagen?«

»Jemand muss sich um ihn kümmern.«

»Felipe legt so viel Wert auf seine Anwesenheit, also nimm ihn mit nach Kolumbien.«

Angel schaut mir in die Augen und lächelt mitleidig.

Ich habe diesen Blick schon als Junge gehasst. Mir ist klar, dass er Daniel hierlässt, und ich dränge ihn nicht weiter. So lieb mir diese Lösung wäre, sie würde Howard auf die Barrikaden treiben und wenn ich eines nicht hinnehme, dann Unfrieden in dieser Villa.

»Es müssen Entscheidungen getroffen werden«, sagt Angel. »Lass ihn weiterhin auf seine Schule und demnächst steht das FBI auf der Matte, weil er ausposaunt, was er so mitbekommt. Ich habe ihn vorerst krankgemeldet.«

Das ist gut. »Howard wird sich um ihn kümmern, wenn er zurück ist.« Ich habe weder Zeit noch Muße, mich seiner anzunehmen. »So lange bleibt er auf seinem Zimmer. Stell zwei Männer vor die Tür und weise ein Hausmädchen an, seine Versorgung sicherzustellen«, verfüge ich und halte damit die Sache für erledigt.

Am Nachmittag fahre ich in Begleitung von vier Männern zum Flying Dragon. Wir betreten den Laden und werden von Santiagos Leuten in Empfang genommen. »Wo ist er?«, frage ich.

»Im Hinterzimmer.«

Sollte ich argwöhnisch werden, weil es hier ein solches gibt? Aber Kubaner eröffnen keine Chinarestaurants und mir ist keinerlei Verbindung zwischen den hier ansässigen Familien und den Chinesen bekannt.

»Die Waffen. Bitte.«

»Wenn meine Männer sicherstellen können, dass er auch keine bei sich führt.«

Eine Tür öffnet sich und Santiago tritt heraus. »Ich denke, das ist nicht nötig«, sagt er in bedachtem Tonfall an seine Truppe gewandt. »Kommen Sie, Emilio.« Mit einer einladenden Armbewegung fordert er mich auf, ihm zu folgen.

Ich gebe meinen Leuten ein Zeichen, dass sie zurückbleiben können, und betrete den Raum, in dem eine Kellnerin unsere Bestellung erwartet.

Santiago ordert Tee und ich einen Kaffee.

»Wer hätte gedacht, dass wir uns so bald wiedersehen«, eröffnet er das Gespräch.

Ich steige nicht auf den Small Talk ein. »Sie haben mir einen Waffenstillstand zugesagt.«

»Und mein Wort gehalten.«

»Also wollen Sie mir weismachen, dass die Vallejos nicht hinter dem Anschlag auf meine Familie stecken?« Wieso sitze ich hier und höre mir diesen Schwachsinn an, anstatt den Angriff vorzubereiten?

Er trinkt einen Schluck Tee und mustert mich. »Ich mache Ihnen gar nichts weis. Es ist nicht höflich, um dieses Treffen zu bitten und mich gleichzeitig der Lüge zu bezichtigen.«

Ich lasse ihn nicht aus den Augen. »Tatsache ist, dass mein Sohn im Krankenhaus um sein Leben kämpft.«

»Das tut mir leid, aber Fakt ist ebenso, dass die Vallejos nichts damit zu tun haben. Es geht das Gerücht rum, dass Söldner diesen Angriff durchgeführt haben.«

Mir war nicht bewusst, dass diese Information bereits die Runde gemacht hat, und ich nicke verhalten.

»Nennen Sie mir einen Grund, weshalb wir Söldner in der Nacht schicken sollten, in der Sie ein Initiationsritual abhalten?«

»Wann habt ihr je einen Grund benötigt?« Mich ärgert, dass er in etwa das Gleiche anführt wie Angel.

»Emilio, Sie wissen, dass ich nicht darauf aus bin, diese Fehde fortzuführen. Hätte ich es gewollt, gäbe es keinen Waffenstillstand. Vergessen Sie nicht, dass Ihr Sohn im Vallerama aufgetaucht ist und den dortigen Zwischenfall provoziert hat. Am Ende starb ein Mann unserer Familie.«

»Und das ist ein guter Grund für diesen Angriff.«

»Sicher, aber seit wann legen wir unsere Rache in fremde Hände und warten auf eine Gelegenheit? Vor Jahren hat Ihr Bruder die Kette der Gewalt durchbrochen. Eine bedeutsame Geste. Ich habe sie erwidert und meine Familie rausgehalten, als die Ihre Joaquin tötete.«

»Er hat meinen Sohn angegriffen.«

»Und dafür bezahlt. Einen höheren Preis als Ihre Familie. Es tut mir leid, mich zu wiederholen, aber Matteo hatte nichts im Vallerama verloren. Wie dem auch sei, ich habe Ihnen zugesagt, dass wir uns nicht einmischen und zugleich darauf hingewiesen, dass Aragon Borja das anders sehen könnte.«

»Sie meinen, dass er …« Dass Borja unabhängig von den in Florida ansässigen Vallejo-Familien agiert haben könnte, wäre eine Möglichkeit, die wir bisher vernachlässigt haben.

»Seine Tochter ist verschwunden und seitdem läuft er Amok.«

»Diese unsägliche Romanze zwischen den beiden ist beendet.«

»Sie haben Ana also nicht gesucht?«

»Schon, aber nicht gefunden.« Ich stelle meine Tasse ab. Was unterstellt er mir gerade? »Worüber reden wir hier eigentlich?«

»Sie wissen es nicht.« Eine Feststellung.

Zu gern würde ich aufstehen und gehen. Diese Unterhaltung war eine Schnapsidee und führt zu nichts. Mag sein, dass der Überfall auf Borjas Konto geht. Ergibt Sinn, dass er die Wochen brauchte, um sich neu aufzustellen. Einen Sohn für einen Sohn.

Weshalb bringt Santiago die Entführung seiner Tochter ins Spiel? Dass wir nichts damit zu tun haben, versicherte ich Francesco an Weihnachten und war überzeugt, dass er mir glaubt. »Was meinen Sie?«

»Das Little Havanna Massaker hatte eine Überlebende. Die jüngste Tochter hielt sich nicht im Haus auf. Sie wurde im Anschluss aus verschiedenen Gründen in die Obhut ihrer Schwester und deren Mannes nach Spanien geschickt. Aragon Borja. Keiner weiß, was er mit ihr vorhatte oder was ihn nach Miami trieb. Borja ist ein Einzelgänger, und wenn er nicht entfernt zur Familie gehören würde, würde ich behaupten, er sei total durchgeknallt. Was ich sagen will,« er schiebt eine Pause ein. »Matteo hat sich mit Ana Vallejo, dieser Überlebenden, eingelassen und ich habe sie in Sicherheit gebracht.«

Ich stoße geräuschvoll Atem aus, hatte keine Ahnung. »Ok. Aber wenn sie in Sicherheit ist …«

»Jemand hat vor Weihnachten Aragons leibliche Tochter entführt, was der gesamten Geschichte eine unerwartete Brisanz verleiht.«

»Oh.« Ich ordne kurz die Gedanken, bin erleichtert. Keiner von uns hielt sich zum Jahresende in Europa auf. »Wir waren hier, haben die Feiertage mit dem kolumbianischen Teil der Familie verlebt.«

Santiago nickt. »Das weiß ich und nur deshalb sitzen wir hier. Weil ich ein vernünftig denkender Mensch bin. Im Gegensatz zu Aragon. Für ihn besteht kein Zweifel daran, dass Sie für diese Entführung verantwortlich sind und was das angeht, kann ich seine Gedankengänge nachvollziehen.«

Ich auch, aber das muss mein Gegenüber nicht erfahren.

»Ich glaube Ihnen und hoffe, dies nicht zu bereuen. Stoppen Sie die Suche nach Ana und helfen mir, Aragons leibliche Tochter zu finden.«

Mir bleibt keine Wahl. »Ich sichere Ihnen zu, dass wir nicht länger nach Ana suchen. Was seine Tochter angeht – meine besten Männer sind nicht einsatzfähig.«

»Halten Sie Augen und Ohren offen. Sie muss zurück zu Aragon, andernfalls kann ich für nichts garantieren.«

Auf der Rückfahrt zur Insel lasse ich mir alles abermals durch den Kopf gehen. Und dann sehe ich plötzlich klar.

»Nino!«

»Sir?«, fragt Andrey hinter dem Steuer.

Ich winke ab.

HOWARD

Ehrlich gesagt, erleichtert mich, dass die Geschäfte Mr. Duarte aus diesem Krankenzimmer geholt haben. Das vertraute Emilio kommt mir schwer über die Lippen, und ihn permanent bei mir zu haben, ist ungewohnt.

Ich bin seit einer Woche im Krankenhaus. Meine Beine erholen sich zunehmend von den Quetschverletzungen und ich schaffe es bis zum Klo und wieder zurück. Die Beine würden weiterkommen, aber ich fühle mich derart schlapp und ausgelaugt, dass ich bei jedem Schritt gegen die Schwerkraft ankämpfe und froh bin, als ich das Bett erreiche. Das liegt wohl daran, dass die Nierenwerte weiterhin nicht in Ordnung sind.

Ich stelle das Kopfteil weitestmöglich auf und rede mit Matteo. Praktisch unser gesamtes gemeinsames Leben erzähle ich ihm in der Hoffnung, irgendwas davon dringt durch und verleiht ihm die Kraft zum Kämpfen.

Ich vermisse ihn.

Seien wir mal ehrlich, ich habe mir alles anders vorgestellt. Noch stärker mit Matteo zusammengeschweißt wollte ich mit ihm zusammenarbeiten – für die Familie. Zwar will ich das weiterhin, aber zusätzlich gibt es eine neue Priorität. Mein Bruder. Es geht um seinen Schutz und natürlich darum, dass er nicht kriminell wird. Das habe ich Mom versprochen und gewöhnlich stehe ich zu meinem Wort, wobei mir dieses besonders wichtig ist.

Für Daniel.

Und Mom, die mir in diesen Tagen fehlt.

Würde sie mich nur einmal in den Arm nehmen und mir versichern, dass alles wieder gut wird. Ich habe Angst. Die Quatscherei lenkt ab, aber nicht ausreichend. Jedes Mal, wenn ich zum Klo muss und es brennt wie die Hölle und am Ende erneut rotgefärbter Urin kommt, fürchte ich, an der Dialyse zu landen.

Mir wird eiskalt bei dem Gedanken.

»Wieso lässt du mich im Stich?«, fahre ich Matteo an. »Ich brauche jemanden zum Reden. Die Ärzte haben gelacht, als ich heute früh von meinen Pinkelbeschwerden sprach und gesagt, ich solle Geduld haben. Am liebsten hätte ich die Beretta rausgeholt und zugesehen, wie ihnen das Lachen vergeht.« Wo ist die Beretta überhaupt? »Und sag nicht, ich könne mit deinem Dad reden. Der hängt zwar jeden Tag stundenlang mit uns hier rum, doch ein solches Gespräch? Ich bitte dich, Matteo.« Ein Seufzen drängt sich heraus. »*Du* bist meine Familie.«

Mir ist zum Heulen zumute und ich bin nah dran, Mom anzurufen. Entscheide aus Angst vor Zurückweisung dagegen. Damit muss ich rechnen und wenn nicht, kämen wir früher oder später erneut an den Punkt, an dem es nicht weitergeht. Mir würde das wehtun, sie würde es vernichten. Deshalb halte ich mich an Matteo und texte ihn zu.

»Ich bin jetzt so was wie dein Bruder, also kneif die Arschbacken zusammen, anstatt wie eine Pussy ständig verrückt zu spielen. Zwei verdammte Tage, sagen die Ärzte, musst du stabil bleiben, dann holen sie dich zurück.«

Vorsichtig stehe ich auf und schleppe mich zum Klo.

Schon wieder.

Weil die Ärzte behaupten, es sei wichtig, die Niere gut durchzuspülen, trinke ich jeden Tag literweise Wasser. Alles, um ein normales Leben zu führen.

Langsam werde ich paranoid, achte peinlich genau darauf, ob es schön fließt. Gerade brennt nichts. Vielleicht haben die Ärzte ja recht und ich reagiere übersensibel.

Ob ich je wieder normal werde?

Oder bleibt da was zurück? Irgendeine schräge Pinkelmacke?

Auf dem Weg ins Bett schwöre ich mir, künftig vorsichtiger zu sein und mich nicht mehr mit beiden Fäusten in irgendwelche Auseinandersetzungen zu werfen.

Ein Seufzen, ich werde nie wieder unbekümmert sein.

»Matteo, in Zukunft müssen wir die Rollen tauschen.«

Die aufrechte Körperhaltung verstärkt die Schmerzen und ich lasse das Kopfteil herunter. »Erinnerst du dich an den Abend, als sich die Typen von der Amfia aufspielten, als gehöre der Leguan ihnen. Denen …«

Ein Klopfen an der Tür unterbricht meinen Monolog.

Ich runzle die Stirn, als eine Schwester mit einem Telefonapparat hereinkommt, der eine scheinbar endlose Schnur hinter sich herzieht.

»Da möchte Sie jemand unbedingt sprechen.« Sie reicht mir das Teil.

Ich warte, bis sich die Tür schließt. »Ja?«

»Howi endlich!«

»Nino?« Den hatte ich vollkommen vergessen.

»Ich versuche seit Tagen, einen von euch zu erreichen. Heute rückt der Alte endlich mit der Sprache raus. Seid ihr ok?«

»Nicht wirklich.« Ich will ein paar Details hinzufügen, aber er schneidet mir das Wort ab.

»Matteo wollte am 3. in Italien sein. Heute ist der 7. Haltet ihr mich für einen Idioten?«

»Inzwischen weißt du …« Sein Gezeter fällt mir auf die Nerven.

»Der Alte meinte, ihr seid im Krankenhaus. Da gab es nur zwei Möglichkeiten. Zugedröhnt gegen einen Baum oder …«

»Ein Angriff.«

»Das tut mir leid. Weiß man, wer dahintersteckt?«

»Wir sind dabei, das herauszufinden und …«

Erneut lässt er mich nicht ausreden. »Matteo kann sich später die Eier schaukeln. Mein alter Herr macht mir die Hölle heiß. Keine Ahnung, wie ich ihn länger hinhalten soll.«

Ich kann ihn ein bisschen verstehen, nur dass wir nicht zum Spaß hier liegen. Garantiert setze ich ihm jetzt nicht unsere Krankengeschichte auseinander. »Dann komm zurück.« Was Besseres fällt mir nicht ein.

»Und was wird aus ihr?« Er fährt erneut hoch. »Ich kann sie nicht bei der Familie lassen und in den nächsten Flieger steigen. Was also soll mit ihr geschehen?«

»Sie ist bei dir?«

»Was denkst du denn, du Witzbold? Ich kann sie schließlich nicht laufen lassen. Die rennt womöglich zur Polizei und … Gib mir doch mal Matteo.«

»Du musst mit mir vorliebnehmen.«

»Dann sag du, wie es weitergeht.«

Woher soll ich das wissen? Nino muss zurück. Matteo will mit Ana reden. Da bleibt doch nur ein Weg. »Bring sie mit nach Miami.«

»Aber sonst geht es dir gut?«

»Nino! Matteo ist schwer verletzt«, rufe ich aus. »Bei mir sieht es kaum besser aus.« Ich schraube die Lautstärke runter. »Also liegt es bei dir, sie hierherzubringen.«

»Und wie stellst du dir das vor, Howi?«

»Was weiß ich? Ihr seid doch die Menschenhändler«, flüstere ich in den Hörer.

Stille auf der anderen Seite.

»Nino, lass dich nicht ewig bitten.«

»Ihr schuldet mir etwas.«

»Damit kann ich leben.«

***

Eine weitere Woche vergeht, bis Matteo stabil genug ist, um die ruhigstellenden Medikamente abzusetzen. Seit Stunden sitze ich hier und starre ihn an, um den Moment nicht zu verpassen.

Obwohl die Ärzte meinen, es könne eine Weile dauern, bis er aufwacht, erscheint es mir zu lange. Ich bin nah dran, den Notruf zu drücken, nur um sicherzustellen, dass alles in Ordnung ist.

Hat sich sein Augenlid bewegt?

Es sah so aus, doch als sich Minuten später nichts tut, sehe ich ein, mich geirrt zu haben.

»Mann, jetzt mach es nicht so spannend.« Etwas in mir erwartet eine Antwort. Will glauben, dass er sich schlafend stellt und längst wach ist.

Natürlich ist das Blödsinn.

Die Tür öffnet sich und Mr. Duarte, Emilio, kommt herein.

»Noch nichts Neues«, informiere ich ihn.

»Wie man es nimmt. Eine Ärztin hat mir mitgeteilt, dass du morgen entlassen wirst.« Er mustert mich irritiert, als ich nicht in Freudenjubel ausbreche.

In meinen Träumen haben wir das Krankenhaus stets gemeinsam verlassen. »Kann ich nicht …«

»Du kommst morgen nach Hause«, unterbricht mich Emilio in diesem Tonfall, der keinen Widerspruch duldet. »Dein Bruder muss dringend eingefangen werden.«

»Ist er weg?«

»Ich habe ihn in seinem Zimmer festgesetzt.«

Schwer verständlich, dass sie ihn erst holen und dann einsperren. Ich frage nicht danach. Bleibe einer gewissen Verleugnungsstrategie treu. Nicht aus Gleichgültigkeit, mir fehlt simpel die Kraft, an einer weiteren Front zu kämpfen. Aus dem Grund habe ich auch nicht infrage gestellt, dass mein Bruder nicht über den *Unfall* informiert wurde.

Mom wäre entsetzt, wüsste sie, wie wenig ich auf Daniel achtgebe. Ich atme schwer, vermisse sie, wenngleich nicht mehr so sehr wie in den ersten Tagen, als ich unter Schmerzen litt und mich erbärmlich fühlte.

»Dann bleibt mir wohl nichts anderes übrig.«

Mr. Duarte, Emilio, nickt und betrachtet Matteo fast so durchdringend wie ich. Während er uns nach einiger Zeit verlässt, harre ich auf meinem Beobachtungsposten aus.

»Mensch, Matteo, die schmeißen mich morgen raus. Also mach verdammt noch mal die Augen auf.«

»Was brüllst du so rum?«, krächzt es aus Richtung des anderen Bettes.

Ich springe so schnell aus meinem, dass ein stechender Schmerz durch die linke Seite fährt. »Heilige Scheiße, bist du wirklich wach oder hab ich Hallus?«

Matteo blinzelt.

Ich sehe es und es wiederholt sich. Keine Täuschung. Von Emotionen plattgewalzt, ergreife ich seine Hand und drücke sie fest.

Es vergeht eine weitere Stunde, bis er einigermaßen ansprechbar ist. In der Zwischenzeit kehrt sein Vater zurück.

»Erinnerst du dich an das, was passiert ist?«, fragt Emilio.

»Vage.« Matteo räuspert sich und ich reiche ihm ein Glas Wasser.

»Howard wird dir alles erzählen, aber nicht mehr heute.« Er sieht mich mahnend an.

Matteos Kräfte gehen gegen null, seine Augen fallen zu und es vergeht keine Minute, bis er tief und fest schläft.

Drei Männer holen mich am nächsten Vormittag vom Krankenhaus ab. Andrey, die Namen der beiden anderen kenne ich nicht, wechselt ein paar Worte mit Matteo. »Bist du bereit?«, fragt er dann mich, scheint sich hier nicht wohlzufühlen.

Ich verspreche meinem Freund zum Abschied, ihn jeden Tag zu besuchen.

»Davon gehe ich aus.« Er schenkt mir ein schiefes Grinsen.

Ich folge der Eskorte, bekomme mit, wie Andrey aufatmet, als wir ins Freie treten.

»Du magst keine Krankenhäuser.«

Er schüttelt mit dem Kopf.

»Ungute Erinnerungen?«

»Ich habe zu oft erlebt, dass gerade noch gesunde Männer in einem Krankenzimmer landen und dieses nicht mehr verlassen.«

Ich nicke nachdenklich, bin froh, dass sich Matteo auf dem Weg der Besserung befindet.

An der Villa Duarte angekommen, gehe ich mit den Männern in Richtung Flachbau.

»Sie haben deine Sachen schon rübergeholt«, sagt Andrey.

Unschlüssig bleibe ich stehen. Im Krankenhaus spielte eine untergeordnete Rolle, das ich jetzt zur Familie gehöre.

Sollte sich das nicht besser anfühlen? Um es zu genießen, fehlt ein zu bedeutsamer Teil.

Aus Gewohnheit stecke ich mir eine Zigarette an. Die erste nach zwei Wochen und prompt wird mir schwindelig. Ich werfe sie auf den Schotter und trete sie aus, steige die Stufen zum Eingang der Villa hinauf.

Der Soldat an der Tür hält mir diese auf.

Zu Hause.

Ich sehe mich in der Halle um. Alles ist wie sonst. Nur ich bin ein anderer und zu einem gewissen Teil fühlt sich das seltsam an. Dass die Tür zum Arbeitszimmer wie gewohnt offensteht, nimmt nichts von der Nervosität. Verstärkt sie eher, als ich hinter dem Schreibtisch Angel Duarte entdecke.

Über die Feiertage habe ich ihn als leicht schrulligen Rentner kennengelernt, aber der Mann, der da im Sessel des Bosses thront, wirkt zwar alt, doch gleichzeitig hellwach.

Er winkt mich heran.

Sofort bereue ich, lange genug herumgestanden zu haben, um ihn dazu zu animieren.

Zögerlich betrete ich das Büro. »Sir?«

»Für dich Angel, mein Junge. Komm näher und setz dich.«

Ehrlich gesagt hatte ich angenommen, mit der Aufnahme in die Familie wären die Zeiten vorbei, in denen ich mich mit klopfendem Herzen in einen der beiden Cocktailsessel niederlasse.

»Wir müssen einiges bereden. Normalerweise ist es längst überfällig, doch die Umstände … Ich bin froh, dass es dir besser geht.«

Ich lausche aufmerksam. Neugierig, was sich hinter seinen Worten verbirgt.

»Du schonst dich, bis du wieder vollkommen hergestellt bist.«

»Gibt es mittlerweile einen Anhaltspunkt, wer dafür verantwortlich ist?«

»Wir gehen davon aus, dass Aragon Borja dahintersteckt.«

»Als Rache für seinen Sohn.« So funktioniert das hier.

»Auch.«

»Also haben wir uns alles selbst zuzuschreiben.« Eine schwer zu akzeptierende Erkenntnis.

»Howard, wir führen ein nicht ungefährliches Leben. Dazu gehört manchmal, innerhalb kürzester Zeit eine Entscheidung zu treffen, ohne eine Gelegenheit, die Konsequenzen abzuwägen. Wie gesagt, schone dich erst einmal. Währenddessen mach dir ein paar Gedanken darüber, welches legale Geschäft, du in Zukunft ausüben möchtest.«

Ich ziehe die Augenbrauen zusammen. Matteo hat was erwähnt, aber damals nahm ich ihn nicht ernst.

»Jeder von uns führt legale Firmen«, erklärt der Alte. »Manche unter der Hand zur Geldwäsche, andere sind hundertprozentig sauber, um den Schein zu wahren. Matteo gehört die Wäschereikette ›We Clean‹, die in ganz Florida Filialen unterhält.«

»Oh.«

»Wie wäre es mit einem Hotel? Eignet sich vortrefflich, um Geld zu waschen.«

Ich nicke verhalten, fühle mich überfordert.

»Klär das mit Emilio. Ich will nur, dass du dir vorab den einen oder anderen Gedanken machst.«

Ich halte das Gespräch für beendet, stütze die Arme auf die Lehne und schiebe mich schwerfällig in den Stand.

Angel beobachtet jede meiner Bewegungen. »Leg dich hin, Junge. Dein Apartment wartet. Wir haben deine Sachen hinaufbringen lassen, aber nichts ausgeräumt, falls du noch einiges verändern möchtest.«

Ich winke ab.

»Du hast recht, das hat Zeit. Ruh dich aus und dann kümmere dich um deinen Bruder.«

Angel ist der Zweite, der das fordert. Trotzdem muss Daniel warten. Meine Seite schmerzt höllisch und ich kann mich kaum auf den Beinen halten. Will nur nach oben, eine Tablette gegen die Schmerzen einwerfen und mich hinlegen.

Schrittweise bezwinge ich die Treppe bis in die obere Etage, stütze mich mit den Armen auf das Geländer der Galerie, um zu Atem zu kommen. Sobald die Ärzte einverstanden sind, muss ich an meiner Kondition arbeiten.

Ein Blick nach links zu Daniels Apartment. Dort schieben zwei Soldaten Wache. Das meinte Emilio wohl, als er sagte, sie hätten ihn festgesetzt. Ihn wie einen Gefangenen zu behandeln, finde ich übertrieben, es muss trotzdem warten, gerade mangelt es mir an der nötigen Kraft.

Ich habe auch keinen Blick für die Annehmlichkeiten meines neuen Zuhauses, lasse mich vorsichtig aufs Bett gleiten, liege ein paar Minuten nur da.

Nach einem kurzen Anruf bei Matteo werfe ich endlich etwas gegen die Schmerzen ein.

Als diese abklingen, übermannt mich Müdigkeit.

Ich erwache durch Klopfen an der Tür und benötige einen Augenblick zur Orientierung.

»Ja«, beantworte ich das zweite Klopfen.

Ein Dienstmädchen erscheint mit einem Tablett. »Ihr Mittagessen, Mr. Coleman. Soll ich es Ihnen ans Bett bringen oder auf den Tisch stellen?«

»Auf den Tisch und danke.«

Sie bedenkt mich mit einem Lächeln, bevor sie sich zurückzieht.

Im Anschluss an die Mahlzeit gehe ich zu Daniel.

»Ab jetzt bin ich für ihn zuständig.«

Die Wachmänner ziehen widerspruchslos ab. Schön, dass das Wort eines Familienmitglieds etwas gilt.

Daniel liegt auf dem Bett. Als er mich sieht, springt er auf und fällt mir ungewohnt emotional in die Arme.

Ich beiße die Zähne aufeinander. Eine derart stürmische Begrüßung verträgt mein Bauch nicht.

»Wo hast du gesteckt, Howi? Ich bin seit Wochen hier eingesperrt.«

Zwei, um genau zu sein. »Wenn du dich auch aufführst, als gehöre die Villa dir.« So in der Art hat es Emilio beschrieben.

»Sie haben mich nicht in die Schule gelassen«, empört er sich.

»Und deswegen bist du sauer? Daniel, verarsch mich nicht.«

»Wo hast du gesteckt, während ich hier gefangen war?« Seine Augen funkeln erbost.

»Geschäfte.«

»Ja, klar«, höhnt er.

»Sehe ich aus, als käme ich direkt aus einem Urlaub?« Sein Gemeckere ärgert mich allmählich und ich bin nah dran, mein Shirt hochzureißen, damit er den Verband sieht.

Ich unterlasse es. Er könnte sein loses Mundwerk niemals halten, außerdem soll er sich hier sicher fühlen.

Daniel mustert mich eingehend. »Du siehst echt scheiße aus.«

»Ab Montag gehst du wieder zur Schule.« So ist es mit Emilio abgesprochen, ebenso, dass er ab da dieselbe Einrichtung besucht wie zuvor Matteo und ich.

Ich fahre mir übers Kinn, spüre die Stoppeln unter meinen Fingern. Ein eindeutiges Zeichen, dass ich mich rasieren sollte. Vielleicht auch nicht, als Familienmitglied schreibt mir niemand vor, wie ich herumzulaufen habe. Zu gern schweife ich ab. Komme dennoch nicht umhin, Daniel in seinen Schulwechsel einzuweihen und ihm gleichzeitig ein paar Dinge über sein neues Leben näherzubringen.

»Du besuchst von jetzt an meine frühere Schule.«

»Was?«

»Du hast mich verstanden.«

»Niemals! Ich gehe auf die alte Schule oder gar nicht.« Er baut sich vor mir auf.

Ich drehe mich zur Seite, damit er nicht sieht, wie ein Grinsen an meinen Mundwinkeln zupft. Will dieser Spargel sich ernsthaft mit mir anlegen? Da hat er nicht mal eine Chance, solange ich verletzt bin. »Das war keine Frage, sondern ein Fakt«, sage ich, als ich mich unter Kontrolle habe.

»Nein! Meine Freunde sind in Homestead und da gehöre ich hin.«

»Jetzt hör mir mal genau zu, du kleiner Scheißer! Früher warst du ganz scharf darauf, zu leben wie ich.« Mir fällt auf, dass ich verdächtig wie Emilio klinge. »Dein Wunsch hat sich erfüllt!«

»Das werden wir ja sehen.«

Um es mir nicht komplett mit ihm zu verscherzen, suche ich nach einem anderen Ansatz. »Daniel, nenne mir nur ein Rich Kid, das deine Schule besucht.«

Schweigen.

»Du gehörst da nicht länger hin. Es wäre zu auffällig.« Ich spreche ruhig, verstehe ja, dass er in seinem Alter unfähig ist, die Konsequenzen zu überblicken. Im Grunde bleibt kein Spielraum. Ich habe den Weg für uns gewählt.

»Du hast Angst, dass ich was ausplaudere.«

Wie könnte ich? Mein Bruder ist ja bekannt für seine Verschwiegenheit. Nicht!

»Ich werde nichts sagen. Versprochen.«

»Daniel, das hier ist kein Debattierklub, sondern die Mafia. Du gehst auf diese Schule und verhältst dich respektvoll innerhalb dieses Hauses.« Damit ist für mich die Unterhaltung beendet, obwohl einiges ungesagt bleibt. Aber ich kann nicht länger stehen und brauche dringend Ruhe.

Matteo Lucio Duarte

MAFIAERBE

GEBOREN AM 14. MAI 1960
IN MIAMI, FLORIDA

SOHN VON
EMILIO UND JOSEPHA DUARTE

WOHNT IN EINER VILLA
AUF DUARTE ISLAND

IST DER BESTE FREUND VON
HOWARD COLEMAN

Matteo will Howard von der Mafia fernhalten, was ihm nach dem Vallerama Incident nicht länger gelingt.

Er sucht nach Ana, die seitdem verschwunden ist. Fragt sich, ob sie ihn eiskalt verraten hat oder etwas anderes dahinter steckt.

Als sein Vater ihm eröffnet, dass er Louisa Rinaldi heiraten soll, eskaliert er komplett.

MATTEO

In dem Augenblick als mir das Licht aufgeht, dass ich seit zwei Wochen in diesem Bett liege, erleide ich einen Schock.

Das Piepen des Monitors schwillt an und Dad wird blass.

»Beruhige dich, Matteo.« Seine Stimme klingt angsterfüllt.

Ich schaue in sein Gesicht, erkenne den Vater und nicht den Mafiaboss.

Ehe ich etwas sagen kann, eilt eine Schwester mit einer Spritze ins Zimmer.

Ich verstecke den Arm unter der Decke, damit sie mir deren Inhalt nicht in die Vene jagt. Bloß keine Beruhigungsmittel, die mich erneut schläfrig und das Gehirn watteweich werden lassen. Stattdessen probiere ich es mit gleichmäßigem Atmen.

Es dauert einen Moment, bis es funktioniert und sich die Werte auf dem Monitor einpendeln.

»Sie können gehen«, sage ich zur Schwester und nicke zum Bildschirm.

Dad erklärt mir ein paar Hintergründe zu meinen Verletzungen.

Es bleibt unvorstellbar. »Zwei Wochen?«

Direkt muss ich wieder gegen den sich beschleunigenden Herzschlag anatmen. »Was habe ich verpasst?«

»Nicht viel. Außer vielleicht ein recht aufschlussreiches Gespräch mit Santiago Vallejo.«

Vergeblich versuche ich, von Dads Gesicht abzulesen, was er meint. »Setzen wir uns neuerdings mit Erzfeinden an einen Tisch?«

»Erst, seit mein Sohn sein eigenes Süppchen kocht.« Jetzt klingt er verdächtig nach Mafiaboss.

Hat er etwas herausgefunden?

Ruhig atmen!

Es macht mich irre, dass sich jegliche Regung in den Linien auf dem Monitor widerspiegelt. Fast wie bei einem Lügendetektor. Um Dad loszuwerden, produziere ich ein Gähnen und seufze.

»Komm erst mal zu Kräften.«

Wenigstens das klappt prima. Langsam senke ich die Lider. Lasse sie zu, bis sich die Tür hinter Dad schließt. Schlafe kurz darauf tatsächlich ein.

Am darauffolgenden Tag geht es mir tendenziell besser, wenngleich ich weiter neben mir stehe. Inzwischen ist Ana in mein Denken zurückgekehrt. Die Vereinbarung mit Nino konnte ich nicht erfüllen und habe nun keine Ahnung, was in der Zwischenzeit lief. Ist er noch in Europa? Mit Ana?

Howard muss mich dringend auf Stand bringen.

Verdammtes Piepen. Ich darf mich nicht aufregen.

Während ich auf meinen Freund warte, zermartere ich mir den Schädel, wie wir in der Ana-Situation weiter vorgehen. Zeit im Überfluss spiele ich in Gedanken sämtliche Eventualitäten durch, was stark an Kaffeesatzlesen erinnert, ohne zu wissen, was in den letzten zwei Wochen gelaufen ist.

Der Abend bricht herein. Howard ist bisher nicht aufgetaucht und ich rufe Livan, der die Tür bewacht.

»Was kann ich für dich tun?«

Ein Grinsen erobert mein Gesicht, seine Erleichterung darüber, dass ich ihn wieder rumkommandiere, bleibt mir nicht verborgen. »Ruf Howard an, ich brauche ihn hier.«

»Wird gemacht.«

»Ist dein Arm okay?«

Livan hält inne. »Nur eine Bagatelle.«

Zwei Stunden später taucht Howard auf. Er wirkt gehetzt und alles andere als fit. »Ich musste mich um Daniel kümmern.«

Ist das eine Entschuldigung? Um meine Person muss es echt schlecht gestanden haben, so lammfromm wie sich jeder verhält.

»Wie geht es dir?« Er überschaut mich mit gerunzelter Stirn.

Sein mitfühlender Blick ist überflüssig. »Alles ok.« Mir fehlt der Alltag. »Hast du von Nino gehört?«

»Ana ist noch bei ihm. Ich habe gesagt, er soll sie hierherschaffen.«

»Hat Dad etwas mitbekommen?« Irgendwie klang er seltsam, als vorhin das Treffen mit Santiago zur Sprache kam.

Howard schüttelt den Kopf. »Glaube ich nicht.«

Bevor wir weiter darüber sinnieren, was Dad möglicherweise weiß, tritt Angel ins Zimmer. »Es ist Zeit für den Abschied. Bin auf dem Weg zum Flughafen.« Er tätschelt mir die Wange.

Dieses Mal drehe ich mich nicht weg. »Danke, dass du für meinen Vater da warst.«

»Wir sind eine Familie.« Sein Blick wandert von mir zu Howard. »Du gibst Acht auf deinen Bruder. Er redet sich sonst noch um Kopf und Kragen.«

Ich mustere den Onkel, bin nicht sicher, ob dies ein wohlgemeinter Rat oder eine Drohung darstellt.

Wir sehen Angel hinterher.

»Wo steckt eigentlich Jander?«, frage ich. »Er hat mich bis jetzt nicht besucht.« Hat ihm niemand Bescheid gegeben oder trägt er mir noch nach, dass ich ihn angeschossen habe?

»Es geht ihm nicht gut.«

Weshalb weicht Howard meinem Blick aus? Hat es Jander erwischt? Ist er tot und niemand traut sich, es mir zu sagen?

Mühsam richte ich mich auf. »Was. Ist. Mit ihm?« Wenn er nicht gleich den Mund aufsperrt, flippe ich aus. Das Piepen des Monitors beschleunigt sich jetzt schon.

»Er liegt eine Etage tiefer. … im Koma.«

Meine Hände krallen sich in die Bettdecke.

Einatmen. Luft anhalten. Ausatmen.

Und noch mal.

»Was ist passiert?«

»Er hat zu viel Blut verloren.«

Verdammt!

Verdammt!

Verdammt!

Einatmen. Luft anhalten. Ausatmen.

Verdrängen, dass Jander sterben könnte. Nicht er.

»Besorg mir einen Rollstuhl.« Howards beunruhigter Blick nervt. »Mach schon«, fordere ich.

Es vergehen ein paar Minuten, bis er mit einer Schwester im Schlepptau zurückkehrt.

»Mr. Duarte, es ist zu früh, um das Bett zu verlassen«, behauptet diese.

Ich hasse ihren sanftmütigen Blick. Was bildet sie sich ein? Glaubt sie tatsächlich, das stimmt mich um?

Als ich mich hochstemme, wird mir schwindlig.

Ich halte einen Moment inne, schaffe es schließlich, mich auf den Bettrand zu setzen. Schweiß steht auf meiner Stirn, doch wen interessiert das. »Bringen Sie mir einen verdammten Rollstuhl oder soll ich laufen?«

»Sie sollten …«

»Ich muss zu Jander.« In der nächsten Sekunde reiße ich mir die Elektroden von der Brust.

Als sie diesen Namen hört, verändert sich der Ausdruck auf ihrem Gesicht. Wird weich und mitfühlend. »Das verstehe ich«, murmelt sie und besorgt den Rolli.

Howard hilft mir auf.

Das verletzte Bein versagt seinen Dienst. Schwindel lässt mich taumeln. Ich ziehe scharf Luft ein, als ein stechender Schmerz durch meinen Körper rast.

Howard fängt mich auf. Verzieht sein Gesicht. Hat wahrscheinlich selbst Schmerzen.

Froh, es geschafft zu haben, sitze ich endlich im Rolli. Brauche einen Moment, um klarzukommen.

Einatmen. Luft anhalten. Ausatmen.

»Du solltest im Bett bleiben«, sagt Howard eindringlich.

»Sobald ich Jander gesehen habe.«

Auf dem Flur bittet er einen Pfleger, sich meiner anzunehmen. »Ich muss schauen, was Daniel in der Zwischenzeit angestellt hat. Wir sehen uns morgen.«

Täusche ich mich oder ist dieser Aufbruch überstürzt?

»Ich hole Sie in einer Viertelstunde wieder ab«, sagt der Pfleger, als wir Janders Zimmer erreichen.

Das Gesicht des Bodyguards wirkt friedlich. Wären da nicht die ungewohnte Blässe und die spröden Lippen, würde ich annehmen, er schlafe. Sämtliche

Kraft mobilisierend, rolle ich zu ihm. Checke seine Arme. Weder Hämatome noch sonstige Wunden.

Haben ihm die Bastarde auch in den Bauch geschossen?

Ich mühe mich, die Bettdecke runterzuziehen, und schlage das lächerliche Krankenhaushemdchen zurück. Erkenne keine Verletzung am Leib. Ebenso wenig an der Brust. Oder sonst wo.

Da es mir nicht gelingt, das Deckbett aufzuheben, klingle ich nach Hilfe. Bemerke den irritierten Blick der Schwester, als sie Jander zudeckt.

»Wieso ist er nicht verletzt?«

»Bitte?«

»Er hat keinerlei Verletzungen. Weshalb liegt er im Koma?« Ist das deutlicher?

Die Schwester verlässt fluchtartig den Raum und ich frage mich, was hier los ist, als ein Arzt hereinkommt.

»Wieso liegt er im Koma?« Jetzt keine weiteren Ausflüchte.

»Mr. Duarte, vielleicht …«

Wie gern hätte ich eine Pistole. »Reden Sie!«

»Er hat Sie und Mr. Coleman mit seinem Blut am Leben gehalten.«

Was meint er?

Es dauert, bis ich begreife und im Rollstuhl zusammensinke.

Nach einem Moment der Besinnung straffe ich meinen Körper bestmöglich. »Gibt es irgendetwas, das ich für ihn tun kann?«

»Seien Sie da. Reden Sie mit ihm.«

»Ist das alles?« Das erscheint mir zu wenig. »Wann wecken Sie ihn auf?«

»Wir können ihn nicht aufwecken?«

»Aber …« Das verstehe ich nicht. Mich haben sie auch aufgeweckt und ich wurde sogar angeschossen. »Bei mir …«

»Sie wurden künstlich ruhiggestellt, um Ihnen die Gelegenheit zur Heilung zu geben. Mr. Jaramillo fiel ins Koma, als sein Körper zu schwach wurde, um weiter zu funktionieren. Das ist ein gewaltiger Unterschied.«

Ich lasse mir seine Worte durch den Kopf gehen. Begreife, was er meint, obwohl ich keine Ahnung von Medizin habe.

»Aber er wacht wieder auf?«

»Das kann niemand sagen. Doch er ist jung und stark und wir hoffen, dass er es schafft.«

HOWARD

Mein Bruder ist mir schon früher auf die Eier gegangen, aber in den Wochen bei den Duartes hatte ich verdrängt, was für eine Nervensäge er ist. Keiner kann sich vorstellen, wie happy ich bin, als Gary ihn am Montag einlädt und zur Schule bringt.

Nach dem Frühstück fahre ich ins Krankenhaus und bin nicht schlecht erstaunt, Matteos Zimmer leer vorzufinden. Etwa zehn Minuten verstreichen, bis mir ein Licht aufgeht.

Ich finde ihn und Livan bei Jander. Wir tauschen uns aus. Besondere Vorkommnisse hat keiner zu berichten. Da ich einen Termin zur Nachsorge habe, verabschiede ich mich bald.

Im Anschluss an diesen fahre ich zurück zur Insel.

Als ich den Wagen parke und aussteige, lässt mich der Soldat an der Tür wissen, dass Emilio nach mir sucht. Ein Ruf ins Arbeitszimmer sorgt nicht länger dafür, dass sich mein Magen verknotet. Als Familienmitglied nehme ich mir sogar die Zeit für eine Zigarette.

Dass einem hier die Türen aufgehalten werden, registriere ich nur noch am Rande. Ein angedeutetes Nicken in Richtung Wachmann, dann stehe ich Emilio gegenüber.

»Setz dich.«

»Matteo geht es gut.« Vorsichtig gleite ich in einen Sessel.

»Angel hat mit dir über das Business gesprochen?«

»Das legale?«

Er nickt.

»Ich finde seine Idee mit dem Hotel nicht schlecht.« Angel hat mir in einer ruhigen Minute detailliert erklärt, wie das mit der Geldwäsche funktioniert. Den

Ausschlag gab, dass so ein Hotel, im Notfall ein prima Rückzugsort für Daniel wäre, solange keine Verbindung zur Mafia besteht.

»Schön. Ich beauftrage eine Immobilienfirma, dir ein paar Angebote vorzulegen.«

Ich reagiere verhalten. Für mich ist das eine große Sache und diese überrollt mich gerade.

»Fühlst du dich fit genug für eine Clubrunde, um die Einnahmen vom Wochenende abzuholen?«, fragt Emilio.

»Ich denke schon.«

»Nimm zwei Männer mit.«

Ich nicke und stemme mich in den Stand.

»Und du brauchst einen eigenen Wagen.«

»Mein Ford ist noch in Homestead.«

Emilio zieht die Stirn kraus. »Das alte Ding, das hier mal auf dem Parkplatz stand?«

»Ja.«

»Fahr auf dem Rückweg an Smithy's Autosalon vorbei und such dir einen neuen Wagen aus.«

Würde Emilio je Scherze reißen, hielte ich das für einen. »Einen Neuwagen?«

»Was sonst? Einen, der was hermacht.«

»Und wenn mir eine Corvette gefällt?« Die Worte verlassen flinker meinen Mund, als das Hirn mit dem Denken nachkommt. »Sorry«, schiebe ich hinterher.

»Du kleiner Scheißer!«

Ich stoße geräuschvoll Luft aus. Würde das Gesagte gern zurücknehmen.

»Du kleiner Scheißer«, wiederholt Emilio und sein Mundwinkel zuckt. »Du gehörst zur Familie, und wenn es eine Corvette sein soll, kaufst du dir eine.«

Ein breites Grinsen ergreift Besitz von mir.

»Daran arbeiten wir noch.« Er deutet auf mein Gesicht und ich gebe mir alle Mühe, eine ausdruckslose Miene aufzusetzen.

Ein letztes Mal fahre ich in Janders Wagen erst nach Downtown und anschließend rüber nach Miami Beach. Geschwindigkeitsbegrenzungen halten mich nicht auf. Ich trete das Gaspedal durch, sofern es der Verkehr zulässt, und verweile an den einzelnen Stationen nicht länger als nötig.

Lasse mir die Bücher zeigen, zähle das Geld und verstaue es in einer schwarzen Reisetasche.

Im Anschluss schicke ich meine Begleiter nach Hause. Fahre allein zu Smithy's.

Schwelge dort in diesem komplett neuen Lebensgefühl, zwischen all den Luxuskarren herumzuspazieren, mit dem Wissen, dass am Ende des Tages eine davon mir gehört. Natürlich keine Corvette. Ich schwanke zwischen einem roten Ferrari und einem schwarzen Mercedes-Benz. Obwohl der Ferrari geil aussieht, passt er nicht zu mir.

Nach einer Probefahrt entscheide ich mich für den Benz, konkret ein SL-Roadster-Cabriolet. Besonders stylish finde ich die hellbraunen Ledersitze.

Smithy erleidet beinahe einen Herzinfarkt, als ich das äußere. »Die Farbe nennt sich Dattel.«

Um am Ende nicht den Autoverkäufer auf dem Gewissen zu haben, behalte ich für mich, dass ich Datteln nur als Frucht kenne.

»Bringt jemand den da zur Insel?«, frage ich nach Erledigung des Papierkrams und deute auf Janders Wagen.

»Selbstverständlich, Mr. Coleman.«

Sanft öffne ich die Fahrertür und am liebsten hätte ich die Schuhe ausgezogen, um den Teppich – ebenfalls in dieser Dattelfarbe – nicht zu beschmutzen. Das finde ich dann doch übertrieben und steige ein.

Auf dem Heimweg fahre ich mit offenem Verdeck, schiebe mir eine Sonnenbrille auf die Nase, drehe das Radio laut und gröle lauthals mit, als *King of the Road* läuft.

In der Villa liefere ich die Einnahmen direkt bei Emilio ab. »Wie gefällt sie Ihnen? Dir?«

»Wer?«

»Das Schätzchen auf dem Parkplatz.«

»Sie?«

Ich nicke bedeutungsvoll.

Emilios »sieht schick aus«, treibt ein stolzes Lächeln auf mein Gesicht und mir ist in dem Moment scheißegal, dass sich das für einen Mafioso nicht schickt.

»Du hast Besuch.«

Das Lächeln verzieht sich.

»Nino.«

Spätestens in diesem Moment wäre ein blankes Gesicht angebracht. Komischerweise gelingt es mir an dieser Stelle, denn ich erkenne an Emilios Blick, dass er es nicht schafft, von meiner Mimik abzulesen, was dieser Besuch zu bedeuten hat.

Bedachten Schrittes verlasse ich das Büro und gehe in Richtung Treppe. Gern würde ich hinaufrennen, bin aber zu erschöpft und die Narbe zieht auch wieder.

Fast hätte ich an die Tür meines Apartments geklopft. Habe mich noch nicht daran gewöhnt, in der Villa zu leben.

»Wo ist sie?«, will ich in der Sekunde wissen, in der sich die Tür hinter mir schließt.

»Auch schön, dich zu sehen.«

»Ja, klar. Ich freue mich, dass du da bist. Also wo ist sie?« Was ist los mit ihm? Ein paar Wochen Europa und er ist nicht mehr derselbe.

»Wie wäre es mit einem Drink?« Nino fläzt auf dem Sofa, als sei er zu Hause. Hat allen Ernstes seine Füße auf *meinem* Tisch abgelegt. So sehr mich das wurmt, ich schlucke den Groll in dem Bewusstsein herunter, dass wir in seiner Schuld stehen.

»Bekommst du, falls es hier eine Bar gibt und ich sie finde.«

»Wo steckt Matteo? Mr. Duarte wollte mir nichts sagen.«

»Er liegt im Krankenhaus«, antworte ich wahrheitsgemäß.

»Immer noch?« Ninos Tonfall hat sich verändert.

»Er lag zwei Wochen im künstlichen Koma.«

Ungläubig sieht er mich an.

»Hast du angenommen, ich verarsche dich?«

»Das habe ich geglaubt.«

Was soll ich darauf erwidern?

»Ich dachte, er hat keinen Bock, sich um den Transport zu kümmern, und es …«

»Es hat ihn schwer erwischt.«

»Scheiße.«

»Sagst du mir, wo Ana ist? Ich suche unterdessen die Bar.«

»Vergiss den Drink und setz dich hin.« Er hebt die Füße vom Tisch. »Ich habe sie nach Tanger gebracht und auf das Auslaufen eines unserer Frachter gewartet.«

»Danke. Bekommst du Ärger deswegen?«

»Ein paar Leute haben eine stattliche Summe erhalten für diese zusätzliche Fracht. Sobald das Schiff in Miami einläuft, kümmere ich mich darum.«

»Dein Vater? Ist er misstrauisch?« So wie Emilio? Außerdem hat Matteo öfters erwähnt, dass mit dem alten Rinaldi nicht zu spaßen sei.

»Das bekomme ich hin. Trotzdem …« Nino bricht ab, da in diesem Moment Daniel hereinstürmt.

Ihm hinterher Gary.

»Spinnst du, Howi?«, schnauzt mich mein Bruder ohne Rücksicht darauf an, dass ich Besuch habe.

»Beruhige dich erst mal.«

»Der Kerl klebt mir die ganze Zeit an den Hacken.« Er deutet auf Gary, seinen Bodyguard.

Diesen habe ich höchstpersönlich ausgewählt, weil er fähig scheint, und zu den jüngsten hier gehört. Mit Letzterem hoffte ich, Daniel zu besänftigen. »Freunde dich mit ihm an, denn er bleibt.« Ich bin die Ruhe in Person und kommentiere auch Garys Augenrollen nicht.

»Ich sag's ja, du spinnst. Erst darf ich nicht zurück auf meine Schule und jetzt habe ich einen Schatten. Nicht mit mir!« Er stürmt genauso erzürnt davon, wie er vor zwei Minuten hereinkam.

Gary hinterher.

»Sorry«, wende ich mich an Nino.

Der winkt ab. »Ich habe selbst jüngere Geschwister.«

»Was hält eigentlich deine Schwester von dem bevorstehenden Ereignis?« Ist sie genauso wenig davon angetan wie Matteo, könnte es hier künftig turbulent werden.

»Zuerst hat sie rumgeheult. Aber seit ihre Schulfreundinnen Matteo heiß finden, ist sie okay.«

»Da wird sich Matteo freuen.« Nicht. Es sei denn, Anas Antworten gefallen ihm nicht und killen seine Gefühle.

Dann hätten die beiden möglicherweise eine Chance.

MATTEO

Obwohl es mir im Liegen besser geht, zieht es mich zu Jander. Täglich sitze ich stundenlang an seinem Bett. Ist es Fürsorge für einen Mann, der im Dienst der Familie steht? Das schlechte Gewissen? Oder lenkt es mich nur von den eigenen Verletzungen ab?

Ich blicke auf, als sich am späten Nachmittag die Tür öffnet.

Howard tritt herein.

»Hey, du. Hallo, *Cariño.*« Er streicht eine Strähne aus Janders Gesicht. Zwischen den beiden existiert eine seltsam intensive Verbindung – genau wie zu Livan.

Er zieht sich einen Stuhl heran und berichtet von Ninos Besuch.

»Er hat gedacht, wir würden ihn verarschen?«

Howard zuckt mit den Schultern. »Manchmal ist er schräg drauf.«

»Wann soll das Schiff anlegen?«

»Ende Februar.«

»Das ist ja ewig hin.« Eindeutig zu viel Zeit zum Gedankenwälzen.

»Ich schaue mir gleich ein Hotel in Beach an.«

»Das ging ja flott.«

»Habe gestern in einem der Clubs gehört, dass das Mellow Ocean zu verkaufen ist.«

Ich beiße mir auf die Unterlippe, um nicht laut zu lachen. Howard als Hotelier ist für mich schwer vorstellbar. Womöglich im Anzug.

Wir bereden die Besonderheiten unserer legalen Geschäfte. Da Howard noch angeschlagen wirkt und eine gewisse Aufregung ausstrahlt, halte ich ihn nicht lange auf und verabschiede mich kurz später von Jander. Erstmals klingle ich nicht nach einem Pfleger, um wieder auf mein Zimmer zu gelangen.

Drei Anläufe und ich sitze auf der Bettkante. Stöhne vor Schmerzen und wische mir mit dem Ärmel den Schweiß von der Stirn.

Morgen startet die Physiotherapie, dann geht es hoffentlich aufwärts.

Auf dem Rücken liegend stelle ich mir das Wiedersehen mit Ana vor. Vermutlich streitet sie alles ab und spielt mir Gefühle vor. Zum Zeitpunkt ihrer Ankunft befindet sie sich mehr als zwei Monate in Ninos Gewalt. Jeder würde in ihrer Situation diesen Weg einschlagen. Ich darf mich davon nicht einlullen lassen. Muss mein bescheuertes Herz unter Kontrolle zwingen, da es bereits jetzt dazu tendiert, ihr zu glauben, wohingegen der Verstand davor warnt, auf ihre Lügen hereinzufallen.

Herz vs. Verstand.

Pragmatisch betrachtet, hat Dad recht.

Um die Wahrheit herauszufinden, führt kein Weg am Kühlhaus vorbei. Das gefällt mir nicht, wenngleich ich inzwischen auch in der hauseigenen Folterkammer meinen Mann stehe.

Ob ich eine Frau foltern könnte, ist ungewiss, Ana absichtlich Schmerzen zuzufügen ausgeschlossen. Allein der Gedanke ist ekelerregend und dennoch erwäge ich, jemanden damit zu beauftragen.

Howard? Er besaß von Anfang an ein anderes Verhältnis zu Gewalt. Ihn halte ich unter gewissen Bedingungen für imstande, eine Frau der Behandlung im Kühlhaus zu unterziehen. Bedingungen, die auf Ana nicht zutreffen.

Jander würde keine Fragen stellen. Niemand sollte sich diesbezüglich Illusionen hingeben, sich von seinem Aussehen oder seiner Freundlichkeit täuschen lassen. Dieser Mann vereint zwei Seiten in sich, die konträrer nicht sein könnten. Der erbarmungslose Killer und der loyale Verbündete. Für jene, die ihm nahestehen, gibt er sein Leben und ich spreche nicht über seine Pflichten als Bodyguard. Keiner hätte verlangt, uns sein Blut zu geben.

Die Gedanken kehren zurück zu Ana, doch ehe ich weiter einen Plan ersinnen kann, tritt Dad in mein Zimmer. Sein Gesichtsausdruck offenbart, dass heute der Mafiaboss zu Besuch ist.

Er zieht schwungvoll einen Stuhl heran und setzt sich. Schweigt und betrachtet mich mit diesem durchdringenden Blick, der nichts Gutes verheißt.

»Howard findet sich langsam in seine Aufgaben ein.«

»Schön.« Deswegen ist er bestimmt nicht hier.

»Nino war vorhin bei ihm.«

Ich unterdrücke jede Reaktion, was leichtfällt, da es keine Neuigkeit mehr ist.

»Seit dem Gespräch mit Santiago habe ich ein seltsames Kribbeln in den Händen. So als wollten sie sich um einen Hals legen und zudrücken.«

»Das wundert mich nicht. Santiago ist ein Vallejo.« Ich lasse mir die Befürchtung nicht anmerken, dass sich in Dads Kopf allmählich alle Puzzleteile zusammensetzen.

»Könnte aber sein, dass er dieses Kribbeln nicht verursacht.«

»Was meinst du, Dad?« Sein Drumherumgerede erhöht das Risiko, dass ich nebenbei etwas ausplaudere, dass er noch nicht weiß.

»Nino war in Italien über die Feiertage?«

Ich nicke.

»Jetzt ist er zurück.«

Auch nichts Neues.

»Italien ist nicht weit von Spanien entfernt.«

Eine Lektion in Geografie. Ernsthaft? »Dad.« Ich spreche ihn absichtlich so an, um das Gespräch auf eine vertrauliche Ebene zu lenken. »Ich liege hier seit Wochen …«

Er seufzt. Etwas, was der Mafiaboss nicht tut. »Falls ihr in das Verschwinden dieser Anna verwickelt seid, könnte das weitreichende Konsequenzen nach sich ziehen. Aragon Borjas Kontakte reichen bis New York.«

»Wir haben nichts damit zu tun«, beteuere ich. Unterdrücke mein Gewissen, das plötzlich darauf drängt, mit der Wahrheit rauszurücken.

»Das hoffe ich, denn es sind genug Menschen gestorben.«

Was das angeht, stehe ich auf Dads Seite.

Als ich Nino zu dieser Entführung überredete, sah der Zeitplan anders aus. Es war nie beabsichtigt, Ana auf ein Schiff zu verfrachten, das wochenlang unterwegs ist. Ebenso macht es keinen Spaß, Dad zu belügen, doch sage ich ihm heute die Wahrheit, würde es nur mein Gewissen erleichtern und gleichzeitig schlafende Hunde aufscheuchen.

***

Als ich eine Woche später aus dem Krankenhaus entlassen werde, holt Howard mich ab. Er ist überdreht und plappert die gesamte Fahrt über wie ein Wasserfall. Erinnert damit stark an seinen Bruder.

Ich höre mit halbem Ohr zu, wie er von dem Hotel schwärmt, das er sich angesehen hat. Schaue aus dem Fenster und erfreue mich an der vorüberziehenden Umgebung, als sei ich ewig weggewesen. Nach Hause zu dürfen, betrachte ich als wichtigen Schritt Richtung Genesung, aber noch ist es nicht vorüber. Ich muss weiterhin zur Physio, die helfen soll, die Folgen des langen Liegens zu revidieren. Egal, abgesehen von gewissen Einschränkungen, kehre ich heute in den Alltag zurück.

»Ist es unbedingt notwendig, dass ich das Mellow Ocean für die Geldwäsche nutze?«

»Du entscheidest.« Ich verspüre wenig Lust, zu erklären, dass unsere legalen Geschäfte stets darauf abzielen, die illegalen zu supporten. Das wird er früh genug herausfinden.

»Manchmal denke ich, dass alles ist nur ein Traum und ich erwache irgendwann in meinem Bett in Homestead.«

»Dieses Mal nicht. Fahr eben bei Smithy's vorbei.«

»Sicher?«

Ich nicke trotz Erschöpfung und Schmerzen.

»Du solltest nicht sofort übertreiben.«

»Fahr.«

Howard kennt meinen Sturkopf und stellt seinen Widerstand ein. Beim Autohändler unseres Vertrauens erstehe ich eine neue Corvette. Es müssen ein paar Kleinigkeiten angepasst werden, damit sie aufs Haar ihrer Vorgängerin gleicht. Smithy verspricht trotzdem, sie am Nachmittag zu liefern.

Zufrieden geht es nach Hause.

Wie ein alter Mann halte ich mich am Treppengeländer fest und quäle mich hinauf.

»Scheiße.« Mir fällt ein, dass ich vor Weihnachten das Zimmer verwüstet habe.

»Alles ok?«, fragt Livan, der mir mit meiner Tasche folgt.

»Ja.« Oben angekommen, biege ich links ab.

»Wo willst du hin?«

»Ich ertrage gerade kein Chaos.«

Ungeachtet dessen strebt Livan mein Apartment an.

»Hey.«

Er schaut über die Schulter und nickt mich in seine Richtung.

Widerwillig folge ich und bleibe wie angewurzelt stehen.

»Welches Chaos?« Livan grinst frech.

Das Zimmer ist frisch renoviert und nichts deutet mehr auf meinen Ausraster hin.

Dad lässt mir exakt einen Tag zum Akklimatisieren. Schon am Dienstagmorgen ordert er mich und Howard ins Büro. Ich hoffe, dass es nicht wieder um die leidige Ana-Situation geht. Kann kaum erwarten, dass sie hier eintrifft und wir alles klären können. Danach ist sie entweder tot oder sie kann gehen. Zu meiner Position gehört ein gewisser Pragmatismus. Könnte ich nur so nüchtern fühlen.

»Es tut mir leid, dass deine Aufnahme in die Familie derart holprig verläuft. So war das nicht geplant«, wendet sich Dad an Howard neben mir im Sessel.

»Schon gut«, erwidert er mit schiefem Grinsen. »Ich habe einen tollen Wagen bekommen, das tröstet ungemein.«

»Hat sich dein Bruder inzwischen eingelebt?«

»Daniel kommt klar.« Sein angesäuerter Gesichtsausdruck verrät, dass er nicht ganz die Wahrheit spricht.

»Hast du noch Beschwerden?«

»Kaum.«

»Und du?« Dad wendet sich an mich.

»Geht schon. Heute Nachmittag steht Physiotherapie an.«

»Gut.« Dad schiebt eine Mappe mit Papieren zu Howard rüber. »Die Unterlagen für den Hotelkauf. Unterschreib und gib sie mir zurück. Um den Rest kümmert sich Piñeda.«

»Unser Anwalt«, erkläre ich auf Howards überforderten Blick.

»Ah …«

»Matteo, kannst du Kontakt zum Architekten aufnehmen?«, fragt Dad.

»Willst du umbauen?«

»Es wird langsam eng. Wir hatten nie zuvor so viele Soldaten unter Vertrag wie im Augenblick. Ich habe vor, eine neue Unterkunft mit entsprechender Infrastruktur in der Nähe vom Heliport zu errichten.«

Ich habe mich bereits gefragt, wo die zusätzlichen Männer unterkommen sollen. »Wäre es nicht einfacher, den Flachbau zu erweitern?«

»Sicher, aber die Möglichkeiten sind relativ begrenzt. Am Ende würde der Kasten die Villa überragen. Da es nicht länger nur darum geht, verirrte Touristen von der Insel zu scheuchen, ist es zudem effektiver, nicht alle an einem Ort zu konzentrieren.«

»Ok, ich spreche mit dem Architekten.«

»Mach einen Termin vor Ort, dann soll er uns Entwürfe vorlegen. Sobald das in Arbeit ist, fliegt ihr beide ein paar Tage nach Kolumbien.«

Ein Seitenblick zu Howard. Er scheint von dieser Idee weitaus mehr angetan als ich. »Ist ok.« Zugegebenermaßen erkenne ich den Sinn dahinter, ihm unsere Produktionsstätten zu zeigen.

In diesem Moment klingelt das Telefon.

»Duarte«, meldet sich mein Vater.

»Wo?«

…

»Wie geht es ihr?«

…

»Schafft ihn ins Kühlhaus, ich befrage ihn nachher persönlich.« Er legt den Hörer auf die Gabel und wendet sich den Papieren auf seinem Schreibtisch zu.

»Weihst du uns ein?«, frage ich, als er keine Anstalten unternimmt, sich zu äußern. Das erscheint suspekt, vor allem, da mir jegliche Erinnerung fehlt, wann er das letzte Mal selbst jemanden im Kühlhaus in die Mangel nahm. Diesen Job überlässt er uns für gewöhnlich.

»Sie haben einen Kerl aufgegriffen, der im El Bulín herumschnüffelte. Wollte Informationen von den Huren. Ist mit einer aufs Zimmer und hat sie übel zugerichtet.«

»Was wissen denn die Nutten?«, wirft Howard ein.

»Mehr als wir womöglich ahnen. Manch einer wird im Bett gesprächig«, erklärt Dad.

»Ein Vallejo?«, frage ich.

»Oder er gehört zu Aragon.«

»Wir könnten hinfahren.« Ich sehe zu Howard, der auffallend einsilbig bleibt, jetzt allerdings den Kopf in meine Richtung wendet. Schon klar, ich melde mich nie freiwillig, wenn es einen Kühlhausjob betrifft.

»Meinetwegen. Lasst ihn am Leben, ich werde ihn später selbst noch befragen.« Dad schaut auf seine Rolex. »Eigentlich wollte ich mit dir ein paar

Details wegen der Hochzeit durchsprechen. Aber ich habe gleich einen Termin.«

»Das eilt nicht«, lasse ich ihn trocken wissen.

Zwei Stunden später sitzen wir in Howards Benz. Er hat darauf bestanden, zeigt sein neues Spielzeug gern auf der Straße. Ist ziemlich stylish das Teil.

»Läuft nicht optimal mit Danny.« Das schlechte Gewissen, dass ich seinen Bruder mit reingezogen habe, lässt mich das fragen.

Howards Schnauben spricht Bände. »Dieser kleine Scheißer ist die Pest.«

Ich lache, er klingt wie Dad vor nicht allzu langer Zeit, wenn er über uns redete.

»Er rebelliert in einem fort und sieht nicht ein, dass die ihm auferlegten Beschränkungen notwendig sind. Dafür tut er sich verdammt leicht mit dem Geldausgeben. Er hat sich inzwischen neu eingekleidet. Mit Designer Klamotten! Angeblich will er vor seinen neuen Schulkameraden nicht als Loser dastehen.«

Ich zucke mit den Schultern. Verstehe den Jungen auf irgendeine Art. Er macht das Beste aus einer Situation, die er sich nicht ausgesucht hat.

»Seien wir mal ehrlich, er trägt dort eine verschissene Schuluniform. Also was soll das?«

»Danny ist in der Pubertät und wurde von heute auf morgen aus seinem Leben gerissen. Wundert dich da, dass er seine neuen Möglichkeiten etwas überreizt?« Es gibt keinen Grund, dass Howard sich so darüber aufregt. Geht es um Materielles, wird ihm hier niemand einen Vorwurf machen. In der Mafia wird gern gezeigt, was man hat.

»Man kann es auch übertreiben. Er hat sich eine Atari-Konsole gegönnt. Obendrein den größten Fernseher, den der Markt bietet.«

Ich lache auf und Howard gibt mir zu verstehen, dass er das wenig bis gar nicht lustig findet. Uns bleibt keine Gelegenheit, dies weiter auszudiskutieren, da wir am Kühlhaus ankommen.

Nur mühevoll halte ich mit Howards Schritttempo mit. Habe zwar kaum Schmerzen im Bein, aber es ist nicht so belastbar wie früher.

»Seit wann reißt du dich um solche Jobs?«, fragt mein Freund, als er sich auf dem Weg zum Eingang eine Zigarette anzündet.

Wir nicken den Soldaten zu, die die Tür bewachen.

»Dad ist argwöhnisch wegen der Ana-Situation, und ich muss verhindern, dass er etwas herausfindet, das er nicht wissen soll. Jedenfalls nicht im Moment.«

»Okay«, sagt Howard gedehnt. »Ich bin echt froh, wenn das vorbei ist. Diese Ana-Situation tut uns nicht gut.«

»Ich weiß.« Aber mittlerweile stecken wir zu tief drin für ein Zurück.

Wir betreten das Kühlhaus und finden den Gefangenen an einen Stuhl fixiert.

»Wieso hängt er nicht?«, fragt Howard.

Stimmt, er hat es zu bequem, aber meine Prioritäten liegen woanders. »Häng ihn meinetwegen auf, wenn es dir dann besser geht.«

»Der Doc hat gesagt, ich darf nicht so schwer heben.«

Ein Grinsen huscht über mein Gesicht. »Wir haben scheinbar den gleichen Doc.«

Howard öffnet die Tür. »Hängt ihn auf«, weist er die Männer davor emotionslos an.

Ich bewundere seine eiskalte Art. Bei ihm wirkt sie völlig natürlich, während ich Motivation benötige. Im Moment besteht sie darin, an Louis zu denken, der bei dem Angriff auf uns den Tod fand. Nach meiner Meinung ist die Wahrscheinlichkeit hoch, dass dieser Mann etwas darüber weiß und mir Jander ins Gedächtnis zu rufen, bringt mich endgültig in Stimmung und die Empathie verabschiedet sich.

Während sich die Soldaten dem Gefangenen widmen, rauchen wir gemütlich eine weitere Zigarette auf dem Parkplatz.

Zurück im Kühlhaus entledigen wir uns der Jacken und krempeln beinahe synchron die Ärmel hoch. Der Mann, der unterdessen mit gefesselten Händen am Fleischerhaken an der Decke hängt, muckst sich nicht, beobachtet uns jedoch.

»Wer ist dein Boss?« Ich stelle die Frage leise, erkenne daran, wie sich seine Augen für eine Sekunde verengen, dass er mich verstanden hat.

Ohne Vorwarnung landet Howards Faust in seinem Magen. Ich schiebe meine hinterher und er beginnt zu würgen.

»Kotz mir auf die Klamotten und ich schneid dir den Schwanz ab.« Howard.

Mein Blick huscht zu ihm, er ist heute wirklich schräg drauf. Hat schätzungsweise die gleichen Bilder im Kopf wie ich.

»Wer ist dein Boss? Eine einfache Frage.«

Leider keine Antwort. Ein Hieb in sein Gesicht führt dazu, dass er uns mit blutrot gefärbten Zähnen angrinst.

»Hast du Bock auf die Scheiße?« Ich blicke zu meinem Freund.

»Nicht wirklich.«

»Strom?«

»Ist einen Versuch wert.«

Ich hole das Gerät und Howard reißt das Shirt unseres Gefangenen auf.

»Hast du das schon mal gemacht?«

Howard schüttelt mit dem Kopf. »Wir könnten auf niedrigster Frequenz anfangen. Aber der Typ mimt ja den harten Brocken.«

»Du meinst, das dauert ewig? Ich hab noch einen Termin.« Nicht gelogen. Ich muss später zur Physio. Gut sichtbar für den Mann am Haken stelle ich das Gerät auf eine mittlere Stufe. »Ready to rumble?« Ein Blick in die Runde.

Howard tritt zurück, während ich die Paddel aneinander reibe und dem Kerl an die Brust setze. Er macht einen Satz und keucht.

»Wer ist dein Boss?« Ich nicke in Richtung Gerät und Howard erhöht die Voltzahl.

Beim zweiten Stromstoß benötigt unser Gefangener erheblich länger, um klarzukommen. Gnadenlos deute ich zum Gerät und Howard stellt es nochmals höher.

»Stopp«, ruft der Mann am Haken, als ich die Paddel erneut in Position bringe.

»Und?« Aus zusammengekniffenen Augen betrachte ich ihn. »Muss ich die Frage tatsächlich ein weiteres Mal stellen?«

»Seid ihr eigentlich so blöd, wie ihr tut?«

Diese Frechheit bringt ihm einen Leberhaken von Howard ein.

Er keucht. »Der Spanier.«

Dad lag richtig, obwohl er nichts von Ana ahnt. Stellt sich die Frage, wie viel dieser Kerl weiß.

»Was will er von uns? Immer noch sauer wegen der Sache im Vallerama?«

»Das weißt du genau. Aber ich glaube langsam, dass dein Alter komplett unwissend ist, sonst wäre er nicht bei Santiago aufgelaufen.«

Ich reiße meine Waffe aus dem Hosenbund und schieße ihm direkt zwischen die Augen.

»Scheiße, Matteo«, brüllt Howard und wischt sich mit dem Ärmel das Blut aus dem Gesicht.

»Oops.«

Er schüttelt missmutig den Kopf. »Und was sagen wir Emilio?«

Leider bleibt keine Zeit, mir eine Ausrede einfallen zu lassen, denn im nächsten Moment wird die Tür aufgerissen und mein Vater stürmt herein.

»Was soll das?« Er nickt in Richtung des Körpers, der leblos am Haken baumelt.

»Der Kerl wurde frech.« Ich stecke die Waffe zurück in den Hosenbund.

Dad sieht zu Howard, der mit den Schultern zuckt.

»Der wusste nichts, sonst hätte er es ausgespuckt. War die Zeit nicht wert.« Howard schaut bei diesen Worten so gelangweilt, dass mir das eigene Pokerface dilettantisch vorkommt.

Dads Augen wandern zurück zu mir. Ich weiche nicht aus, erkenne darin die einzige Chance. Dass ihn das tatsächlich überzeugt, bezweifle ich, aber wir haben gute Karten, dass er uns zumindest nichts nachweisen kann.

Ein letzter lauernder Blick von einem zum anderen, dann verschwindet Dad genauso flott, wie er zuvor aufgetaucht war.

Wir waschen uns im Vorraum das Blut von den Händen.

»Was glaubst du, wie lange wir diese Farce aufrechterhalten können?« Howard trocknet sich das Gesicht ab.

Meine Bemühungen, die Blutspritzer vom Hemd zu reiben, scheitern. »So kann ich unmöglich zur Physio.« Brauche im Augenblick auch dringender etwas, das mich runterbringt. »Lass uns zum Leguan fahren.«

»Was hast du vor?«

»Was glaubst du denn? Saufen und Ficken.«

»Ich mache drei Kreuze, wenn das Schiff eintrifft.« Er steckt sich eine Zigarette an und reicht mir die Schachtel.

»Weil ich sonst komplett eskaliere?« Ich fingere eine Kippe heraus und er gibt mir Feuer.

»Du solltest besser auf dich aufpassen.«

»Ja, Dad.« Langsam fällt mir seine Fürsorge auf die Nerven.

»Ich meine das ernst. Dein Physiotermin ist wichtiger als der Leguan. Du bist noch lange nicht wieder fit.«

Er hat ja recht, aber so aufgeputscht wie ich bin …

»Ich hätte auch lieber weitergemacht wie vorher. Hab schnell gemerkt, dass Schmerzmittel und Alk keine gute Kombi abgeben.« Howard mustert mich ernst.

»Seit wann bist du so vernünftig?«

»Seit ich beinahe meinen besten Freund verloren hätte.«

Die Sorgenfalte zwischen seinen Augenbrauen lässt sich unmöglich ignorieren. Allein die Vorstellung, ich müsste tagelang an seinem Bett sitzen, während er um sein Leben kämpft, ist unerträglich. »Okay, erst Physio und dann Leguan.«

»So ist es brav.«

Meine Augen rollen von selbst und ich boxe ihn leicht am Oberarm. »Ich bin auch froh, wenn das Schiff anlegt.«

»Ich befürchte nur, dass es danach erst richtig eskaliert.« Howard lässt sich auf den Fahrersitz gleiten.

»Warten wir es ab.« Ich öffne die Beifahrertür.

»Sind deine Schuhe sauber?«

»Was?«

»Meinst du, ich will Blut auf den Fußmatten?«

Ich tippe mir mit dem Zeigefinger an die Stirn und steige ein. »Hast du irgendwelchen Scheiß geraucht?«

Die Physio schlaucht so, dass ich mich danach eine halbe Stunde hinlege. Es folgt eine weitere Dusche, dieses Mal nicht, um Blut loszuwerden, sondern um den Schweiß abzuspülen, den die Übungen hinterlassen haben.

In frische Klamotten gekleidet treffen wir uns unten in der Halle.

»Jetzt fahre ich.« Mir ist klar, dass er das bevorzugt, damit sein Benz ja keinen Schaden nimmt, wenn wir was getrunken haben.

Als wir nach Wochen wieder gemeinsam auf einem der Chesterfieldsofas in der Lounge sitzen, wird mir bewusst, wie knapp es war. Nicht auszudenken, wären wir in der Nacht gestorben, in der wir zu Brüdern wurden. Keine schöne Vorstellung, wie wir zwei auf einer Wolke hocken und auf die Erde herabschauen, anstatt selbst den ganzen Spaß zu erleben.

Ich spüre eine Berührung am Arm und sehe auf. Direkt in Howards Augen.

»Bist du ok?«

»Wieso nicht?«

»Du wirkst abwesend.«

»Habe mir vorgestellt, mit dir auf einer Wolke zu sitzen.«

Bei Howards irritiertem Gesichtsausdruck lache ich auf, proste ihm zu. Sein Blick fällt auf den Siegelring an seinem Finger, der ihn als Mitglied der Duarte-Familie ausweist. Seine Augen strahlen. »Gehen wir nach hinten?«

»Du?«

Er zuckt mit den Schultern. »Wieso nicht? Ich bin ein Mafioso und kein Mönch, wenngleich ich für gewöhnlich eher auf Pussys stehe, die sich nicht zum Kauf anbieten.«

»Zusammen oder separat?«

»Jeder für sich.« Er klingt fast schockiert.

Augenrollend stehe ich auf. Howard leert sein Glas, bevor er mir folgt. Als Nino mit seiner Schwester Louisa auf die Lounge zusteuert, beschleunige ich meine Schritte.

»Gibt es schon einen Termin?«, fragt Howard, als wir im Gang zu den hinteren Räumen verschwinden.

»Musst du darauf rumreiten?«

»Gibt es?«

»Nächste Woche wird der Vertrag unterzeichnet und ich stecke ihr den Verlobungsring an den Finger. Die dämliche Hochzeitsfeier ist für den 11. Juni geplant.«

»Sollte ich mir besser eine Frau suchen, bevor Emilio entscheidet?«

Diese Frage kommt unerwartet. »Keine Ahnung.«

»Kennst du eine Mafiatochter? Möglichst ohne Geschwister?«

Ich bleibe stehen und mustere Howard. »Willst du eine eigene Familie?« Dass das sein Ziel ist, hat er nie zuvor erwähnt.

»Brauche ich die, um Daniel zu schützen?«

An seinem Gesichtsausdruck erkenne ich, dass er das ernst meint. »Danny hat nichts zu befürchten.«

»Schon gut. Ich habe keine konkreten Pläne, außer die Chance zu nutzen, die ihr mir gegeben habt.«

Selbst als Dina wenig später unter mir liegt, hallen Howards Worte nach. Ich möchte nicht, dass er unsere Familie als Sprungbrett zu einer eigenen nutzt. Wäre nie darauf gekommen, dass solche Gedanken in seinem Kopf herumspuken. Ich wollte ihn aus dem ganzen Mafiascheiß raushalten und als das nicht mehr funktionierte, betrachtete ich uns als Team. Wir ergänzen uns perfekt. Ich brauche ihn. Womöglich war es keine gute Idee, seinen Bruder mit reinzuziehen.

***

Ich trage einen dunkelgrauen Anzug und ein weißes Shirt darunter. Meine Art des Widerstandes besteht darin, auf ein Hemd zu verzichten. Als ich die Treppe hinuntersteige, setze ich die Sonnenbrille auf.

Dad wartet bereits. Sein missmutiger Blick offenbart, dass ihm sofort aufgefallen ist, dass ich mich nicht dem Anlass entsprechend gekleidet habe. Hoffentlich bemerkt das die andere Seite ebenfalls. Sie sollen sehen, dass alles, was heute passiert, ohne meine Zustimmung stattfindet.

»Wo sind die Blumen?«, will Dad wissen.

»Es gibt keine.«

Wir verlassen die Villa. Draußen wartet Livan, hält Dad die Tür zum Fond des Aston Martin auf. »Wir stoppen kurz an einem Blumenladen«, informiert Dad den Bodyguard.

Der schließt die Autotür und setzt sich hinters Steuer. Vier Soldaten warten bereits in einem schwarzen Chevrolet und folgen uns. Seit dem Angriff in der Neujahrsnacht legt Dad mehr Wert auf Begleitschutz.

Während der Fahrt spricht er kein Wort, sieht mir wahrscheinlich an, dass ich kurz vor einer Explosion stehe, und will die Lunte nicht zünden.

Livan stoppt bei einem Blumengeschäft in Downtown.

»Matteo!«

Ich reagiere nicht. Wenn Dad auf Grünzeug besteht, soll er es kaufen.

»Livan!«

Der Bodyguard wirft mir einen Blick über den Rückspiegel zu, der deutlich zu verstehen gibt, wie kindisch er mein Verhalten findet.

Ist mir so was von egal.

»Besondere Wünsche?«, fragt er vor dem Aussteigen.

»Rote Rosen.« Dad.

»Stopp«, gehe ich dazwischen. »Irgendein Kraut, aber keine Rosen.«

Livan marschiert in den Laden und kehrt ein paar Minuten später mit einem eindrucksvollen Strauß zurück, der für meinen Geschmack zu schön aussieht. Er legt ihn auf den Beifahrersitz und wir fahren weiter zur Upper East Side, genauer gesagt nach Bay Point, wo die Rinaldis in einer ansehnlichen Villa residieren.

Die Wache am Tor ist instruiert und winkt uns nach einem kurzen Blick ins Wageninnere durch.

Meine Miene verdunkelt sich zunehmend. Ich wünsche mir irgendeinen Zwischenfall, der dies hier verhindert, aber alles ist friedlich. Sogar die verdammte Sonne lacht. Dafür gibt es absolut keinen Grund.

»Nimm die Sonnenbrille ab«, zischt Dad, als Livan den Wagen einparkt und fixiert mich.

Ich fixiere ihn ebenfalls, was er aufgrund der Brille nicht merkt.

»Nimm sie ab oder ich gebe dir einen Grund, sie zu tragen.«

Hat er ernsthaft vor, mich zu schlagen?

»Matteo, sei vernünftig.«

›Will ich aber nicht‹, liegt mir auf der Zunge. Bevor die Worte meinem Mund entweichen, erkenne ich deren Infantilität. Mürrisch reiße ich die Sonnenbrille vom Gesicht und werfe sie neben mich. Funkle Dad zornig an.

Livan öffnet Dad die Tür.

Als dieser aussteigt, verlasse auch ich den Wagen.

Mit der gesamten Entourage begeben wir uns in Richtung Eingangstür. Bevor wir diese erreichen, wird sie geöffnet und Paul Rinaldi erscheint. Er ist gebührend gekleidet, genau wie Dad.

»Emilio.« Paul öffnet überschwänglich die Arme und begrüßt meinen Vater.

Sollte er mich umarmen, erschieße ich ihn.

»Matteo.« Er reicht mir die Hand und das ist mehr als ausreichend.

Rinaldi Sr. führt uns in sein Arbeitszimmer, das ähnlich eingerichtet ist wie Dads nur in dunkleren Farben, was in mir Beklemmung auslöst.

Livan begleitet uns, während die anderen Männer in der Eingangshalle zurückbleiben.

Ich fühle mich wie ein Rindvieh, das zur Schlachtbank geführt wird.

»Kann ich euch etwas zu trinken anbieten?«

»Einen Scotch, wenn du hast«, antwortet Dad.

Paul schaut zu mir.

Ich verneine.

»Guter Junge«, murmelt der alte Sack und mir zuckt es in den Fingern.

»Es ist alles vorbereitet«, sagt er, als er sich ebenfalls einen Scotch einschenkt und zu uns setzt. Er reicht Dad eine Ledermappe, in der sich einige Schriftstücke befinden.

Mein Vater liest und liest, als überdenke er jedes Wort, dabei ist klar, was drinsteht. Ist schließlich immer das gleiche. Nach einer gefühlten Ewigkeit streckt er Paul die rechte Hand entgegen und der reicht ihm einen goldenen Füller.

Schwungvoll setzt Dad seine Unterschrift an die entsprechenden Stellen und mein Magen verkrampft sich. Er pustet über die Tinte, schlägt die Mappe zu und gibt sie an Paul zurück, der sie daraufhin an mich weitergibt.

Ich könnte kotzen, so übel ist mir.

Dad räuspert sich.

Ist ja schon gut. Mir bleibt nichts weiter, als die Mappe zu nehmen. Ich schlage sie auf, bedeute Paul, mir den Stift zu reichen, und setze die nötigen Unterschriften.

Ohne ein einziges Wort zu lesen, besiegle ich mein Schicksal.

Ich klappe die Dokumentenmappe zu und werfe sie auf den Tisch. Um keine Zeit zu vergeuden, greife ich in die Jackentasche. Hole die Schatulle mit dem Ring hervor, den Howard gekauft hat. Was er ausgesucht hat, weiß ich nicht, habe nicht in die Box geschaut, die ich auf die Mappe lege.

»Matteo!«, mahnt Dad.

Ich drehe mich zu ihm. »Du wolltest, dass ich einen verschissenen Ring kaufe. Da ist er!«, blaffe ich ihn an.

Wenn Blicke töten könnten, würde ich augenblicklich umkippen. Bin allerdings überzeugt, dass meiner kein bisschen freundlicher wirkt.

»Schon gut, ich gebe ihr den Ring und sie wird ihn tragen«, glättet Paul die Wogen.

Dad schüttelt mit dem Kopf, fragt sich wohl, was er bei meiner Erziehung falschgemacht hat. Dann greift er nach seinem Glas. Die alten Herren prosten einander zu und leeren ihren Drink.

Ende des ersten Aktes.

Der zweite führt uns hinüber in den Salon. Die Einrichtung wirkt wie aus der Zeit des Bürgerkrieges und von der hohen Decke baumelt ein gigantischer Kronleuchter. Livan reicht mir die Blumen und ich bin versucht, sie nicht anzunehmen. Dads frostiger Blick bewirkt, dass ich mich zusammenreiße. Trotzdem bleibe ich unschlüssig stehen, während sich der künftige Schwiegervater und Dad in Sesseln niederlassen.

Paul nimmt eine Zigarrenkiste vom Beistelltisch und hält sie meinem Vater entgegen.

Es fällt mir schwer, nicht loszulaufen, denn alles schreit nach Flucht.

Derweil ich überlege, ob die Konsequenzen den süßen Geschmack von Freiheit aufwiegen, öffnet sich die Tür, und meine Zukünftige wird von ihrer Mutter hereingeführt.

Die Herren erheben sich.

Mrs. Rinaldi übergibt Louisa an ihren Vater.

Sie trägt ein zartrosa Kleid mit Rüschen und sieht darin aus wie ein Püppchen. Ich kämpfe gegen den Würgereflex. Hasse dieses Kleinmädchen-Getue bei erwachsenen Frauen.

Als Paul die Hand seiner Tochter in meine legt, lächelt diese mich schüchtern an. Das hasse ich ebenfalls.

Falsches Lächeln.

Schüchternes Gehabe.

Ich. Hasse. Es!

»Sie gehört dir«, sagt Paul Rinaldi.

Ich erwarte, dass er etwas hinzufügt, zumindest eine Ermahnung, sie gut zu behandeln. Nichts dergleichen folgt.

Wir stehen verloren im Raum.

Mir wird bewusst, dass ich die blöden Blumen noch immer halte, und drücke sie Louisa in die Hand.

Wortlos.

»Die sind sehr schön, Matteo.«

Ihre Mutter tritt hinzu, nimmt ihr das Grünzeug ab und reicht es an ein Hausmädchen weiter. Gleich darauf folgt die Aufforderung, uns ins Esszimmer zu begeben, wo wir gemeinsam die Mittagsmahlzeit einnehmen und damit den zweiten Akt meiner Verlobung beenden.

Einer Feier mit Musik und Tanz und allen Mafiafamilien habe ich rigoros widersprochen. Mir reicht, dass ich das Hochzeitsfest nicht verhindern kann.

Dem Essen schließt sich Small Talk an. Ich beteilige mich nicht, dränge seit der Nachspeise zum Aufbruch.

Endlich sieht Dad ein, dass dieser Tag in einem Drama endet, wenn wir jetzt nicht abhauen. Während er sich von der Dame des Hauses verabschiedet, stehe ich in der geöffneten Tür.

Ein Hausmädchen reicht Louisa einen Koffer und sie tritt damit zu mir.

Ich verweigere ihr jegliche Beachtung und denke nicht daran, mit dem Gepäck zu helfen. Kann zwar nicht verhindern, dass sie ab heute bei uns wohnt, aber wenigstens demonstrieren, dass sie nicht willkommen ist.

Livan wirft mir einen missbilligenden Blick zu, den ich dreist erwidere. Schließlich nimmt er Louisa den Koffer ab und verstaut ihn im Auto.

Ganz Gentleman hält Dad ihr die Tür zum Fond auf. Ich nutze die Gelegenheit und schwinge mich auf den Sitz der Beifahrerseite, sodass ihm nur der Platz neben meiner Zukünftigen bleibt.

Ein Blick in den Rückspiegel offenbart jemandem, der ihn so gut kennt wie ich, dass er sauer ist.

Louisa hält den Kopf gesenkt. Besser so!

Zu Hause angekommen verlangt Dad, dass ich mich um meine Verlobte kümmere. Damit bin ich einverstanden, gibt mir das doch Gelegenheit, ihr ihren Platz zu zeigen, sodass sie nicht auf dumme Gedanken kommt.

»Folge mir«, herrsche ich Louisa an und denke nicht daran, den Koffer für sie zu tragen. Sie soll verstehen, dass von mir kein Entgegenkommen zu erwarten ist.

Ich steige die beiden Etagen wortlos nach oben. Auf der Galerie angekommen biege ich links ab. Habe durchgesetzt, dass sie das Zimmer gegenüber von Danny bekommt, obwohl Dad insistierte, sie gehöre zu mir. Da habe ich nicht mit mir reden lassen, werde Howard nicht umquartieren. Louisa erhält das kleine Zimmer und basta.

Während wir auf dieses zugehen, bemerke ich den Fehler. Es besitzt einen Balkon und von dem kann sie direkt hinüber zu meinem schauen. Ich nehme mir vor, einen Handwerker anzuheuern, um einen Sichtschutz zu montieren.

»Das ist deins«, sage ich und öffne die Tür.

Sie sieht sich um. Wirkt nicht geschockt von ihrer neuen Bleibe, die in etwa die Größe meines Badezimmers misst. Ein Blick in Richtung Balkon bringt sie sogar zum Lächeln, dann schaut sie in das Bad und das winzige Ankleidezimmer, also den begehbaren Kleiderschrank, denn mehr ist es nicht.

»Schön«, sagt sie und ich bemerke keine Ironie.

Mist. Sie soll sich hier nicht wohlfühlen!

Ich bin unzufrieden.

Wenigstens fällt an der Stelle der Vorhang und diese unsägliche Verlobung ist überstanden.

Louisa Rinaldi

Louisa wurde im Sinne der Mafia erzogen und auf eine arrangierte Ehe vorbereitet, in der es ihre Aufgabe ist, sich ihrem Mann unterzuordnen.

Dementsprechend ist ihr Selbstbewusstsein wenig entwickelt und sie versucht alles, um ihrer Bestimmung gerecht zu werden.

Flüchtet sich gerne in Liebesromane.

TOCHTER VON PAUL UND ROSA RINALDI, EINER AUS BARI STAMMENDEN FAMILIE, DIE EINEM ABLEGER DER CAMORRA ANGEHÖRT

GEBOREN AM 6. MÄRZ 1965

ZUKÜNFTIGE EHEFRAU VON MATTEO DUARTE

LOUISA

Nachdem Matteo mich auf das Zimmer gebracht hat, das ich bis zu unserer Hochzeit bewohne, ist er ohne ein Wort gegangen. Unentschlossen verharre ich mitten im Raum und sehe auf den Koffer, der mir als Einziges nicht fremd vorkommt.

Ich mag naiv sein, aber nicht minderbemittelt und habe durchaus bemerkt, dass er mich weder zur Frau noch hier in der Villa möchte. So habe ich mir meine Verlobung nicht vorgestellt, doch Kleinmädchenträume erfüllen sich in der Mafia selten. Nie.

Leise öffne ich die Tür. Wenigstens stehen keine Wachen davor. Gewundert hätte es mich nicht. Bevor ich sie wieder schließe, vernehme ich gegenüber Geräusche. Ob dort Matteo wohnt?

Ich schaue nicht nach, ahne, dass es ihm nicht recht ist. Möchte ihn nicht gleich zu Anfang gegen mich aufbringen. Zurück im Zimmer sehe ich mich um. Stelle fest, dass es nicht mal ein Telefon gibt. Dabei würde ich gern Nino anrufen. Hatte keine Gelegenheit, mich von meinem Bruder zu verabschieden. Oder von der kleinen Schwester. Babbo hat entschieden, dass dieses Essen, das die Verlobungsfeier ersetzte, ohne sie stattfand. Ich habe nicht versucht, ihn umzustimmen, wusste, dass er seine Meinung nicht ändern würde.

Ein Gefühl von Einsamkeit breitet sich aus. Aufsteigende Tränen lassen das Zimmer vor den Augen verschwimmen. Ich habe mir vorgenommen, diesen neuen Lebensabschnitt tapfer anzugehen, deshalb blinzle ich dagegen an, will nicht schon in der ersten Stunde weinen.

Meine Kindheit war nicht die glücklichste, trotzdem sehne ich mich nach Bay Point zurück. Dort sind Nino, der Bruder und gleichzeitig Freund ist und Stefania, die gestern den halben Tag geweint hat.

Um nicht in Heimweh zu versinken, packe ich den Koffer aus. Lege die Kleidungsstücke ordentlich in den begehbaren Kleiderschrank. So etwas gab es in Bay Point nicht.

Die wenigen Sachen verlieren sich in den Regalen, was sich hoffentlich ändert, sobald David, mein Leibwächter, morgen nach Duarte Island zieht und die gesamte Garderobe mitbringt.

Am Ende stelle ich die Tasche mit den Hygieneartikeln auf eine Ablage im Bad. Der Blick fällt auf den Spiegel, der bis zum Boden reicht, und ich erschauere. Kein Wunder, dass Matteo die Flucht ergriffen hat.

Eilig schäle ich mich aus diesem rosa Albtraum, schlüpfe in eine Jeans und ein Shirt. Drapiere es so, dass eine Schulter frei liegt. Dann ziehe ich das Gummi aus den Haaren. Ein weiterer Blick in den Spiegel lässt mich aufatmen.

Ich mag mein Zimmer, die hellgrünen Wände, vor allem den runden Tisch mit dem Sessel. Ein schöner Platz zum Lesen, wenn man eine Stehlampe dazustellt. Aber ich habe hier keine Bücher. Hoffentlich bringt David ein paar aus Bay Point mit.

Auf dem Bett sitzend warte ich. Als es zu lange dauert, raffe ich sämtlichen Mut zusammen und betrete den Flur, steuere die Tür gegenüber an und klopfe. Während ich auf Antwort warte, kommt Unsicherheit auf, ob es klug ist, Matteo zu stören. Aber ich habe nicht die geringste Ahnung, wie ich mich verhalten soll. Und wer kann sagen, was von mir erwartet wird, wenn nicht er?

Ich klopfe erneut. Der Fernseher ist laut, vielleicht hat er es ja nicht gehört. Als auch jetzt keine Antwort kommt, trete ich ein.

Mein Blick erfasst zuerst das Fernsehbild, erkenne dann, dass die Person, die da *Space Invaders* spielt, nicht Matteo ist.

Der Spieler ist blond und wesentlich jünger. Er legt den Joystick auf den Tisch und dreht sich zu mir.

»Wer bist du denn?«, durchbreche ich das Schweigen.

»Danny. Die Geisel. Und du?«

»Louisa. Die Verlobte.«

»Aber nicht von Howard.«

Ich schüttle mit dem Kopf. »Matteo. Geisel?«

»Die Soldaten nennen mich so.« Er hält mir den Joystick entgegen. »Willst du mal?« Ich zucke mit den Schultern, befürchte, mich ungeschickt anzustellen. Bei Nino durfte ich nur zuschauen.

Wir wechseln uns ab, bis Howard ins Zimmer tritt und mich auf seine gewohnt grimmige Art mustert. »Matteo sucht dich.«

Ich reiche den Joystick an Danny zurück. »Können wir mal wieder spielen?«

»Meinetwegen gern. Ich …«

Howard nickt mich ungeduldig in Richtung Flur. Die Tür zu meinem Zimmer steht offen, daher gehe ich davon aus, dort auf Matteo zu treffen.

»Wo treibst du dich rum?«, herrscht er mich an, als ich eintrete. »Es ist Essenszeit.«

Grob zerrt er mich hinter sich her, sodass ich aufpassen muss, um nicht auf den Stufen zu stolpern. Im Erdgeschoss lässt er mich los. Ein böser Blick, bevor wir ins Esszimmer treten.

Die künftigen Schwiegereltern sitzen an der Frontseite des Tisches, wobei Mr. Duarte ähnlich verdrossen schaut wie Babbo.

Habe ich ihn verärgert?

»Ich musste sie erst suchen, stromert hier im Haus rum.« Matteos Stimme klingt eisig. Er weist mir den Platz neben sich zu.

Wenige Minuten später erscheinen Howard und Danny.

»Stromert ihr ebenfalls in der Villa herum?«, fragt Mr. Duarte mit einem angedeuteten Lächeln auf dem Gesicht, das mich aufatmen lässt.

Howard zieht die Augenbrauen zusammen, bleibt stumm.

Die beiden setzen sich uns gegenüber.

Nino erwähnte einige Male, dass Matteo von unserer Verbindung wenig begeistert ist, dennoch kommt dieses Ausmaß an Kälte unerwartet.

Arrangierte Ehen stellen in der Mafia nichts Außergewöhnliches dar. Für mich stand außer Frage, dass die Familie eines Tages meinen Ehemann aussucht. Darauf wurde ich vorbereitet und Mamma ließ wenig Raum für Illusionen.

Als Babbo mir mitteilte, dass die Wahl auf Matteo Duarte gefallen sei, löste das keine Glücksgefühle aus. Nicht wegen ihm, sondern weil ich im nächsten Monat erst achtzehn werde. Ein oder zwei freie Jahre hätte ich mir noch gewünscht.

Da Schmollen nichts ändert, orientiere ich mich am Positiven und das ist, dass mir das Schicksal einen jungen, gutaussehenden Ehemann beschert. Vielleicht habe ich ja Glück und es wird wie in meinen Romanen. Irgendwann verliebt sich Matteo und dann folgt ein Happy End und wir leben …

»Louisa?«

Ich schrecke auf.

Matteo funkelt mich wütend an. »Meine Mutter hat dich was gefragt.«

»Verzeihung, Mrs. Duarte.«

»Du musst dich nicht entschuldigen, Kleines. Mir ist bewusst, dass hier alles fremd ist. Und bitte nenn mich Josi.«

»Danke.«

Matteo grummelt unwillig.

»Kann ich irgendetwas tun, um dir die Eingewöhnung zu erleichtern?«, fragt Josi.

»Danke, aber …« Ihre Freundlichkeit überfordert mich genauso wie Matteos Verdrossenheit und ich wage nicht, um ein paar Bücher zu bitten. Damit warte ich lieber, bis wir uns alle aneinander gewöhnt haben.

»Komm erst mal an.«

Ich sehe zu Matteo, der erneut etwas Unverständliches murmelt. Wenngleich wir einander seit Kindertagen kennen, ist er mir fremd. Das liegt weniger daran, dass er mehr mit Nino zu tun hatte, sondern an seiner abweisenden Art. Früher schien er gut drauf und war freundlich.

»Du wirst dich schnell einleben«, sagt Josi.

Schon wieder in Gedanken verstrickt, hätte ich es beinahe überhört. »Bestimmt«, antworte ich höflich.

Für den Rest des Essens behandelt mich Matteo wie Luft, unterhält sich dafür angeregt mit Howard. Mein Blick wandert ab und an zu Danny und ich gewinne den Eindruck, dass er sich ebenso verloren vorkommt wie ich.

Bis heute war ich überzeugt, dass Matteo ein Herz besitzt, und habe mir eingeredet, er würde mir eine Chance geben. Obwohl verunsichert will ich ihm eine gute Frau sein. So wurde ich erzogen, von klein auf auf den heutigen Tag vorbereitet. Den Tag, an dem mir ein Mann einen Ring an den Finger steckt.

Als alle fertig sind, erhebt sich Matteo und blickt mich auffordernd an.

»Was ist?«, schnauzt er, als ich nicht sofort aufstehe.

Seine Augen blitzen so wütend, dass ich unwillkürlich zurückweiche. Wird er mich schlagen? Vielleicht nicht vor den anderen, aber womöglich auf dem Zimmer.

Auf dem Weg nach oben lässt er mich spüren, dass mein Verhalten bei Tisch nicht seinen Vorstellungen entsprach. Ich muss mich stärker anstrengen, weiß von Mammas Predigten, dass es immer die Schuld der Frau ist. ›Es liegt bei dir, ob deine Ehe erträglich wird.‹ Wie oft hat sie diesen Satz gesagt? Hunderte Male und genauso oft wunderte mich, dass sie nie von Glück sprach.

Es gibt keinen Ausweg, ich werde mein Leben an der Seite dieses Mannes verbringen. Matteos verbitterter Gesichtsausdruck ist unmissverständlich. Es hatte schon einen Grund, dass er mir den Verlobungsring nicht selbst an den Finger steckte.

Mein Blick erfasst den geschmackvoll geschliffenen Brillanten. »Der Ring ist wunderschön«, sage ich, um die Stimmung zu entschärfen.

»Was?«

»Der Ring. Er gefällt mir.«

»Bedank dich bei Howard. Er hat ihn ausgesucht.«

Als wir oben ankommen, verlangsamen sich meine Schritte. Dass er mich aufs Zimmer begleitet, kann nur bedeuten, dass er gleich seine Wut an mir auslässt. Ich muss das aushalten und mir ab morgen mehr Mühe geben.

Er öffnet die Tür und nickt mich hinein.

Ich ziehe die Schultern zusammen und bleibe erstarrt im Raum stehen, als er näherkommt. Erwarte jeden Moment seinen Schlag.

»Es gibt hier ein paar Spielregeln.«

Ich bin unfähig zu reagieren.

»Schau mich an.« Er greift nach meinem Arm.

Erst als nichts weiter passiert, sehe ich zu ihm.

»Was ist mit dir?«

Ich bringe kein Wort heraus.

Er lässt mich los und sofort gehe ich auf Abstand.

»Frühstück gibt es von neun bis elf. Komm runter oder lass es. Aber ich erwarte, dass du pünktlich zum Abendessen erscheinst.« Danach folgen weitere Verhaltensregeln, die im Großen und Ganzen darauf hinauslaufen, dass ich möglichst unsichtbar bleibe.

Damit kann ich leben. Vielleicht wird alles doch nicht so schlimm. Geschlagen hat er mich zumindest nicht.

HOWARD

Heute ist der Tag, an dem das Schiff mit Matteos wertvoller Fracht im Hafen von Miami eintrifft. Da Emilio ihn mit einem Auftrag losschickte und ihm keine unverfängliche Ausrede eingefallen ist, fällt mir zu, Ana in Empfang zu nehmen. Abgesehen davon, dass ich mich lieber raushalten würde, nicht ganz schlecht. Matteo ist für meinen Geschmack zu emotional, was diese Frau betrifft und seinen Hang zum Drama brauchen wir nicht.

Seit dem Gespräch in seinem Büro betrachtete uns Emilio mit Argwohn. Wir rechneten jeden Moment damit, dass er etwas herausfindet und wir auffliegen. Matteo schreibt es seiner Intelligenz zu, dass unser Coup unentdeckt blieb, ich denke eher, dass wir Glück hatten.

Am Ende zählt, dass Emilio irgendwann aufgab. Trotzdem strengen wir uns seitdem mächtig an, keinen Ärger zu machen und ihn nicht unnötig zu reizen. Seien wir mal ehrlich, bereits das sollte ihm komisch vorkommen.

Seit der Verlobung ist es still in der Villa. Auf unserer Etage sind die Türen verschlossen wie in der Zeit, als mein Freund hier allein residierte. Mir ist aufgefallen, dass Daniel oft mit Louisa abhängt. Ausreichend beschäftigt, ist er weniger anstrengend und ihr tut dieses Zusammensein sicher auch gut, so wie Matteo sie behandelt. Nichtsdestotrotz meldet sich hin und wieder ein warnendes Stimmchen, das mich auf die Gefahr hinweist, die dieser Freundschaft innewohnt.

Mein Bruder wird in zwei Monaten sechzehn und Louisa steht nur eine Woche vor ihrem achtzehnten Geburtstag. Bin ich der Einzige, der für möglich hält, dass sich zwischen den beiden mehr entwickeln könnte als eine platonische Verbindung? Sehe ich Gespenster, wenn ich überall drohendes Unheil wittere und das Gefühl nicht loswerde, dass sich Daniel früher oder später in Gefahr bringt? Meine Aufgabe besteht darin, ihn dann zu schützen. Ich wette, Don Corleone hatte solche Probleme nicht.

Seit das Mellow Ocean mir gehört, habe ich erkannt, dass es nicht nur ein guter Ort zur Geldwäsche ist, sondern auch zum Untertauchen. Quasi ein Safe-Place. Für Daniel.

Natürlich nicht dieses Hotel, dafür ist es viel zu nah dran. Es müsste eines außerhalb sein, zugleich nicht zu weit entfernt, um nicht die Kontrolle aufzugeben.

Ich fahre auf das Hafengelände zu und nehme mir vor, mit Daniel über Louisa zu reden. So wenig Matteo diese Frau will, so sehr würde ihn in Rage versetzen, wenn sie ihm fremdgeht. Wäre Felipe nicht auf die Idee gekommen, meinen Bruder mit reinzuziehen, bliebe mir viel erspart.

Als ich den Benz parke, stoppt der Jeep mit den Bodyguards neben mir. Per Handzeichen gebe ich ihnen zu verstehen, dass sie im Wagen bleiben sollen.

Mein Blick scannt die Umgebung.

»Sobald wir auf dem Schiff sind, fahrt nah an die Gangway. Ich bringe euch jemanden und möchte, dass ihr die Person ins Kühlhaus schafft«, sage ich durch das geöffnete Seitenfenster.

»Okay, Boss.«

Ich liebe es, so genannt zu werden. Habe mir für diesen Job zwei Soldaten ausgesucht, die stur Befehle verfolgen und nicht dafür bekannt sind, Fragen zu stellen oder gar eigene Wege zu beschreiten.

In diesem Moment fährt Nino vor und wir schlendern gemeinsam am Pier entlang zur Anlegestelle.

»Ich bin froh, wenn das hier vorbei ist«, meint er.

»Frag mal, wer noch. Und von deiner Familie hat niemand was mitbekommen?«

»Ich hatte sie im Keller der Großeltern versteckt. Das Haus ist riesig und da unten war schon seit Jahren keiner mehr.«

»Die Großeltern«, murmle ich, während mein Blick hinüber zum Kreuzfahrtterminal wandert, wo ein imposantes Schiff von Cunard Cruises vor Anker liegt.

Für ein paar Sekunden lenkt es mich ab, bevor ich wieder auf jedes Geräusch lausche und über die Schulter schaue. Obwohl die Verhaftung im Dezember eine Farce war, hat sie etwas mit mir angestellt.

Heute bleibt alles ruhig und ich erinnere mich an zwei Menschen, die seit vielen Jahren nicht mehr Bestandteil meines Lebens sind. Howard Sr. und Pearl Coleman, Moms Eltern.

Sie müssen mittlerweile im Alter von Angel und Juan sein. Früher, als Dad noch nach Hause kam, besuchten wir sie ab und an übers Wochenende. Zu uns kamen sie nie. Aber das war nicht schlimm, mir gefiel Key West sowieso besser als Homestead. Irgendwann hörten die Besuche auf.

Wir erreichen das Schiff und gehen an Bord. »Wo finde ich den ersten Offizier?«, erkundigt sich Nino bei einem Matrosen.

»Auf der Brücke.«

»Lass mich reden«, bittet er auf dem Weg dorthin.

Wie gewünscht, halte ich mich bei der Begrüßung im Hintergrund und bleibe ebenso stumm, als Nino mit dem Offizier ein paar Worte austauscht. Ich mustere den Kapitän von der Seite. Er ist beschäftigt und beachtet uns nicht weiter.

Wir verlassen gemeinsam mit dem Offizier die Brücke in Richtung Laderaum. Als er sich daran macht, eine hölzerne Kiste zu öffnen, zieht sich mein Magen zusammen. Dieses Ding misst kaum mehr als einen Quadratmeter in der Grundfläche und ist gerade so hoch, dass ein Mensch darin sitzen kann. Hat Ana wochenlang in dieser Enge zugebracht?

Gestank schlägt uns entgegen. Ich wende mich ab, unterdrücke ein Würgen. Bin froh, dass Matteo nicht hier ist.

In der hinteren Ecke kauert ein menschliches Wesen. Die langen dunklen Haare hängen verfilzt in ihr Gesicht, sodass sich dieses nicht ausmachen lässt. Erst jetzt bemerke ich den schwarzen Sack in Ninos Hand, den er dem Offizier reicht.

Der tritt näher heran und zerrt Ana grob aus der Kiste, stülpt ihr den Sack über, ehe sie eine Chance hat, sich zu orientieren.

Sie strauchelt.

Ich will zu ihr, aber der Offizier ist schneller, hält sie aufrecht. Mein Blick wandert zu ihren mit Kabelbinder gefesselten Händen, wo verkrustetes Blut die Stellen bedeckt, an denen diese in die Haut einschneiden.

»Heilige Scheiße.« Schockiert schaue ich Nino an.

Sein Gesichtsausdruck verrät, dass ihm ihr Zustand ebenfalls zusetzt.

Der Offizier scheint unser Entsetzen zu bemerken. »Sie lebt«, sagt er lapidar und übergibt sie Nino.

Der fasst sie nicht an, sondern nickt mir zu.

Den Ekel überwindend packe ich sie am Arm, als die Beine unter ihr nachgeben.

Ich halte sie, gebe ihr einen Moment, um sich zu stabilisieren.

Nino geht voran. »Los, komm.«

Sie sträubt sich, richtet aber so entkräftet nichts aus.

Der Offizier sagt etwas, das ich nicht verstehe, bevor er uns durch eine Ladeluke aus dem Rumpf des Schiffes entlässt. Italienisch?

»Wir sollen uns beeilen und sie möglichst ohne Aufsehen wegbringen«, erklärt Nino.

Da wäre ich jetzt nicht drauf gekommen.

Als wir ins Freie treten, mobilisiert Ana unerwartete Kräfte, mit denen sie sich zur Wehr setzt. Nebenbei lamentiert sie auf Spanisch, was nervt und keineswegs unauffällig ist.

Der Jeep steht wie angewiesen an der Gangway, von der wir uns ein gutes Stück entfernt befinden. Ich winke in seine Richtung, aber die beiden Idioten bemerken das nicht. Bleibt nur zu hoffen, dass wir im Schutze des riesigen Schiffes nicht gesehen werden.

»Ich verstehe nicht ein verdammtes Wort!«, herrsche ich Ana an, während wir rangeln. »Wenn du etwas von mir willst, musst du in meiner Sprache reden.«

Diese Aufforderung scheint sie nicht zu tangieren, denn sie stößt weiterhin spanische Flüche aus. Einige davon sind mir von den Soldaten bekannt, mit denen ich wochenlang unter einem Dach gelebt habe.

Als sie nach mir tritt, reicht es endgültig. Wir müssen schleunigst hier weg, also schmeiße ich sie mir über die Schulter.

»Mein Job ist getan«, sagt Nino, als wir den Jeep erreichen.

»Danke.«

»Sorg dafür, dass es Louisa gut bei euch geht.«

Ich zwinge mich, nicht mit den Augen zu rollen. Mir missfällt auch, wie Matteo mit ihr umgeht, etwas daran zu ändern, liegt dennoch nicht in meiner Macht.

Ninos Blick lässt kein Ausweichen zu.

»Okay, ich werde mit ihm reden.«

Jetzt bugsiere ich Ana auf den Rücksitz des Jeeps. Sie wehrt sich nach Leibeskräften. Der Mann auf dem Beifahrersitz holt Kabelbinder aus dem Handschuhfach und kommt mir zu Hilfe. Gemeinsam fesseln wir ihre Füße aneinander.

»Wir treffen uns am Kühlhaus. Gebt ihr Gelegenheit, sich zu waschen.«

Der Jeep setzt sich in Bewegung und ich gehe zu meinem Benz. Schaue an mir herunter, fühle mich dreckig und habe das Gefühl, ein Teil ihres Miefs haftet an mir.

Eine Zigarette soll helfen, den Gestank aus der Nase zu bekommen. Innerlich wüte ich gegen Matteo. Klar, dass eine Reise als blinder Passagier auf einem Frachtschiff ein paar Spuren hinterlässt. Aber Anas Zustand ist menschenunwürdig. Sie benötigt weitaus mehr als ein Waschbecken mit kaltem Wasser, um sich herzurichten. Eine Dusche. Saubere Kleidung. Schlimmstenfalls einen Arzt.

Ich habe die Schnauze voll von dieser Aktion und fahre Richtung Insel. Sollen die Soldaten auf sie aufpassen, bis Matteo eintrifft. Verstehe eh nicht, was das mit dem Kühlhaus auf sich hat, wo er die ganze Zeit dagegen protestierte, wenn sein Vater sie dort wollte.

Wozu mir den Kopf zerbrechen? Matteos Gedankengänge sind mitunter verworren und schlicht nicht nachzuvollziehen, sofern es diese Frau angeht. Gestern hat er allen Ernstes verlangt, dass ich bei ihrem Aufeinandertreffen anwesend bin. Wozu?

Glaubt er, ich würde Ana foltern?

Weil mein Freund die Kühlhausjobs verabscheut und mir für gewöhnlich die Drecksarbeit überlässt, denkt er, ich würde ihr wehtun? Zugegeben, mir macht die Anwendung von Gewalt weniger aus. Doch eine Frau quälen? Diese Grenze würde ich ungern überschreiten.

Aber seien wir mal ehrlich, im Falle meiner Weigerung findet sich jemand anderes.

Gleich halb fünf.

Es könnte noch Stunden dauern, bis Matteo zurück ist. So lange ist sie allein in diesem kalten Raum mit all den Folterinstrumenten. Verdammt! Was, wenn sie sich aus lauter Angst vor dem, was wir mit ihr anstellen werden, selbst etwas antut?

An der nächsten Ampel vollziehe ich einen U-Turn und fahre zum Schlachthof, steuere dort direkt das Kühlhaus an.

Die beiden Soldaten flankieren die Tür.

»Fahrt heim«, weise ich sie an. »Und zu niemandem ein Wort.«

Ana sitzt auf dem Stuhl, an Händen und Füßen gefesselt, der schwarze Sack über ihrem Kopf.

Als ich nähertrete, erbebt ihr Körper und der Atem geht stoßweise. Womöglich erleidet sie gleich eine Panikattacke.

»Beruhige dich.« Ich lasse meine Stimme sanft klingen. »Matteo wird bald hier sein.«

Sie steht weiterhin kurz vorm Hyperventilieren.

»Wir können die Zeit nutzen und uns etwas unterhalten.«

Es folgen ein paar spanische Sätze ihrerseits. Dass sie daran festhält, macht mich erneut sauer. Sie weiß genau, dass ich sie nicht verstehe. Sieht aus, als müsse ich ihr das ins Gedächtnis rufen. Um ihr dabei in die Augen zu sehen, ziehe ich den Sack von ihrem Kopf.

Erst einmal ist da nur schwarzes, verfilztes Haar. Ich streiche es zur Seite.

»Heilige Scheiße!«

Die Gedanken fahren Achterbahn.

»Wer bist du?«

Ich pfeffere den Sack in eine Ecke und gebe meinem inneren Aufruhr nach, indem ich durch das Kühlhaus stakse.

»Was ist das für eine gequirlte Kacke!«

Das ist nicht Ana, allerdings ähnelt sie ihr wie eine jüngere Schwester.

»Wer bist du?«

Ihre spanische Erwiderung lässt mich in Erwägung ziehen, dass sie meine Sprache genauso wenig versteht wie ich ihre. Die Hand fährt über den Kopf, ich möchte mir die Haare raufen, aber dafür sind sie zu kurz.

Wer ist diese Chica?

Im nächsten Moment folgt die Einsicht, dass wir ein unschuldiges Mädchen entführt haben. Ein Kind etwa in Daniels Alter. Die Gedanken laufen Amok bei diesem Vergleich. Was muss sie durchlitten haben in den reichlich zwei Monaten, in denen sie sich erst in Ninos Gewalt befand, und dann gefangen in dieser unmenschlichen Kiste war?

»Verdammt!«

Sie zuckt zusammen und ich hebe beschwichtigend die Hände. Am liebsten würde ich sie losmachen und irgendwohin schaffen, wo sie duschen kann, ihr saubere Kleidung besorgen und etwas zu essen.

Ich verlasse das Kühlhaus und renne zu meinem Auto. Suche dort irgendwas, das ihr Leid lindert, finde nur eine fast volle Wasserflasche, die ich ihr bringe.

Sie trinkt gierig, als ich sie an ihren Mund halte.

Ein Blick zur Uhr.

Wieso ist es noch nicht später? Matteo braucht bestimmt weitere zwei Stunden. Womöglich länger. In Anbetracht der Umstände ist es inakzeptabel, sie hier in diesem eisigen Raum sitzen zu lassen. Vor allem, da sie den Tisch mit den Werkzeugen entdeckt hat und Panik ihre Augen weitet.

»Ich bringe dich an einen besseren Ort.« Auch das versteht sie nicht. Hoffentlich versichert ihr meine Stimmlage, dass sie nichts zu befürchten hat. Ich lege den Zeigefinger auf die Lippen und sehe sie fragend an. Erkenne ein angedeutetes Nicken.

Vom Tisch mit den Instrumenten hole ich ein Skalpell.

Sie beginnt zu wimmern, als ich mich damit nähere.

Kopfschüttelnd gehe ich in die Hocke und durchtrenne den Kabelbinder, der ihre Füße zusammenhält. Wahrscheinlich ein Fehler, aber ich befreie auch ihre Hände.

Sie streicht vorsichtig über die verletzten Gelenke. Verzieht dabei das Gesicht.

»Komm! *Vamos!*« Eines der wenigen mir bekannten spanischen Wörter. Ich trete zur Tür und winke. »*Vamos*.«

Als wir das Kühlhaus verlassen, halte ich sie am Arm, um nicht zu riskieren, dass sie davonläuft. Ich dirigiere sie zum Benz und öffne die Beifahrertür. Zögere einen Moment beim Gedanken daran, dass sie die schönen dattelfarbenen Sitze besudelt. Als sie im Auto sitzt, begebe ich mich eilig auf die Fahrerseite und verriegle ihre Tür. Man weiß ja nie.

Unterwegs mustert sie die Umgebung. »*Dónde estamos?*«

»*No Español.*«

»*Dónde*?« Sie weist zum Fenster hinaus.

»Miami. Florida.«

»*América*?«

Ich nicke und deute auf mich. »Howard.« Zeige auf sie.

»Anna.«

Mein Blick rast zu ihr. Was sagt sie da?

Ich schaue zurück auf die Straße. Trete auf die Bremse. Fast wäre ich auf das vor uns fahrende Auto gerauscht.

»Ana? Das kann nicht sein.«

Es folgt ein unverständlicher Redeschwall.

Wieder deute ich erst auf mich. »Howard Coleman.« Dann auf sie.

»Anna Borja.«

Mir klappt die Kinnlade runter. Für einen Moment herrscht im Hirn totale Leere. Anschließend schlagen die Gedanken Purzelbaum. Wenn das hier Anna Borja ist, wer ist dann Matteos Ana?

»Aragon Borja.«

»Papá.«

Der Spanier kann unmöglich zwei Töchter mit gleichem Namen haben. Was ist das für eine gequirlte Kacke!

Ich fahre in die Tiefgarage vom Mellow Ocean. Was Besseres ist mir nicht eingefallen, kann sie schließlich nicht mit zur Villa nehmen. Über den privaten Fahrstuhl gelangen wir direkt ins Penthouse, das von jeher dem Hotelbesitzer, jetzt mir, gehört. Oben angekommen ordere ich etwas zu essen.

Wenig später klopft das Zimmermädchen und schiebt einen Wagen herein.

Es gibt Rührei, Bacon und Toast, diverses Obst. Dazu Tee und Kaffee, habe keine Ahnung, was sie bevorzugt.

»Sie braucht dringend etwas anzuziehen«, werfe ich in den Raum.

»Die Boutique ist geöffnet.«

Kopfschütteln. Dorthin kann ich sie unmöglich lassen.

Das Mädchen überlegt einen Moment. »Sie kann eine unserer Uniformen haben«, bietet sie an.

Ich nicke. Wieder ein Problem gelöst.

Anna lässt sich das Essen schmecken, stopft alles in sich hinein, als sei sie kurz vorm Verhungern. Wahrscheinlich trifft das sogar zu.

Die Klamotten werden gebracht. Ich drücke sie ihr in den Arm und schicke sie damit ins Bad. In ihren Augen liegt Furcht. Ich deute auf den Schließmechanismus in der Tür, hoffe, sie versteht, dass sie abschließen kann. Die Gefahr, dass sie sich dort verbarrikadiert, verdränge ich für den Moment.

Im Bad läuft Wasser und ich nutze die Gelegenheit, um in der Villa anzurufen. Lasse es länger als eine Minute klingeln, aber Matteo meldet sich nicht. Der nächste Versuch gilt meinem Bruder.

»Wer stört?«

»Daniel, hör mir gut zu.«

Sein Murren nervt.

»Weißt du, ob Matteo zurück ist?«

»Bin ich sein Leibwächter?«

»Daniel, verdammt.« Tief Luft holen, es bringt nichts, auszurasten. »Schau bitte nach, ob Matteo irgendwo in der Villa ist. Er soll mich dringend im Hotel anrufen, bevor er zum Leguan fährt.« Ich kann meinem Bruder unmöglich sagen, dass wir in einem Kühlhaus verabredet sind.

»Was bekomme ich dafür?«

Dieser kleine Halunke bringt mich an den Rand des Wahnsinns. Ich balle die freie Hand zur Faust, darf nicht ausrasten, weil er dann auf stur schaltet. »Du hast einen Wunsch frei«, knurre ich in den Hörer.

»Ok, ich finde Matteo und will dafür mit zum Leguan.«

»Meinetwegen.« In diesem Moment würde ich ihm alles versprechen. »Aber nicht heute«, setze ich hinzu, als mir meine Lüge von vor einer Minute einfällt.

»Morgen?«

»Ja, aber jetzt finde Matteo, und falls er noch nicht zurück ist, passe ihn ab. Warte, Daniel. Wir machen das anders, er soll nicht anrufen, sondern ins Mellow Ocean kommen.« Das erspart es mir, ihm die neusten Entwicklungen bezüglich der Ana-Situation am Telefon auseinanderzusetzen.

Diese darf er sich bitteschön live und in Farbe ansehen.

MATTEO

Als Danny auf mich zustürmt, kaum dass sich die Haustür öffnet, ist sofort klar, dass irgendetwas passiert sein muss. Im ersten Moment bringe ich es weder mit Howard noch mit Ana in Verbindung.

»Howi will, dass du ins Hotel kommst.«

»Was treibt er im Hotel?« Ich überlege, ob ›Hotel‹ sein Codewort für die Folterkammer ist. Aber es wäre unlogisch, mir diese Nachricht überbringen zu lassen, da wir uns dort ohnehin treffen wollen.

Danny zuckt mit den Schultern und ich erwarte nicht wirklich eine Antwort. Wo kommen wir denn hin, wenn neuerdings jeder in unsere Pläne eingeweiht wird?

Ich drehe auf dem Hacken um und verlasse das Anwesen. Was ist schiefgelaufen? Erst mal weigere ich mich, das Schlimmste anzunehmen, wobei ich nicht mal genau weiß, was das wäre. Lieber rede ich mir ein, das Schiff habe sich verspätet.

Der dichte Verkehr macht ein Vorankommen schwierig. Ich schlage auf die Hupe, frage mich ernsthaft, wo all die Leute hinwollen, die zu dieser Zeit die Straßen verstopfen. Stoßstange an Stoßstange schlängeln wir uns Richtung MacArthur Causeway. Dort geht es schneller vorwärts, nur um in Miami Beach wieder zu stocken.

Ich fluche ungehalten, als eine Ampel direkt vor mir auf Rot springt.

Die Beruhigungsstrategie mit der Verspätung des Schiffes funktioniert nicht länger. Wäre dem so, müsste Howard mich nicht zum Mellow Ocean bestellen.

Hat er sie allein im Kühlhaus gelassen? Schlimm genug, dass mir kein geeigneterer Ort eingefallen ist.

Ich springe aus der Corvette, kaum dass die Räder stillstehen, und laufe zum Aufzug.

Hat er sie etwa hierher gebracht?

Oder ist unterwegs etwas passiert?

Ist sie …?

Daran will ich nicht denken, halte für selbstverständlich, dass der kleine Rinaldi ihr Überleben auf dieser Reise sichergestellt hat.

Natürlich kenne ich den Code für den Fahrstuhl zum Penthouse. Als ich eintrete, sitzt Howard auf dem Sofa vor dem Fernseher.

Was bitteschön tut er hier?

Fernsehen?!

Ich höre die Klospülung und erkenne, dass sich eine weitere Person im Penthouse aufhält. In der nächsten Minute tritt ein Dienstmädchen aus dem Bad.

Seit wann gehen Angestellte bei ihm aufs Klo?

Wer hat die denn eingestellt? Diese Frau sieht so verhärmt aus, als käme sie aus einem mexikanischen Ghetto.

Sie bleibt wie angewurzelt stehen, als sie mich wahrnimmt.

»Wo ist sie?«, will ich endlich erfahren.

Howard schaut zu dem Dienstmädchen und danach zu mir. Sein Blick ist stechend und ich habe nicht die geringste Ahnung, was mir das sagen soll.

»Ist Ana im Kühlhaus?«

Er sieht schon wieder zu diesem Zimmermädchen und macht mich langsam sauer.

»Was?«

Jetzt deutet er auf sie. »Das ist Anna.«

»Bist du stoned?«

»Ok, nicht deine Ana, aber die Frau, die Nino entführt hat.«

Das kann nicht sein.

Ist er übergeschnappt?

Oder ich?

Wir alle?

Sicher ist nur, dass das nicht Ana Borja ist. Okay, bei näherem Hinsehen und viel gutem Willen sieht sie ihr ähnlich, besitzt allerdings eine komplett andere Ausstrahlung und ist zu jung.

»Wer bist du?« Irgendwie muss sich das klären lassen.

»Sie spricht nur Spanisch.«

»*Quién eres tú*?«, stelle ich die Frage erneut.

»Anna Borja.«

Ich überbrücke die Distanz zu ihr und greife sie bei den Armen. »Wer. Bist. Du?«

»Anna Borja.«

Feuchtigkeit schimmert in ihren Augen. Sie soll bloß nicht anfangen zu heulen. »Ich kenne Ana Borja und du bist es nicht.« Ohne darüber nachzudenken, schüttle ich sie, als ließe sich auf diese Weise die Wahrheit herausholen. Lasse sie los, als die Tränen überlaufen.

Meine Spanischkenntnisse ermöglichen eine Verständigung. Was ich dabei erfahre, führt dazu, dass ich mich hinsetzen muss.

»Das kann alles nicht wahr sein. Weshalb läuft nicht mal etwas wie geplant?« Ich donnere die Faust auf den Tisch. Keine gute Idee. Hartholz.

»Was sagt sie?«, fragt Howard, aber ich benötige einen Moment.

»Rede endlich.« Er ruckelt an meinem Arm.

»Es gibt zwei.« Es auszusprechen, vereinfacht das Begreifen nicht.

»Was bedeutet das?«

»Das ist Anna Borja.«

Howards fragender Blick verlangt nach weiterer Erklärung.

»Ana, also meine Ana, ist eine Vallejo.« Allein diese Enthüllung erscheint unfassbar.

»Und wo ist sie?«

Gute Frage, die ich sofort an Anna weitergebe.

Sie zuckt mit den Schultern, erklärt, dass ihr Vater im Herbst allein zurückkehrte. Stoppt dann mitten im Satz. Erschrecken zeichnet sich auf ihrem Gesicht ab. »Du … du hast Joaquin erschossen.« Sie weicht zurück.

Ich deute auf Howard.

»Was?«, fragt dieser.

»Ihr ist das Licht aufgegangen, dass wir ihren Bruder gekillt haben.«

»Was machen wir mit ihr?« Howard geht nicht darauf ein, spricht stattdessen die wichtigste Frage aus.

Schulterzucken. »Lassen wir sie laufen, wird sich Borja rächen. Und wenn wir sie beseitigen, werden die Angriffe nicht aufhören, weil er schon die ganze Zeit vermutet, dass wir sie haben.«

»Da beißt sich die Katze in den Schwanz.«

Ich rolle mit den Augen. Er immer mit seinen Sprüchen.

»Ändert sich objektiv was dadurch, dass wir Anna und nicht Ana haben?«

Manchmal hasse ich seinen Pragmatismus. »Keine Ahnung.«

Meine Stimme dröhnt durch den Raum und Anna zuckt zusammen. Da sie die Unterhaltung nicht versteht, mustert sie uns argwöhnisch.

»Das kann nicht wahr sein, du musst dir doch einen Plan zurechtgelegt haben, wie es nach ihrer Ankunft weitergeht.« Jetzt ist Howard auch sauer.

Er hat gut reden. Habe ich nicht. Bin irgendwie davon ausgegangen, dass sich alles fügt und habe ausschließlich bis zu dem Moment gedacht, an dem wir einander gegenüberstehen.

»Was ist das für eine gequirlte Kacke! Wir haben Aragon Borjas leibliche Tochter entführt. Erinnerst Du dich an den Aufriss, den er veranstaltet hat, als du nur seine … seine …«

»Schwägerin.«

»Schwägerin? Sicher?«

»Wenn sie«, ich deute auf Anna, »nicht lügt, dann ja.«

»Schon mal darüber nachgedacht, dass dein Vater recht hat?«

»Womit?« Dass Howard Dad ins Spiel bringt, finde ich nicht lustig.

»Das wir einen Krieg riskieren.«

Wenigstens sagt er ›wir‹. »Hast du einen Vorschlag?« Ich stecke mir eine Zigarette an.

»Nicht wirklich.« Er schiebt den Aschenbecher auf meine Seite des Tisches.

»Shit!« Ich springe auf und tigere durch das Zimmer. »Wir können sie weder killen. Noch laufenlassen. Und behalten schon gar nicht.«

»Wir müssen mit deinem Dad reden.«

In wenigen Schritten bin ich bei Howard und packe ihn am Kragen. Ziehe ihn in den Stand. »Bist du irre?« Den Aufschrei von Anna beantworte ich mit einem wütenden Blick. »Du must irre sein!«

»Sein wir doch mal ehrlich, diese Ana-Situation wächst uns über den Kopf und wir müssen jemanden einweihen, der in der Lage ist, damit umzugehen.«

Howards Argumentation klingt nicht unlogisch. Leider. Ich gebe es nicht zu. Wehre mich dagegen. Dad hat unzählige Male gefragt, ob wir etwas mit dieser Entführung zu tun haben. Hätte ich nicht jedes Mal dreist in sein Gesicht gelogen, sähe es womöglich anders aus und ich würde Howard zustimmen. Aber so?

Er löst meine Finger von seinem Kragen, geht an mir vorbei zum Barschrank und schenkt uns Whisky ein. Kommt zurück und reicht mir ein Glas. Schaut zu Anna, die im Sessel kauert, und drückt ihr das zweite in die Hand.

»Es gibt keine Alternative, Matteo.«

Sein Blick durchdringt mich, und nach einem weiteren Whisky knicke ich ein.

Vor dem Verlassen der Penthouse-Suite erkläre ich Anna, dass wir sie für ein paar Stunden allein lassen und ergänze meine Ausführungen um einige Drohungen. Der Aufzug bringt uns zur Tiefgarage, wo Howard den Zahlencode eingibt, der das Teil sperrt. Die Tür zum Flur hat er ebenfalls verschlossen.

»Ich hoffe nur, dass sie mein Penthouse nicht verwüstet«, murmelt er.

Das ist mir ziemlich egal, obwohl ich weiß, wie eigen er ist, wenn es seinen neuen Luxus betrifft. Da macht es wenig Unterschied, dass ein Großteil davon zurzeit der Hausbank der Duartes gehört. Mit den Prozenten eines Familienmitglieds ist das reine Formsache und wird sich in absehbarer Zeit ändern.

Jeder fährt in seinem Wagen nach Hause. Howard erreicht die Villa vor mir. Mutmaßlich ein unbewusster Versuch meinerseits, das Gespräch mit Dad hinauszuzögern. Angekommen habe ich es nicht eilig. Howard tritt seine Zigarette aus, während ich mir gemütlich eine anstecke.

»Lass mich reden«, bietet er an.

»Du?« Das wäre eine Premiere.

Er nickt, hat anscheinend die Fahrt genutzt, um sich ein paar Worte zurechtzulegen.

»Wenn du denkst, du kannst das besser.« Ich klinge angepisster als beabsichtigt und bemerke, wie Howard mit einer entsprechenden Reaktion kämpft. Er entscheidet sich für Deeskalation und ich sehe ein, dass es so das Beste ist.

»Bereit?«, fragt er.

Der Rest meiner Kippe landet auf dem Schotter. Nein, bin ich nicht, möchte es nur hinter mich bringen.

Dads Tür steht offen. Howard grüßt Andrey flüchtig, der Wache schiebt, und schreitet forsch hinein. »Hast du einen Moment für uns?«

Ist Dad erstaunt, dass zur Abwechslung wir ein Gespräch suchen, verbirgt er das hervorragend. Er nickt uns in die Cocktailsessel und lehnt sich zurück.

»Was war eigentlich deine Absicht, als ich Ana aufspüren sollte?«, geht Howard in die Offensive.

»Ich wollte herausfinden, was Aragon Borja plant und den Frieden sichern, indem wir sie als Geisel behalten.«

Ich sehe Dad an, dass er nicht recht weiß, was wir von ihm wollen.

»Hat sich daran etwas geändert?«

»Alles.«

»Wieso?« Howard ist aus dem Konzept. »Was hat sich verändert?« Seine Stimme klingt weniger fest.

Anstatt darauf einzugehen, wendet sich Dad an mich »Was ist mit dir? Bist du auf einmal stumm?«

»Was hat sich geändert, Dad?«, wiederhole ich Howards Frage und mir fällt auf, dass dieser das mit dem emotionslosen Gesicht inzwischen richtig gut drauf hat.

»Wie viele Male habe ich dich gefragt?«

»Was meinst du?«

»Wie viele Male ich dich gefragt habe?« Anstatt seine Stimme zu erheben, spricht Dad leiser.

»Dad …«

»Matteo wollte nur mit ihr reden«, lenkt Howard ein, als er begreift, dass wir aufgeflogen sind.

»Mit Aragon Borjas Tochter?«

»Mit Ana.«

»Nino hat euch geholfen, habe ich recht?«

Ich schnaufe. »Dann weißt du sicher auch, dass sie nicht meine Ana ist«, speie ich Dad entgegen.

Er nickt. »Und du hättest es ebenfalls gewusst und diesen ganzen Schwachsinn stoppen können, musstest nur einmal den Mund aufmachen. Aber du …«

»Emilio, das führt doch zu nichts.« Howards Versuch, die Lage zu entschärfen, bringt ihm böse Blicke von mir und Dad ein. »Wie gehen wir jetzt vor?«, spricht er unbeirrt weiter.

»Ihr haltet euch komplett raus.«

Während Howard zustimmt, grummele ich unwillig.

»Wo ist sie?«

»Im Mellow Ocean.« Howard.

»Geht es ihr gut?«
»Den Umständen entsprechend.«
»Was heißt das?«
»Sie ist ok«, gehe ich dazwischen.
Dad langt nach dem Telefonhörer.
»Wen rufst du an?«, will ich wissen.
»Santiago Vallejo.«

EMILIO

Ich werfe die kleinen Scheißer aus dem Arbeitszimmer. Ihr Anblick weckt Zorn und mit diesem im Bauch sollte ich so ein Gespräch nicht führen. Mitunter frage ich mich, ob es normal ist, dass junge Menschen heutzutage solchen Bockmist verzapfen oder ich nur besonderes Pech mit meinem Sohn habe. Mir fehlt jede Erinnerung, dass Felipe und ich früher derartigen Blödsinn angestellt haben. Selbstredend spreche ich uns nicht komplett von Jugendtorheiten frei, aber wir haben niemals die Familie gefährdet oder einen Krieg provoziert.

Die Hoffnung, zumindest Howard verhalte sich ein wenig smarter und würde Matteo auf den richtigen Pfad leiten, erfüllt sich auch nicht. In dieser Minute bezweifle ich, dass sie irgendwann erwachsen werden, und verstehe nicht, was mich geritten hat, seine Initiation voranzutreiben.

Ein Griff nach dem Hörer, um die Konsequenz dieser Erkenntnis nicht bis zu Ende zu denken, und schon gar nicht die Auswirkungen auf diese Familie, falls ihr Erbe unfähig ist. Vehement dränge ich diesen Gedanken zurück. Bis er meinen Platz einnimmt, werden viele Jahre vergehen, in denen sich beide bestimmt weiterentwickeln.

Das Klingelzeichen stoppt und ich konzentriere mich auf das Telefonat mit Santiago. Schon bezeichnend wie häufig ich neuerdings mit diesem Vallejo rede.

»Emilio, was verschafft mir denn heute die Ehre?« Sein sarkastischer Ton provoziert, aber er lockt mich damit nicht aus der Reserve.

Ich verwerfe spontan die Absicht, um ein erneutes Treffen zu bitten, kläre das jetzt und hier. »Sie haben darum gebeten, nach Anna Borja Ausschau zu halten.« Auf der anderen Seite bleibt es stumm. »Es könnte sein, dass wir sie gefunden haben.«

»Auf einmal?«

»Nun ja, es kommt vor, dass es eine gewisse Zeit benötigt, um Informationen zu bündeln und auszuwerten.«

»Lassen wir das Geschwafel. Wissen Sie, wo sich Anna aufhält oder nicht?« Santiago klingt wie ein Geschäftsmann.

»Ja.«

»Heißt das, sie ist hier in Miami? Bei Ihnen?«

»Ich habe Zugriff auf sie. Und ja, sie ist in der Stadt.«

»Und Sie verkaufen mir weiterhin, nichts mit ihrer Entführung zu tun zu haben?« Seine Stimme nimmt einen schneidenden Klang an, obwohl er sie nicht erhebt.

»Man kann es so oder so sehen.« Ich hasse mein eigenes leeres Gewäsch und verfluche im Stillen die kleinen Scheißer.

»Sie haben mir dreist ins Gesicht gelogen und verlangen jetzt, dass ich Ihnen diesen neuen Bullshit abkaufe? Fordern Sie mich nicht heraus. Ich habe in einem Krieg weniger zu verlieren als Sie.«

»Wir wissen beide, dass das nicht stimmt.« Ein Mafiakrieg hinterlässt wie alle anderen keine Gewinner.

»Übergeben Sie uns Anna und wir verhandeln neu.«

»Das geht nicht. Aragon Borja nutzt jede Gelegenheit, um gegen uns vorzugehen. Seine Missachtung des Waffenstillstands kostete meinen Sohn und Howard beinahe das Leben. Einer unserer besten Männer liegt weiterhin im Koma.«

»Glauben Sie tatsächlich, dass Sie die Situation verbessern, indem Sie seine Tochter als Geisel behalten?«

»Ein unschöner Ausdruck. Auf der anderen Seite stimmen Sie sicher zu, dass ich mit einem Unterpfand im Besitz ruhiger schlafen kann. In erster Linie möchte ich vermeiden, dass sich so etwas wie in der Silvesternacht wiederholt.«

»Ich gebe Ihnen mein Wort, dass Aragon sich mit seiner Tochter nach Spanien zurückzieht.«

»Das allein genügt nicht länger. Nicht in dieser Sache. Wir haben erst kürzlich einen von Borjas Männer in einem unserer Clubs aufgegriffen. Die Nutte wird nie wieder dieselbe sein. Wie sich das darstellt, rechnen wir mit weiteren Angriffen.

»Halten Sie es für ehrbarer, diese Auseinandersetzung auf dem Rücken eines unschuldigen Mädchens auszutragen?«

Er soll mir jetzt nicht mit Ehre kommen. Wo war diese, als sein Onkel Aurelia töten ließ? »Sie haben eine junge Mutter getötet«, werfe ich ihm vor.

»Ich war nicht einmal auf diesem Kontinent, als das geschah.«

Zumindest weiß er sofort, von wem ich spreche. »Ihre Familie.«

»Das ist mehr als zehn Jahre her. Anna ist noch ein Kind.«

»Wir behandeln sie anständig.«

»Ihr geht es also gut?«

»Keine Sorge, sie ist wohlauf. Aber sollte es einen weiteren Angriff auf meine Familie geben oder einen Versuch, Anna zu befreien, töte ich sie eigenhändig.«

»Denken Sie nicht einmal daran.«

»Sie wissen, dass wir Duartes keine leeren Drohungen ausstoßen.«

»Lassen Sie das Mädchen frei.«

»Nein, Santiago.«

»Es hat sich bis zu mir rumgesprochen, dass Sie zum Angriff rüsten. Benutzen Sie Anna nur als Spielball? Eine Ablenkung von den tatsächlichen Absichten?«

»Stellt sich die Frage, wer solche Informationen verbreitet.« Jemand redet offenbar zu viel. Wenngleich ich keinen Verräter in unseren Reihen annehme, nehme ich mir vor, das im Auge zu behalten und die Männer besser einzuschwören.

»Behaupten Sie, dass es eine Fehlinformation ist?«

»Nein.« Soll er wissen, dass wir über ausreichend Ressourcen für einen Krieg verfügen. »Wir haben die Soldaten aufgestockt, aber läge es in meiner Absicht, anzugreifen, dann direkt nach unserem letzten Gespräch.«

»Was erwarten Sie von mir?«

»Sorgen Sie dafür, dass Aragon Borja jeden einzelnen Mann aus Miami abzieht und künftig in Spanien bleibt. Und wenn Sie mich davon überzeugen wollen, dass Sie es mit dem Waffenstillstand ernst meinen, räumen Sie erst einmal in Ihrer eigenen Familie auf.«

Die Stille auf der anderen Seite der Leitung verrät, dass ich zu viel preisgegeben habe. Zählt Santiago eins und ein zusammen, erkennt er, dass ich auf seinen Cousin Saul anspiele, der in unserem Kühlhaus starb, nachdem er zugab, für Borja zu arbeiten. Um von meinem Gesprächspartner eine Reaktion zu provozieren, schweige ich ebenfalls. Zurücknehmen lassen sich die Worte eh nicht.

»Wovon sprechen Sie?«

»Ich sage nur, dass sich Ihre Leute besser nicht mit Aragon Borja verbünden. Verbannen Sie ihn aus den Staaten.«

»Ohne seine Tochter?«

»Santiago, Sie sind ein vernünftiger Mensch. Verhindern Sie, dass Borja einen Krieg anzettelt.«

»Nach meinem Empfinden stellt es sich eher so dar, dass Sie diesen bereits ausgelöst haben, indem Sie seine Tochter entführten.«

Die freie Hand ballt sich zur Faust. Ihm zu sagen, dass ich nichts davon wusste, ließe mich schwach wirken. »Matteo hat den Angriff überlebt und Borja erhält Anna zurück, sobald ich überzeugt bin, dass der Spanier keinen Ärger mehr macht. Dann gleicht sich die Waage wieder aus.«

»Ich bezweifle, dass Aragon das genauso sieht.«

»Machen Sie es ihm begreiflich.«

»Sie haben also nicht vor, Anna zu behalten?«

»Nicht für immer.«

»Geben Sie mir irgendeine Aussicht, damit ich Aragon beschwichtigen kann.«

»Negativ.«

»Keine Folter und Sie zwingen sie auch zu sonst nichts.«

»Darauf haben Sie mein Wort.« Ich lege den Hörer in die Gabel zurück. Bin alles andere als überzeugt, dass dieser Anruf sein Ziel erreicht hat.

Jetzt heißt es, einen sicheren Ort für Anna zu finden, was im Klartext bedeutet, sie so gut zu verstecken, dass Borja nicht an sie rankommt.

Momentan bildet dieses Mädchen den Schutzwall zwischen ihm und unserer Familie und ich hoffe, dass er seine Tochter genug liebt, um ihr Leben nicht zu gefährden.

MATTEO

Erleichterung kommt auf, als Dads Männer Anna abholen. Er hat nicht ein einziges Wort über sein Gespräch mit Santiago verloren. Froh, dass sie nicht länger unser Problem ist, stellte ich keine Fragen.

Im Wissen, den Bogen überspannt zu haben, halten wir uns in den darauffolgenden Wochen unter dem Radar. Das reicht so weit, dass ich die Suche nach meiner Ana aufgebe und den Vorsatz fasse, dieses Kapitel endgültig zu schließen.

Den Entschluss umzusetzen, kostet Mühe, da andauernd etwas an Ana erinnert. In solchen Momenten kämpfe ich in der Überzeugung dagegen an, dass das Schicksal nicht auf unserer Seite steht.

Um jede Gelegenheit zu vermeiden, mich in Erinnerungen an die gemeinsame Zeit zu suhlen, richte ich meine gesamte Kraft auf das Business. Das ist dringend nötig, da mir bewusst ist, wie weit ich es getrieben habe. Der Erbe in mir sieht ein, dass die Mafia keinen Platz für Alleingänge bietet, schon gar nicht solche, die nicht vom Verstand, sondern von sentimentalen Gefühlen geleitet sind.

Mein Herz knickt so schnell nicht ein und so ist es ein andauernder Kampf gegen die Emotionen, die viel zu häufig hochkochen. An manchen Tagen hilft, mir Anas Verrat vor Augen zu führen. An anderen erinnere ich mich an ihre Lügen, um mir die Gefühle aus dem Herzen zu reißen.

Nur noch drei Monate bis zur Hochzeit mit Louisa.

Sie ist jung. Hübsch. Eine gute Partie.

Sieht jeder so.

Das muss genügen.

Liebe wird überbewertet.

Emotionen vernebeln die Sicht und am Ende landet man in einer Ana-Situation.

Das ist unverantwortlich.

Wird mir nie wieder passieren, denn von nun an konzentriere ich mich auf das Geschäft. Funktioniere, wie man es von einem Mafiaerben erwartet.

Hoffe, wenn ich mir diesen Bullshit ständig vorbete, werde ich eines Tages daran glauben – und nichts mehr fühlen.

***

Ein Monat vergeht ohne besondere Vorkommnisse. Mitunter, wenn er glaubt, ich bemerke es nicht, mustert mich Dad. Nach allem, was ich mir geleistet habe, ist er wohl skeptisch bezüglich meines neu entdeckten Arbeitseifers. Diesmal gibt es keinen Grund, ich will endlich das Richtige für die Familie tun.

Als ich während des Weihnachtsbesuchs mit Onkel Felipe unterwegs war, schlug ich ihm vor, die Fühler nach New York auszustrecken und dort einen neuen Markt zu erschließen. Ein Ansatz, der viel Engagement verlangt und damit genau passend in meiner Lage ist. So habe ich die letzten Wochen genutzt, um dieser Idee Substanz zu verleihen.

Ob Onkel Felipe froh ist, dass ich mich ernsthaft ins Geschäft einbringe oder es meiner Beharrlichkeit geschuldet ist, weiß ich nicht. Jedenfalls stimmte er zu, ein zusätzliches Schiff zu kaufen, um den gestiegenen Bedarf in Miami zu decken und nach New York zu expandieren. Das natürlich nur, wenn ich mich weiterhin darum kümmere und unter der Voraussetzung, dass es gelingt, einen entsprechenden Vertrag mit den Gallos zu schließen.

Um die Bedingungen für eine Kooperation auszuhandeln, fliegen Howard und ich morgen nach New York. Treffen dort Francesco Gallo, mit dem wir Duartes über sieben Ecken verwandt sind. Er selbst betrachtet sich als Mafiaboss der alten Schule und hält an Traditionen fest, die hier in den Staaten nie praktiziert wurden.

Dieses Meeting wird daher kein Spaziergang und ich sollte zumindest ausgeschlafen sein. Bin deshalb zeitig ins Bett, aber was bringt das, wenn ich nicht in den Schlaf finde?

Entnervt gehe ich auf den Balkon, stecke mir eine Zigarette an. Stand hier früher oft am Abend und überschaute Parkplatz und Garten. Da immer noch ein Sichtschutz zur anderen Seite fehlt, ist das selten geworden.

Von Ferne erkenne ich Licht im Häuschen der Wachmänner am Tor.

Die Stille lässt ungewollte Gedanken so laut werden, dass sie nicht länger überhörbar sind. Um mich abzulenken, überlege ich ernsthaft, in den Leguan zu fahren, obwohl es inzwischen nach Mitternacht ist.

Ein Mann hat Bedürfnisse und die sind in letzter Zeit recht kurz gekommen.

Zurück im Zimmer greife ich zum Telefonhörer und wähle Howards Nummer. So lange wie er benötigt, um abzunehmen, wäre ich besser über den Flur zu ihm gegangen.

»Ja.«

Hat *er* schon geschlafen? »Kommst du mit zum Leguan?«

»Matteo, wir müssen früh raus.«

»Dann schlaf weiter.« Er hat ja recht und ich lege mich auch wieder hin.

Starre zur Decke.

Schließe die Augen.

Versuche an nichts zu denken. Eine Herausforderung.

Ich drehe mich auf die Seite.

Danach auf die andere.

Mit einer Frau neben mir wäre es sicher leichter, die Bilder an die eine zu verdrängen, an die ich nicht denken möchte.

Verdammt!

Sehnsucht nach Erlösung keimt auf, und lässt sich – einmal erwacht – schwer unterdrücken.

Wie soll ich so in den Schlaf kommen?

Ich stehe auf, trete abermals hinaus ins Freie. Zünde eine weitere Zigarette an. Mein Blick fällt auf den Balkon auf der anderen Seite, erhellt durch einen Lichtschein.

Wie ich so rumstehe mit unerfüllter Sehnsucht im Herzen und einem Schwanz in der Hose, der Aufmerksamkeit verlangt, wird klar, entweder ich hole mir einen runter oder finde eine Frau.

Mit einer Verlobten nebenan erscheint es erbärmlich, selbst Hand anzulegen. Und wieso soll ich mitten in der Nacht zum Leguan fahren, wenn ein paar

Schritte weiter das Gleiche wartet? Ich drücke die Zigarette im Aschenbecher aus und gehe wieder hinein.

Kurzes Zögern.

Wozu?

Sie gehört mir.

In wenigen Wochen.

Es vergeht höchstens eine Minute, bevor ich in das Zimmer meiner Zukünftigen trete.

Sie liegt im Bett, lässt das Buch sinken, das sie in der Hand hält. Erstaunen breitet sich auf ihrem Gesicht aus.

Sollte ich etwas sagen?

Aber mir steht der Sinn nicht nach Reden, ich will ficken. Dina bliebe nicht regungslos liegen, sie würde sich daranmachen, mir das Shirt vom Leib zu schälen.

Louisa verharrt im Bett.

Wir sehen uns an und mich trifft die Erkenntnis, dass sie mit großer Wahrscheinlichkeit noch kein Mann berührt hat, genauso wenig wie andersherum.

Manch einer steht drauf, der Erste zu sein. Ich bevorzuge erfahrene Frauen. Mir des Widerspruchs bewusst, lege ich bei meiner Ehefrau Wert darauf, dass sie unberührt ist. Gebraucht kommt nicht infrage, wenn es um die Mutter meiner zukünftigen Kinder geht.

Ich stehe unschlüssig im Raum, sehe zu, wie sie das Buch auf den Nachtschrank legt und mich dabei nicht aus den Augen lässt. Damit hier endlich was passiert, winke ich sie mit dem Zeigefinger heran.

Sie zögert nicht, ist in wenigen Schritten bei mir.

Mein Blick heftet sich an ihr weißes Schlafshirt mit einem Mond auf der Brust. Ich präferiere Seidenhemdchen mit schmalen Trägern, die sich von den Schultern streifen lassen.

»Was ist das?« Ich deute auf dieses unerotische Baumwollteil.

»Was meinst du?«, wispert sie und hat offenbar keine Ahnung, wovon ich spreche.

»Zieh das hässliche Shirt aus.«

Jetzt zögert sie.

»Sofort.«

Sie zittert, als sie es über den Kopf zieht und dann schützend vor sich hält.

Wäre ich bloß in den Leguan gefahren.

Ich entreiße ihr das Shirt und werfe es zu Boden, verhindere, dass sie sich mit den Händen bedeckt.

Röte steigt in ihre Wangen und sie senkt die Lider.

»Dreh dich.«

Sie kommt der Aufforderung nach, und als sie wieder mit dem Gesicht zu mir steht, strömen Tränen über ihre Wangen.

»Warum heulst du?« Ich bin genervt.

Ein Schluchzen. Ihr Körper bebt und sie ist unfähig, mir in die Augen zu blicken.

Wo kommt plötzlich das Mitleid her, dass mich die nächste Bemerkung herunterschlucken lässt?

Und weshalb möchte ich weg?

Sie ist meine Verlobte und weiß, dass Sex zum Deal gehört.

Aber ich nehme niemals eine Frau gegen ihren Willen. Und so verschreckt, wie sie vor mir steht, liefe es darauf hinaus.

Ich hebe das Schlafshirt auf und reiche es ihr. »Geh ins Bett.«

Ohne ein weiteres Wort wende ich mich ab und verlasse ihr Zimmer.

Gut, dass Howard und ich am darauffolgenden Morgen früh aufbrechen und mir meine Verlobte daher nicht mehr über den Weg läuft.

Am Flughafen wartet ein Privatjet. Livan und drei weitere Männer begleiten uns.

Als wir in der Luft sind, lasse ich mir einen doppelten Espresso bringen. Bin müde. Nach dem nächtlichen Intermezzo mit Louisa war ich hellwach.

Wieso musste ich zu ihr gehen? Sollte langsam wissen, dass solch spontanen Einfällen nachzugeben, selten in meinem Sinne endet.

Jetzt denke ich ständig an Louisa. Davor spielte die Tatsache, dass Mafiafrauen jungfräulich heiraten, keine Rolle und ich habe Unberührtheit nicht zwangsläufig mit Unschuld gleichgesetzt.

Glück gehabt.

Nicht.

Oder doch?

Dass irgendein Kerl seine Griffel an meiner Ehefrau hatte, geht auch nicht.

Was hat Howard neulich gesagt?

Da beißt sich die Katze in den Schwanz. Das war es und jetzt verstehe ich, was er meinte.

Ich will eine unberührte Jungfrau mit sexueller Erfahrung zur Ehefrau.

Ist es da ein Wunder, dass ich Ana nicht vergesse? Sie war ein Naturtalent.

Louisa hingegen …

Hätte ich mir besser Josephine, das Dienstmädchen, ins Bett geholt.

»Was ist los mit dir?« Howard schaut mit gerunzelter Stirn zu mir herüber. »Du stöhnst rum, als hättest du Bauchschmerzen.«

Ich winke ab.

Seine Miene verfinstert sich. »Seit wann reden wir nicht mehr?«

Er hat recht, früher sprachen wir über alles, was uns bewegte oder womit wir nicht fertig wurden. Teilten, egal was durch unsere Köpfe geisterte. »Die Mafia hat vieles verändert.«

»Ich will meinen Freund zurück.« In seinen Augen liegt etwas Gequältes.

Nichts lieber, als dass es wieder wie früher wird. »Geht mir genauso«, erwidere ich und erzähle ihm von letzter Nacht.

»Louisa kann am allerwenigsten dafür.«

»Ich weiß ja.«

»Weshalb behandelst du sie dann so scheiße?«

Der Verstand pflichtet ihm bei, meine Abneigung verringert sich dadurch nicht. »Als sie heulend dastand, ist mir alles vergangen.«

»Ihr auch, so wie du sie gedemütigt hast.«

Wenngleich unsere Freundschaft ausmacht, selbst mit unangenehmen Wahrheiten nicht hinter dem Berg zu halten, mag ich das gerade nicht hören. »Sie bedeutet mir nichts.«

»Was bedeutet dir Dina?«

Komische Frage, auf die ich mir eine Antwort erspare.

»Und trotzdem bist du nett zu ihr.«

»Meistens.« Ich grinse schief.

»Das will ich so genau gar nicht wissen.«

»Sie ist auch nett zu mir. Für gewöhnlich.«

»Sieh es als Chance, ihr beizubringen, was du von ihr brauchst.« Howard streicht sich über den Kopf. »Mensch, Matteo, stell dich nicht so an.«

»Scheint, als ob du auf Jungfrauen stehst. Vielleicht solltest du künftig die Nutten anlernen.« Mein Grinsen wird breiter.

Seine Augenbrauen wandern nach oben. »Wie kommst du darauf?«

»Du bist so verständnisvoll.«

»Und du ein richtiger Arsch. Erzähl mir was über die Gallos«, wechselt er abrupt das Thema.

»Was willst du wissen?«

»Alles.«

»Sie stammen aus Neapel und sind bis heute dort ein wesentlicher Bestandteil der Camorra. Hier in den USA sind sie weniger mächtig. Andererseits sollte man sie nicht unterschätzen, nur weil sie nicht zu den fünf Familien gehören. Die Gallos sind dick im Geschäft mit den Sartoris.«

»Die sind Teil der Fünf?«

Ich nicke.

»Sie verschneiden unseren Stoff und was dann? Bringen Sie ihn auf die Straßen?«

»In beschränktem Rahmen. Generell sind sie eher Zwischenhändler.« Ich zucke mit den Schultern. »Übrigens ist ein Gallo dafür verantwortlich, dass ein Viertel meines Blutes italienisch ist.«

»Doch so viel.« Howard lacht auf und ich stimme ein.

»Wünschen Sie noch einen Espresso, Sir?«, spricht mich die Stewardess an.

Ich nicke und rede weiter, als sie außerhalb Hörweite ist.

»Cara, die Schwester des alten Gallo, lebt in Miami, ist mit ’nem Motorradclub verbandelt. Völlig unbedeutend.«

»Francesco war auch bei meiner Initiation anwesend?«

»Ja.«

»Und mit ihm verhandeln wir.«

»Danke«, sage ich an die Stewardess gewandt, die mir den Espresso hinstellt. »Der Alte ist schwierig, aber zugleich nicht blöd. Hält sich an Di Stefano, den Sartori-Boss, der kein Problem mit Koks auf New Yorks Straßen hat. Er hat die Familie gespalten, indem er sich Moretti nicht unterordnete.«

»Dieser Moretti ist dagegen?«

»Er ist der Pate, vor allem aber ein verdammter Schisser.«

»Kann er Probleme bereiten?«

Daran scheiden sich die Geister. Ich erinnere mich, dass Onkel Felipe am Anfang erhebliche Bedenken äußerte. Soweit ich weiß, hat ein Telefonat mit Di Stefano seine Sorgen so weit abgemildert, dass er grünes Licht für die Verhandlungen gab. »Dieses Geschäft birgt ein gewisses Maß an Gefahr in sich, doch solange die Waage ausgeglichen ist, bleibt das Risiko überschaubar.«

Nach der Ankunft mieten wir zwei Limousinen. Trotz der entfernten Verwandtschaft wohnen wir nicht im Gallotower. Wir könnten, aber mir ist es dort zu düster und so ziehe ich ein Fünf-Sterne-Hotel mitten in Manhattan vor.

Howard und ich teilen die Penthouse-Suite, derweil unseren Männern die komplette Etage darunter zur Verfügung steht. Sicherheitsaspekte bringen gewisse Vorzüge mit sich.

Während ich meine Sachen in den Schrank räume, klingelt das Telefon im Wohnraum.

Ich bin schneller und verspanne sofort, als sich der Anrufer vorstellt. Howard lehnt indes im Türrahmen und beobachtet mich.

Es ist ein kurzes Gespräch.

»Der Flurfunk funktioniert ausgezeichnet«, presse ich zwischen den Zähnen hervor.

»Francesco?«

Ich schüttle mit dem Kopf. »Franco Moretti himself.«

»Nach deiner sorgenvollen Miene zu urteilen, ist das nicht gut. Was wollte er?«

»Der übliche Schwanzvergleich.«

»Bedeutet?«

»Wir sind so lange in *seiner* Stadt willkommen, wie wir ihm nicht ans Bein pissen.«

»Was wir aber vorhaben.«

»Soll er das mit den Gallos oder besser noch mit Di Stefano regeln.«

»Wir stehen also zu unserer Agenda?«

Ich nicke. »Sobald die Unterschriften auf dem Vertrag getrocknet sind, verlassen wir die Stadt.« Mir ist nicht klar, wie ernst Morettis Worte zu nehmen sind. Da ich New York grundsätzlich nicht mag, gibt es keinen Grund, länger als nötig zu bleiben.

»Scheint ein gefährliches Pflaster hier. Ist es nicht generell zu risikoreich, solche Verträge zu schließen? Was, wenn sie in falsche Hände geraten?«

Ich sehe Howard an und schmunzle über seine Naivität. »Glaubst du, da steht was von Koks drin?«

Sein Gesichtsausdruck spiegelt Unsicherheit wider.

»Es ist von pflanzlichen Rohstoffen die Rede.«

»Darauf hätte ich auch kommen können.«

Wir fahren am späten Nachmittag des folgenden Tages an dem Gebäudekomplex an der 15. Straße vor, wo die Gallos residieren. Sieben Stockwerke und falls ich richtig informiert bin, ein weiteres unterirdisch. Beim Aussteigen wandert mein Blick an dem imposanten Bauwerk entlang. Die schwere Doppeleingangstür trägt das Wappen der Familie, während die schmiedeeiserne Vergitterung der Fenster in der unteren Mitte die neapolitanische Krone ziert.

Die Straße vor dem Haus ist wohl kameraüberwacht, denn innerhalb von Sekunden erscheinen vier Männer in schwarzen Anzügen und mit Sonnenbrillen auf der Nase, obwohl sich die Sonne hinter Wolken versteckt.

In diesem Augenblick vermisse ich die eigene Brille.

Wir werden stumm eskortiert, was die Erinnerung zurückbringt, warum ich es hier nicht mag. Es gibt keine Empfangshalle, statt ihrer einen breiten Flur spärlich erhellt mit Wandleuchten und vollgestellt mit dunklem Mobiliar. Die Wände sind zugepflastert mit Ahnenbildern, die durchweg mürrische Männer zeigen und die Atmosphäre noch drückender machen. Geradezu befindet sich eine Treppe, davor geht links und rechts jeweils eine Tür ab.

Unser Ziel ist der Fahrstuhl, der etwa in der Mitte liegt.

Mich wundert, dass sie uns nicht abtasten. Können sich denken, dass wir Waffen tragen. Ein Familienbonus? Dieser reicht nicht so weit, dass die Fahrt zu den Privaträumen der Familie führt. Stattdessen endet sie auf der Büroetage.

Auch gut.

»Auf eure Männer wartet ein Imbiss«, sagt ein Sonnenbrillenträger an mich gewandt, als wir aus dem Lift steigen.

»Livan bleibt.« Ich zucke nicht mit der Wimper und nach einem kurzen Blickduell gestattet er uns zu dritt den Zugang zum Konferenzraum.

Diesen dominiert abermals dunkles Mobiliar, dass ich hier nicht so trostlos empfinde, da eine Fensterfront die gesamte Längsseite des Raumes überspannt und einen beeindruckenden Blick auf Manhattan offeriert.

Francesco Gallo sitzt am Kopf des Tisches und raucht eine dicke Havanna. Er ist von imposanter Statur, trägt einen Anzug, der farblich mit den von Grau durchzogenen Haaren korrespondiert.

Bei ihm hockt sein Sohn, Elia. Nach dem Geburtsrecht der Erbe. Er ist hager, sein dunkles, ordentlich zurückgekämmtes Haar und die buschigen Augenbrauen lassen den Mann in unserem Alter blass wirken. Mit etwas Abstand steht ein Bodyguard, der eher wie ein heruntergekommener Detektiv aus einem billigen Krimi aussieht. Ob er diesen Anzug auch letzte Nacht getragen hat?

Wir setzen uns auf die gegenüberliegende Seite von Elia mit Blick auf die Fensterfront. Livan bezieht in unseren Rücken Stellung.

Francesco murmelt einen Gruß, Elia tut es ihm gleich und mich befremdet die kühle Atmosphäre. Wir sind Familie. Partner. Nicht hier, um eine feindliche Übernahme durchzuziehen.

Da die beiden keine großen Sympathieträger sind, fällt es nicht sonderlich schwer, in den Geschäftsmodus zu wechseln. »Mein Vater und Onkel Felipe bestellen Grüße.« Ein Code dafür, dass sie hinter unserer Mission stehen.

Francesco geht nicht darauf ein.

Während der nächsten drei Stunden verhandele ich mit ihm die Modalitäten der künftigen Zusammenarbeit. Howard schaut zu und lernt. Am Anfang beteiligte er sich mit dem ein oder anderen Einwurf, merkte aber bald, dass er hier genauso wenig zu sagen hat wie Elia.

Der rührt sich erst, als nach meinem Empfinden nichts mehr offenbleibt.

»Ich bin nicht überzeugt, dass es gut ist, diesen Weg zu beschreiten und uns mit Moretti anzulegen.«

Francescos Blick schießt zu seinem Sohn, in ihm ein Ausdruck, als sei dieser nicht mehr wert als eine Kakerlake.

»Ich weiß, dass die Profitaussichten für sich sprechen. Stelle nur die Frage in den Raum, ob diese die Gefahr aufwiegen, in die wir uns begeben«, führt Elia unbeirrt aus.

Im nächsten Moment springt Francesco überraschend behände auf.

Der heruntergekommene Bodyguard bewahrt seinen Stuhl vorm Umfallen, während er seinen Sohn in den Stand zerrt. Er verpasst ihm links und rechts eine schallende Ohrfeige und stößt ihn dann so grob von sich, dass er zu Boden geht.

»Da ist dein Platz«, speit der Alte aus und spuckt dem Jüngeren vor die Füße.

Howard neben mir rutscht auf seinem Stuhl nach vorn.

Ich rühre mit Hingabe in meinem Kaffee, werde nicht den Fehler begehen, mich einzumischen.

»Wir sollten uns nicht von einem einzigen Boss in die Suppe spucken lassen, wenn alle anderen auf unserer Seite stehen«, sagt Howard und lehnt sich wieder zurück.

Ich stoppe den Löffel in der Tasse und schaue mit unbewegtem Gesichtsausdruck zu ihm. Der Vertrag steht, bin daher unentschieden, ob ich es nur unpassend finde, dass er sich in einen Familienstreit reinziehen lässt oder schlichtweg dumm in der ohnehin angespannten Lage.

»Matteo, wenn du schon diesen Dahergelaufenen mitschleppst, dann bring ihm wenigstens Manieren bei.« War klar, dass Francesco es so sieht und in seiner momentanen Stimmung auch nicht davor zurückschreckt, seine Meinung auszusprechen.

Howard spannt sich an. Er flext die Hände. Manch anderer hätte bei dieser Beleidigung seine Waffe gezogen und ein Blutbad angerichtet. Er ist eher der Typ, der es mit den Fäusten klärt.

Ebenso inakzeptabel und so packe ich ihn am Arm. Seine Muskeln sind bis zum Äußersten gespannt, und ich drücke fester zu.

Inzwischen rappelt sich Elia auf, streicht seinen Anzug glatt und setzt sich zurück an den Tisch. In seinen Augen funkelt Mordlust, abgesehen davon wirkt er unbewegt. »Vater hat recht, ich bin manchmal zu zurückhaltend.« Seinen Worten merkt man nicht an, welch hässliche Szene sich gerade abgespielt hat.

Howard entspannt.

Ich lasse ihn los. »Es ist nichts Schlechtes daran, die Vorteile und Risiken abzuwägen, Elia.«

»Seid ihr bald damit fertig, euch gegenseitig die Eier zu schaukeln?« Francesco.

Im Stillen wundere ich mich, wieso diesen Kerl noch niemand erschossen hat. Ein Mann wie er fordert das doch regelrecht heraus. Ein Seitenblick zu Howard zeigt dessen Mund fest verschlossen und auch Elia scheint nicht die Absicht zu hegen, sich weiter mit seinem alten Herrn anzulegen.

Der ist allerdings längst nicht fertig. »Ich weiß gar nicht, weshalb dieser Schlappschwanz hier am Tisch sitzt und nicht auf dem Scheißhaus.« Er stößt Elia am Arm, aber der lässt sich nicht provozieren.

Wir Gegenübersitzenden sehen, wie er die Zähne aufeinanderbeißt.

»Ist ja fast noch weniger Mafioso als der da.« Jetzt weist er auf Howard.

»Francesco, es ist alles geregelt und daher besteht kein Grund, sich weiter aufzuregen.« In meiner Bemühung, die Wogen zu glätten, stoße ich Howard unter dem Tisch an, damit er still bleibt.

»Ist doch wahr.« Francesco fasst das Kreuz, das neben einem Cornicello an der Kette um seinen Hals hängt. »Wieso straft Gott mich nur so?«

Schweigen.

Er seufzt und küsst das Kreuz. »Dann lasse ich den Vertrag gemäß unseren Absprachen aufsetzen«, sagt er, als sei alles in bester Ordnung.

Das Gespräch endet mit einer Einladung zur Vertragsunterzeichnung mit anschließendem Dinner am morgigen Abend.

Die Fahrt zurück zum Hotel verläuft wortlos. Anders als auf der Hinfahrt hat Howard keinen Blick für das lebhafte Treiben auf den Straßen und die Wolkenkratzer gehen ihm am Arsch vorbei.

Er wirkt desillusioniert.

»Du hast dir das anders vorgestellt«, breche ich das Schweigen, als wir am Hotel vorfahren.

Er brummelt etwas Unverständliches, scheint zu aufgewühlt, um seine Empfindungen in Worte zu fassen.

Wir steigen aus. Ich reiche dem Mitarbeiter des Valet-Services den Autoschlüssel. Akzeptiere Howards Schweigen, bis wir unsere Suite erreichen. »Rede mit mir«, fordere ich dort.

»Sie geben mir keine Chance.«

»Francesco Gallo ist nicht das Maß aller Dinge. Du hast gesehen, wie er mit seinem eigenen Sohn umspringt. Dieser Mann besitzt vor niemandem Respekt und zieht eine zweifelhafte Befriedigung daraus, wenn er jemanden runtermacht, den er für schwächer hält.«

»Wieso hasst er ihn derart?«

»Elia ist krank. Irgendeine chronische Darmentzündung. Deshalb kann er unmöglich das Erbe antreten, das ihm per Geburtsrecht zusteht.«

»Der Alte ist so wütend, weil er ohne Erben dasteht?«

Ich zucke mit den Schultern. »Ihm bleibt nichts weiter, als für seine Tochter einen fähigen Mann zu suchen oder in Zukunft etwas netter zu sein, um lange genug zu leben, bis sein Jüngster herangewachsen ist.«

»*Ich* könnte sie heiraten.« Howard grinst schief.

»Und dann ziehst du nach New York und übernimmst den Gallotower.« Manchmal ist mein Freund ein richtiger Scherzkeks.

»Warum nicht. Irgendwann. Aber erst mal heirate ich sie.«

»Viel Spaß.«

Sein Gesichtsausdruck wird wieder ernst. »Muss ich morgen mit zu diesem Dinner?«

»Niemals Schwäche zeigen.«

***

Im Stillen feiere ich mich für diesen Erfolg. Wurde auch Zeit, nachdem lange der Vorwurf im Raum stand, einen Krieg riskiert zu haben. In der Tasche steckt der unterschriebene Vertrag. Selbst das Essen am gestrigen Abend haben alle überlebt, obwohl es Momente gab, in denen ich befürchtete Howard würde ausflippen und automatisch nach der Waffe im Hosenbund griff.

Francesco zeigte sich von seiner liebenswürdigsten Seite. Nicht! Ich kenne ihn von klein auf und war daher nicht überrascht, es setzte mir nur zu, wie Howard unter seinen Beleidigungen litt. Bis zu diesem Treffen war er überzeugt, dass mit seiner Initiation die Herkunft nicht länger zählt.

Das Familienoberhaupt der Gallos vertritt eine gänzlich andere Meinung, hält auch diesbezüglich strikt an uralten Gepflogenheiten fest und ließ es meinen Freund bei jeder Gelegenheit merken. Scheiß was auf Traditionen, ich nenne sein Verhalten schlichtweg bösartig.

Das Geschäft hat sich in den vergangenen Jahren gewandelt. Zunehmend bestimmen Ressourcen den Stand innerhalb der Mafia und erst danach folgt das Blut. Unser Glück, denn früher wäre es trotz italienischen Vaters beziehungsweise Großvaters ein Unding gewesen, zu den führenden Familien in Südflorida aufzusteigen.

Den dafür nötigen Respekt verschaffen uns die Kokaplantagen in Kolumbien. Sie sichern den Einfluss, wobei mit Bestimmtheit hilft, dass es sich bei Dad und Onkel Felipe um charismatische Charaktere handelt. Ein Moment, in dem ich froh bin, dass Dad erst einundvierzig ist und mir ausreichend Zeit bleibt, in seine Rolle hineinzuwachsen.

Persönlich würde ich mir wünschen, dass neben der Abstammung Fähigkeiten und Engagement stärkere Beachtung finden. Bestenfalls einen ähnlichen Stellenwert einnehmen wie das Blut. Dann ständen Howard sämtliche Türen offen. Derzeit gehört er als *Made Ma*n zwar dazu, aber trotzdem haftet ihm der Makel an, ein Coleman zu sein.

Dass er bei unserer Rückkehr wortlos und in Gedanken versunken in sein Apartment verschwindet, deutet darauf hin, dass er das begriffen hat.

Ich stelle den Koffer ins Ankleidezimmer und rufe Onkel Felipe an. Wo der Deal unter Dach und Fach ist, gilt es keine Zeit zu vergeuden.

»Gute Arbeit«, schenkt er mir ein seltenes Lob. »Die Reederei hat Unterlagen zu dem Frachtschiff geschickt, dass infrage kommt.«

»Dann kaufen wir es jetzt?«

»Ich lasse die Papiere und das Schiff prüfen, leiste aber eine Anzahlung, sodass es reine Formsache ist, wenn die Überprüfung nichts Unerwartetes zutage fördert.«

»Das klingt gut.«

»Ich habe nur auf deine Rückmeldung gewartet.«

Ich muss mich zusammenreißen, derartiges Vertrauen in meine Person ist neu und berührend.

Nach dem Telefonat will ich Dad auf Stand bringen. Klopfe nicht bei Howard, gönne ihm eine Pause, um mit sich ins Reine zu kommen. Als ich auf die Galerie trete, entdecke ich Louisa durch die offene Tür auf dem Flur, der zu den Apartments auf der gegenüberliegenden Seite gehört.

»Wo willst du denn hin?«

Ertappt schaut sie zu mir. »Ich … Danny. Ich wollte zu Danny.«

»Was treibst du ständig bei ihm?« Meine Absicht, freundlicher mit ihr umzugehen, ist vergessen. Allein dieser schuldbewusste Blick regt mich auf.

»Ich … Ich … Wir spielen nur.«

»Aneinander?«

Röte steigt in ihr Gesicht. »Mit der Atari.«

»Was?«, fahre ich sie an, obwohl ihre geflüsterten Worte verständlich rüberkamen.

»Matteo.« Sie wirkt derart entsetzt, dass ich schmunzeln würde, gelänge die reglose Mimik inzwischen nicht perfekt.

»Geh auf dein Zimmer«, verlange ich, um dieser Konversation einen Sinn zu verleihen.

Sie senkt den Kopf und kommt meiner Aufforderung nach.

Fühle ich mich dadurch besser?

Nein.

***

Ein paar Tage später ruft Onkel Felipe an, als ich gemeinsam mit Dad die Abrechnungen der Clubs der vergangenen Woche durchgehe. Schon erstaunlich, dass es in der Mafia ähnlich viel Bürokram gibt wie in einem legalen Business, beispielsweise meinen Reinigungen. Diese habe ich in der letzten Zeit mächtig vernachlässigt, nehme mir vor, morgen mal rumzufahren und in den Läden nach dem Rechten zu sehen.

»Biete ihnen mehr Geld«, sagt Dad und ich spitze die Ohren.

…

»Gibt es eine Alternative?«

…

»Aber das dauert.«

…

»Monate?«

…

»Ein Jahr?«

Dass Dad geringfügig die Stimme erhebt, alarmiert mich.

»Ich rede mit ihm.« Er legt auf. Anstatt den Inhalt des Telefonats weiterzugeben, mustert er mich, als sei ich ihm völlig fremd.

»Unser Schiff wurde anderweitig verkauft.«

»Was?«

»Wir bekommen das Schiff nicht.«

»Ich habe dich gehört, kann es nur nicht begreifen. Es war alles in die Wege geleitet.« Selbst eine Anzahlung geleistet. »Dann kaufen wir eben ein anderes.«

»Negativ.«

Ich ziehe die Brauen zusammen und funkle Dad an, als sabotiere *er* unseren Deal. »Wo liegt das Problem?«

»Der Markt ist plötzlich abgegrast. Es bleibt weiter nichts, als eines zu bauen.«

»Einfach so?«

»Natürlich nicht.«

»Wir haben einen Vertrag zu erfüllen und benötigen dafür ein zusätzliches Schiff.« Als ob er das nicht wüsste.

»Mal abgesehen von allem anderen, sprengt so ein Bau gewaltig den Kostenrahmen.«

Klar, Dad ist nicht nur Mafiaboss, sondern gleichzeitig Buchhalter. Ich denke an das Gespräch zurück. »Und das dauert ein Jahr?«

»Bestenfalls. Dabei haben wir noch Glück.«

Skepsis macht sich breit, da ich den Passus des Vertrages vor meinem geistigen Auge sehe, der den Beginn der Lieferungen auf den 1. Juni festsetzt. »Wo holst du diese Ansicht her?«

»Felipe hat eine Zusage von der Werft in Tumaco. Das heißt, dass das Schiff später nicht überführt werden muss, was Zeit spart.«

»Und nächste Woche lassen sie uns auch hängen.«

»Tumaco gehört zu Felipes Einflussgebiet.«

»Das ändert nichts daran, dass ich keine Ahnung habe, wie wir den 1. Juni hinbekommen sollen. Das ist doch unmöglich. Verdammt!«

»So könnte man es ausdrücken.«

Wie gelingt Dad diese Gelassenheit? »Du weißt, was passiert, wenn wir unsere Lieferpflicht nicht erfüllen?«

»Ja.« Schweigen. »Es war eh geplant, dass du Howard in Kolumbien einführst. Also fliegt gemeinsam rüber und evaluiert Transportmöglichkeiten, mit denen wir die Zeit überbrücken.«

So geht es natürlich auch. Einfach das Problem von sich schieben.

Unser Deal gleich unsere Verantwortung.

Mariana Duarte

EINZIGE ERBIN DES
OBERBOSSES

GEBOREN AM 1. MAI 1967

TOCHTER VON
FELIPE UND AURELIA DUARTE

WOHNT MIT ZAHLREICHEN VERWANDTEN
AUF EINER HACIENDA
SÜDLICH VON POPAYÁN, KOLUMBIEN

Mariana hat früh ihre Mutter verloren und seitdem wacht ihr Vater über sie.

Sie hört ein Gespräch mit an, bei dem ihr Vater davon redet, sie auf ein Internat zu schicken.

Sie ist verwirrt, will ihr Zuhause nicht verlieren. Schreibt diese Entwicklung Matteo und Howard zu, die beinahe einen Mafiakrieg ausgelöst haben.

Als sie Howard im Weihnachtsurlaub kennenlernt, ist sie gleichermaßen fasziniert wie auf ihn sauer.

MARIANA

Das Ende unseres Weihnachtsbesuches in Florida hallt auch Tage später nach. Stundenlang saßen wir in Onkel Emilios Schutzraum, kamen erst wieder heraus, als die Männer sicher waren, dass keine weitere Gefahr droht.

In diesen Stunden habe ich Papá verstanden.

Trotzdem heule ich Rotz und Wasser, als das Taxi die Hacienda verlässt. Blicke durch die Heckscheibe zu dem Haus, in dem ich das ganze bisherige Leben verbrachte.

Tante Matalina drückt meine Hand, tröstet mich damit heute aber nicht.

Unser Ziel ist der Airport.

Dort erwartet uns kein Jet, sondern ein normales Linienflugzeug. In Bogotá steigen wir um und landen schließlich in Miami.

Die fremden Menschen in der Abfertigungshalle bringen meinen Undercover-Leibwächter, Silvio, nah an einen Herzinfarkt. Für ihn scheint seine neue Rolle so verwirrend wie für mich der gesamte Umzug.

Er zupft ständig an seinem Shirt herum und greift hin und wieder automatisch an die Stelle, wo bis gestern seine Waffe steckte.

Einzig Tante Matalina agiert, als hätte sie nie ein anderes Leben geführt.

»Du musst entspannen«, raunt sie Silvio zu.

Er stöhnt, sein Blick schweift über die Passagiere, die gemeinsam mit uns zu irgendeinem Ziel hasten.

Wir fahren mit einem speziellen Zug zum Leihwagencenter. Stehen dicht gedrängt und Silvio wischt den Schweißfilm ab, der sich auf seiner Stirn gebildet hat. Ich glaube, insgeheim betet er dafür, dass wir diese Reise überleben.

Angekommen bewachen Matalina und ich im Wartebereich das Gepäck, während sich Silvio um den Leihwagen kümmert. Wie Papá ihm einschärfte, wählt er ein unauffälliges Mittelklasseauto, in das wir gerade so unsere Koffer bekommen.

Spätestens an dieser Stelle wird mir bewusst, dass das angenehme Mafialeben vorbei ist. Was das in der Realität bedeutet, ahne ich zu diesem Zeitpunkt nicht.

Die Fahrt nach Key West ist lang. Zwei Stunden dauert es allein, um aus Miami rauszukommen. Langeweile taucht nicht auf.

Auf dem Overseas-Highway betrachte ich das satte Grün der vorbeiziehenden Landschaft. Weitaus faszinierender ist das Wasser, wenn wir eine der unzähligen Brücken überqueren.

Die Dämmerung bringt Müdigkeit mit und ich verschlafe die letzten Stunden der Fahrt.

Bei Erreichen von Key West weckt mich Tante Matalina. Ich schaue aus dem Fenster und komme mir vor wie in einer anderen Welt. Holzhäuser säumen die Straßen, auf denen zu dieser Zeit niemand unterwegs ist. Vielleicht wirkt es deshalb derart friedlich. Die Häuser ähneln einander und wirken so idyllisch, dass ich mich im ersten Moment wohlfühle.

»Schön.« Seufzend schaue ich zu Tante Matalina.

Ein zufriedener Ausdruck zieht sich über ihr Gesicht.

»Ist es für dich eigentlich okay, hier mit mir zu leben?« Darüber habe ich bislang überhaupt nicht nachgedacht. Auch für Tantchen bedeutet dieser Umzug eine gewaltige Veränderung.

Sie lächelt. »Dein Papá hat etwas ganz Wundervolles getan.«

»Indem er mich wegschickt?« Die Verweigerungshaltung aufzugeben, ist eine Sache, aber seine Entscheidung als wundervoll zu bezeichnen, käme mir nie in den Sinn.

»Er gibt dir die Chance auf ein unabhängiges Leben. Hätte mein Vater mir diese zugestanden, wäre ich nie zurückgekehrt. Dass sich auf die alten Tage mein sehnlichster Wunsch doch noch erfüllt …«

»Du wärst gerne weggegangen?« Matalina lehnte sich wann immer möglich gegen die Konventionen der Mafia auf, doch so direkt hat sie es nie ausgesprochen.

»Ich wollte frei sein und eigene Entscheidungen treffen.«

»Aber die Hacienda ist meine Heimat, und eines Tages …« Ihre Worte irritieren mich.

Matalina tätschelt mir die Wange. »Kindchen, du bist noch so jung. Versuch wenigstens, dich hierauf einzulassen. Es ist deine Chance.«

Ich begreife nicht, was sie mir sagen will, bin aber zu müde für eine Diskussion. Während ich weiter aus dem Fenster blicke, fällt mir mein schwarzer Badeanzug mit dem roten Gürtel und der goldenen Schnalle ein. Das Verbot, ihn zu tragen, gilt hier sicher nicht länger. Ist das die Freiheit, die Matalina erwähnte?

Ich suche im Rückspiegel Silvios Blick. Der Bodyguard, der offiziell keiner mehr ist, traut der neuen Situation offensichtlich nicht. Ihm fällt die wohl schwierigste Aufgabe zu, obwohl er nun einen Cousin mimt, ist er dennoch für unsere Sicherheit verantwortlich.

»Alles ok?«

Er verzieht das Gesicht.

Wir halten schlussendlich vor einem zweistöckigen Holzhaus, das sich weder in seiner Größe noch im Aussehen von den anderen in dieser Straße unterscheidet.

Silvio kümmert sich um das Gepäck, während Tante Matalina die Haustür aufschließt und mich zu sich winkt.

Ein kurzer Rundgang folgt, bevor ich die Küche ansteuere. Der leere Kühlschrank erinnert daran, dass hier niemand für uns einkauft oder gar kocht. Wir sind auf uns gestellt. Papá hat das nicht verschwiegen, dennoch ist es ungewohnt. Er meinte, es sei für unsere Sicherheit unumgänglich, ein unauffälliges Leben zu führen, um in der Masse unterzugehen.

Ich denke an Matteo und Howard. Papá hat mir versichert, dass es ihnen gut geht und sie nur zur Beobachtung im Krankenhaus bleiben mussten. Dass ich sie vor der Abreise aus Miami besuche, hat er nicht erlaubt. Aber wir sehen uns ja spätestens zu Matteos Hochzeit.

»Soll ich schauen, dass ich irgendwo etwas zu essen auftreibe?«, meint Silvio hinter mir.

»Es ist mitten in der Nacht und wir sollten schlafen gehen.«

»Sind Sie sicher, Señorita Mariana?«

Ich nicke und schenke ihm ein Lächeln. »Jetzt kannst du mich aber wirklich beim Vornamen nennen. Wir sind schließlich verwandt«, spiele ich auf die Lüge an, die seine Anwesenheit erklärt.

»Das ist nicht so einfach, Señ...« Er legt den Kopf etwas schräg und mustert mich. »Darf ich Mari sagen?«

»Mari?«

»Meine richtige Cousine heißt Maria und alle rufen sie so.«

»Und wo wir schon dabei sind, ich bin Matalina.« Wir schauen beide zur Tür, in dessen Rahmen die Tante steht.

»Ich weiß nicht …«

Wir nicken aufmunternd. Matalina tritt näher und verpasst ihm zusätzlich einen leichten Klaps auf den Hinterkopf. »Wir drei haben eine selten gewährte Chance erhalten. Also versau es nicht.«

»Ja … Tantchen.« Silvio grinst.

Als ich am darauffolgenden Morgen erwache, steht die Sonne hell am Himmel. Ich richte mich im Bett auf und sehe zum Fenster hinaus. Mein Zimmer liegt nach hinten raus mit Blick auf einen kleinen verwilderten Garten. Ich mag ihn augenblicklich und beschließe, eine Sonnenliege auf den Rasen zu stellen, sobald Silvio diesen gemäht hat.

Wie gern würde ich auf Pepes Rücken die Insel erkunden. Papá hat versprochen, dass mein Pferd bald nachkommt. Da ich Pepe nicht hinterm Haus halten kann, will ich in den kommenden Tagen einen Mietstall suchen.

Ein Duft nach frischem Kaffee wabert bis zu mir. Silvio war anscheinend schon einkaufen und mit ein wenig Glück wartet auf mich ein Frühstück.

In dieser Konstellation zu dritt in der Küche zu essen, ist ungewohnt. Da erscheint Matalinas eklige Angewohnheit, Käse in ihren Kaffee zu rühren, fast wie ein Stück Heimat.

Satt gegessen stehe ich auf und bin schon halb aus der Tür, als mir einfällt, dass hier niemand den Tisch abräumt und für Ordnung sorgt. Also kehre ich um und stelle zum ersten Mal in meinem Leben Geschirr in eine Spülmaschine.

Sämtliche Lebensmittel packe ich in den Kühlschrank.

»Der Zucker kommt in den Schrank.« Silvio schmunzelt.

Ok, so was weiß er sicher besser.

»Ich gehe spazieren«, verkünde ich, als die Küche aufgeräumt ist.

»Draußen?« Silvio klingt alarmiert.

»Nur ein wenig die Gegend erkunden.«

»Aber nicht allein.«

»Dann komm mit.«

Je weiter wir uns dem Zentrum mit seinen Läden und kleinen Galerien nähern, desto mehr Menschen begegnen uns. Silvio weicht nicht von meiner Seite und wirkt nervös, während ich mich in Key West schockverliebe.

***

Ein Samstag Ende Januar bringt die Wende. Als mich ein Spaziergang an einer Koppel vorbeiführt, auf der Pferde grasen, breche ich in Tränen aus und wünsche nichts sehnlicher, als Pepe hier bei mir zu haben. Weinend laufe ich nach Hause und werfe mich in Tante Matalinas Arme.

Wie so oft, weiß sie einen Weg und tags darauf suchen wir den Besitzer der Pferdekoppel auf.

Er sagt uns, dass er keine Plätze an Fremdpferde vermietet, und am Ende helfen auch Matalinas Bemühungen nicht, diese Meinung zu ändern.

Meine Welt bricht endgültig zusammen.

Mir fehlt Pepe so sehr, dass ich mich immer stärker in die Traurigkeit hineinsteigere. Ich vermisse die Familie und das Leben auf der Hacienda.

Das hier ist kein Urlaub. Angst, dass das Band zur Heimat zerreißt, frisst sich durch meine Seele und ich kann erst frei atmen, als ich Papá am nächsten Morgen anrufe, bevor ich zur Schule aufbreche.

Seine Stimme zu hören, ist Balsam.

Und so rufe ich erneut beim Heimkommen an. Und gleich wieder vor dem Abendessen. Um besser einzuschlafen, schleiche ich mich später noch einmal im Schlafanzug hinunter zum Telefon.

Ein paar Tage geht das so und Papá beantwortet meine Fragen, die sich allesamt um den Alltag auf der Hacienda drehen.

Als ich heute bitte, mir seinen Tag zu schildern, will er wissen, wie es in der Schule läuft. Natürlich antworte ich und ehe ich mich nach Pepe erkundigen kann, fragt Papá, wie Silvio mit seinem neuen Job klarkommt. Damit meint er dessen Sportlehrertätigkeit an der Highschool, um sich unauffällig in meiner Nähe aufhalten zu können.

»Er kommt zurecht.«

»Und du? Wie kommst du klar?«

»Geht schon«, weiche ich aus. »Tante Matalina kümmert sich um den Haushalt. Einmal hat sie gekocht.«

»Matalina?«

»Seitdem bringt Silvio was mit, wenn er von der Arbeit kommt.«

Ich höre sein polterndes Lachen und vermisse ihn gleich noch mehr. »Versprichst du mir etwas, *mi Vida*?«

»Nur …«

Papá lässt mich nicht aussprechen. »Es ist an der Zeit loszulassen.«

»Was meinst du damit?«

»Ich vertraue dir. Das ist der Grund dafür, weshalb ich dich nicht auf ein Internat geschickt habe.«

»Papá …«

»Seit du in Key West bist, ist mir klar geworden, dass ich nicht möchte, dass du dieses Leben führst.«

»Was bedeutet das?« Ich erinnere mich an Matalinas Worte bei unserer Ankunft.

»Du wirst niemals einen Mafioso heiraten, um das Kartell weiterzuführen.«

»Heißt das, ich darf nie wieder nach Hause?«

»Nicht, wenn es dich in Gefahr bringt.«

Das ist unvorstellbar. Inakzeptabel. »Was ist mit Matteos Hochzeit?« Er hat vor meiner Abreise gesagt, dass wir uns da wiedersehen.

»Das Risiko ist zu hoch.«

»Du hast es versprochen.«

Papá schweigt.

»Bei so einer Feier ist es bestimmt sicher. Alle sind da und es gibt ein riesiges Aufgebot an Bodyguards und Soldaten. Bitte!«

Ein Seufzen auf der anderen Seite der Leitung. »Ich würde dich lieber komplett von uns fernhalten.«

»Biiiiitte.«

Er ringt mit sich. »Aber nur wenn du mir versprichst, dich an alle Schutzauflagen zu halten.«

Ich spüre, wie schwer ihm dieses Zugeständnis fällt.

»Danke, Papá.«

»Warum kann ich dir nichts abschlagen?«

»Weil du mich lieb hast.«

»Aber dafür ist jetzt Schluss mit den täglichen Anrufen. Leb dein Leben, *mi Vida*.«

»Ich darf nicht mehr mit dir telefonieren?« Bei diesem Gedanken bildet sich ein Knoten in meinem Magen.

»Das habe ich nicht gesagt. Aber einmal in der Woche genügt.«

***

Fast zwei Monate lebe ich inzwischen in Key West und entdecke immer neue Dinge, die das Dasein eines *Profano* von dem einer Mafiatochter unterscheidet. Nur wenig ist geblieben, zum Beispiel dass jeder von uns eine Waffe besitzt. Aber im Gegensatz zu früher, schlummert hier nicht nur meine in der Schublade des Nachtschränkchens.

Tantchen tut sich beinahe schwerer damit, ihren Revolver nicht mehr ständig bei sich zu tragen als Silvio. Mag daran liegen, dass er in asiatischer Kampfkunst ausgebildet ist und nicht zwangsläufig eine Waffe benötigt, um unseren Schutz zu gewährleisten.

Dennoch rutscht er ab und an in seine frühere Rolle und geht drei Meter hinter mir. Ich muss nicht zurückschauen, um zu sehen, wie seine Augen die Umgebung scannen.

Aber die meiste Zeit wirken wir wie eine normale Familie und es gab bislang keinen einzigen Moment, in dem ich mich hier unsicher fühlte. Dieser Ort ist so friedlich, wie er von Anfang an wirkte, und ich kann mir nicht vorstellen, dass sich daran jemals etwas ändert.

HOWARD

Wieder eine kurze Nacht. Gut angetrunken lege ich mich ins Bett, nachdem ich Matteo in seines verfrachtet habe. Er ist vollkommen eskaliert. Weiß immer noch nicht, wo sich Ana aufhält, und geht gar nicht gut damit um, dass die Hochzeit mit Louisa näher rückt.

Kolumbien wird ihm hoffentlich etwas Abstand bringen. Ich freue mich mehr auf die Reise, als ich sollte. So falsch es ist – und unverständlich – Mariana morgen wiederzusehen, hebt diese Aussicht meine Stimmung gewaltig. Matteo würde jetzt Hunderte Gedanken wälzen und ein Drama daraus machen, aber ich bin nicht der große Denker, sobald es sich um Gefühle dreht, akzeptiere einfach, dass sie ab und an im Kopf herumspukt.

In der Mafia legt man, wie ich mitbekommen habe, ziemlichen Wert auf Ausgewogenheit. Vielleicht sollte ich mir, jetzt wo Matteo bald unter der Haube ist, ebenfalls eine Frau suchen. Erstmals flammte diese Idee auf, als er mir die Familienverhältnisse der Gallos auseinandersetzte. Da gibt es diese Tochter, deren Mann aller Wahrscheinlichkeit nach die Nachfolge von Francesco antreten wird. Das könnte meine Chance auf eine eigene Familie sein und dem Alten würde es mindestens Magengeschwüre bescheren.

Der Gedanke gefällt mir.

Aber seien wir mal ehrlich, ich bin nicht machtgeil. Allenfalls ein wenig. Suche vor allem einen Weg, Daniel aus der Mafia rauszuhalten. Emilio kann das nicht sicherstellen und bis Matteo die nötige Macht besitzt, steckt mein Bruder längst bis über beide Ohren drin.

Matteo ahnt nichts davon, war zu betrunken, als ich auf dem Heimweg versuchte, mehr von Nicoletta Gallo zu erfahren. Was er sagte, klang nicht gerade ermutigend. Hochmütig soll sie sein. Haare auf den Zähnen haben. Vergrault jeden Anwärter. Wird wohl als alte Jungfer enden.

Ok, Letzteres ließe sich schnell ändern. Ich gähne herzhaft und kuschele mich tiefer in mein Kopfkissen.

Klingeln reißt mich aus dem Tiefschlaf. Ich reibe die Augen und stelle fest, dass es halb fünf ist und nicht der Wecker diesen Terror veranstaltet.

»Hast du mal auf die Uhr geschaut«, schnauze ich den Anrufer an.

»Jander ist aufgewacht«, sagt Andrey, der in dieser Nacht im Krankenhaus wacht.

»Gib mir eine halbe Stunde.«

Hastig schlüpfe ich in die nächstliegende Jogginghose und streife ein Longsleeve über.

Da Matteo Jander genauso viel verdankt, stürme ich in dessen Zimmer und schalte gleich mal das Deckenlicht an. Meine Hoffnung, das würde ihn zum Aufwachen bringen, erfüllt sich nicht. Also rüttle ich an seiner Schulter. »Wach auf!«

»Bist du bescheuert?«, zischt er.

»Jander ist aufgewacht.« Ich hoffe, diese Information wirkt.

»Was?«

»Jander. Du erinnerst dich an den Mann, der dir das Leben gerettet hat?«

»Quatsch keinen Müll. Was ist mit ihm?«

»Er ist wach.«

»Warum sagst du das nicht gleich?«

Ich knurre und strecke ihm eine Hose entgegen. Gähnend zieht er sie an.

Da Matteo komplett neben sich steht, fahre ich.

»Irgendwie ist mir schlecht«, murmelt er und öffnet das Fenster auf seiner Seite.

»Wenn du mir ins Auto kotzt, erschieße ich dich.« Ich reiche ihm eine Wasserflasche.

Er trinkt einen Schluck. »Kannst du anhalten?«

Weil es keine andere Möglichkeit gibt, ziehe ich auf die rechte Spur, schalte die Warnblinkanlage an und halte.

Matteo reißt die Tür auf und springt nach draußen.

Ich behalte den rückwärtigen Verkehr im Auge und höre mit an, wie er sich die Seele aus dem Leib kotzt.

»Die Wasserflasche.« Er streckt einen Arm in meine Richtung und ich reiche sie ihm.

Wir fahren weiter und mir steckt ein unguter Geruch in der Nase. Ich hätte ein Soldatenauto nehmen sollen. Oder die Corvette.

Bei Erreichen des Krankenhauses marschieren wir ohne Umwege zu der Station, auf der Jander liegt. Treffen dort auf eine Schwester, die uns darüber informiert, dass keine Besuchszeit sei.

»Wenn wir nach unserem Mann sehen wollen, ist immer Besuchszeit«, proklamiert Matteo.

Sie setzt zu einer Erwiderung an, verstummt, als er sein Shirt gerade so weit hochzieht, dass sie seine Waffe im Hosenbund erkennt. Danach steht uns der Weg frei.

Wir finden die Tür von Janders Zimmer unbewacht. Matteo runzelt die Stirn und zieht seine Pistole nun doch.

Eine Falle?

Ich stoße die Tür auf und erkenne Andrey auf der Bettkante. Als er unser gewahr wird, steht er sofort auf und nimmt seinen Platz vor der Tür ein.

Janders Augen sind geöffnet. Er wirkt schwach, das schwarze Haar ist länger als gewöhnlich und lässt sein Gesicht extrem blass wirken. Ich ahne, dass es mehr als einen Friseur benötigt, damit er wieder der Alte wird.

»Hey«, spreche ich ihn an.

»Wie … lange … war … ich … weg?« Seine Stimme ist leise und klingt belegt.

»Dreieinhalb Monate.«

Auf seinem Gesicht breitet sich Unglaube aus.

»Jander, ich …« Matteo gelingt es nicht, seiner Emotionen zu beherrschen. »Wie fühlst du dich?«, fragt er schließlich.

»Ehrlich?«

Wir nicken unisono.

»Wie … nach … einem hundertjährigen … Schlaf.« Sein Grinsen misslingt, erinnert trotz allem an Jander, wie wir ihn kennen.

Nur zweieinhalb Stunden später sitzen wir im Learjet nach Popayán. Matteo pennt und ich zerbreche mir den Kopf darüber, wie wir es anstellen, den Vertrag mit den Gallos ohne ein weiteres Schiff zu erfüllen.

Bei der Landung erwarten uns zwei Limousinen.

Da es mein erster Aufenthalt in Kolumbien ist, schaue ich die meiste Zeit aus dem Fenster, als wir durch die Stadt zur Hacienda von Felipe fahren.

Der Mann hinter dem Steuer spricht mich an und langsam nervt es, niemanden zu verstehen.

»Ich werde Spanisch lernen«, informiere ich Matteo kurz vor Erreichen unseres Ziels. Habe direkt jemanden im Auge, der mir dabei helfen kann.

Felipe Duarte empfängt uns persönlich. Er trägt eine helle Hose und das obligatorische Hawaiihemd. Allmählich gewöhne ich mich an diesen Anblick.

Wir erhalten nebeneinanderliegende Zimmer in der ersten Etage und ich richte mich ein.

Beim gemeinsamen Essen am Abend treffe ich Angel und Juan wieder. Von Mariana keine Spur. Auch Tantchen fehlt. Während ich grüble, ob es seltsam klingt, wenn ich nach ihnen frage, kommt mir Matteo zuvor.

»Wo steckt meine Cousine?«

»Ich habe sie Anfang des Jahres auf ein Internat geschickt«, antwortet Felipe knapp.

Matteo gibt sich damit zufrieden und ich erinnere mich an unsere Unterhaltung an Weihnachten. War sie deshalb so traurig?

»Ich habe in den letzten Tagen noch einmal mit einigen Reedereien Kontakt aufgenommen. Keine einzige kann uns ein Schiff verkaufen«, bringt Felipe das Gespräch aufs Geschäft.

»Damit bleibt uns nur die Option, eines bauen zu lassen.« Angel.

»Klappt das in der Werft in Tumaco?« Matteo.

»Howard, willst du etwas sagen?«, wendet sich Angel an mich.

Ja, ich würde gern mitteilen, was mir vorhin im Flieger in den Sinn kam, zögere, da es ungewohnt ist, dass meine Meinung explizit erfragt wird.

»Dad spricht über das Geschäft meist im Büro«, lässt Matteo die Runde wissen.

»Emilio war schon früher spießig.« Felipe. »Also hau raus, was dir auf der Seele liegt.«

»Könnte es sein, dass jemand unseren Schiffskauf sabotiert?« Wenigstens nehmen sie mich insoweit ernst, dass niemand zu lachen beginnt.

»Denkst du das wirklich?«, fragt Matteo irritiert.

Hätte er nicht den kompletten Flug verschlafen, wüsste er mehr. »Ja.«

»Dieser Verdacht ist nicht unbegründet.« Angel.

»Wer in diesem Land würde es riskieren, sich gegen uns zu wenden? Für die beiden Großen stellen wir keinerlei Bedrohung dar und die Kleinen fürchten viel zu sehr die Antwort.« Felipe.

»Das ist eine gute Frage, aber wir benötigen das Schiff zu dringend, um uns jetzt damit auseinanderzusetzen.« Angel.

»Dennoch sollten wir es in absehbarer Zeit tun. Falls jemand derart offensiv gegen uns arbeitet, könnte er auch in Zukunft Probleme bereiten.« Juan.

»Ich habe mich gefragt, wer davon profitiert, den Deal mit den Gallos zu verhindern. Mir ist nur dieser Moretti eingefallen«, werfe ich ein.

Matteo runzelt die Stirn.

Schon klar, normalerweise ist er der Stratege, aber momentan nicht auf der Höhe und ich habe eingesehen, dass die Mafia mehr verlangt, als die Fäuste zu schwingen.

»Er hat uns in New York gewarnt«, sagt er schließlich.

»Erst gelingt es ihm nicht, uns einzuschüchtern, und plötzlich verkauft uns keiner ein Schiff. Klingt ziemlich abgekartet.« Und ein wenig zu offensichtlich.

»Ich verstehe deinen Ansatz, Howard, bezweifle dennoch, dass der Arm eines Paten aus New York so weit reicht. Wäre nur der Anbieter abgesprungen, von dem wir die Zusage hatten … Dann vielleicht. Doch so?« Felipe schüttelt mit dem Kopf. »Er kann nicht alle schmieren.«

Ich bin nach wie vor überzeugt, dass Moretti als Einziger ein Motiv besitzt, poche in diesem Kreis aber nicht auf meine Meinung.

»Wie steht es mit den Hochzeitsvorbereitungen?« Felipe lenkt das Gespräch in eine andere Richtung.

»Sie laufen«, entgegnet Matteo und klingt dabei mühsam beherrscht. »Ansonsten hätte ich sicher was gehört.«

Im Anschluss an das Essen versammeln wir uns nebenan im Wohnzimmer. Felipe schenkt eine braune Flüssigkeit aus einer bauchigen Flasche ein und reicht jedem ein Glas.

Ich rieche daran. Definitiv kein Whisky. Auf dem Etikett die Aufschrift ›Dictadors 2 Masters‹.

»Rum«, erklärt Matteo.

»Eine Limited Edition.« Angel erhebt sein Glas und prostet uns zu.

Ich nippe. Nicht schlecht. Ein weiterer kleiner Schluck. Kräftig und ganz und gar nicht übel, dennoch bevorzuge ich den rauchigen Geschmack von Whisky. Habe neuerdings ein Faible für Bourbon aus Wyoming entwickelt.

»Ich gehe eine rauchen«, flüstere ich Matteo zu und verlasse das Wohnzimmer über die weit geöffnete Tür zur Terrasse.

Dort ist es angenehm mild. Ich zünde mir eine Zigarette an und gehe zu einem der Tische. Setze mich allerdings nicht, weil alles nass ist. Es muss geregnet haben, doch jetzt ist der Himmel sternenklar.

Der Boden strahlt diesen speziellen Geruch aus, wenn Regen auf trockenen Sand trifft. Bis auf das Zirpen der Grillen ist es still. In der Dunkelheit mache ich ein paar Schatten aus. Männer, die mit geschulterten Gewehren für Sicherheit sorgen.

Hier ist Mariana zu Hause.

Felipe hat sie auf ein Internat geschickt und ich frage mich, ob dabei die Bildung im Vordergrund stand oder er seine Tochter von der Mafia fernhalten will.

Ob es eine Möglichkeit gäbe, Daniel auf ein Internat zu schicken?

Sicher nicht, würde Emilio das erlauben, hätte er auch bei Mom bleiben können. Ich inhaliere tief den Rauch und stoße ihn wieder aus. Bin ein wenig enttäuscht, dass nichts aus der Idee wird, dass Mariana mir etwas Spanisch beibringt, solange wir in Kolumbien sind.

Ein Blick hinauf zu den Sternen. Komische Dinge geistern durch meinen Kopf. Muss an der lauen Nacht liegen. Ist wohl besser, dass Mariana weit weg ist. Komme ich nicht in Versuchung.

Matteo betritt die Terrasse und ich strecke ihm das Päckchen mit den Zigaretten entgegen.

»Lange Zeit war ich sicher, dass du der Mann fürs Grobe bist.«

»Inzwischen nicht mehr?«

»Nicht ausschließlich. Was planst du?« In seiner Stimme liegt Argwohn.

»Nichts.« Die Wahrheit.

»Ich höre ein Aber.«

Er kennt mich zu gut. Ein Seufzen stiehlt sich über meine Lippen. »Da ist so ein Gefühl, als müsste ich ein zusätzliches Sicherheitsnetz für Daniel schaffen.«

Matteo nickt nachdenklich, stellt jedoch keine weiteren Fragen.

Am darauffolgenden Morgen brechen wir in Jeeps zum Amazonas auf. Matteo sitzt vorn neben dem Fahrer, während ich mir die Rückbank mit Andrey teile. Selbst auf diesem Trip in den Regenwald hat Sicherheit Priorität. Vor uns fahren Angel und Juan mit zwei Männern. Dahinter folgen vier weitere Soldaten.

Nach stundenlanger Tour befinden wir uns so tief im Urwald, dass die Jeeps nicht mehr durchkommen und wir zu Fuß weitergehen.

Männer vor uns sorgen mit Macheten für einen Durchgang.

Wir laufen gefühlt den halben Tag, bis ich aufgeregte Stimmen vernehme. Zwei schnell hintereinander abgefeuerte Schüsse lassen mich zusammenzucken. Mein Blick eilt zu Matteo.

Er scheint ebenfalls irritiert. Angel und Juan wirken entspannt, woraus ich schließe, dass wir nicht in Gefahr schweben.

»*Hola, Amigos*«, begrüßt uns ein Mann mit narbigem Gesicht.

»*Hola*, Ramon. Irgendwelche Probleme?« Angel und dieser Ramon begrüßen sich mit einer angedeuteten Umarmung.

»Habe sie behoben.« Er verzieht den Mund zu einem breiten Lachen und ich erkenne, dass sein Gebiss ausschließlich aus Goldzähnen besteht.

»Matteo, welch seltener Besuch.«

»Ramon.«

»Das ist unser neues Familienmitglied, Howard«, sagt Angel und ich nicke Ramon zu, der mich seinerseits von oben bis unten mustert.

»Dann zeigen wir ihm mal, wie das Geschäft funktioniert.«

Mein erster Eindruck besteht darin, dass die hier Arbeitenden genauso aussehen, wie man sich Drogensüchtige und Verbrecher in einer Person vorstellt.

Ramon führt uns zu einer ausladenden flachen Wanne. An deren Rand stehen ausgehärmte Männer, die Zweige in den Händen halten und mit bloßen Fingern die getrockneten Blätter abstreifen, und zwar so akkurat, dass keines zurückbleibt.

Im nächsten Schritt werden diese mit einem Gerät, das an einen Rasentrimmer erinnert, zerhäckselt.

Während Ramon Erklärungen abgibt, bei denen er immer wieder ins Spanische verfällt, stelle ich mir die Frage, ob sie die Drogen am Ende zu Fuß abtransportieren.

Ich entdecke Kinder, die nichts tragen außer Shorts und mit bloßen Füßen die gehäckselten Blätter stampfen wie Wein. Dabei irgendwie unwirklich erscheinen. Vielleicht weil sie keinen Laut von sich geben, sondern gleichmäßig von einem Fuß auf den anderen treten wie kleine Roboter.

Ich rümpfe die Nase. »Weshalb stinkt es hier so?«

Ramon lacht und lässt seine Goldzähne blitzen.

»Das ist Schwefel und kommt aus der *Cocina*« erklärt Angel.‹

Ich blicke zu Matteo, der ähnlich unbedarft wirkt. »Bist du auch zum ersten Mal hier?«, flüstere ich ihm zu.

»Zum zweiten«, raunt er zurück.

»Die gestampften Blätter werden unter Zusatz von Wasser und Schwefelsäure weiter aufgeweicht. Kerosin, Kalk, Natriumcarbonat und lösende Substanzen tun den Rest. Dann muss nur noch die Flüssigkeit entzogen werden. Der eigentlichen Paste wird Ammoniak zugesetzt. Auch das ist nichts für empfindliche Näschen«, informiert Ramon mit einem Blick auf mich, bevor wir weitergehen zur erwähnten *Cocina*, dem Ort, an dem die chemischen Prozesse ablaufen.

»Das ist die Küche«, klugscheißt Matteo, der die Szenerie gelassen betrachtet.

In der *Cocina*-Küche geht es emsig zu. Jeder scheint seine Aufgabe zu kennen. Unsere Anwesenheit wird nicht beachtet. Ich denke zurück an die Schüsse. Ahne, dass diese weder zum Spaß abgefeuert wurden, noch einem Tier galten, bin daher sicher, dass weniger Konzentration die Arbeiter kaum aufblicken lässt, sondern Angst.

Mein Blick erfasst ein blaues Fass, ein Mann zerstampft dessen Inhalt mit einem Holzstab. Ich frage nicht nach, was dieser Arbeitsschritt bedeutet. Fühle mich hier alles andere als wohl.

Als das Zeug auf eine Art Backblech gestrichen wird, empfinde ich ein gewisses Maß an Erleichterung. Selbst mir als Laien ist klar, dass das Backen am Schluss des gesamten Prozesses steht.

Ich begreife das Verfahren nicht bis zum Letzten, an dessen Ende eine weiße Paste entsteht, die in Barren zu je einem Kilogramm gepresst und anschließend verpackt wird. Aber das ist auch nicht notwendig, da ich – Gott sei Dank – hier nicht arbeiten muss.

Ginge es nach mir, würden wir sofort den Rückweg antreten. Doch Ramon besteht darauf, dass die Familienmitglieder ihm in ein Zelt folgen, das sein persönliches Refugium darzustellen scheint. Keiner sagt etwas dagegen und so trotte ich mit.

Es erwartet uns eine eher karge Ausstattung bestehend aus einem Tisch und Holzstühlen in ausreichender Anzahl.

Ramon ruft etwas, das ich nicht verstehe.

Gleich darauf bringt eine Frau eine Schnapsflasche und Gläser.

Ich gehe mal davon aus, dass es Rum ist.

Dieser brennt noch im Hals, als der Gastgeber eine Kostprobe des hauseigenen Produkts anbietet. Als sich keiner meiner Begleiter ziert, das weiße Pulver durch die Nase zu ziehen, erliege ich dem Gruppenzwang.

Wow, das Zeug haut rein.

Ich schnappe nach Luft wie ein Fisch auf dem Trockenen und ernte Matteos missbilligenden Blick.

»Reiß dich zusammen«, raunt er.

Leicht gesagt, wenn die Augen tränen.

Ramon bleibt meine Reaktion nicht verborgen. Er zeigt auf mich und lacht sich schlapp.

Würde mich das Koks nicht besänftigen, hätte ich ihm vermutlich eine reingehauen, so lache ich einfach mit.

Angel übersetzt, sobald Ramon ins Spanische verfällt. Er wirkt nüchterner als alle anderen an diesem Tisch, meine Person eingeschlossen.

Nach einigen Runden Rum bringt die Frau des Hauses Schüsseln gefüllt mit Speisen, die ich nicht benennen kann, oftmals nicht einmal, nachdem ich davon gegessen habe. Ich werde den Teufel tun und danach fragen.

Die Schärfe des Essens brennt in meinem Hals, aber ich bin froh, etwas im Magen zu haben, um nicht gleich vom Stuhl zu kippen.

»Wir sollten uns auf den Weg machen, sonst wird es dunkel, bevor wir die Wagen erreichen«, meint Angel und ich atme auf.

Nach ausgiebiger Verabschiedung brechen wir endlich auf. Ich setze einen Fuß vor den anderen, fühle mich, als würde ich schweben. Noch ein oder zwei weitere Runden und sie hätten mich tragen müssen.

Zugekokst und besoffen vom selbstgebrannten Rum kommt mir der Weg nicht mehr so elendig lang vor.

Ich stolpere ein paar Mal über irgendwelche Wurzeln. Matteo fängt mich jedes Mal auf und wirft mir einen bitterbösen Blick zu. Er weiß doch genau, dass ich Drogen nicht gewohnt bin.

Als wir die Jeeps Stunden später erreichen, fühle ich mich einigermaßen klar, was die Frage aufkommen lässt: »Bringen sie das Zeug auf dem Wege raus, den wir gelaufen sind?«

»Natürlich nicht.« Angel lacht auf.

Juan schaut eher mitleidig.

Mich pisst an, dass ich erneut Grund ihrer Belustigung bin.

»Ganz in der Nähe vom Camp befindet sich ein versteckter Hubschrauberlandeplatz«, weiht mich Matteo ein.

Wieso weiß er so was und ich nicht?

»Um 1,6 Gramm Kokapaste zu erhalten, braucht es ein Kilo Blätter«, erklärt Angel, der bei uns einsteigt und Andrey zu seinem Bruder schickt. »Zu der Zeit haben wir einen Reinheitsgrad von achtzig bis neunzig Prozent.«

»Und wenn es auf der Straße ankommt?«, will ich wissen.

»Dreißig. Höchstens vierzig.«

»Wie hoch ist der Gewinn?« Ich bin nicht sicher, ob diese Frage angemessen ist, aber mein Zustand macht mich mutig.

»Neuntausend.«

Eine mächtige Summe, die ich nicht einzuschätzen weiß.

»Pro Kilo Paste.«

Wow, ich pfeife durch die Zähne. »Könnten wir das Zeug nicht per Flugzeug nach Florida schaffen, bis das Schiff einsatzbereit ist?« Ich hoffe, mit dieser Idee nicht abermals zur allgemeinen Heiterkeit beizutragen.

»Generell schon, aber nicht in der Menge. Außerdem wären Probleme mit den Leuten aus Medellín vorprogrammiert.«

Mir mangelt es an jeglichem Verständnis von den hiesigen Gegebenheiten.

»Medellín hat das Monopol auf den Flugzeugtransport. Es ist genauso dumm, sich mit denen anzulegen, wie sich die fünf Familien zu Feinden zu machen.« Matteo versteht, die Lage so zu erklären, dass ich es begreife.

Trotzdem gebe ich meine Idee nicht auf. Die Autofahrt lässt genügend Gelegenheit, still darüber nachzudenken.

»Sie fliegen ihren Stoff in die Staaten. Richtig?«

Zustimmung von allen Seiten.

»Und wenn wir eine komplett andere Flugroute nutzen und niemandem ins Gehege kommen«, sage ich, als wir Popayán erreichen.

»Rede weiter«, fordert Matteo.

»Wir bringen das Zeug mit dem Hubschrauber bis an die Grenze zu Ecuador. Dort übernehmen Fahrzeuge und schaffen es bis zum nächsten großen Flughafen. Und ab geht es irgendwo in die Nähe. Die Bahamas zum Beispiel.«

Angel dreht sich zu mir um. »Das solltest du Felipe vorschlagen.«

In dieser Nacht schlafe ich wie ein Baby und fühle mich am darauffolgenden Morgen erstaunlich gut. Nichtsdestotrotz hat der Einblick in die Herstellung des weißen Pulvers, das ich bislang nur in sauber abgepackten Tütchen kannte, etwas in mir ausgelöst.

Weder jemanden zu erschießen noch die Kühlhausjobs haben mir so deutlich gezeigt, wie schmutzig das Geschäft ist, auf das ich mich eingelassen habe. Ein Menschenleben könnte kaum weniger zählen.

Falls meine Annahme zutrifft und einem der Mafiapaten aus New York missfällt unser Deal mit den Gallos, ist jedes Sicherheitsempfinden Illusion. Im Umkehrschluss bedeutet dies, dass ein Safe-Place für Daniel einen ganz neuen Stellenwert erhält.

»So nachdenklich?« Wir befinden uns auf dem Heimflug und Matteo nippt an seinem Drink. »Onkel Felipe war doch recht angetan von deiner Idee.«

»Das ist es nicht. Daniel.«

»Du hast mein Wort …«

»Darum geht es nicht.« Ich zähle auf seine Unterstützung, wenngleich sein könnte, dass ihm meine Idee missfällt. Trotzdem werde ich ihn einweihen, will nicht riskieren, dass irgendetwas zwischen uns kommt – und weil es ohne seine Hilfe nicht funktioniert. »Seit einiger Zeit denke ich über einen Ort nach, an den ich ihn schicke, sollte mal …«

»Ein Safehouse?«

»Mehr ein Ort, an dem er abseits der Mafia sein Leben bestreiten kann.«

»Falls alles den Bach runtergeht.« Matteo scheut sich im Gegensatz zu mir nicht, Klartext zu reden. »Du glaubst, das könnte passieren?«

Ich zucke mit den Schultern. »Die Liste unserer Feinde wird länger und ich wäre beruhigter, wenn es diesen Ort gäbe.«

»Für euch?«

Meine Augenbrauen ziehen sich automatisch zusammen. »Denkst du das wirklich? Dass ich dich im Stich lasse?«

»Eigentlich nicht. Hast du eine Idee?«

»Ein kleines Hotel.«

»Wo?«

»Key West.«

»Du denkst darüber schon länger nach«, argwöhnt Matteo.

»Ja und nein. Meine Großeltern leben dort und in der Erinnerung ist es ein lauschiger Ort.«

»Nicht die schlechteste Wahl«, erwidert er grüblerisch. »Onkel Felipe erwähnte mal, dass er Key West für den sichersten Ort in Florida und darüber hinaus hält.«

»Ist es ok für dich?«

Matteo nickt. »Nur keine Geheimnisse.«

»Hilfst du mir?«

»Jederzeit.«

Was würde ich ohne den Freund tun? Wenngleich ahnungslos, wie groß der Gefallen ist, bin ich überzeugt davon, dass er mich nicht hängenlässt.

***

Drei Tage später fahre ich allein in einem Leihwagen nach Key West. Gegen meine Gewohnheiten trage ich einen Anzug, um als seriöser Geschäftsmann durchzugehen. Auf dem Beifahrersitz liegt ein Koffer voller Geld. Eine Leihgabe von Matteo, die umso bedeutender ist, weil es sich um saubere Dollars handelt.

Vor Ort miete ich mich in einem teuren Hotel ein, um die Fassade des Geschäftsreisenden zu wahren.

Tags darauf suche ich zu Fuß nach einer Kirche. Einer bestimmten. Die, in deren unmittelbarer Nähe meine Großeltern leben. Ich erinnere mich auch an das Haus, aber eher von den Fotos, die Mom in einem Schuhkarton aufbewahrt als von eigenem Erleben.

Gegen Mittag werde ich fündig. Stehe vor einem Einfamilienhaus, das exakt so aus sieht wie auf den Bildern. Ich trete zur Tür und betätige den altmodischen Türklopfer in Form eines Löwenkopfes.

Eine junge, mir unbekannte Frau öffnet und mustert mich fragend.

Ich komme mir in diesem Anzug gleich noch blöder vor. »Howard Coleman. Das ist das Haus meiner Großeltern.«

»Wir haben es vor zwei Jahren gekauft.« Sie zieht die Stirn kraus. »Aber Sie haben recht, vor uns gehörte es einem älteren Ehepaar. Nachdem der Mann gestorben war … Oh, entschuldigen Sie.« Sie legt die Hand vor ihren Mund und sieht mich erschrocken an.

Gramps Howard Sr. lebt nicht mehr. Das kommt unerwartet. »Wissen Sie, wo meine Großmutter hingezogen ist?«

Sie schüttelt den Kopf.

Ich wende mich ab, als sie erneut das Wort ergreift. »Wir haben das Haus über Lloyd's Real Estate gekauft. Vielleicht haben die eine Ahnung.«

Das ist gut möglich. »Danke.«

»Sie haben ihr Büro in der Whitehead Street.«

Nach dem Treffen mit dem Immobilienmakler bin ich tatsächlich schlauer, denn er gab mir die Information, dass meine Großmutter in ein Altenheim hier in Key West gezogen ist.

Ich finde sie schließlich in einer Einrichtung im Norden der Stadt. Man schickt mich in den Garten, wo ich sie sofort auf einer der Bänke erkenne. Älter, doch kaum verändert.

»Grandma, ich bin es, Howard.«

»Howard?«

»Dein Enkel.«

»Shirleys Junge.«

»Genau.« Ich setze mich zu ihr.

»Früher habt ihr uns besucht. Deine Mutter hat dir viel zu wenig zu essen gegeben. Du warst so dürr. Nur Haut und Knochen. Ich habe ihr gesagt, dass sie dich ordentlich essen lassen soll.«

Daran erinnere ich mich nicht. »Aber jetzt bin ich groß.« Ein Schmunzeln huscht über mein Gesicht.

»Der kleine Howard. Unglaublich. Schade, dass dich dein Gramps so nicht sehen kann. Er hat sich immer gefragt, was wohl aus dem kleinen Howard geworden ist.«

»Vielleicht sieht er uns ja.« Ich nicke in Richtung Himmel.

»Blödsinn«, begehrt sie auf. »Da oben ist doch nichts.«

Ich zucke mit den Schultern.

»Hattest du nicht einen Bruder?«

»Daniel.«

»Warum musste sie nur diesen Hallodri heiraten? Er hat dafür gesorgt, dass sie euch nicht mehr hierher gebracht hat.«

»Jetzt bin ich ja hier, Grandma.«

»Das ist schön.« Sie streichelt meine Hand und sieht mich ein wenig ungläubig an. »Du bist wirklich hier.«

Ich nicke.

»Und du siehst ein bisschen aus wie mein Howard – früher als er noch jung war.«

Beim Abschied verspreche ich, wiederzukommen. Nehme mir fest vor, sie zu besuchen, wann immer ich nach dem Hotel sehe, das ich zu kaufen beabsichtige.

In Gedanken an früher versunken fahre ich zurück in die Innenstadt. Stelle meinen Wagen am Hotel ab und schlendere über die Duval Street. Ich habe Grandma tatsächlich gefunden. Erfreue mich daran, anstatt zu sehr darum zu trauern, dass Gramps nicht mehr lebt.

Da für den Rest des Tages nichts weiter auf dem Plan steht, kehre ich in eine der zahlreichen Bars ein und bestelle mir ein Bier. Ein zweites und ich zahle. Es ist zu laut in dem Laden, obwohl es noch nicht mal fünf ist.

Ich überlege, Mom anzurufen. Ob sie weiß, dass ihr Vater gestorben ist?

»Howard.«

Ich reagiere nicht.

»Howard!«, ruft die weibliche Stimme dieses Mal nachdrücklicher und bewirkt damit, dass ich stehen bleibe und mich umsehe.

Für einen Moment glaube ich an eine Fata Morgana. Das kann unmöglich Mariana sein. Als sie näher kommt und mir der bekannte Duft nach Vanille in die Nase steigt, ist klar, dass ich nicht an Halluzinationen leide.

»Was machst du hier? Ist dein Internat in Key West?«

»Internat?« Sie deutet ein Kopfschütteln an.

»Wieso bist du in Key West?«

»Papá meint, dieser Ort sei sicher. Und du?«

Ich lache kurz auf, bin nah dran, die Wahrheit zu sagen. »Geschäfte.«

»Lass uns irgendwo einen Kaffee trinken«, schlägt sie vor und mir fällt auf, dass sie anders wirkt als an Weihnachten. Erwachsener, wobei ich zur Abwechslung nicht auf ihr Aussehen anspiele. Dieses hat es ebenfalls in sich, wie ich eingestehen muss.

»Wenn wir irgendwohin gehen, wo ich etwas Härteres bekomme, gern.«

Sie hakt sich allen Ernstes bei mir unter und ich bin so perplex, dass ich sie lasse.

»Ohne Schatten?« Mein Blick über die Schulter findet keinen Bodyguard.

Jetzt lacht sie. »Hier gelten andere Regeln.«

Sie führt mich in eine Bar, in der es aussieht, als hätte sie schon vor hundert Jahren existiert.

Wir setzen uns an den Tresen und ich bestelle ein Bier. Mariana entscheidet sich für eine Strawberry Margarita. Als die Getränke vor uns stehen, nehme ich das Gespräch wieder auf.

»Du spazierst hier also allein umher?« Habe ich in der Tat einen sicheren Ort für Daniel gefunden?

»Inzwischen schon. Silvio ist offiziell mein Cousin und nach fast vier Monaten hat er aufgegeben, ständig bei mir zu bleiben.«

»Einfach so?« Bei den Gedanken daran, wie uns Bodyguards auf Schritt und Tritt folgen, erscheint das unwirklich.

Sie nickt. »Hier ist alles anders. Es tut mir leid – was passiert ist. Aber du bist wieder vollkommen gesund?«

Plötzliche Sorge auf ihrem Gesicht berührt mich. »So gut wie.« Ein Thema, über das ich nicht gern rede.

»Was heißt das?«

Ihr ehrliches Interesse bleibt nicht unerwidert. »Ich habe nur noch eine Niere.«

Unvermittelt schlägt sie die Hand vor den Mund und ihre Augen weiten sich. »Papá hat gesagt … Das wollte ich nicht.« Sie senkt auf unheimlich süße Weise den Blick.

Ich kann nicht anders als zwei Finger unter ihr Kinn zu legen, um das Gesicht so weit zu heben, dass sie mich wieder ansieht. »Natürlich nicht.«

»Ich war so wütend auf dich … und Matteo. Aber ich wollte doch nicht, dass euch etwas passiert.« Ihre Augen betteln um Vergebung, obwohl es keinen Grund dafür gibt.

»Hey, alles ist gut.«

Sie wirkt nicht überzeugt. »Ich wäre gern ins Krankenhaus gekommen, aber Papá hat es nicht erlaubt.«

»Mach dir keine Gedanken deswegen.« Ihre Empathie dringt tief in mein Herz und ich verliere mich in diesen Augen in der Farbe dunkler Schokolade.

Im nächsten Moment landen meine Lippen auf ihren.

Als ich das bewusst wahrnehme, will ich mich sofort zurückziehen, aber da liegt schon eine kleine Hand an meinem Hinterkopf, die genau das zu verhindern versucht.

Ihr süßer Mund öffnet sich und ich schmecke Erdbeeren. Obwohl es falsch ist, erlaube ich der Zungenspitze, nach ihrer zu suchen und sie zart zu umkreisen.

Für gewöhnlich gehe ich nicht sanft mit Frauen um. Brauche es härter, um auf Touren zu kommen. Daher steht fest, dass ich niemals so liebevoll geküsst habe wie Mariana in dieser Bar.

Komischerweise gefällt es mir, nur nicht, dass es einen Mechanismus in Gang setzt, der absolut unangebracht ist.

So behutsam wie möglich, unterbreche ich den Kuss. »Wir dürfen das nicht.« Ich klinge rau, und wäre sie nicht die Tochter vom Oberboss, würde ich sie ohne Zögern mit ins Hotel nehmen, um herauszufinden, ob ich auch zärtlich lieben kann.

»Weise mich nicht zurück«, bittet ihre belegte Stimme.

Ich streiche über ihre Wange. »Ich muss.«

»In ein paar Tagen werde ich sechszehn.«

Die Ernsthaftigkeit, mit der sie das ausspricht, lässt mich schmunzeln. Ich überschaue sie. »Süße, ich seh ja selbst, dass du kein Kind bist. Aber ich bin zweiundzwanzig und dein Vater ist der Oberboss.« Ich lege zwanzig Dollar auf den Tresen und rutsche vom Hocker.

Wenn ich jetzt nicht gehe, bekommt sie mich rum und das darf nicht passieren.

In dieser Nacht träume ich von Mariana und in diesem Traum gehört sie mir. Als ich aufwache und das Kissen neben mir leer vorfinde, macht sich Enttäuschung breit.

»Verdammt!« Wie ist es der kleinen Chica gelungen, sich in mein Herz zu stehlen? Das hat doch noch keine geschafft.

Ich stehe auf und dusche eiskalt, um meine Männlichkeit davon zu überzeugen, dass sie auf dem völlig falschen Pfad unterwegs ist.

Für den Rest der Nacht bekomme ich kein Auge zu und bin froh, als endlich Zeit zum Aufstehen ist. Bloß gut, dass dieser Tag eine Aufgabe für mich bereithält. Ich besichtige ein Objekt, das eventuell als Daniels Safe Place infrage kommt.

Es handelt sich um eines dieser pastellfarbenen Häuser im Herzen der Altstadt. Hellgrün angestrichen und von überschaubarer Größe wirkt es nicht wie ein Hotel, sondern maximal wie ein Guesthouse.

Der Makler wartet bereits und führt mich herum, zeigt mir jedes der zwölf Zimmer. Im Innenhof befindet sich eine großflächige überdachte Terrasse, an der sich Bougainvilleas mit unzähligen roten Blüten entlangranken. Den Garten dominiert ein uralter Banyan-Baum. Im Prospekt sah alles wunderschön aus, aber in natura begeistert es mich derart, dass ich mir wünsche, hier immer mal wieder ein paar Tage auszuspannen.

Ich bin kein Freund davon, Entscheidungen lange aufzuschieben, und in meiner Position handelt man auch nicht. Als der Besitzer eintrifft, setzen wir uns ins Büro des angestellten Managers und besiegeln den Kauf. Da nichts über irgendwelche Banken zu regeln ist, unterschreibe ich die entsprechenden Dokumente und der Koffer mit dem Geld wechselt seinen Eigentümer.

Der Makler und der ehemalige Besitzer verabschieden sich.

»Alles Gute, Mr. Coleman.«

Ich danke beiden und wende mich an den Manager. »Lassen Sie mich kurz allein.«

Obwohl es sein Büro ist, lehnt er die Bitte nicht ab. Ich schließe die Tür und setze mich hinter den Schreibtisch. Als ich vor nicht allzu langer Zeit das Mellow Ocean kaufte, war das ein besonderer Moment, aber dennoch nicht vergleichbar mit dem, was ich in diesem Augenblick empfinde.

Im Überschwang der Gefühle rufe ich zu Hause an.

»Mom …«

Und schon ist die Verbindung unterbrochen.

Beim nächsten Versuch scheint es ihre Strategie, nicht dranzugehen. Es klingelt geschlagene fünf Minuten, bis sie nachgibt.

»Ich bin in Key West.« Hoffentlich hält das sie davon ab, gleich wieder aufzulegen. »Ich habe Grandma Pearl besucht.« Auf der anderen Seite der Leitung eisiges Schweigen. Aber die Verbindung steht und so spreche ich weiter und erzähle von den Großeltern und von meinem Guesthouse. »Du bist jederzeit willkommen, wenn du Grandma sehen möchtest und auch so. Es würde dir gefallen.«

»Es ist mit schmutzigem Geld bezahlt.« Ihre ersten Worte und mir ist klar, dass es für sie niemals sauber würde, egal wie rein es gewaschen wurde. »Ich werde es Crafty Cove Inns nennen.« Das ist mir beim Rundgang spontan eingefallen.

Bevor ich meine Einladung wiederholen kann, legt Mom doch auf. Dieses Mal lasse ich es gut sein.

Ich schaue mich nach dem Manager um und gebe ihm zwei Stunden, seine Angelegenheiten zu regeln und das Personal auf der Terrasse zu versammeln. »Mögen Sie Ihren Job?«, frage ich, bevor er sich ans Werk begibt.

»Sehen Sie sich hier um, Mr. Coleman. Können Sie sich einen besseren Ort zum Arbeiten vorstellen?«

In der Zwischenzeit blicke ich mich an den Stellen um, die der Makler beim Rundgang ausgespart hat. Danach suche ich mir einen Platz auf der Terrasse, überlege die nächsten Schritte.

Dieser idyllische Ort erscheint bestens geeignet für den vorgesehenen Zweck. Um es nicht zu versauen, muss ich seine Existenz geheimhalten, was bedeutet, dass ich auf niemanden zurückgreifen kann, um die Kontrolle zu behalten.

Nach und nach treffen die Angestellten ein. Bei den meisten ist anhand ihrer Kleidung ersichtlich, welchen Job sie verrichten. Ich stelle mich als neuer Besitzer vor und verspreche, dass jeder Arbeitsplatz sicher sei, solange das Hotel schwarze Zahlen schreibt. Ich bemerke Aufatmen und der Manager versichert mich im Anschluss seiner Loyalität. Aufgrund der speziellen Situation bleibt mir nichts anderes, als ihm zu vertrauen. Sollte er es versauen, werde ich ihn erschießen.

Ana

Die eisige Kälte lähmt nicht nur die Glieder, sie wirkt sich zudem auf den Geist aus. War es voreilig, mitten in der Nacht loszulaufen? Jeder vernünftige Mensch hätte diese Frage vorbehaltlos bejaht. Bei mir setzt die Vernunft aus, sobald es um Matteo geht.

Nachdem das geklärt ist, drehen sich die Gedanken ausschließlich darum, die asphaltierte Straße zu erreichen, auf der wir auf dem Hinweg fuhren. Ich bin so müde, dass mir beim Laufen die Augen zufallen. Meine Schritte zu zählen, soll mich wachhalten. Immer wieder drifte ich ab und fange von vorn an.

Würde ich dieser unebenen Schotterpiste nicht stumpf folgen, hätte ich mich längst verlaufen. So weit entfernt kam mir die Straße nicht vor, aber okay, damals waren wir im Auto unterwegs.

Immer wieder blicke ich über die Schulter, nur um festzustellen, dass da außer Dunkelheit nichts ist. Bloß nicht darüber nachdenken, wie gruselig es ist, mitten in der Nacht durch diese einsame Gegend zu latschen.

Ich bete dafür, die Straße bald zu erreichen und einem Wagen zu begegnen, der mich mitnimmt. Gedanken an mögliche Gefahren verdränge ich, es gibt nur diesen Weg, um die hundert Meilen zwischen La Rinconada und Juliaca zu überbrücken.

Ohne Mitfahrgelegenheit bin ich aufgeschmissen.

Aufgrund der eisigen Kälte spüre ich kaum noch die Beine, laufe automatisch weiter, nehme als einziges Geräusch meine Schritte auf dem gefrorenen Boden wahr.

Ob es hier wilde Tiere gibt?

Ich halte inne, lausche in die Dunkelheit.

Erschöpfung macht mich langsam. Nur nicht zu lange stehen bleiben und schon gar nicht hinsetzen. Hier einzuschlafen, bedeutet den sicheren Tod.

Und so gehe ich weiter.

Immer weiter.

Befreites Aufatmen als sich im Mondlicht die Straße in der Ferne zeigt.

Ich schaue auf die Uhr am Handgelenk. Kurz nach drei. Wenige Stunden verbleiben, bis das Leben in La Rinconada erwacht. Dann werden sie mich suchen, und sei es nur, weil sie Santiago Rede und Antwort stehen müssen.

Die Zeit wird zu einem Faktor, der über Erfolg oder Misserfolg meiner Flucht entscheidet. Je eher ich eine Mitfahrgelegenheit finde, desto besser. Was das angeht, bin ich gezwungen, auf Glück als zweifelhaften Verbündeten zu bauen.

Zwei Stunden folge ich der Straße, bevor ich ein Geräusch ausmache. Beim Umdrehen erkenne ich die Lichter eines Fahrzeugs. In meiner Verzweiflung stelle ich mich mitten auf die Fahrbahn und winke mit den Armen, um nicht überfahren zu werden.

Der kleine Lastkraftwagen stoppt und der Mann hinter dem Steuer mustert mich durch die Frontscheibe.

Ich trete zur Seite. Befürchte, dass er losfährt, sobald ihn mein Körper nicht länger daran hindert.

Doch er lässt die Seitenscheibe herunter.

»Ich muss nach Juliaca.«

Sein taxierender Blick gefällt mir nicht, aber entweder fahre ich mit ihm oder Santiagos Leute sammeln mich ein.

»Nehmen Sie mich mit?«

Der Mann schweigt, beugt sich zur Beifahrerseite hinüber und öffnet die Tür.

Ohne Zögern steige ich ein. Er wird schon kein irrer Serienkiller sein.

Erst als sich der Wagen in Bewegung setzt, fällt mir seine kräftige Statur auf.

Er mustert mich aus den Augenwinkeln.

Ich vermeide jeden Blickkontakt, denke an Matteo, während der Lastwagen über die Straße zuckelt.

In ein paar Tagen sehe ich ihn wieder. Hoffe darauf, dass es ihm inzwischen besser geht. Die Möglichkeit, dass er an seinen Verletzungen gestorben sein könnte, verdränge ich. Male mir lieber aus, wie es wird, ihm gegenüberzustehen und die Chance zu erhalten, ihm die Wahrheit zu gestehen.

Ich bin nicht länger so naiv zu glauben, dass er mich mit offenen Armen empfängt. Sicher nicht. Die Gelegenheit, alles zu erklären, reichts fürs Erste. Und sobald keine Missverständnisse mehr zwischen uns stehen, sage ich ihm, was ich fühle.

Falls ich mich traue.

Das Verstummen der Motorgeräusche durchbricht die Gedanken. Ich richte den Blick auf die Straße. Der Fahrer hat an deren Rand angehalten. Während ich umherschaue und nach dem Grund für diese Fahrtunterbrechung suche, greift er in meine Richtung.

Erschrocken weiche ich zurück.

Nicht weit genug, um zu verhindern, dass er mir die Mütze vom Kopf reißt. Seine Augen blitzen gefährlich und bei mir setzt Fluchtinstinkt ein.

Bevor ich es schaffe, die Tür zu öffnen, packt er meinen Arm und zieht mich zu sich. Einen Augenblick später spüre ich seine Lippen. Sein widerlicher Geschmack nach Kautabak löst Ekel aus. Ich trommle auf seine Brust, und als er loslässt, spucke ich ihn an.

Er lacht schaurig auf und drischt mir seine Faust ins Gesicht.

Schmerz explodiert und ich schmecke Blut. Obwohl von der Wucht des Schlages benommen, entgeht mir nicht, wie er an meiner Kleidung herumzerrt. Die vielen Schichten bringen ihn zum Fluchen.

Allmählich erhole ich mich und kämpfe erneut mit Händen und Füßen. Richte kaum etwas aus. Wie eine Puppe zerrt er mich auf den Sitz, was mir die Gelegenheit gibt, in seine Richtung zu treten.

Kurz hält er inne, bevor er mein Gesicht auf das Armaturenbrett hämmert.

Ich schreie vor Schmerz auf. Sämtliche Gegenwehr findet ihr Ende, als er seine ganze Körperkraft einsetzt. Ein weiterer gezielter Schlag lässt Sterne tanzen und Dunkelheit hüllt mich ein.

Beim Erwachen dröhnt der Schädel auf eine andere Art als gewöhnlich. So als sei das Gesicht auseinander gefetzt und nicht wieder richtig zusammengesetzt worden. Der Motor tuckert, also hat er mich zumindest nicht am Straßenrand ausgesetzt. Ob das gut oder schlecht ist, kann ich gerade nicht entscheiden.

Meine Atmung geht flach und ich versuche, sie gleichmäßig zu halten, will verbergen, dass ich wach bin. Keine einfache Aufgabe, denn mit dem Bewusstsein kommt ein Schmerz, der innerhalb kürzester Zeit alles Denken dominiert.

Es dauert eine Weile, bis ich seinen Ursprung im Unterleib lokalisiere. In der nächsten Sekunde spüre ich dort Kälte.

Ich reiße die Augen auf und sehe an mir herab. Zerre panisch an meinen Sachen, als ich feststelle, untenherum unbekleidet zu sein. Ich gebe alles, um mich zu bedecken, während Tränen der Scham über die Wangen rollen.

»Halt an und lass mich raus«, brülle ich, ohne nachzudenken.

Sein boshaftes Grinsen entblößt gelbe Zähne. »Wirklich?« Das erste Wort, das er sagt.

›Ja‹, will ich ihm entgegenschleudern. Dem Teil von mir, der nicht eine Sekunde länger bei diesem widerlichen Vergewaltiger ausharren möchte, ist es egal, dass ich hier draußen womöglich draufgehe. Daneben existiert ein anderer, der zu allem bereit ist, um zu Matteo zu gelangen. Dieser Antrieb ist stark und so beiße ich mir auf die Lippen und zwinge mich, den Kopf zu schütteln.

Irgendwann erreichen wir eine kleine Ortschaft, die aus kaum mehr als ein paar Wellblechhütten besteht. Dort fährt er abermals an den Straßenrand und sofort spannt sich mein Körper an. Ich halte die Luft an, als er sich über mich beugt. Rechne mit allem, aber er öffnet nur die Tür.

»Raus!« Das zweite Wort, das er an mich richtet.

»Das ist nicht Juliaca.«

»Du hast nur bis hier bezahlt.«

Im nächsten Moment stehe ich auf einer vereisten Straße und blicke dem Lastwagen hinterher. Die Erleichterung, dass dieser Kerl mir nicht mehr weh tun kann, weicht binnen Sekunden einer bleiernen Hoffnungslosigkeit. Ich fühle mich dreckig. Sehne saubere Kleidung herbei. Einen warmen Kaffee oder Tee oder was immer fähig ist, die Kälte in meinem Innern abzumildern.

Ich schlurfe die Straße entlang, die ähnlich trostlos wirkt wie jene in La Rinconada. Kommt mir ein Mann entgegen, senke ich den Kopf. Bloß keine Aufmerksamkeit erregen. Dabei muss ich herausfinden, wie dieser Ort heißt und vor allem, wie ich weiterkomme.

Aufatmen, als ich einen kleinen Laden erspähe. Halte das für sicherer, als jemanden auf der Straße anzusprechen, und bin froh, eine Frau hinter der Verkaufstheke auszumachen. Mein Blick wandert über Regale, spärlich gefüllt mit dem Lebensnotwendigsten. Ich kaufe etwas Brot. »Was ist das hier für ein Ort?«, frage ich beim Bezahlen.

»Putina.«

»Können Sie mir sagen, wie weit es bis Juliaca ist?«

Sie schüttelt mit dem Kopf.

»Gibt es eine Busverbindung?«

Abermaliges Kopfschütteln. »José, wie kommt man bis Juliaca?«, ruft sie in Richtung des Vorhangs, der einen Durchgang verbirgt.

Dieser José tritt herein. Er ist im gleichen Alter wie die Frau, wahrscheinlich ihr Ehemann. »Du willst nach Juliaca?« Er mustert mich und ich erkenne so was wie Mitgefühl in seinen Augen.

Ich nicke.

»Ab Azangaro gab es früher einen Bus.«

»Wie weit ist das weg?«

Er zuckt mit den Schultern. »Eine Stunde mit dem Auto. Ungefähr.«

Also muss ich nach Azangaro und hoffen, dass diese Busverbindung nicht eingestellt wurde. Nur wie?

»Fährt ein Bus dorthin?«

Er schüttelt mit dem Kopf.

Tränen der Verzweiflung steigen hoch. Ich blinzle sie weg, bemerke, dass sich nur mein rechtes Lid bewegt, während das linke wehtut. Habe ich mir diese Flucht zu simpel vorgestellt? Ist der Moment gekommen, an dem ich aufgebe und nach einem Telefon frage, um mich von Santiagos Leuten einsammeln zu lassen?

Während sich Hoffnungslosigkeit einen erbitterten Kampf mit meinem Stolz liefert und dem Willen, zu Matteo zu gelangen, spüre ich durch all die Kleidungsschichten eine Berührung. Ohne es willentlich zu steuern, reiße ich den Arm weg. Bemerke erst dann, dass es die Frau war, die mich auf ein Glas mit dampfendem Tee aufmerksam machen wollte.

»Trink das.«

»Danke.« Ich nehme einen Schluck und schwanke leicht. Halte mich am Tresen fest.

Die Frau holt einen Stuhl.

Ich lasse mich fallen und senke für einen Augenblick das intakte Lid. Bin so erschöpft wie nie zuvor in meinem Leben. Körperlich, aber auch geistig.

Die Wärme von innen tut gut. Zusätzlich schließe ich die Hände um das Glas.

»Wenn du magst, kannst du dich waschen«, bietet die Frau an.

Dankbar nicke ich und sie führt mich zu einem Waschbecken im hinteren Teil des Ladens. Ich schaufle mir das eisige Wasser ins Gesicht und betrachte es in einem halb blinden Spiegel, der darüber an der Wand hängt. Es ist von Schwellungen entstellt und mein linkes Auge ist grün und blau angelaufen. Die Nase könnte gebrochen sein, zumindest wenn ich den Schmerz zum Maßstab nehme.

Während ich mich bestmöglich reinige, höre ich die Frau mit dem Mann diskutieren, bin jedoch zu weit entfernt, um ihre Worte zu verstehen.

Diese beiden Menschen erweisen sich als meine Rettung. Keine Ahnung, wie sie es anstellen, aber sie finden jemanden, gewillt, mich nach Azangaro zu fahren. Da sie selbst nicht viel besitzen, stecke ich der Frau zum Abschied ein paar Soles zu. Sie nimmt das Geld nicht an und so verabschiede ich mich mit einem schlichten »Danke.«

Eine reichliche Stunde später erreiche ich Azangaro.

Am darauffolgenden Vormittag nehme ich den Bus nach Juliaca. Mache mich direkt auf dem Weg zum Flughafen. Der Mann hinter dem Schalter, an dem ich das Ticket kaufe, mustert mich so seltsam, dass ich Angst bekomme, er könne die Polizei rufen. Nervös schaue ich mich um, aber außer, dass er ein Ticket nach Lima ausstellt, passiert nichts.

Mein Kopf dröhnt. Hoffentlich habe ich keine Gehirnerschütterung.

In einen Drogeriemarkt kaufe ich ein paar Schmerztabletten und etwas Schminke, um die Spuren der Gewalt abzumildern. Verstaue das restliche Geld tief in einer Seitentasche des Rucksacks. Es reicht für den Flug nach Miami und ein Zimmer.

Mit ein wenig Glück bin ich in zwei Tagen in Florida.

Jetzt muss ich mich erst einmal ausruhen. Ich nehme mir ein Zimmer in einer billigen Absteige, um kein Risiko einzugehen, dass das Geld am Ende doch zu knapp ist.

Das Zimmer ist winzig mit nicht mehr als einem Guckloch zum Hinterhof, davor ein Bett neben dem ein Nachtschränkchen steht. Ein Waschbecken. Der Ofen spendet ausreichend Wärme und damit es so bleibt, lege ich etwas von dem Holz nach, das daneben aufgestapelt ist.

Ich entledige mich der Kleidung. Krame im Rucksack das Stück Seife heraus, das ich mitgenommen habe. Da es sonst nichts gibt, entfremde ich das dünne Handtuch als Waschlappen und schrubbe mich von oben bis unten sauber.

Besonders sorgfältig im Intimbereich. Blicke auf das Tuch, es ist leicht rotverfärbt von Blut. Ein weiteres Mal wasche ich es aus und reibe mit der Seife darüber. Reinige mich abermals untenrum, um ja alle Spuren dieses ekelhaften Vergewaltigers zu entfernen.

Im Kopf rechne ich durch, wann ich die letzte Periode hatte. Komme zu der Erkenntnis, dass sie innerhalb der nächsten Tage einsetzen müsste, sodass er mich wenigstens nicht geschwängert haben kann.

Ich schlüpfe in saubere Unterwäsche, einen dicken Pullover, Strumpfhosen und einen Wollrock. Obwohl ich kaum mehr besitze, als ich am Körper trage, öffne ich die Ofentür und stopfe einen Teil der schmutzigen Kleidung hinein.

Mein Magen knurrt und ich erinnere mich, gleich die Straße runter ein einfaches Lokal gesehen zu haben. Aus Angst überfallen zu werden, lasse ich den Rucksack im Zimmer. Damit er nicht offen herumliegt, stopfe ich ihn unter das Bett.

Es ist bereits dunkel und die Gegend machte nicht mal im Hellen einen vertrauenswürdigen Eindruck.

Bis zum Lokal sind es ein paar Minuten zu Fuß. Ich trete ein. Der Raum ist vollgequalmt und ich muss husten. Schaue mich um. An einem Tisch spielen Männer Karten, an einem anderen entdecke ich eine alte Frau, die gedankenverloren Suppe löffelt.

So eine Suppe bestelle ich mir ebenfalls. Die Hoffnung, dass diese von innen wärmt, erfüllt sich leider nicht. Sie ist nur lauwarm und außer salzig schmeckt sie nach nichts.

Auf dem Rückweg erstehe ich zwei Flaschen Wasser in einem Laden, der an einen 7-Eleven erinnert, nur in einer ärmlichen Variante. Dann kehre ich ins Hotel zurück. So schäbig das Zimmer sein mag, der Ofen funktioniert prima. Damit er über Nacht nicht ausgeht, schiebe ich das restliche Holz und alte Kleidung nach.

Völlig übermüdet lege ich mich hin. Mein Schädel dröhnt noch immer und ich angle unterm Bett nach dem Rucksack, in dem sich die Tabletten befinden.

Greife ins Leere. Rutsche ein Stück runter. Suche erneut.

Nichts.

Ich beuge mich so weit hinunter, dass ich unter das Bett blicken kann.

Nur Staub.

Panisch springe ich auf.

Suche das Zimmer nach dem Rucksack ab.

Als sich die Einsicht breitmacht, dass er weg ist, renne ich auf den Flur.

Die Treppe hinunter.

»Rufen Sie die Polizei«, schreie ich den Mann an, der hinter seinem Tresen Zeitung ließt.

Er schaut gleichgültig, woraufhin ich von meinem verschwundenen Gepäck berichte. »Und jetzt rufen Sie bitte die Polizei.«

Schwerfällig angelt er nach dem Hörer eines Telefons, das an der Wand hängt.

»Hier ist eine Frau, die behauptet, sie wurde beklaut.«

Seine Wortwahl und die stoische Art bringen mein Blut in Wallung. Ich entreiße ihm den Hörer. »Mein Rucksack wurde aus dem Zimmer gestohlen«, blaffe ich hinein.

»Sind Sie sicher?«

»Ich habe in einem Restaurant etwas gegessen, und als ich zurückkam, war der Rucksack mit all meinem Geld verschwunden.«

»Geld wurde auch entwendet?«

»Es befand sich in einer Seitentasche, also ja.« Ich fühle mich nicht ernst genommen.

»Sie müssen aufs Revier kommen und Anzeige erstatten.«

»Und was passiert dann?«

»Es ist aktenkundig, und wenn der Rucksack auftaucht, wissen wir, dass er Ihnen gehört.«

Ich beiße auf die Lippen, um nicht zu schreien, sehe ein, dass ich mir diesen Weg sparen kann. Wütend und desillusioniert kehre ich aufs Zimmer zurück. Lasse mich auf das Bett fallen, und obwohl ich ungern weine, unterdrücke ich in diesem Augenblick die Tränen nicht.

In meiner Jackentasche stecken neben dem Pass ein paar Dineros, die für kaum mehr reichen als eine weitere Schüssel Suppe. Das Flugticket nach Lima und die Dollars sind mit dem Rucksack verschwunden. Verzweiflung überrollt mich und ich habe nicht die geringste Ahnung, wie es weitergehen soll.

Die einzige Erkenntnis der vergangenen schlaflosen Nacht liegt darin, dass ich Geld benötige, um die Reise fortzusetzen.

Um zehn muss ich das Zimmer räumen. Der noch vorhandene Stolz verbietet, darum zu betteln, länger bleiben zu dürfen. In der verbliebenen Kleidung verlasse ich mit einer Plastiktüte die Absteige. In dieser befinden sich die beiden Wasserflaschen, die ich gestern gekauft habe. Mein gesamter Besitz.

Ziellos wandere ich durch die Straßen. Mir ist kalt, und hungrig bin ich auch schon wieder.

Wo soll ich hin?

Als die Dämmerung einsetzt, tragen mich die Beine kaum noch. Ich komme an einer Kirche vorbei und erkenne in ihr einen möglichen Unterschlupf. Hoffe, man erlaubt mir, über Nacht dort Zuflucht zu suchen.

Die Tür knarzt, als ich sie öffne und hineinhusche. Auch hier ist es kalt, aber nicht windig und daher angenehmer. Ich setze mich in die hinterste Reihe und trinke das restliche Wasser, das den Magen daran erinnert, dass ich den ganzen Tag nichts gegessen habe.

Irgendwann lege ich mich auf die schmale Kirchenbank. Es ist unbequem, aber ich klage nicht. Kenne meine Alternativen.

»Kind, was machst du denn hier?«, weckt mich eine dünne Stimme.

Ich blinzle und öffne die Augen. Ein Mann, den ich auf mindestens siebzig Jahre schätze, taxiert mich.

Eilig richte ich mich auf. »Ich … ich … wusste nicht wohin.«

»Hast du kein Zuhause?«

Ich schüttle den Kopf, selbst entsetzt vom Wahrheitsgehalt dieser Aussage.

»Komm, du hast sicher Hunger.«

Und ob. Dankbar folge ich ihm.

»Señor Pastor«, ruft die dralle Frau, die uns entgegenkommt, als wir das Pfarrhaus neben der Kirche betreten. »Was schleppen Sie uns da wieder an?« Sie mustert mich missbilligend.

»Gib ihr heißen Tee, Naira und etwas zu essen«, sagt der Pfarrer.

»*Ay dios mio*«, murmelt sie und nickt mir zu, ihr zu folgen.

Wir gehen in eine Küche. Dort ist es so herrlich warm, dass ich die Mütze vom Kopf ziehe und den Schal abnehme, der bis dahin einen Großteil des Gesichts verdeckt hat. Sofort bemerke ich ihr Erschrecken, aber sie äußert sich nicht zu den Verletzungen, die mich entstellen.

»Danke«, sage ich, als sie mir eine Tasse mit köstlich duftendem, dampfendem Tee hinstellt.

»Du bist nicht von hier.«

Kopfschütteln.

Naira stellt Brot auf den Tisch.

Ich lange sofort zu.

Sie beobachtet mich, und als ich ein weiteres Brotstück nehme, verschwindet sie nach nebenan. Kommt eine Minute später mit einem Glas Marmelade zurück.

Ich könnte weinen vor Glück.

Naira setzt sich zu mir.

»Wer hat dir das angetan?«, fragt sie, als ich mich gesättigt zurücklehne.

»Das heilt wieder. Aber …« Unsicher, inwieweit ich ihr trauen kann, breche ich ab.

Sie legt ihre Hand auf meinen Arm. In ihren Augen schimmert Wärme und mir wird klar, dass ich die Scheu überwinden muss, um Hilfe zu erhalten.

»Jemand hat mich ausgeraubt«, vertraue ich ihr an. Erwähne die Reisepläne nicht, könnte andernfalls gut sein, dass sie mich für eine Lügnerin hält.

»*Ay dios mio.* Kannst du irgendwo hin?«

»Nein.«

Für einen Moment sitzen wir stumm beieinander. Dann tritt der Pfarrer in die Küche.

»Besser?«, fragt er.

Ich nicke und er geht wieder hinaus. Naira folgt ihm.

Mein Blick fällt auf die letzte Scheibe Brot und ich esse diese auch noch.

***

Drei Monate hänge ich inzwischen in Juliaca fest. Um das Geld für die Weiterreise zusammen zu bekommen, arbeite ich täglich zehn Stunden in einer Textilfabrik. Fertige dort an einer Webmaschine bunte Teppiche in der Art, wie sie auf Märkten feilgeboten werden. Nur dass die Teppiche, die diese Fabrik webt, von besserer Qualität sind und damit zu teuer, um sie auf der Straße zu verhökern. Sie gehen nach Lima und werden sogar ins Ausland exportiert.

Pfarrer Santino hat mir diesen Job besorgt.

Wenngleich meine Hände oft schon am Morgen schmerzen und die Finger über den Tag hinweg so stark anschwellen, dass es Mühe bereitet, die Fäden einzubringen, bin ich dankbar. Auch für das Zimmer im Pfarrhaus. Es bietet

Platz für ein in die Jahre gekommenes Holzbett und ein Nachtschränkchen. Für meine Sachen gibt es ein paar Haken an der Wand gegenüber vom Bett. Die reichen, da ich kaum etwas besitze.

Der Pfarrer verlangt keine Miete, nur dass ich im Anschluss an jeden Gottesdienst die Kirche reinige.

Mir ist es schon schlechter gegangen.

Zwei Wochen nachdem ich in Juliaca gestrandet war, raffte ich allen Mut zusammen und rief Santiago an. Natürlich wusste er von meiner Flucht. Ich verschwieg, wo ich bin, log jedoch nicht, was den Grund angeht. Hoffte auf ein wenig Verständnis.

Ein Irrtum. Er sagte mir nicht mal, wie es um Matteo steht. Dafür bot er an, jemanden zu schicken, der mich abholt und nach La Rinconada bringt. Ich wollte denselben Fehler nicht zweimal begehen, woraufhin mein Cousin unmissverständlich klarmachte, dass ich in dem Falle keine Hilfe zu erwarten habe.

Nach dem Abendessen ziehe ich mich auch heute in mein Zimmer zurück. Müde vom Arbeitstag schlafe ich sofort ein.

Zwei Stunden später liege ich wieder wach. Wie immer, wenn das passiert, blicke ich durch das Fenster gen Himmel und die Gedanken wandern zu Matteo. Derzeit muss ich mich mit dem Wissen begnügen, dass er lebt. Andernfalls hätte Santiago etwas gesagt und sei es nur, damit ich nach La Rinconada zurückkehre.

Ohne Matteo wäre alles sinnlos. Die Flucht. Die Arbeit am Webstuhl, um für das Ticket nach Miami zu sparen. Egal wie lange es dauert, eines Tages sage ich Matteo die Wahrheit über jene Nacht im Vallerama.

Wie er wohl reagiert, wenn ich plötzlich vor ihm stehe?

Er muss mir die Gelegenheit geben, mich zu erklären. Nur um diese Chance bitte ich.

Was folgt, liegt bei ihm.

Ob er meinen Worten vertraut? Mir verzeiht?

Oder hat der Verrat einzig Hass hinterlassen?

Das schwache Mädchen von früher würde aus Angst davor ein klärendes Gespräch scheuen. Die Frau von heute wünscht sich Klarheit, wenngleich Hass mich vernichten würde.

Und wenn er in mir nur eine Affäre sah?

Auszuschließen ist das nicht. Einsamkeit lässt einen mitunter zu viel in etwas hineininterpretieren. Zudem war er mein Erster. Vielleicht verhalte ich mich ja ähnlich wie Viola, die Aragon liebt, obwohl er nicht das Geringste für sie empfindet.

Mein Herz verkrampft und ich kann kaum atmen. Der Gedanke, ich könne vor ihm stehen und auf Gleichgültigkeit treffen, löst Panik aus.

Ich reiße das Fenster auf, ringe nach Luft.

Habe ich die ganze Zeit an einem Kartenhaus gebaut?

In diesem Moment fällt es in sich zusammen.

Als ich langsam wieder atmen kann, taucht die Frage auf, ob La Rinconada dann nicht die bessere Wahl wäre. Dort von der Vorstellung einer großen Liebe zehren, statt von der Wahrheit zerstört zu werden? Eine schöne Lüge. Für immer?

Vielleicht.

Was, wenn ich mich irre? Wenn er doch etwas empfindet? Mag sein, die Chance ist gering, aber sie besteht. Trotzig wische ich die Tränen aus dem Gesicht. Bin so weit gekommen und werde nicht zulassen, dass Angst mich in die Knie zwingt.

Ob Matteo bereits schläft? Oder ist er im Leguan versackt? Mit einer anderen Frau?

Diesen Gedanken schiebe ich beiseite und schlafe schließlich ein.

Ich erwache erst vom Klingeln des Weckers. Da ist es halb fünf und draußen noch dunkel und still. Auch im Pfarrhaus regt sich um diese frühe Stunde nichts. Ich ziehe mich an und schleiche in die Küche, um niemanden zu stören. Nehme mir etwas Brot und ein Stück Käse, schlage beides in ein Tuch ein. Mein Proviant für den Tag.

Kurz nach fünf begebe ich mich auf den Weg. Laufe jeden Tag bis zur Fabrik und am Abend wieder zurück, um das Geld für den Bus zu sparen. Pünktlich um sechs stehe ich am Webstuhl. Um nichts falsch zu machen, konzentriere ich mich tagsüber vollkommen auf die Arbeit.

Fehler zeigen sich im Muster des Teppichs, weshalb der Vorarbeiter jeden einzelnen im Anschluss an die Fertigstellung akribisch prüft. Bislang wurde meine Arbeit nur zweimal beanstandet. Einmal gleich in der ersten Woche und dann nach dem Gespräch mit Santiago.

Für die jeweiligen Tage gab es keinen Lohn, weswegen ich mir alles verbiete, was von dem Teppich ablenkt, der vor mir in der Maschine auf seine Fertigung wartet.

Mittags ruht die Arbeit für zehn Minuten. In diesen schlinge ich das Brot und den Käse hinunter und trinke eine Flasche Wasser. Beeile mich, damit genügend Zeit für einen Besuch der Toilette bleibt. Sollte ich beim schrillen Alarmton, der die Pause beendet, nicht am Arbeitsplatz stehen, wird eine Stunde Lohn abgezogen, selbst wenn ich nur eine Minute zu spät erscheine.

Erst am Abend auf dem Rückweg zum Pfarrhaus erlaube ich mir, an Miami und Matteo zu denken. Die Zerrissenheit der letzten Nacht hallt nach, aber ich bemühe mich, positiv zu bleiben. Heute ist kein guter Tag und es fällt mir schwer.

Hoffentlich wird es morgen wieder besser. Gute Tage sind wichtig. Sie stärken die Sehnsucht, lassen mich durchhalten und einem weiteren Tag trotzen, der mich näher an den einen heranbringt, an dem ich Matteo wiedersehe.

Was danach passiert?

Alles. Oder nichts. Ich muss sogar damit rechnen, dass er mich ob meines Verrats auf der Stelle erschießt. Als wäre unsere Beziehung nicht kompliziert genug, sind die Vallejos und die Duartes seit Generationen verfeindet.

Schiebe ich sämtliche rosaroten Mädchenträume beiseite, bleibt Leere. Weder seine noch meine Familie würde je einer offiziellen Verbindung zustimmen.

Heute ist wahrlich kein guter Tag.

Ich bin so dumm. Wir sind Feinde, würden als Paar unweigerlich auf den Moment zusteuern, in dem wir zwischen die Fronten geraten.

Regen setzt ein. Passt hervorragend zur Stimmung. Ich streiche die nassen Haare hinter die Ohren und beschleunige die Schritte.

›Dumm‹, hallt es im Kopf.

Anders lässt sich diese Naivität nicht bezeichnen. Jemandem, der schlau ist, wäre diese Einsicht früher gekommen. In La Rinconada.

Hätte sie mich abgehalten, bei Nacht und Nebel loszulaufen?

Völlig durchnässt erreiche ich die Pfarrstube und gehe schnurstracks hinauf, um die nassen Sachen loszuwerden. Danach fühle ich mich besser, was aber nicht dazu führt, meine neuen Erkenntnisse zu verwerfen.

Hätte ich früher eingesehen, dass Gefühle füreinander die Feindschaft zwischen unseren Familien niemals überbrücken können, wäre mir eine Menge

Leid erspart geblieben. Nicht das alltägliche Elend von La Rinconada. Aber was unterwegs passiert ist.

Nichts davon lässt sich ungeschehen machen.

Weglaufen war ein Fehler.

Ich stehe auf und gehe hinunter in die Pfarrstube, wo es ein Telefon gibt. Pfarrer Santino sitzt an einem alten Schreibtisch und kritzelt etwas auf einen Block.

»Störe ich?«

»Was gibt es denn, Kind? Ich schreibe an der Predigt für Sonntag.«

»Ich wollte fragen, ob ich kurz telefonieren darf?«

Er erhebt sich schwerfällig. »Gib Bescheid, wenn du fertig bist.« Ein Griff nach Block und Stift, dann geht er hinaus.

Ich setze mich gar nicht erst hin, weiß, dass es nur wenige Sätze braucht. Zwinge mich, den Hörer aufzunehmen und anschließend die Nummer zu wählen, die in meinem Kopf abgespeichert ist. Ich lausche dem monotonen Rufton, der unterbrochen wird, als jemand auf der anderen Seite abnimmt.

In der nächsten Sekunde drücke ich auf die Gabel und die Verbindung ist tot.

Jetzt setze ich mich doch.

Bin verunsichert. Weiß, sobald ich Santiago bitte, mich abholen zu lassen, ist mein Schicksal besiegelt. La Rinconada für immer. Und ewig.

Erneut greife ich nach dem Hörer und wähle die Nummer.

Dieses Mal lege ich auf, noch bevor sich jemand meldet.

›Wenn du es nicht versuchst, hast du bereits verloren.‹ Das hat Stefano einmal gesagt.

Möglicherweise bin ich dumm und meine Flucht mag übereilt gewesen sein, trotzdem erwarte ich mehr vom Leben, als La Rinconada bietet.

MATTEO

Howard wird mir langsam unheimlich. Er hat tatsächlich ein Safehouse für seinen Bruder gekauft, falls uns das alles hier irgendwann um die Ohren fliegen sollte.

Damit nicht genug, zeigte er eine Möglichkeit auf, wie wir unseren Vertrag mit den Gallos zuverlässig erfüllen können. Onkel Felipe und Dad stimmten zu, den Weg in Etappen zurückzulegen. Jetzt gilt es, die richtigen Leute zu schmieren, um sicher über die Grenze zu Ecuador zu gelangen. Dort übernehmen Kuriere – wir setzen auf Locals, die weniger auffallen – den Weitertransport nach Quito. Privatjets bringen das Dope anschließend auf die Bahamas, eine Flugroute, die uns nicht in Konflikt mit Medellín bringt. Die Mulis, die den Stoff in die Staaten einschleusen, nutzen im Anschluss jede denkbare Verkehrsmöglichkeit, damit sich kein einheitliches Muster entdecken lässt, falls Polizei oder DEA einen schnappt.

Die ganze Aktion ist aufgrund der vielen Stationen und zahlreichen Beteiligten nicht ungefährlich. Dad und Onkel Felipe sind sich jedoch einig, solange bei dieser Übergangslösung zwei Drittel der Ware auf der Straße ankommen, befinden wir uns im grünen Bereich.

Ich fiebere der ersten Lieferung entgegen. Läuft alles planmäßig und das Koks erreicht Miami beziehungsweise New York ohne Probleme, ist Howard ein beachtenswerter Coup gelungen. Einer, der ihn unterm Strich zu einem besseren Mafioso macht als mich. Keine Eifersucht. Nur Anerkennung.

Mein neuestes Hobby besteht darin, das Personal zu verwalten. Dazu habe ich Akten angelegt, die im Safe unseres Schutzraums lagern, quasi doppelt gesichert. Ein Weg, von der bevorstehenden Hochzeit abzulenken, was bis gestern funktionierte.

Heute spielen die Nerven verrückt.

Irgendwie kein Wunder, da es morgen so weit ist. Da hilft auch nicht, im Schutzraum zu hocken, und die alphabetisch geordneten Akten, nach Standorten zusammenzufassen.

Wenngleich mir hier Louisa nicht über den Weg läuft und ich von den Hochzeitsvorbereitungen nichts mitbekomme, brodelt es in mir und ich stehe kurz vorm Ausflippen.

Dabei sabotiere ich seit Tagen alles, was mit dieser Heirat zu tun hat. Es findet kein Junggesellenabschied statt. Gegenüber einer Generalprobe habe ich mich so vehement gewehrt, dass der dämliche Weddingplaner zwar nachgab, seitdem aber schmollt. Der Verkostung zur Auswahl der Hochzeitstorte blieb ich einfach fern und zum Testessen mit den Eltern heute Mittag hat mich niemand eingeladen. Schön, wenn die Menschen dazulernen.

Ich überlege ernsthaft, mich hier zu verschanzen. Verriegle ich die Tür von innen, ist die Hochzeit geplatzt. Blöd nur, dass ich irgendwann wieder rausmuss. Dad würde mich killen, so viel steht fest.

Das ist es mir dann doch nicht wert. Ich verlasse den Bunker und gehe in die Küche, wo mir die Köchin etwas vom Mittagessen aufwärmt.

Als ich die Treppen hochsteige, fällt mir auf, dass ich Louisa bestimmt schon seit drei Tagen nicht gesehen habe. Offensichtlich hat sie begriffen, dass es gesünder ist, in ihrem Zimmer zu bleiben.

Braves Mädchen.

Jetzt muss nur noch Danny seine Lektion lernen. Um ihm zu verdeutlichen, wo künftig sein Platz in Bezug auf meine Frau ist, gehe ich hinüber zu den linken Apartments. Halte inne, da aus Louisas Geräusche bis auf den Flur dringen. Sie heult. War anscheinend nicht lustig, allein mit unseren Eltern am Tisch zu sitzen.

Ich trete in Dannys Zimmer.

Er lümmelt vor dem Fernseher und zieht sich irgendeine Serie rein. Dabei trägt er nichts außer einer Jogginghose.

Läuft er so auch rum, wenn Louisa bei ihm ist? Habe ich die Situation unterschätzt? In seinem Alter war ich längst sexuell aktiv. Wieso soll das bei ihm anders sein? »Fickst du meine Frau?« Wozu drum herumreden?

Ihm fällt die Fernbedienung aus der Hand und er schaut mich aus weit aufgerissenen Augen an.

»Sag schon!«

»Ihr heiratet morgen.«

Sein Entsetzen wirkt echt.

»Nach unserer Hochzeit hältst du dich von ihr fern.«

»Wir spielen doch nur mit der Atari.«

»Und das hört auf. Haben wir uns verstanden?«

Danny wirkt betroffen, wagt aber keinen Widerspruch. Scheinbar ist ihm inzwischen das Licht aufgegangen, dass ich nicht der nette Kumpel von nebenan bin.

Ich gehe hinüber zu meinem Apartment, steigere mich regelrecht rein in die Aussicht, morgen in Ketten gelegt zu werden und dies auch noch feiern zu müssen. Der Drang, etwas kaputtzumachen, gewinnt an Stärke. Kann mich geradeso bremsen, mein Zimmer nicht erneut auseinanderzunehmen.

Die Aggressivität benötigt ein Ventil. Den harten Mafiaerben heraushängen zu lassen und die Angestellten zu schikanieren, reicht nicht. Um nicht Amok zu laufen, fahre ich ins Krankenhaus.

Ich habe Jander nie sonderlich nahegestanden. Er ist der Mann meines Vaters und allein dadurch ungeeignet als Vertrauter. Sein selbstloses Handeln änderte kaum etwas, außer das ich Schuld fühlte. Ein wenig nähergekommen sind wir uns erst in den zahllosen Stunden im Krankenzimmer. Egal, ob ich schweigend oder redend bei ihm saß, es lenkte ab. Von den eigenen Schmerzen und der Tatsache, dass das Leben hätte vorbei sein können.

»Hey«, sage ich und bekomme ein verzögertes »Hey« zurück.

Ich zerre einen Stuhl an sein Bett und setze mich.

Es vergeht sicher eine halbe Stunde, in der wir uns anschweigen. Das klappt so nur mit ihm. Howard würde längst darauf drängen, dass ich es rauslasse und im Zweifelsfalle unsere Freundschaft als Motivationshilfe missbrauchen.

»Morgen«, sage ich irgendwann.

»Und du … bist noch nicht … so weit.« Jander hat weiterhin Probleme mit dem flüssigen Sprechen, doch sein Geist funktioniert, weshalb er sofort weiß, wovon ich rede.

Kopfschütteln.

»Aber du stimmst … zu, dass … es das Beste … für die … Familie ist?«

»Von der geschäftlichen Seite betrachtet, macht diese Verbindung Sinn.«

»Sie …«

»Sag nicht, dass sie jung und hübsch ist. Höre ich das noch einmal, kotze ich.«

»Sie wurde … auf ihre … Aufgabe vorbereitet … und weiß, wie … es läuft.«

»Es ist zu früh zum Heiraten. Und dann soll es eine Frau sein, die mir etwas bedeutet. Was ist daran falsch?« Es ist mir unmöglich, mich damit abzufinden. Vielleicht, wenn diese verdammte Hochzeit vorbei ist.

»Kann es … sein, dass … dir eine andere … im Hirn … herumspukt?«

Sofort taucht ein Name auf. Ana. Aber sie ist verschwunden und hat mich verraten. »Wann kommst du hier raus?« Ich will weder an sie denken, noch über sie reden.

Janders Mundwinkel heben sich. »Morgen.«

Diese Aussicht versöhnt mich ein wenig. »Danke, Mann.«

»Denkst … du, ich lass … dich … an diesem Tag … allein?«

»Das meine ich nicht. Nicht nur.« Viel zu oft war ich scheiße zu ihm und bereue in dem Moment sogar, ihn für einen sadistischen Arsch gehalten zu haben.

»Bloß keine … Sentimentalitäten. Es ist schon … schwer genug.«

Ich presse die Lippen aufeinander. Es fällt nicht leicht, die Fassung zu wahren, da unklar ist, ob Jander jemals wieder seinen Job ausüben kann. Die lange Zeit im Koma hat auch körperlich Spuren hinterlassen. Er musste neu laufen lernen und ohne einen Stock, auf den er sich stützen kann, kommt er nur ein paar Meter. »Du schaffst das«, sage ich dann doch.

»Da bin … ich nicht sicher.«

»Aber ich. Du bist ein verdammt harter Mistkerl und lässt dich davon nicht unterkriegen. Morgen kommst du erst mal nach Hause. Du kannst im Gym trainieren und …«

»Ich bin nicht … mal sicher, ob ich noch … eine Waffe abfeuern kann … also so … dass sie trifft.«

Seine Angst spüre ich beinahe physisch. »Ich hole dich ab«, wechsle ich das Thema, um nicht doch in Sentimentalität zu verfallen. Das brauchen wir beide nicht.

»Das übernimmt … Livan. Du … bereitest dich in … aller Ruhe vor.«

»Ihr seid Freunde?« Früher hat mich das Privatleben unserer Männer nie interessiert.

»So was in … der Art.«

Auf dem Weg zurück zur Insel denke ich an Jander, anstatt über die bevorstehende Hochzeit zu grübeln. Damit ich diese weiter ausblenden kann, überrede ich Howard am Abend, mit in den Leguan zu fahren.

»Möchtest du dich vollaufen lassen oder von Dina verabschieden?«

»Beides.« Wobei ich nicht vorhabe, ab morgen mein Leben dranzugeben.

»Übertreib es nicht. Du solltest zumindest nüchtern vor den Altar treten.«

»Ja, Dad.«

Howard grinst. »Ich mein ja nur.«

Im Leguan fallen mir ein paar Typen am Tresen auf, die ich der American Front zuschreibe. Winston Gordon lässt sich ab und an bei uns blicken, aber diese hier kenne ich nicht, identifiziere sie lediglich an ihren Tattoos.

Die Front gehört zu den drei in Miami ansässigen Vereinigungen mit US-Ursprung. Bis vor zwei Jahren nahm niemand Notiz von Gordon und seinen Nazis. Sie agierten eher im Verborgenen. Nach dem Massaker von Little Havanna bildete sich, was wir als AmCon bezeichnen, eine lose Verbindung mit den Schwarzen und der Amfia. Sie teilten die frei gewordenen Gebiete untereinander auf, und obwohl sie auch jetzt vergleichsweise unbedeutend sind, stolpert man häufiger über ihre Mitglieder.

»Behalt sie im Auge«, raune ich Howard zu und verschwinde nach hinten.

HOWARD

Ich deute ein Nicken an und stoppe an der Theke. »Gib mir eine Flasche Whisky.« Habe Nino in unserer Lounge ausgemacht und will mit ihm was Geschäftliches besprechen. Da braucht es keine Kellnerin, die uns stört.

»Schönen Abend, die Herren«, rufe ich zu den Nazis hinüber. Die sollen ruhig wissen, dass wir sie auf dem Schirm haben.

»Mr. Coleman.«

Dass sie meinen Namen kennen, erstaunt mich, aber ich gehe dennoch weiter, verspüre keinerlei Lust zu einem Gespräch mit diesen Typen.

»Auch kein Zuhause?«, frage ich grinsend und sinke neben Nino aufs Sofa. Er prostet mir zu und ihm ist anzusehen, dass dies nicht sein erster Drink ist. Seit seiner Rückkehr aus Italien hängt er noch regelmäßiger im Leguan ab als früher.

»Wo steckt der Zukünftige meiner Schwester?«

»Gönnt sich einen letzten Fick als unverheirateter Mann.«

»Ich hatte gehofft, dass er sich fängt, sobald er mit dieser Ana gesprochen hat.«

Ich zucke mit den Schultern. Erzähle ihm nicht, dass mir das auch gefallen hätte und schon gar nicht, dass Anna nicht Ana ist. Dieser Fauxpas gilt als Familiengeheimnis. »Wir könnten deine Unterstützung brauchen«, komme ich stattdessen auf den Punkt.

Nino rollt mit den Augen.

»Entspann dich, dieses Mal keine Geheimoperation, nichts hinter irgendwelchen Rücken. Wir benötigen Kuriere.«

»Hab schon gehört, dass ihr dicke mit den Gallos im Geschäft seid.«

Ein Seufzen entkommt meinen Lippen. »Hätte nicht gedacht, dass in der Mafia genauso viel getratscht wird wie überall.« Ich nehme einen Schluck und beschließe, dafür zu sorgen, dass sie hier künftig einige Flaschen Bourbon aus Wyoming für mich auf Lager halten.

»Dann weißt du sicher auch, dass es ein paar Probleme gibt.«

Nino nickt.

»Wir überbrücken mit Kurieren, und falls das noch nicht die Runde gemacht hat, bitte ich dich, es dabei zu belassen.«

»Landweg?«

»Land, Luft oder See. Such es dir aus.«

»Du musst mir ein paar Informationen geben, sofern ich dir sagen soll, ob ich Leute dafür habe.«

Ich mustere Nino. Die Vermutung, dass unser Problem mit dem Schiffskauf fremdgesteuert ist, weckt Argwohn. Doch wem kann ich trauen, wenn nicht dem Mann, der die Ana-Situation mit uns durchgestanden hat? »Bahamas nach Miami. Und bis New York.«

»Auf welchem Wege spielt also keine Rolle?«

»Für uns nicht.«

»Da sehe ich Möglichkeiten, aber mein Alter wird wissen wollen, was für die Rinaldis rausspringt, falls wir Leute losschicken.«

Kurz überlege ich, gehe dann aufs Ganze. Unterbreite erstmals ein Angebot, ohne mich vorher rückzuversichern. »Fünfzehn Prozent von dem Stoff, der am Zielort ankommt.«

»Wir sind keine Drogenhändler.«

Ich grinse breit. »Das nicht. Aber es ist ein offenes Geheimnis, dass ihr – wie soll ich es ausdrücken – eure Waren mit unserer Ware versorgt.« Auch wir verfügen über Verbindungen, die uns auf dem Laufenden halten.

»Es wird wirklich zu viel getratscht.« Nino streckt mir die Hand entgegen und ich schlage ein.

Den Rest des Abends trinken wir und reden das übliche belanglose Zeug. Ein Auge bleibt stets bei den Nazis, die sich unauffällig verhalten, sofern man von ihrer bloßen Anwesenheit absieht.

Um halb zwei verabschiede ich mich von Nino und schreite Richtung Tür zu den Hinterräumen.

Raul steht auch in dieser Nacht hinter der Bar.

»Ist er im Kuschelzimmer?«

Der Bartender nickt. So wie Matteo drauf ist, war klar, dass er sich dort abreagieren würde. Anzuklopfen schenke ich mir, da die Isolation eh kein Geräusch durchlässt.

Ich finde meinen Freund bis zum Anschlag in Dinas Arsch. Ihre Hände sind gefesselt und er hat ihr die Augen verbunden.

»Genug gespielt«, rufe ich, um seine Aufmerksamkeit zu erlangen.

»Verschwinde«, knurrt Matteo und seine Handfläche landet knallend auf Dinas rot gefärbtem Hinterteil.

»Du heiratest morgen und wirst bis dahin schlafen und ausnüchtern und deshalb nehme ich dich mit nach Hause.«

Matteo stöhnt. Nicht aus Lust, sondern vor Frust.

»Ok, erzähle ich dir eben ein wenig von der jungfräulichen Louisa und davon, dass morgen der schönste Tag in deinem Leben …«

»Ist gut«, blafft er und zieht sich zurück.

Ich reiche ihm die Hose.

Sein Blick feuert Pfeile auf mich ab.

»Den Schlüssel.«

»Legst du es darauf an, dass ich dich erschieße?«, meckert er, gibt ihn mir aber trotzdem.

Ich trete ans Bett und verpasse Dina erst einen Klaps auf das runde Hinterteil, ziehe dann das Tuch von ihren Augen und löse die Handschellen.

Ihr lustverhangener Blick klebt an mir. Matteo hat offensichtlich versäumt, sie zu befriedigen. Sonst würde sie sich nicht umgehend an meinen Hals werfen und mir die Zunge in den Mund schieben.

Ich küsse sie, beachte den Freund nicht weiter, der vor sich hin fluchend im Bad verschwindet. Löse sanft Dinas Finger und schubse sie zurück aufs Bett. Sie kommt auf dem Rücken zu liegen, winkelt die Beine an und präsentiert völlig schamlos ihre Mitte.

Ich beuge mich zu ihr und fahre mit der Hand durch ihren klitschnassen Spalt. Im selben Moment hebt sie das Becken und drängt sich mir entgegen.

»Matteo, was ist das hier?«, rufe ich in Richtung Bad.

Um alles muss man sich allein kümmern. Ich öffne die Hose und lasse sie so weit runter, dass mein Schwanz freiliegt. Umschließe ihn an der Wurzel, stütze die Knie rechts und links von ihr ab. Die Spitze in ihre Nässe zu dippen, lässt mich steinhart werden, und im nächsten Moment dringe ich in sie ein.

Dina stöhnt auf.

Gut so! Ich stoße hart in ihre Tiefe. Erneut und gleich noch einmal.

Als Vorboten des Orgasmus durch meinen Körper wüten, ziehe ich den Schwanz heraus und spritze auf ihrem Unterleib ab.

Dinas bettelnder Blick bringt mich zum Schmunzeln. Erinnert daran, weshalb ich mich ihrer angenommen habe. Mit dem Daumen massiere ich ihre Perle, übe erst sanften und dann kräftigen Druck aus. Mehr braucht es nicht, um sie zum Kommen zu bringen.

»Bist du endlich fertig?«, rufe ich abermals in Richtung Bad und schließe den Reißverschluss meiner Hose.

Ich wende mich um.

Matteo steht im Zimmer.

Hatte ihn nicht bemerkt.

»Ab nach Hause.« Ich schnappe seinen Arm und ziehe ihn mit mir, schaue noch einmal über die Schulter und zwinkere Dina zu.

MATTEO

Als mein Wecker klingelt, bin ich bereits wach. Würde am liebsten liegen bleiben, doch wenn ich am Nachmittag vor den Altar soll, bleibt mir nichts anderes übrig, als aufzustehen.

Die Kolumbianer sind gestern eingetroffen, aber dieses Mal im Mellow Ocean untergekommen, da es in der Villa mittlerweile eng geworden ist.

Ich lasse die Vorhänge geschlossen. Obwohl die Feier im Hotel stattfindet, geht es hier zu wie im Taubenschlag. Sämtliche Mafiosi von Rang und Namen in der Stadt zu haben, bedeutet leider, dass viele zu einer privaten Unterredung mit Dad in der Villa erscheinen – einige davon in aller Herrgottsfrühe.

Als Bräutigam beanspruche ich das Privileg, durch Abwesenheit zu glänzen.

Ungeachtet der frühen Stunde würde ich mich gern abschießen, um möglichst wenig von dem ganzen Zirkus mitzubekommen, egal ob mit Alkohol oder Koks. Um diesem Drängen nachzugeben, bin ich dann doch zu sehr Mafiaerbe.

Ersatzweise lege ich mich gemütlich in die Badewanne und stutze danach den Bart. Meine Kleidung liegt bereit, aber dafür ist es zu früh. Mit einem Handtuch um die Hüften trete ich auf den Balkon, rauche eine Zigarette. Wieder fährt ein schwarzer Wagen vor und Francesco Gallo steigt aus. Ich winke nonchalant zu ihm herunter.

»Matteo.«

Wieso klingt er so vorwurfsvoll?

Am liebsten würde ich mich nach drinnen verpissen, aber ich verpeste seinetwegen nicht das Zimmer mit Rauch.

Für ein Frühstück ist es zu spät, ich könnte allerdings zum Mittagessen runtergehen. Besser nicht, mein Magen rebelliert ohnehin.

Um nichts Unüberlegtes zu tun, laufe ich hinüber zum Flachbau. Steige die Treppen zur ersten Etage zu den Apartments für jene mit einer besonderen Stellung hinauf. Im Grunde sind es nur komfortablere Zimmer.

Ich klopfe an Janders Tür, sehe zur gegenüberliegenden Seite, wo Jorge gewohnt hat. Dad wollte David, Louisas Bodyguard, dort einquartieren, aber das habe ich nicht zugelassen.

»Brauchst du etwas?«, erkundige ich mich bei Jander, der heute früh aus dem Krankenhaus entlassen wurde.

»Danke … Aber danke … nein.« Seine Stimme klingt schroff.

»Schon gut.«

»Können wir … bitte wie … früher miteinander umgehen … damit ich mich … nicht wie ein … Totalausfall fühle?« Sein Blick fällt auf den Stock, der an der Wand lehnt und verdüstert sich weiter.

Das erklärt es. »Soll ich dich noch mal anschießen?«

Mein schiefes Grinsen erwidert er mit einem eben solchen. »Ich sehe … wir … verstehen uns.«

Auf dem Weg zurück zur Villa stecke ich mir eine Zigarette an. Schinde Zeit. Nikotin beruhigt mich schon lange nicht mehr.

Mit dem Stummel befeuere ich gleich die nächste, und als diese Geschichte ist, führt mein Weg zum Esszimmer, weil ich nun doch Hunger verspüre.

Heute ist ein Büfett angerichtet, um Gästen die Möglichkeit zu einem Imbiss zu geben. Ich schaufle erst den Teller voll, dann das Essen in mich hinein. Will danach auf schnellstem Weg zurück in mein Apartment.

In der Nähe von Dads Büro erkenne ich die Stimmen von Onkel Felipe und Großonkel Angel. Da die Tür angelehnt ist, komme ich ungesehen vorbei.

Mir bleiben zwei Stunden bis zum Aufbruch zur Kirche. Es war unnötig, so früh aufzustehen. Um die Zeit totzuschlagen, gehe ich unter die Dusche. Mein Hirn ist mittlerweile wie leergewaschen, wobei ich nicht sicher bin, ob diese Leere angenehmer ist als das Gedankenkarussell.

Das Klingeln des Telefons lässt mich das Wasser abstellen. Ich lege mir ein Handtuch um die Hüften und nehme ein zweites, mit dem ich durch das nasse Haar rubble.

»Ja?«

»Mr. Duarte, wir haben hier jemanden für Sie.« Ich erkenne Gregs Stimme, er ist einer der Wachposten vom Tor.

»Mein Vater kümmert sich um Besucher.«

»Wir haben entsprechende Order, aber hier fragt jemand explizit nach Ihnen.«

Ich lege das zweite Handtuch um den Nacken. Wer belästigt mich an diesem Tag? Und weshalb drückt sich der Wachmann so nebulös aus?

»Können Sie zum Tor kommen?«

Sonst noch was? »Name?«, blaffe ich in den Hörer. Wieso lässt sich der Kerl alles einzeln aus der Nase ziehen?

»Eine Frau. Die Patrouille hat sie aufgegriffen. Sie weigert sich, ihren Namen zu nennen.«

»Und diese Frau will *mich* sprechen?« Keine Ahnung, wie ich das finden soll. Für gewöhnlich landet, wer hier herumspioniert im Kühlhaus. Außer es handelt sich nachweislich um Touristen. Aber die kennen meinen Namen nicht. Außerdem sieht das Protokoll vor, sie auf direktem Weg von der Insel zu schaffen und nicht ans Tor zu bringen.

»Ich bin gleich da.« Ansonsten bekommt Onkel Felipe, der sicher hier irgendwo herumschwirrt, noch was von dem Zwischenfall mit.

Ohne Eile schlüpfe ich erst in die Unterwäsche und danach in die Hose des Armani-Smokings. Streife mir das weiße Hemd über. Als die Knöpfe geschlossen sind und die goldenen Manschettenknöpfe mit dem eingravierten Leguan an Ort und Stelle sitzen, verlasse ich das Apartment.

Um nicht angesprochen zu werden, steige ich in die Corvette und fahre die kurze Strecke.

Beim Aussteigen fällt mein Blick auf eine Gestalt, die vor dem schmiedeeisernen Tor wartet. Unbestreitbar eine Frau, denn sie trägt einen Rock. Er reicht altmodisch bis zu den Knöcheln und sieht genauso zerlumpt aus wie die außer Form geratene Strickjacke. Das Kopftuch, unter dem langes, stumpfes Haar hervorlugt, komplettiert das Bild einer Streunerin.

»Mach das Tor auf« weise ich Greg an.

Ich halte ausreichend Abstand, um mir ja kein Ungeziefer einzufangen. »Was willst du von mir?«, herrsche ich sie an.

»Matteo.«

Mir bleibt die nächste Erwiderung im Halse stecken. Diese Stimme kenne ich.

»Matteo … Ich …«

»Ana?« Ich scanne sie von oben bis unten. Wieso läuft sie derart abgerissen herum? In Klamotten einer Frau von vor hundert Jahren? Und wo kommt sie plötzlich her?

Sie tritt einen Schritt näher.

Unwillentlich weiche ich zurück. »Du hast mich verraten.«

»Ich wollte das nicht.« Sie streckt eine Hand nach mir aus. Dieses Mal bleibe ich stehen, aber sie senkt den Arm, bevor sie mich berührt.

»Du weißt schon, dass ein einziges Wort von mir genügt, und du kommst hier nicht lebend weg?«

»Dann sag es.«

»Was?« Ihr unerwartet gegenüber zu stehen, ist verwirrend.

»Sag das eine Wort oder hör mich an.«

»Ich ertrage keine neuen Lügen.« Als dies meinen Mund verlässt, wird mir bewusst, dass nicht der Mafiaerbe ihr den Verrat nachträgt. Matteo kommt nicht damit klar, dass ihn jene betrogen hat, der er wahre Gefühle entgegenbrachte.

»Ich habe nur in Bezug auf meine Familie gelogen. Was ich empfinde, entsprach immer der Wahrheit.«

»Komm!« Ich packe sie grob am Arm, ziehe sie mit mir hinein und stoße sie auf den Beifahrersitz der Corvette. »Das Tor komplett auf!«, brülle ich zu Greg, der daraufhin eilig den entsprechenden Knopf im Wachhäuschen drückt.

Ich fahre Richtung Miami, biege aber ab, bevor wir die Brücke erreichen, die unsere Insel mit dem Festland verbindet. Erst als mir auffällt, dass ich unterbewusst den Spot ansteuere, an dem wir die intimsten Stunden miteinander verbrachten, trete ich abrupt auf die Bremse.

»Du hast fünf Minuten.«

»Aragon, also mein … Wenn ich von Vater sprach, meinte ich ihn. Er ist …«

»Das interessiert mich nicht.«

»Joaquin, mein Neffe …«

»Inzwischen weiß ich über deine verwandtschaftlichen Beziehungen Bescheid.« Sie soll endlich zur Sache kommen.

»Eines Morgens, als ich von dir kam, saß er in meinem Zimmer. Er hat mich geschlagen und vergewaltigt. Tags darauf zwang er mich zu dem Anruf, dazu, dir dieses Treffen im Vallerama vorzuschlagen.«

Ich stoße geräuschvoll Luft aus. »Er hat dich vergewaltigt?«

Sie nickt und senkt den Blick. »Im Club wollte ich dich warnen. Aber er beobachtete uns die ganze Zeit. Und als mich dein Bodyguard ansprach, konnte ich ihm nichts …«

»Du hast mit Jorge gesprochen?«

Sie schüttelt mit dem Kopf. »Joaquins Mann hat mich ausgeknockt.«

Ich lehne mich zurück, benötige einen Moment, um meine Gedanken zu sortieren. Die Stimme in mir, die Ana die gesamte Zeit über verteidigt hat, wusste es immer. Matteo ist nur einen Schritt davon entfernt, ihr zu vergeben. Der Mafiaerbe betrachtet sie weiterhin als einer feindlichen Familie angehörend und warnt davor, ihr zu vertrauen.

»Wo warst du die ganze Zeit?«

»Santiago hat mich nach Peru geschickt.«

Seit Dad wegen der falschen Anna mit diesem Vallejo gesprochen hat, vermute ich, dass er mehr weiß. Jetzt bestätigt sich das. »Peru also.« Ich deute auf ihre Kleidung.

»Ich wollte keine Zeit verlieren. Komme direkt vom Flughafen.«

Erneut gewinnen Zweifel die Oberhand. Sie hat über ein halbes Jahr abgewartet und jetzt zählen ein paar Stunden. Obendrein am Tag meiner Hochzeit. Unlogisch. »Weshalb bist du hier?«, frage ich geradeheraus.

»Ich musste dich sehen.«

»Hm.«

»Matteo …«

»Du hast also keine Ahnung, was heute für ein Tag ist?«

»Samstag?«

Will sie mich verarschen? Wut kocht hoch. »Wie bist du hierher gekommen?«

»Was meinst du?«

»Du standest vor unserem Tor. Wie bist du dahin gekommen?«

»Gelaufen.«

Ich lache auf. Na klar. Vom verdammten Airport bis zur Villa zu Fuß. Glaubt sie, ich hätte meinen Verstand versoffen? Weggekokst? »Mehr als fünfzehn Meilen?«

Sie nickt. »Also bis ich auf die Patrouille traf.«

»Wo versteckt sich der Wagen, der auf dich wartet?«

»Ich bin allein.« Panik schwingt in ihrer Stimme mit.

Die hätte ich an ihrer Stelle auch, wenn mir klar wird, dass mein abstruser Plan aufgeflogen ist. Ich greife sie grob am Arm. »Was glaubst du, mit wem du es zu tun hast? Weshalb schicken sie dich gerade heute?«

»Mich schickt niemand!« Sie passt sich meiner Lautstärke an und reißt sich los.

Ich kann nicht verhindern, dass sie die Autotür aufreißt. Bin schon auf dem Sprung, um sie wieder einzufangen.

Aber sie läuft nicht weg, verschafft sich nur Bewegungsfreiheit.

Was tut sie denn da?

Ich beobachte, wie sie ihre Schuhe öffnet und diese behutsam auszieht. Danach folgen die Socken, so verdreckt, dass sie in den Müll gehören. Dann wendet sie sich wieder um. »Die Maschine aus Lima ist heute Morgen um 6:45 Uhr gelandet und ich habe mich direkt auf den Weg gemacht.«

Mein Blick fällt auf ihre blutig gelaufenen Füße.

»Ich habe eine wahre Odyssee hinter mir, weil ich herausfinden musste, ob es dir gut geht.«

»Weshalb?«

»Weil ich dich liebe«, ruft sie mir entgegen, reißt den Kopf hoch und ihre dunklen Augen bohren sich in meine. In ihnen stehen Tränen, doch sie kämpft dagegen an.

Ich überbrücke die Distanz zwischen uns. »Ana.« Mehr bringe ich nicht hervor. Habe es die ganze Zeit verdrängt. Wenngleich nicht gelang, sämtliche Gefühle abzustreiten, schaffte ich es bisher, ihnen nicht diesen Stempel aufzudrücken. Reine Verleugnungsstrategie, wie ich in diesem Augenblick erkenne.

Wie gern würde ich sie küssen. Möchte ihr die dreckigen Klamotten vom Leib reißen und sie in die Arme schließen. Der Mafiaerbe ist chancenlos. Mir ist egal, dass sie einer verfeindeten Familie angehört.

Und wäre sie des Teufels Tochter, ich würde sie dennoch lieben.

Sanft streichen meine Finger über ihre Wangen. Eine Träne löst sich und ich küsse sie weg. »Nicht weinen. Du bist ja jetzt hier.«

»Es gibt so vieles, was ich dir sagen muss.«

»Unwichtig.«

»Keine Geheimnisse mehr.«

»Dann erzähl es mir später. Jetzt möchte ich nur eines von dir hören.«

»Ich liebe dich.«

»Und ich liebe dich.« In derselben Sekunde, in der diese Worte meine Lippen verlassen, kehrt die Erinnerung zurück. Nur noch wenige Stunden, bis ich mit Louisa verheiratet bin.

Abrupt gebe ich Ana frei.

»Was ist, Matteo?« Natürlich bemerkt sie den Stimmungsumschwung sofort.

»Du hast recht«, presse ich hervor. »Heute ist Samstag. Aber darüber hinaus ist es der Tag, an dem ich Louisa Rinaldi zur Frau nehme.«

Ihre Hand fährt zum Mund, wohl um einen Schrei zu unterdrücken. Sie schüttelt mit dem Kopf und es gelingt ihr nicht länger, die Tränen zurückzuhalten. »Liebst du sie?«

»Es ist eine arrangierte Ehe.«

Natürlich versteht sie sofort, entstammt ja ebenso der Mafiawelt. »Hätte es etwas geändert, wenn ich früher hier gewesen wäre?«

Ich verneine. Wut und Frustration sind nicht länger die vorherrschenden Gefühle diese Heirat betreffend, Trauer und Enttäuschung übernehmen.

Es fällt schwer, die Gedanken zu ordnen.

»Hast du Geld?« Ich hoffe, dass sie diese Frage nicht falsch versteht.

»Ein paar Soles.«

Ich hole meine Geldbörse heraus und reiche ihr die Kreditkarte.

Ana weicht zurück.

»Ok, dann anders.« Ich nicke sie in den Wagen und steige selbst wieder ein, starte ihn, wende bei der nächsten Möglichkeit und fahre in Richtung Brücke. Weil mir auf die Schnelle nichts Besseres einfällt, rase ich zum Mellow Ocean nach South Beach.

Ich kenne den Code für das Penthouse, habe aber keine Ahnung, was Howard dort aufbewahrt und was womöglich nicht für die Augen einer Vallejo bestimmt ist. Auch wenn mein Herz nichts davon wissen will, mahnt der Verstand zu einem gewissen Maß an Vorsicht.

Wir betreten das Hotel durch den Lieferanteneingang.

»Warte hier«, sage ich auf dem Flur, der von einigen Büroräumen nach vorn in die Empfangshalle und damit zur Rezeption führt.

Ana nickt, fühlt sich offensichtlich unwohl dabei.

»Ich bin gleich wieder da, und wenn dich jemand anspricht, sagst du, du seist eine Freundin von Howard Coleman.«

Erneutes Nicken. »Beeil dich. Bitte.«

Nach einem flüchtigen Blick zurück, trete ich ins Foyer und strebe die Rezeption an. »Ich brauche ein Zimmer auf der Etage direkt unter dem Penthouse. Möglichst ruhig gelegen am Ende des Ganges.« Dieses Stockwerk ist nicht mit Hochzeitsgästen belegt, wie Howard erwähnt hat.

»Es tut mir leid, aber aufgrund einer Feierlichkeit stehen derzeit keine Zimmer zur Verfügung, Mr. …«, erklärt die Blondine hinter dem Tresen. »Mr. Duarte?« Ein zweiter Blick brachte die Erkenntnis.

»Das gilt sicher nicht für mich«, säusle ich.

»Natürlich nicht, Mr. Duarte.«

»Ich habe es ein wenig eilig, also wenn Sie bitte …«

»Selbstverständlich, Sir«, unterbricht sie mich diensteifrig. Mein Blick streift die Armbanduhr und mir wird klar, dass ich mich zur eigenen Hochzeit verspäten werde.

»Ist das Zimmer für Sie?«

»Isabell Ortega.«

Die Anmeldeprozedur dauert gefühlt ewig. Jetzt legt sie mir auch noch eine Gästeanmeldung vor, die ich ausfüllen soll.

Ich schiebe das Papier zurück. »Können wir darauf verzichten?« Dabei bedenke ich sie mit dem Blick, auf den die Ladys so stehen.

»Natürlich, Mr. Duarte.«

»Ms. Ortega hat kein Limit, was irgendwelche Bestellungen hier im Hotel angeht.«

»Gilt das auch für die Boutique?«

»Besonders für diese.«

Sie reicht mir den Schlüssel und schmachtet mich an.

Ich halte die Hand unter ihre und sie lässt ihn fallen. »Danke. Haben Sie hier einen Verbandskasten?«

Ein irritierter Blick.

»Einen Erste-Hilfe-Kasten?«

Jetzt verschwindet sie im Raum hinter der Rezeption. Es dauert nur ein oder zwei Minuten, dann drückt sie mir so ein Teil in die Hand.

Eilig kehre ich zu Ana zurück und bringe sie auf ihr Zimmer.

»Bestell dir beim Zimmerservice, was du willst. Und kauf dir unten in der Boutique was anzuziehen.«

»Aber …«

Mein Finger legt sich auf ihre Lippen. »Sch... Alles okay.«

»Danke«, flüstert sie und schlägt die Augen nieder.

»Es tut mir wahnsinnig leid, dich darum bitten zu müssen. Sobald die Hochzeitsgäste eintreffen …«

»Ab da verschanze ich mich auf dem Zimmer.« Sie lächelt verstehend, dahinter lauert Furcht.

Und ja, ich sollte bereits auf dem Weg zur Kirche sein. Aber so verletzlich wie Ana vor mir steht, lasse ich sie nicht zurück. Ich lege meine Arme um sie und trage sie ins Bad. Dabei ist mir egal, dass ich das weiße Hemd zerknittere.

Ich helfe ihr beim Ausziehen, während das Wasser einläuft. Füge den hauseigenen Badezusatz hinzu, der den Raum umgehend in einen blumigen Duft hüllt.

Im warmen Wasser entspannen sich Anas Gesichtszüge, und obwohl dunkle Ringe ihre Augen umschatten, sieht sie wunderschön aus. Ich beuge mich zu ihr hinunter und küsse zärtlich ihr verfilztes Haar.

Dann hole ich den Verbandskasten aus dem Zimmer und schaue mir dessen Inhalt an.

Ein Blick zur Uhr offenbart, dass ich bereits bei der Kirche erwartet werde.

»Hier findest du Wundsalbe für deine Füße und Verbandszeug. Ich würde gern bleiben …«

»Du musst zu ihr.« Nur die Traurigkeit in den Augen verrät ihre Gefühle.

Ich nicke.

»Dann geh, aber komm wieder, sobald du kannst.« Ein feines Lächeln umspielt ihren geschwungenen Mund.

»Bis um acht gehört das Hotel dir.« Die Zeremonie wird sich um mindestens zwei Stunden verschieben. »Such dir was Schönes in der Boutique aus. Ich komme schnellstmöglich zurück. Dann reden wir und finden einen Weg«, versichere ich ihr – uns beiden.

»Ich warte auf dich.«

Ein erleichtertes Seufzen entweicht meinen Lippen. »Ich glaube, es ist besser, wenn du das Hotel nicht verlässt.«

»Das denke ich auch.«

»Gutes Mädchen.« Zum Abschied ein Kuss auf ihren Mund. Als ich sie schmecke, tauchen Erinnerungen an früher auf.

Ohne zurückzublicken, verlasse ich die Suite und haste zur Corvette. Geschwindigkeitsbegrenzungen können mich mal, aber ich hole kaum Zeit auf. Kann schließlich nicht die vor mir fahrenden Fahrzeuge von der Straße schieben.

Erst bei Erreichen der Insel gebe ich Gas und komme mit quietschenden Reifen auf dem Parkplatz zu stehen.

»Matteo, wir suchen dich seit Stunden«, empfängt mich Dad, beim Betreten der Villa.

Es ist fast halb sechs.

»Wie siehst du aus?«, tadelt Mom, die auf dem Sofa bei ihm im Büro sitzt und Mr. Chorizo hinter den Ohren krault.

HOWARD

Eine halbe Stunde vor der geplanten Abfahrt zur Kirche herrscht Gelassenheit. Als Matteo zwanzig Minuten später nicht aufgetaucht ist, übernimmt Nervosität. Emilio versteckt sein innerliches Grollen hinter der perfekten Mafiamaske. Josepha seufzt bei jedem Blick auf die Uhr ein wenig lauter.

Eine weitere halbe Stunde vergeht, bis alle nach dem verschollenen Bräutigam suchen.

Es ist exakt 17:26 Uhr, als die Corvette durch das Tor fährt. Zu der Zeit sollte Matteo schon verheiratet sein.

Jetzt steht er vor uns in der Eingangshalle. Das Haar wirr, die Kleidung derangiert. Ein Blick in sein Gesicht lässt erkennen, dass irgendetwas vorgefallen sein muss.

Ich rechne mit dem Schlimmsten.

Ohne darüber nachzudenken, schnappe ich seinen Arm und ziehe ihn mit mir. »Wir sind gleich so weit«, rufe ich Emilio und Josepha zu.

»Was ist mit dir?«, will ich wissen, als wir die Treppe hinaufhasten.

Auf eine Antwort warte ich vergebens.

Matteo macht Anstalten, die Fliege zu binden, als wir im Apartment ankommen. Seine Hände zittern und ich habe bis dato keine Ahnung, was geschehen ist. Zumindest scheint es, als wolle er die Hochzeit durchziehen.

Ich helfe ihm mit der Fliege. Stelle gleich mal mein neues Wissen unter Beweis, denn wie man so ein Ding bindet, hat Livan mir beigebracht.

»Redest du mit mir oder soll ich raten?«

»Ana ist zurück.«

Heilige Scheiße.

»Ich habe sie in dein Hotel gebracht.«

»Und jetzt?«

»Jetzt heirate ich.« Seine Stimme klingt emotionslos.

Ich reiche ihm die Smokingjacke, wische ein paar imaginäre Fussel von seinen Schultern, als er sie angezogen hat, und richte den Kragen. Dass das Hemd nicht mehr makellos ist, wird mit der Jacke darüber zum Glück nicht sofort erkennbar.

»Dann los.«

Wir steigen die Treppe hinunter. Emilio und Josepha stehen an der geöffneten Tür. Emilios Gesicht ist unbewegt, nur seine Augen blitzen uns an. Wahrscheinlich erspart er Matteo eine Litanei an Vorhaltungen, weil er befürchtet, er würde andernfalls davonlaufen.

Eigentlich sollte ich mit Jander und Livan fahren. Doch Emilio hat die Bodyguards vorgeschickt, um die Gäste zu beruhigen. Vor allem die Rinaldis. So teile ich den Fond mit Matteo.

Anfänglich herrscht Schweigen, aber irgendwann hält es Emilio nicht länger aus. »Müssen wir mit weiteren unangenehmen Überraschungen rechnen?«

»Ich heirate sie, was willst du noch?«

Meine Hand auf seinem Arm soll ihn beruhigen.

»Wir sind drei Stunden zu spät. Findest du, dass sich das gehört?«

»Leck mich …«

»Matteo«, kommt es schroff vom Beifahrersitz.

Ich drücke seinen Arm fester. Er soll sich nicht auch noch mit seiner Mutter anlegen.

Aufatmen, als wir die Kirche erreichen. Emilio stellt den Wagen in eine Reihe mit weiteren Luxuskarossen. Die mit einem Blumenbukett geschmückte Limousine der Braut steht auf einem gesonderten Parkplatz. Mein Blick wandert zu ihr, ich bin sicher, dass unser Erscheinen Louisa erleichtert.

Wir schreiten zur Kirche, finden sie bis zum letzten Platz gefüllt. Alle wichtigen Familien aus Florida sind vertreten, ebenso die Gallos aus New York und natürlich die Kolumbianer. Inmitten der Gäste entdecke ich Mariana. Sie trägt ein zartgelbes Kleid, ihr dunkles Haar ist hochgesteckt und sie sieht mit dieser Frisur wirklich fraulich aus.

Erinnerungen an unseren Kuss kehren zurück, dieser Geschmack nach Erdbeeren ist unvergessen.

Sie bemerkt mich und ihre Augen strahlen in derselben Sekunde.

Matteo stellt sich vor den Altar und ich fungiere als Best Man an seiner Seite. Dem Pfarrer ist am Gesicht abzulesen, wie sehr ihm unsere beträchtliche Verspätung missfällt, aber er weiß, wer wir sind, und hütet sich, auch nur eine einzige Beschwerde zu äußern.

Schlussendlich ertönt der Hochzeitsmarsch und läutet den Beginn der Zeremonie ein.

Einen Augenblick später öffnet sich die schwere Kirchentür. In dieser erscheint Louisa am Arm ihres Vaters.

Paul Rinaldi schaut genauso verdrossen drein wie immer. Mir ist klar, dass er stinksauer auf Matteo ist, aber nicht etwa wegen seiner Tochter, sondern weil er dessen Zuspätkommen als persönlichen Affront wertet.

Nun führt er die Braut den Gang entlang. Louisa sieht reizend aus in ihrem mit unzähligen Perlen bestickten Brautkleid, das ihre Figur in Szene setzt.

Ein Blick über die Sitzreihen offenbart, dass die Gäste meine Meinung teilen. Louisas Mutter tupft sich ein paar Tränen von den Augen.

Matteo ist als Einziger in dieser Kirche nicht von ihr angetan. Er schaut emotionslos drein und ich möchte ihm am liebsten in die Fresse schlagen, damit er einsieht, dass er es schlechter hätte treffen können. Vor allem soll er endlich aufhören, sich ihr gegenüber wie ein Arschloch zu verhalten.

Paul Rinaldi legt wortlos die Hand seiner Tochter in Matteos.

Im Anschluss an eine kurze Predigt wendet sich der Pfarrer an die Brautleute. »Matteo Lucio Duarte, ich frage dich: Bist du hierhergekommen, um nach reiflicher Überlegung und aus freiem Willen mit Louisa Rosa Rinaldi den Bund der Ehe zu schließen?«

Matteo schweigt eisern und hält den Blick gesenkt. Mit jeder verstreichenden Sekunde wird es in den Reihen der Gäste unruhiger.

»Matteo«, raune ich in seine Richtung.

»Ja«, presst er schlussendlich zwischen den Zähnen hervor und nicht nur ich atme auf.

»Louisa Rosa Rinaldi, ich frage dich: Bist du hierhergekommen, um nach reiflicher Überlegung und aus freiem Willen mit Matteo Lucio Duarte den Bund der Ehe zu schließen?«

»Ja, ich will«, antwortet sie ohne Zögern, aber mit leichtem Zittern in der Stimme.

»Ihr seid also beide bereit. Bevor ihr den Bund der Ehe schließt, segne ich die Ringe, die ihr einander ansteckt.«

Das ist mein Stichwort und ich bringe die geöffnete Schatulle vor den Pfarrer, der ein Segensgebet spricht und die Ringe darauffolgend mit Weihwasser benetzt.

»Ihr schließt nun vor Gott und der Kirche den Bund der Ehe, indem ihr die Vermählungsworte sprecht und einander den Ring der Treue ansteckt.«

Der Pfarrer nickt auffordernd in Matteos Richtung und ich halte ihm die Schatulle entgegen.

Schwer atmend nimmt er den Ring heraus, wendet sich Louisa zu und blickt sie an. Zumindest sieht es so aus. Ich, der nah bei ihnen steht, erkenne, dass er zwar in ihr Gesicht schaut, aber nicht in ihre Augen.

»Louisa, vor Gottes Angesicht nehme ich dich als meine Frau an.« Er räuspert sich. »Ich verspreche dir die Treue in guten und schlechten Tagen, in Gesundheit und Krankheit.« Ein weiteres Stocken und geräuschvolles Durchatmen zeugt davon, wie schwer es ihm fällt, diese Worte auszusprechen. »Bis das der Tod uns scheidet.« Beinahe hastig steckt er den Ring an ihren Finger.

Dann ist Louisa an der Reihe, und ich empfinde Mitleid, als sie Augenkontakt sucht und Matteo diesen verwehrt. Sie spricht das Gelübde, wobei sie den letzten Satz nicht auslässt.

»Ich will dich lieben, achten und ehren alle Tage meines Lebens.«

Falls überhaupt möglich versteinert sich Matteos Miene weiter, als sie ihm den Ring an den Finger steckt.

Bei mir setzt Erleichterung ein, nachdem der Gottesdienst mit den Worten, »was Gott verbunden hat, darf der Mensch nicht trennen«, endet.

Matteo schaut zu den Mafiosi, ihren Frauen und Kindern auf den Rängen. Scheint zu wissen, was von ihm erwartet wird und hebt Louisas Schleier, drückt ihr einen Kuss auf die Stirn.

Als Paar schreiten sie den Gang zwischen den Bänken entlang. Die Gäste haben sich erhoben und rufen Glückwünsche. Auf Matteos Gesicht liegt wie zementiert ein schmales Lächeln.

Die Tür öffnet sich. Draußen empfängt die Eheleute ein nie dagewesenes Aufgebot an Bodyguards, die dafür sorgen, dass sie vollständig abgeschirmt die Limousine erreichen, mit der Louisa zur Kirche gebracht wurde.

»Matteo, ihr bleibt im Wagen, egal was geschieht«, fordert Livan.

Seine guten Manieren sind nicht komplett vergessen, denn Matteo lässt seiner Braut den Vortritt. Ich bemerke, wie er in Richtung Beifahrertür schaut. Zögert. Sich dann ergibt. Nach außen den Schein wahren, lautet das oberste Gebot in der Mafia, gleichgültig, wie es in uns aussieht.

Spontan entscheide ich, meinem Freund beizustehen, und steige auf der Beifahrerseite ein, beobachte im Rückspiegel, dass Louisa ab und an zu ihm hinübersieht, aber keinerlei Beachtung erhält. Tränen schimmern in ihren Augen. Sie tut mir leid.

Da sich die Abfahrt verzögert, steige ich wieder aus und kehre in die Kirche zurück. Aus dem Pfarrbüro rufe ich im Hotel an und teile unsere voraussichtliche neue Ankunftszeit mit, sorge außerdem dafür, dass Anas Tür verschlossen wird. Reine Vorsicht, da Matteo in seiner Position nicht riskieren darf, dass seine Geliebte die Feier crasht.

Zurück im Wagen trifft mich Matteos fragender Blick. Er ist nicht er selbst. Wie soll er es sein, wenn er der falschen Frau das Eheversprechen geben musste, während die richtige im Mellow Ocean wartet? Mein Hotel, zu dem wir jetzt unterwegs sind. Seine Augen verraten, wie sehr er sich wünscht, Ana würde neben ihm sitzen. Immer wieder wandert sein verzweifelter Blick zu mir und zu Andrey, der hinter dem Steuer sitzt.

»Es geht gleich los. Wir reihen uns in die Mitte der Kolonne ein«, sagt der Bodyguard.

Durch das Fenster beobachte ich, wie die Gäste ihre Limousinen aufsuchen und unsere Bewacher in die für sie bereitstehenden Fahrzeuge steigen, die genauso aussehen wie dieses.

Das Aufgebot an Sicherheitspersonal ist immens, sodass jedem, der es auf Matteo oder die Familie abgesehen hat, bewusst sein sollte, dass heute die Chancen schlecht stehen. Was im Anschluss an meine Initiation geschehen ist, hat uns wachgerüttelt und wird sich nicht wiederholen.

Irgendwann setzt sich der Tross in Bewegung. Bevor wir starten, reißt jemand das Blumengesteck von der Motorhaube.

Louisa zuckt zusammen.

»Nur eine Vorsichtsmaßnahme.« Unverständnis in ihrem Gesicht, also setze ich hinzu: »Damit man uns innerhalb der Kolonne nicht identifizieren kann.«

Bei der Entscheidung, die Feier im Mellow Ocean auszurichten, spielten ebenfalls Sicherheitserfordernisse die ausschlaggebende Rolle. Nur ein Hotelbetrieb in der Hand der Familie konnte vorab problemlos geräumt werden und egal, welche Sicherheitsvorkehrungen als unabdingbar gelten, hier stellt niemand Fragen.

Je weiter wir uns dem Hotel nähern, desto mehr versteinert Matteos Gesichtsausdruck.

Im Festsaal wurde ein Podest aufgebaut. Auf diesem stehen zwei altertümliche Sessel, zu denen die Jungvermählten geleitet werden. Sie setzen sich und erinnern an ein Königspaar, das seinen Untergebenen Audienz gewährt.

Die Gäste nehmen Aufstellung. Es dauert eine gefühlte Ewigkeit, bis auch der Letzte das Paar beglückwünscht und den obligatorischen Umschlag überreicht hat, der in einem kunstvoll bestickten Beutelchen verschwindet, das Louisa bei sich trägt.

Ich bleibe die gesamte Zeit in ihrer Nähe, besänftige Matteo, dem es sämtliche Überwindung kostet, nicht davonzurennen.

Als dieser Punkt auf der Tagesordnung abgehakt ist, steht er auf und verlässt fluchtartig den Saal. Ich sehe hinterher, und als er den Außenbereich ansteuert, gönne ich ihm einen Moment zum Durchatmen, bevor ich folge.

Ich zünde mir eine Zigarette an und entdecke am anderen Ende der Terrasse eine atemberaubende Schönheit. In ihrem vollen dunklen Haar blinken Diamanten, es ist zur rechten Seite frisiert, wo es bis hinunter zum Ansatz ihrer Brüste wallt. Sie trägt ein schlichtes weinrotes Kleid, das an ihr überaus elegant wirkt.

»Das Schlimmste ist überstanden«, sage ich, während mein Blick an dieser attraktiven Frau klebt. »Wer ist das?«

»Deine Zukünftige«, sagt Matteo freudlos.

»Häh …«

»Deine Worte.«

Ich verstehe nicht.

»Gallos Tochter.«

Das ist die Tochter dieses Ekels? »Ich will sie.« Eine solche Frau kann man nur wollen. Als ich in New York davon sprach, spielte wie so oft Daniels Sicherheit eine Rolle und dass so eine Verbindung die Partnerschaft zwischen den Duartes und den Gallos stärkt. Dennoch ein Hirngespinst. Aber jetzt, wo ich sie sehe … Sie kommt dem Idealbild meines Frauentyps verdammt nahe.

»Jemand hat behauptet, ihr Vater würde abwarten, um sie an den Meistbietenden zu verschachern.«

»Ich könnte mit Emilio reden.«

»Andere tuscheln darüber, dass sie einen starken Willen ihr Eigen nennt und bisher alle Anwärter ausgeschlagen hat. Diese Frau besitzt Feuer und jeder Mann sollte darauf hoffen, dass sie erlaubt, sich daran zu wärmen, anstatt ihn bei lebendigem Leib zu verbrennen.« Eine lange Rede, wahrscheinlich hält mein Freund sie nur, um sich vom eigenen Schicksal abzulenken.

»Deine Braut wartet.« Ich will ihn loswerden, um Kontakt herzustellen.

Er versteht, rollt mit den Augen und geht wieder hinein.

Mein Herz hämmert, als ich mich der Gallo-Tochter nähere. Die schmale Nase, der geschwungene Mund und die ausdrucksstarken Brauen lassen ihr Gesicht aristokratisch wirken. Ich liebe es, wenn sich Klasse mit Sinnlichkeit vereint.

Merkwürdig ist allerdings, dass die erste Aufregung verflogen ist, als ich sie erreiche.

»Hey, schöne Frau.« Mein Herz schlägt ruhig und selbst die Stimme klingt neutral. Bin eben anders als Matteo. Dieser Gefühlsüberschwang gehört nicht zu mir. Er ist derjenige, der Emotionen über den Verstand stellt, sogar in Situationen, in denen das unangebracht ist. So wie heute.

Sie mustert mich.

Obwohl ihre Augen enthüllen, dass ihr gefällt, was sie sieht, mag ich es nicht sonderlich, derart begutachtet zu werden. »Brauchen Sie auch eine kleine Auszeit?« Ich zünde mir eine Zigarette an und strecke ihr die Schachtel entgegen.

Sie nimmt tatsächlich eine heraus und ich reiche ihr Feuer.

»Howard Coleman«, stelle ich mich vor.

»Nicoletta Gallo.« Sie reicht mir ihre feingliedrige Hand mit den schlanken Fingern und ich hauche, ganz Gentleman, einen Kuss auf ihren Handrücken.

»Der Bastard der Duarte-Familie?«

»Autsch.«

»Einige der besten Männer kamen auf diese Weise in eine Familie.«

Diese Worte versöhnen und so erwidere ich das Lächeln, das sie mir schenkt. »Soll ich uns was zu trinken besorgen?«

»Als Lady müsste ich um Champagner bitten, aber etwas Härteres wäre mir lieber.«

»Nicht weglaufen.«

Als ich fünf Minuten später wieder auf die Terrasse trete, hat sie tatsächlich auf mich gewartet. Ich reiche ihr ein Whiskyglas und stoße kurz mit meinen dagegen. »Cheers.«

»Cheers.« Sie nippt an der bernsteinfarbenen Flüssigkeit. »Oh … Jetzt bin ich beeindruckt.«

»Für einen Bastard habe ich einen recht ausgefallenen Geschmack.«

»Scheint so.«

»Wir sollten wieder hineingehen, um nicht das Essen zu verpassen.« Bei diesen Worten halte ich die Stimme bewusst rau, lasse ihr den Vortritt.

Ich steuere auf meinen Platz zu und fühle mich plötzlich beobachtet. Ein Blick in die Runde. Oh. Mariana durchbohrt mich buchstäblich mit ihren Augen.

Ein schiefes Grinsen stiehlt sich aufs Gesicht, da ich Eifersucht ausmache. Mein Herzschlag beschleunigt und ich halte viel zu lang ihren Blick, um es zufällig wirken zu lassen. Zucke dann mit den Schultern. Lache auf, als sie prompt reagiert und düster dreinschaut.

Ein Teil von mir möchte zu ihr. Will ihr die Dunkelheit nehmen und das Strahlen zurückholen. Ehrlich gesagt, würde ich sie gern wieder küssen. Aber sie ist sechzehn. Genauso alt wie Daniel. Ich muss diese nonverbale Kommunikation beenden, bevor ich mich darin verliere.

Jäh wende ich mich ab.

Wäre blöd, wenn Nicoletta etwas bemerkt. Auf ihr liegt der Fokus. Ich werde sicher nicht meinen schönen Plan verderben, weil ich einen Crush für die unantastbare Tochter vom Oberboss entwickelt habe. Eine Sechzehnjährige.

Trotzdem sehe ich noch einmal zu ihr. Sie unterhält sich mit Louisas jüngerer Schwester und wirkt im Vergleich zu dieser erwachsen. Louisa selbst wurde vor ein paar Monaten achtzehn und ist damit gar nicht so viel älter als Mariana. Nur da jetzt nicht reinsteigern. Ich kehre an meinen Platz zurück, gerade rechtzeitig für den ersten Gang.

Mein Blick sucht Matteo, um mich von den Erinnerungen an diesen einen Kuss abzulenken. Findet seinen Stuhl leer. Louisa sitzt allein und wirkt verloren.

Wo steckt der Bräutigam?

Mir fällt nur eine Antwort ein.

Ich schiebe den Teller von mir und stehe abrupt auf. Das kann er nicht bringen. Nicht an ihrem Hochzeitstag. Sauer stapfe ich ins Foyer.

»Wie ist die Zimmernummer von der Dame, die mit Matteo Duarte heute Nachmittag ankam?«

»Ms. Ortega?«

»Genau die meine ich.«

»Zimmer 506.«

ANA

Noch erscheint es unwirklich, dass ich es zurück nach Miami geschafft habe. Bei der Landung heute in der Frühe war unklar, was mich erwartet und auf dem Weg zum Anwesen der Duartes marterten mich Zweifel.

Dann standen wir uns gegenüber. Nach einer gefühlten Ewigkeit. Matteo sah umwerfend aus in seiner feinen Hose und dem eleganten weißen Hemd. Kein Wunder, dass er mich in den Lumpen nicht erkannte. Für immer in mein Hirn eingebrannt die Leere in seinem Blick, als er realisierte, dass ich es bin.

In dem Moment zerbrach etwas in mir, doch ich hatte nicht all die Strapazen auf mich genommen, um an diesem Punkt aufzugeben.

Und tatsächlich redeten wir, er verzieh mir und sagte, dass er mich liebt. Leider endet hier das Resümee des heutigen Tages nicht. Der Freudentanz meines Herzens stoppte nur Sekunden später, als es brach.

So ähnelten die letzten Stunden gleichermaßen Traum und Albtraum.

Hätte eine frühere Rückkehr diese Hochzeit verhindert?

Ein ganz normales Mädchen könnte solchem Wunschdenken erliegen. Eines, das in der Mafia aufgewachsen ist, hegt nur wenige Illusionen, eine Frau praktisch keine.

Ich hielt ihn nicht zurück, als er zu der anderen ging, um ihr einen Ring an den Finger zu stecken. Angst zu zerstören, was sich beinahe sofort wieder zwischen uns aufgebaut hat, mahnte zur Vorsicht.

Er hat ja auch keine Wahl. Wieso es ihm unnötig schwer machen?

Ich liege in dieser Badewanne, bis meine Finger schrumpelig sind, denke zurück an Spanien. Dort gab es ein großes Bad mit einer runden Wanne. Ich habe sie so gut wie nie genutzt, weil sich das Badezimmer von innen nicht verschließen ließ.

Beim Verlassen der Wanne taucht ein neues Problem auf. Es ist mir unmöglich, wieder die alten Sachen anzuziehen. Ich fahre am Ende tatsächlich im Bademantel runter zur Boutique.

Die Verkäuferin schaut etwas irritiert, behandelt mich aber freundlich.

Für ein Hotel ist das Angebot beeindruckend, vielleicht kommt es mir aufgrund der vielen Entbehrungen der letzten Zeit auch nur so vor. Zuerst sehe ich mir die Unterwäsche an. So feine Materialien. Beim Berühren zeigt sich, wie rau meine Hände sind. Am Ende wird es weiße Seidenunterwäsche. Dazu gesellen sich ein buntes Sommerkleid und passende Sandalen. Mehr nicht.

Zurück im Zimmer, hole ich die Wundsalbe aus der Erste-Hilfe-Box und trage sie auf die zerschundenen Füße auf. Nutze ein bisschen auch gleich für die Hände.

Die neue Unterwäsche fühlt sich angenehm auf der Haut an. Ich betrachte mich im Spiegel, als ich das noch immer nasse Haar bürste. Sehe nicht länger das Mädchen, das Matteo kennenlernte, stattdessen eine Frau mit dunklen Rändern um die Augen. Wissende Augen. Zumindest die Schatten werden verschwinden, wenn ich nicht mehr mitten in der Nacht zur Arbeit muss.

Mein Magen knurrt und ich bestelle mir etwas zu essen.

Sicher ein Tribut an das lange Darben, dass ich dabei maßlos übertreibe und am Ende nicht mal die Hälfte schaffe.

Ich zucke zusammen, als es an der Tür klopft.

Eine Angestellte schaut herein.

»Ms. Ortega, ich habe Anweisung, das Zimmer während der Hochzeitsfeier zu verschließen.«

Ich nicke und sehe zu, wie sie meinen Schlüssel an sich nimmt, der auf dem Sideboard liegt. Matteos Misstrauen versetzt mir einen feinen Stich, aber wirklich übel nehme ich es ihm nicht. Vertrauen wird sich erst langsam wieder aufbauen.

Stunden vergehen.

Kein einziger Laut dringt nach oben, obwohl unten die Hochzeitsfeier in vollem Gange sein muss. Ich seufze bei dem Gedanken, dass Matteo seine Braut in den Armen hält.

Sie ist bestimmt wunderschön und womöglich liebt sie ihn. Ich fühle keine Eifersucht, auf meiner Seite ist das Vertrauen intakt und wenn er sagt, dass seine Liebe mir gehört, ist das so.

Ich stelle den Fernseher an, allein mit den Gedanken tut nicht gut. Durch die Programme zu zappen, sorgt eine Weile für Ablenkung.

Ohne es beeinflussen zu können, schweift mein Geist zu Matteo ab. Wenngleich er diese Frau nicht liebt, werden sie dennoch wie Eheleute zusammenleben. Eifersucht flackert nun doch auf.

Vielleicht hätte es einen Weg für uns gegeben?

Habe ich die Chance verschenkt, indem ich Santiago nicht von Anfang an die Wahrheit sagte? Er besitzt Macht. Scheint sogar mächtiger als Onkel Diego und Onkel Sebastián.

Wieso er diese Sonderstellung innerhalb der Familie einnimmt, ist mir unbekannt, aber möglicherweise hätte ich sie nutzen können.

Zu spät.

Ich seufze schwer. Weshalb erkennt man immer erst hinterher, wie es besser gewesen wäre?

Als sich jemand an der Tür zu schaffen macht, zucke ich zusammen. Es bleibt keine Zeit zum Verstecken.

Ich halte die Luft an.

Dann erkenne ich Matteo im Türrahmen und stoße den angehaltenen Atem geräuschvoll aus. Springe auf und laufe zu ihm, schmiege mich an ihn. Seufzend inhaliere ich seinen Duft. Zum Glück riecht er wie Matteo und nicht nach ihr.

Ich trete einen Schritt rückwärts, überschaue ihn. In seinem Smoking mit dem zurückgegelten Haaren sieht er zum Verlieben aus.

»Du hast dich verändert«, stellt er fest.

»Ein paar neue Sachen bewirken eine Menge«, erwidere ich leichthin, ahne, dass er das nicht meint.

»Ich möchte alles wissen, was nach dem Vallerama geschah.«

»Das ist eine lange Geschichte.«

»Bald habe ich Zeit für dich. Leider nicht heute.« Er senkt seine Lippen auf meinen Mund und da ist sie wieder, die Geborgenheit, die ich von Anfang an in seinen Armen spürte.

»Lass mich nie mehr allein.« Mein sentimentales Herz nimmt keine Rücksicht darauf, dass er diesen Wunsch unmöglich erfüllen kann.

»Wir finden einen Weg.«

Wie gern möchte ich ihm glauben.

»Ich kann nicht lange bleiben«, haucht er an meinem Mund.

»Heute gehörst du ihr.« Es gelingt mir nicht, Bitterkeit komplett rauszuhalten.

Bevor er etwas entgegnet, klopft es an die Tür.

»Matteo?«

»Ist das Howard?«

Er nickt.

»Dafür ist heute keine Zeit. Du musst den Schein wahren«, fordert sein Freund durch die geschlossene Tür.

Matteo ist anzusehen, dass er am liebsten hierbliebe. Sein Gesichtsausdruck verändert sich minimal, als er einsieht, dass das nicht geht.

Auch jetzt halte ich ihn nicht zurück.

Eine Minute später bin ich wieder allein. Der Geruch nach seinem exklusiven Aftershave schwebt im Raum. Zu wissen, dass er mir niemals ganz gehören wird, schmerzt.

Ich trete zur Tür, stelle fest, dass sie sich öffnen lässt. Dankbarkeit für sein Vertrauen durchrauscht mich.

Eine starke Frau würde die Gelegenheit nutzen und gehen. Nicht nach unten, um die Feier zu stören. Irgendwohin.

Es wäre eine Möglichkeit. Ich weiß ja jetzt, dass es ihm gut geht. Könnte also alles hinter mir lassen und weit weg von der Mafia und Matteo ein neues Leben anfangen. Mit ein bisschen Glück komme ich über ihn hinweg und verliebe mich irgendwann vielleicht sogar neu. Es eilt nicht, ich bin noch jung. Habe Zeit.

Eine starke Frau würde den Neuanfang wagen, anstatt sich an einen Mann zu klammern, der vergeben ist.

Die Gefühle in meinem Herzen machen mich schwach und so harre ich in diesem Hotelzimmer aus. Hoffe, dass sich irgendein Weg auftut, den Matteo und ich gemeinsam beschreiten können.

HOWARD

Matteo redet kein Wort, als wir im Fahrstuhl nach unten fahren. In seinen Augen liegt die Erkenntnis, das Richtige zu tun, aber das täuscht nicht darüber hinweg, dass ihn sein Herz hinauf zu Ana zieht.

Wieso muss sie ausgerechnet heute wieder auf der Bildfläche erscheinen? Morgen hätte gereicht. Noch besser wäre sie geblieben, wo sie die letzten Monate war.

Daniel sitzt an der Bar.

»Geh zu deiner Braut«, sage ich zu Matteo und weise ihm mit dem Arm die Richtung, steuere dann auf meinen Bruder zu.

Er schaut mich mit vernebeltem Blick an.

»Hör auf, zu trinken, dass Essen ist noch lange nicht vorüber.«

»Warum hat sie ihn geheiratet?«

Muss er sich ausgerechnet heute abfüllen? Mir reicht es, für Matteo das Kindermädchen zu spielen, damit der keine Scheiße baut. »Komm.« Für meinen besoffenen Bruder fehlt schlichtweg die Kapazität.

»Ist doch wahr. Er liebt sie nicht.«

»Das verstehst du nicht.«

»Was gibt es daran nicht zu verstehen?«, braust er auf.

Ich knuffe ihn in die Seite. »Still.«

Er schwankt und ich ziehe seinen Arm um meine Schulter, um ihn zu stützen. Gehe mit ihm zur Rezeption, lasse mir einen Zimmerschlüssel für die fünfte Etage geben. Dort wohnt derzeit nur Ana, während alle anderen Stockwerke mit Hochzeitsgästen belegt sind.

Ich bringe ihn hinauf.

»Schlaf deinen Rausch aus.«

Um auszuschließen, dass er sich wieder nach unten schleicht und danebenbenimmt, verschließe ich die Tür. Hoffe, er legt sich ins Bett und bekommt nicht mit, dass er eingesperrt wurde.

Ich kehre zur Tafel zurück. Matteo schaut so emotionslos drein, als befände er sich in einem Mafiameeting und Louisas Lächeln verrutscht auch immer mehr. Ihre Augen hat es sowieso nie erreicht.

Nach dem folgenden Gang ertrage ich diesen Anblick nicht länger, benötige frische Luft und gehe hinaus auf die Terrasse.

Nur einen Augenblick später gesellt sich ausgerechnet Mariana dazu. Ihre sonnengebräunte Haut bildet in der dezenten Außenbeleuchtung einen faszinierenden Kontrast zum gelben Kleid. Als sie ohne Umwege auf mich zusteuert, ahne ich, dass diese Begegnung kein Zufall ist.

»Howard, ich muss dir was sagen.« In ihren ausdrucksstarken Augen steht die Bitte, sie anzuhören.

Sofort baut sich zwischen uns Spannung auf und unwillkürlich frage ich mich, was sein könnte, wäre sie etwas älter und nicht die Tochter vom Oberboss.

Stopp!

Wo steckt eigentlich Nicoletta? Sie habe ich in der letzten Stunde komplett vergessen.

»Hast du dich in Key West eingelebt?« Eine harmlose Frage, deren Beantwortung mich hoffentlich runterfährt.

»Es ist schön dort. Aber das weißt du ja.«

Ich nicke.

»Und du machst da Geschäfte?«

»Frag mich niemals nach meinen Geschäften.«

Sie blickt mich erstaunt an.

Ich lache auf, kann ab und an nicht widerstehen, mich eines Satzes von Don Corleone zu bedienen. »Eigentlich war ich auf der Suche nach einem Ort fernab der Mafia.«

»Dann hast du den richtigen Platz gefunden.«

Sollte ich sie darauf hinweisen, dass niemand davon wissen darf?

»Sieht aus, als hätten wir ein Geheimnis miteinander.«

Ihr Lächeln verbunden mit einem kecken Augenaufschlag sorgt für ein Kribbeln in meinen Adern. »Da hast du wohl recht.« Ich verspüre keine Notwendigkeit, ihre Verschwiegenheit einzufordern und sie offenbar ebenso wenig, denn in der nächsten Sekunde wechselt sie abrupt das Thema.

»Ich bin kein Kind mehr.«

»Wirklich nicht.« Allein ihre Stimmlage stellt die Selbstbeherrschung auf eine harte Probe und dementsprechend rau klingt meine.

»Ich bin sechzehn, empfinde für dich wie eine Frau und mach mir nicht vor, dass da von deiner Seite gar nichts ist.«

Meine Augen streifen ihren Körper. Stünde jetzt Ehrlichkeit auf dem Programm, müsste ich ihr recht geben. Bereits bei unserer ersten Begegnung war da unterschwellige Faszination und seitdem wehre ich mich dagegen, dass diese sich weiterentwickelt.

Nicht immer mit Erfolg, wie der Kuss in Key West beweist.

Wenngleich selten, gönne ich mir ab und an eine flüchtige Erinnerung daran. Selbst das sollte ich unterlassen. Uns derart nahezukommen, gehört eindeutig in die Kategorie Fehler.

»Wir könnten uns treffen, wenn es dich nach Key West verschlägt.«

Die Ernsthaftigkeit, mit der sie das vorschlägt, schmeichelt mir.

»Mag sein, dass da etwas ist.« Weshalb gebe ich das zu? Es ist so falsch. »Das ändert aber nicht, dass ich fast dreiundzwanzig bin und mich nicht mit einer Sechzehnjährigen einlasse.« Meine verdammte Stimme klingt alles andere als überzeugend.

Es wäre sicher nicht verkehrt, ab und an in Key West persönlich nach dem Crafty Cove Inns zu sehen.

Nein.

Noch mal nein!

»Was würde dein Vater dazu sagen? Mal abgesehen davon, dass ich mich strafbar mache.« Klar, Drogenhandel ist ok, Mord irrelevant, aber eine Minderjährige geht gar nicht. Trotzdem die richtige Antwort, die sich allerdings falscher anfühlt als alles, was ich je für die Mafia getan habe.

Ein feines Lächeln zieht sich über ihr Gesicht. »Für uns gelten diese Regeln nicht. Hier werden Mädchen verheiratet, die gerade fünfzehn sind.«

»Das macht es nicht richtig und ich werde niemals ein Unrecht als Rechtfertigung für das eigene Handeln heranziehen.« Imposante Worte, die nicht scheinheiliger sein könnten.

An Marianas Blick erkenne ich, dass sie nicht beeindrucken. Jetzt legt sie sogar ihre Hand auf meinen Arm. Ich spüre ihre Wärme durch den Stoff des Hemdes und ein Prickeln erfasst den gesamten Körper.

Weshalb macht sie es mir so schwer?

Sie zu fühlen, treibt mich einen Schritt weiter auf sie zu.

»In zwei Jahren bin ich volljährig. Warte bis dahin, Howard.« Sie streicht mir über den Arm und meine Willenskraft reicht nicht, um mich ihr zu entziehen. Diese Berührung fühlt sich viel zu gut an.

Ich betrachte ihr Gesicht. Den vollen Mund. Die dunklen Augen, in denen Sehnsucht schimmert. Wieder erreicht mein Blick ihre Lippen, die zum Küssen gemacht sind.

Dass sie sich leicht auf ihre Unterlippe beißt, raubt mir nicht nur den Verstand. Die Beherrschung verabschiedet sich gleich mit.

Ich beuge mich hinunter und sie reckt sich mir entgegen.

Kein Raum für einen Rückzug.

Unsere Lippen prallen aufeinander. Ihre sind beinahe zarter als in der Erinnerung, und diese Nähe fegt mich regelrecht weg. Erschauern, als sich ihre Arme um meine Mitte legen. Sie senden Hitze durch den Unterleib. Der Verstand kapituliert. Vergessen alle Bedenken. Welche Rolle spielt schon ihr Alter? Und wer ist noch mal der Oberboss?

Wie von selbst wandert die Hand in ihren Nacken und in den zarten Kuss mischt sich Leidenschaft. Meine Zungenspitze umfährt ihre Lippen, die sich leicht öffnen. Ich erobere ihre Mundhöhle und verliere mich in ihrem Erdbeergeschmack.

»Störe ich?«

Erwischt fahren wir auseinander.

»Livan!«

»Dein Vater sucht dich«, sagt er zu Mariana.

Sie bedenkt mich mit einem letzten sehnsuchtsvollen Blick, bevor sie wieder hineingeht.

»Ich hoffe, du weißt, was du tust, *Cariño*.«

»Das war nicht geplant.«

Er hält mir sein silbernes Zigarettenetui entgegen und ich fische eine heraus.

»Ich weiß, dass es mir nicht zusteht, einem Familienmitglied so etwas zu sagen, aber du bist gleichzeitig auch einer von uns«, sagt Livan und gibt mir Feuer.

»Spuck's einfach aus.«

»Spiel nicht mit ihr. Felipe Duarte kennt keine Gnade, wenn es seine Tochter betrifft.«

Ein Seufzen entkommt meinen Lippen. »Ich werde mich von ihr fernhalten. Hab eh andere Pläne.« Ich drücke die Zigarette im Aschenbecher aus und lasse den Bodyguard stehen.

Während der restlichen Gänge entwickle ich Leitlinien, die mich künftig auf Spur halten sollen.

Mariana ist tabu.

Tabu.

TABU!

Ich werde meinen Bruder schützen und diesem seltsamen Crush nicht erlauben, ihn zusätzlichem Risiko auszusetzen.

Nicoletta ist der Schlüssel, um weiterzukommen.

Ihre Sinnlichkeit wirkt gefährlicher als ein Mafiaboss und genau die Art Frau macht mich geil. Da kann kein unerfahrenes Mädchen mithalten und dass ich in ihrer Gegenwart seltsame Gefühle entwickle … Das liegt nur daran, dass das Leben eines Mafioso stressig ist. Da kommt man schon mal geringfügig vom Weg ab.

Damit ist Schluss.

Ab sofort gilt alle Aufmerksamkeit der Gallotochter, weil sie gut fürs Geschäft ist und somit für die Familie und für mich sowieso.

An der Bar gönne ich mir ein Glas meines Lieblingsbourbons.

Denke daran, wie ich vorhin leichtfertig behauptete, in Flammen zu stehen. Wünsche, es wäre so. Aber seien wir mal ehrlich, um meine Ziele zu erreichen, besteht dafür keine Notwendigkeit, sondern nur dass es gelingt, ihr Feuer zu entfachen. Mit ein bisschen Glück greift es auf mich über, sobald sie lichterloh brennt.

Ich bezweifle nicht, das zu schaffen, sie entspricht immerhin eins zu eins meinem Beuteschema. Wenn erforderlich kann ich charmant sein, darf mich nur nicht von Mariana ablenken lassen.

Ab sofort meide ich sie.

Um ja nicht dieser Prämisse zuwiderzuhandeln, überschaue ich den Saal auf der Suche nach der Gallotochter. Es gilt, keine Zeit zu verschwenden, schließlich kehrt sie in ein oder zwei Tagen mit ihrer Familie nach New York zurück.

Da ist sie ja.

»Tanzen wir?«, raune ich von hinten an ihrem Ohr, das nicht von der Haarpracht verdeckt ist. Es ist gewollt, dass mein Atem dabei ihre Schulter streift.

Sie erschrickt nicht, wendet sich um und hält mir ihre Hand entgegen.

Ich ergreife sie und führe sie zur Tanzfläche. Die Musikauswahl unterstützt mein Vorhaben, denn als Nächstes folgt ein langsamer Song, was mir die Gelegenheit einräumt, die schöne Nicoletta näher an mich heranzuziehen. Schweres Parfüm steigt mir in die Nase. Ich mag es, aber nicht so sehr …

Ich mag es!

Lege eine Hand auf ihren unteren Rücken. Sie ruht dort an der direkten Grenze zwischen gerade noch schicklich und distanzlos.

»Du fühlst dich gut an«, hauche ich und bedenke sie mit diesem Schlafzimmerblick, den ich mir in der Pubertät von Matteo abgeguckt habe.

Als Antwort kommt ein scheues Lächeln, das nicht zu dieser Vollblutfrau passt und unecht wirkt.

Um Mariana endgültig zu vergessen, gehe ich darauf ein. »Ich will dich«, raune ich und lasse die Hand für einen Augenblick auf ihren Arsch gleiten. Entweder verpasst sie mir eine Ohrfeige, oder ich bin auf dem richtigen Weg.

»Glaubst du, ich sei leichte Beute?«

Ein Grinsen zupft an meinem Mundwinkel. »Ich denke, du bist eine Frau, die schlau genug ist, sich zu nehmen, wonach ihr der Sinn steht.«

»Dich?«

Ich wirble sie herum.

»Nicht?«

Gebe ihr etwas Raum.

Hole sie erneut eng an mich heran.

Sie schmiegt sich in jede Bewegung.

Das war ja fast zu einfach. Keine Klage, hier geht es schließlich nicht um die weltgrößte Lovestory. Das Ergebnis zählt und besteht darin, dass sie signalisiert, zu mehr bereit zu sein.

Jetzt möchte ich sie brennen sehen.

Die Musik endet.

»Ich will dich«, wiederhole ich rau und ziehe sie mit mir.

»Entführst du mich gerade?« Ihre Stimme klingt ebenfalls belegt.

Kurzes Zögern. Ist es klug, Matteo alleinzulassen? Aber mal ehrlich, ich habe mich heute genug um ihn gekümmert.

»Scheint so.« Ein verwegenes Grinsen. »Ich würde dir gern die Aussicht auf das Meer zeigen«, füge ich bei den Fahrstühlen hinzu.

Die Tür gleitet auf und ich locke Nicoletta hinein. Fixiere die Schöne und halte ihren Blick. Streiche ihr sanft eine Strähne aus dem Gesicht, hauche einen Kuss auf die entblößte Schulter. Schaue hoch und verstehe ihren entspannten Gesichtsausdruck als Zustimmung.

Zärtlich lecke ich mich an ihrem Hals entlang. Dass ihr das ein kleines Stöhnen entlockt, weckt meinen Schwanz in der Hose.

Der Plington des Fahrstuhls zeigt an, dass wir das Ziel erreicht haben.

Ich führe sie ins Penthouse. Als sich dessen Tür schließt, prallen zwei Lippenpaare aufeinander. Die Hand landet auf ihrem Arsch und massiert die wohlproportionierten Rundungen.

Als ich mich daran mache, den Reißverschluss ihres Kleides am Rücken zu öffnen, bringt sie Abstand zwischen uns.

»Ich bin keine Frau für eine Nacht.«

»Und ich kein Mann, der die Katze im Sack kauft. Also zieh dich aus.«

In der nächsten Sekunde landet ihre Hand in meinem Gesicht.

Okay, das war frech.

Aber was ist das? Ihre Augen lassen wenig Zweifel daran, dass der Schlag nicht der Forderung galt.

»Du willst spielen?« Dieser herausfordernde Blick macht das mehr als deutlich.

Ihre nächste Ohrfeige trifft die andere Gesichtshälfte und es zuckt in meinen Fingern. Doch ich schlage keine Frauen, selbst jene nicht, die darum betteln. »Komm her.« Ich locke sie mit dem Zeigefinger. »Jetzt!«

Sie pariert und tritt so nah vor mich, dass ich nicht nur das Funkeln in ihren Augen erkenne, sondern zudem ihren Atem auf dem Gesicht spüre.

»Umdrehen!«

Sie folgt und ich öffne unsanft den Reißverschluss, zerre grob das Kleid herunter. Meine Erektion tut langsam weh, als sie in schwarzer Spitzenunterwäsche und halterlosen Strümpfen vor mir steht.

»Auf die Knie!« Wenngleich nicht tätlich, bekommt sie die Dominanz, nach der sie lechzt.

In ihren Augen wechseln sich Verlangen und Zorn miteinander ab, als sie mir ihre Hände an die Hüften legt und sich langsam auf den Boden sinken lässt. Sie öffnet meinen Gürtel, danach den Reißverschluss der Hose. Befreit den erigierten Penis.

Ich greife in ihr Haar, halte sie zurück. »Mach es gut, sonst endet dieser Abend unbefriedigt für dich.« Zufrieden registriere ich, wie sie auf diese demütigenden Sprüche abfährt.

Den Schwanz in der einen Hand dirigiere ich ihren Kopf mit der anderen an den Haaren in dessen Richtung. »Mund auf!«

Ich schiebe mich in sie und stelle schnell fest, dass sie das hier bei Weitem nicht zum ersten Mal tut. Hatte ewig keinen so guten Blowjob.

Mein Stöhnen wird lauter, als der Orgasmus naht, und ich halte nichts zurück. Ergieße mich tief in ihrem Rachen, lasse sie schlucken, was die Männlichkeit herauspumpt.

Mit dem Daumen wische ich ihren Mundwinkel sauber, küsse sie anschließend. Anzunehmen, sie bezwungen zu haben, erweist sich als Irrtum. Sie beißt mir in die Zungenspitze und in der nächsten Sekunde schmecke ich Blut.

Was für eine Wildkatze.

Während unsere Münder miteinander verschmelzen, führt sie meine Hand an ihre nasse Spalte. Eine Aufforderung, die ich damit beantworte, dass ich sie rückwärts zum Bett dränge und auf dieses schubse, als wir es erreichen.

Ich unterbreche den Kuss, sehe zu, wie sie ihre Mitte berührt und mir den Finger benetzt mit ihrem Fluid zwischen die Lippen steckt.

Mit gespreizten Beinen liegt sie vor mir. Mein Blick hakt sich an ihrer glattrasierten Pussy fest, die dieser Hauch von Spitze deutlich zeigt. Ich rolle das Höschen von ihren Hüften und lasse den Daumen um ihre Perle kreisen. Das Stöhnen, das ihren Lippen entweicht, ist Musik in den Ohren und ich schiebe zwei Finger vor ihren Eingang.

In diesem Moment zuckt sie zurück. Schließt die Beine und entfernt sich so weit, dass ich sie nicht mehr erreiche.

»Nicht?«, frage ich perplex.

»Du darfst nicht in mich eindringen.«

Sagt die Frau, die mir vor einer Minute ihre Geilheit aufgedrängt hat.

»Mach mit mir, was du willst. Nur der Vordereingang ist tabu.« Sie rückt wieder näher. Lässt mir keine Gelegenheit, über diese seltsame Bedingung nachzudenken, geht stattdessen auf alle viere und streckt mir ihren runden Arsch entgegen.

Ich kapiere, stehe jedoch nicht sonderlich auf Arschficks.

Als für einen Moment nichts geschieht, sieht sie über die Schulter. »Ich muss mich für die Hochzeitsnacht aufsparen. Mein Vater, du verstehst.«

Nicht wirklich, aber das ist gerade relativ egal.

Irgendwie ist die Stimmung dahin.

Das scheint auch Nicoletta zu bemerken, denn sie setzt sich zu mir. »Es tut mir leid, ich hätte es dir vorher sagen sollen.«

»Ich werde dich heiraten.«

»Damit du mich ficken kannst?«

Ihre direkte Art erwirkt ein Schmunzeln. »Weil ich auf Wildkatzen stehe und es sich bestens mit dem Vertrag ergänzt, den unsere Familien kürzlich abgeschlossen haben.«

»Wie romantisch.«

»Seien wir mal ehrlich, du musst am Ende eh denjenigen heiraten, der am besten zu den Geschäftsinteressen deiner Familie passt. Du könntest es also schlechter treffen.«

»Dann gehörst du mir.«

»Und du mir.«

Ihre Antwort besteht darin, dass sie meine Hand ergreift und zu ihrer Mitte führt.

Es ist nach Mitternacht, als ich mit der Gallotochter wieder im Festsaal auftauche. Unsere Kleidung ist geordnet und sieht man von ihrer leicht geröteten Gesichtshaut ab, wirken wir unauffällig.

Das Brautpaar hat sich inzwischen verabschiedet und die Gästeschar lichtet sich zunehmend.

Ich ziehe Nicoletta mit zur Bar.

Wir warten noch auf unsere Getränke, als sich ihr Bruder Elia zu uns gesellt. Er ist stocknüchtern und ordert ein Wasser.

»Wo hast du die ganze Zeit gesteckt?«, will er wissen.

»Hier. Wo denn sonst?« Sie lügt, ohne rot zu werden.

»Mit ihm?«

An der Art, wie er mich mustert, erkenne ich, dass er Bescheid weiß.

»Kümmere dich um deine eigenen Angelegenheiten«, giftet Nicoletta.

»Sei froh, dass unser Vater zu betrunken ist, um zu bemerken, dass du dich wie eine läufige Hündin aufführst.«

»Dass du ihr Bruder bist, rechtfertigt nicht, dass du sie beleidigst«, zische ich und packe ihn am Kragen.

Nicolettas Hand legt sich auf meinen Arm. »Lass gut sein. Er ist nur frustriert darüber, dass jeder außer ihm Spaß hat. Aber er darf keinen Alkohol trinken, der Doktor hat es verboten. Das und alles andere, was Freude bringt.« Sie klingt schnippisch.

Ich gebe sein Jackett frei. Nicht weil ihre Worte etwas bei mir bewirken, sondern weil ich am schummrigen Ende der Bar eine Gestalt entdecke, die Daniel ähnelt.

»Wenn du ein Problem mit mir hast, treffen wir uns gerne draußen«, biete ich Elia an, derweil der Blick weiterhin in der dunklen Ecke ruht. Das Lachen, was von dort herüberschallt, ist mir bekannt. Mein Bruder. Und er ist nicht allein.

»Ihr entschuldigt mich für einen Augenblick«, sage ich und gehe zu ihm.

»Howi?« Er wirkt ertappt. Liegt das daran, dass er aus seinem Zimmer entkommen konnte oder weil Mariana bei ihm ist?

»Wieso liegst du nicht in deinem Bett?«

»Ich war noch nicht müde.«

Zumindest klingt er nicht mehr so berauscht wie vorhin.

Mir missfällt, die beiden zusammen zu sehen, und eine entsprechende Bemerkung an Mariana liegt auf meiner Zunge. Ich verkneife sie mir, bin schließlich nicht eifersüchtig.

»Benimm dich«, raune ich Daniel ins Ohr und kehre zu Nicoletta zurück.

»Möchtest du tanzen?« Ein eleganter Weg, ihn nicht länger mit Mariana zu sehen und Nicoletta von ihrem Bruder zu befreien.

Sie stimmt sofort zu und begleitet mich zur Tanzfläche. Die Band spielt ›The Sky is the Limit‹ von Melvin de Flame. Ich mag den Song, hätte nur gerade etwas Ruhigeres bevorzugt. Aber okay, man kann nicht alles haben.

Diese Einsicht verfestigt sich, als ein Lied später Francesco Gallo zu uns stolpert. »Nicoletta, empfehle dich.«

»Sehen wir uns morgen?«, wispere ich, als sie mir züchtig die Hand zum Abschied reicht.

»Schauen wir mal, was sich machen lässt«, flüstert sie.

»Nicoletta, ich warte.«

Sie wirft mir einen letzten falsch scheuen Blick zu, bevor sie ihrem Vater folgt. Elia gesellt sich zu ihnen und die Gallos rauschen vereint davon.

Ich bestelle mir an der Bar einen finalen Drink. Während ich auf den Bourbon warte, wandert mein Blick abermals in die schummrige Ecke. Findet sie verlassen. Ich drehe mich um und überschaue den Festsaal.

Er hat sich inzwischen merklich geleert, sodass ich schnell sicher bin, dass sich Daniel nicht mehr hier aufhält. Auch von Mariana ist nichts zu entdecken.

Dieser kleine Mistkerl.

Ich haste in Richtung Terrasse, erspähe hinter einem Blumenkübel ein knutschendes Pärchen.

Zorn wallt auf, als ich auf das Paar zustrebe. Erkenne zum Glück rechtzeitig, dass es sich nicht um Daniel und Mariana handelt.

Aufatmend gehe ich wieder hinein.

Wo stecken die beiden?

Wahrscheinlich im Bett.

Wenngleich ich davon ausgehe, dass sich jeder in das eigene zurückgezogen hat, bleibt ein Rest Skepsis. Dieser lässt mich zum Lift hasten und hinauf in die fünfte Etage fahren, wo ich Daniel untergebracht habe.

Wie ein übervorsichtiger Vater lehne ich die Wange an seine Tür und lausche.

Ruhe.

Will mich gerade wieder abwenden, als ihr Lachen ertönt.

Verdammt!

Ich stoße die Tür auf und bin in der nächsten Sekunde bei ihnen, reiße meinen Bruder von ihr zurück.

»Hey«, ruft er aufgebracht.

»Mariana ist für dich tabu. Was glaubst du, wer du bist?«

»Und das bestimmst du?« Sein aufsässiger Tonfall reizt mich zusätzlich.

»Du kannst ja mal Felipe Duarte fragen, was er davon hält, dass du hier mit seiner Tochter rummachst.« Wann ist die Pubertät endlich vorbei?

Gern würde ich meinen Bruder zurück nach Hause schicken. Nichts als Stress bereitet er, seit er auf die Insel gezogen ist. Ich bin es leid, dafür zu sorgen, dass er nicht über die Stränge schlägt, oder auszubügeln, was er verbockt.

»Komm«, fordere ich Mariana auf. Als sie sich nicht bewegt, greife ich nach ihrem Arm und ziehe sie grob mit mir.

Sie sieht mich mit funkelnden Augen an.

Erst als wir auf dem Hotelflur stehen und sich die Tür zu Daniels Zimmer geschlossen hat, gebe ich sie frei.

Sie postiert sich vor mir, stützt die Hände in die Hüften. Ein überlegener Ausdruck auf ihrem Gesicht. »Ich habe es gewusst.«

»Was weißt du?«

»Ich bedeute dir etwas.«

Wie kommt sie darauf?

»Du bist eifersüchtig und in deinen Augen blitzt es«, sagt sie, als habe sie meine stumme Frage gehört.

»Blödsinn.«

Ihr helles Lachen tönt den Flur entlang.

»Sei leise.«

»Du kannst es noch so sehr leugnen, Howard Coleman. Du empfindest trotzdem etwas für mich und das genügt mir im Augenblick.«

»Wenn du das sagst.« Soll sie glauben, was sie will.

»Gute Nacht.« Sie haucht mir einen Kuss auf die Wange. »Schlaf schön.« Mit diesen Worten wendet sie sich ab und schreitet hoch erhobenen Hauptes in Richtung Lift.

»Du auch.«

Ich warte, bis sie in den Fahrstuhl steigt, fahre dann mit dem zweiten zur Penthousesuite. Spüre noch immer ihre Lippen auf meiner Wange.

MATTEO

Diese ganze Feier nervt. Das Lächeln aufrechtzuerhalten, wird immer schwerer. Obwohl auf dem Gesicht zementiert, zerbröckelt es langsam. Louisa neben mir bemüht sich um ein strahlendes Antlitz, wie es sich für eine Braut gehört. Ob es jemandem außer mir auffällt, dass dieses Strahlen ihre Augen nicht erreicht?

Die Hochzeit sollte der schönste Tag im Leben sein. In unserem Fall ein Hohn. Ich will nur weg und gehe davon aus, dass sich Louisa entweder einen anderen Mann wünscht, oder eine bessere Version von mir.

Wäre es nur endlich vorbei. Meine Gesichtsmuskeln schmerzen. Ich kann die Sehnsüchte dieser Frau nicht erfüllen. Versuche es nicht einmal. Sitze nur hier, weil Dad und Onkel Felipe mich unter Druck gesetzt haben. Alle behaupten, dass wir uns mit der Zeit aneinander gewöhnen. Bullshit! Diese Perspektive habe ich von Anfang an nicht gesehen, mit Anas Rückkehr ist es aussichtslos.

Ana ist tatsächlich zurück.

Liegt in einem Bett im fünften Stock.

Wie gerne wäre ich bei ihr, denke dabei nicht mal vordergründig an Sex, sehne mich vielmehr danach, sie in meinen Armen zu halten. Möchte ihren Duft einatmen, sie fühlen. In der Realität spüre ich Louisas Blick, der zu fragen scheint, wie das zwischen uns weitergehen soll.

Ich bin ahnungslos. Verfolge keinen Plan. Denke nur von einem Moment bis zum nächsten.

Wann ist endlich Mitternacht?

Ich ertrage nicht länger, den glücklichen Ehemann zu mimen. Andererseits graut es mich kaum weniger vor dem, was folgt. In dieser Nacht ist es unmöglich, sie in ihr Zimmer zu schicken und mich in meinem zu verschanzen.

Wir kehren nicht in die Villa zurück. Stattdessen wartet die Hochzeitssuite auf uns. Ich bezweifle, dass diese über ein separates Wohnzimmer verfügt. Selbst wenn, ich darf nicht auf dem Sofa schlafen, bin gezwungen, die Ehe zu vollziehen. Bei diesem Gedanken macht sich ein solches Ausmaß an Ernüchterung breit, dass ich befürchte, nie wieder einen Ständer zu bekommen. Fräulein Rühr-mich-nicht-an ist der ultimative Abtörner.

Noch wenige Minuten bis Mitternacht.

Der Brauch sieht vor, dass uns die Hochzeitsgesellschaft im Anschluss an einen letzten Tanz bis zum Schlafgemach begleitet. Früher war es üblich, dass die Väter und ein Priester dem ersten Beischlaf der Frischvermählten beiwohnten und nach dessen Vollzug das Laken mit dem Jungfernblut ausgehändigt bekamen. Bloß gut gehört das der Vergangenheit an.

Die Verpflichtung, Erben zu zeugen, ist geblieben.

Dem Tanz mit Louisa fehlt jede Geschmeidigkeit. Ich will nicht hier sein und noch weniger mit ihr allein.

Dad kommt mir so weit entgegen, dass die Verabschiedung durch die Gäste im Festsaal stattfindet. Nur die Eltern eskortieren uns zum Lift. Mein Schwiegervater schwankt bedenklich, sein Gesichtsausdruck mürrisch wie eh und je.

»Es ist nicht nötig, mit nach oben zu kommen.«

»Tradition, Junge«, lallt der alte Rinaldi.

Dad sagt nichts, sein Blick bittet um Nachsicht. Es geht auf die fünfte Etage, ich werde magisch angezogen von einer Tür weiter hinten auf dem Gang – Anas Zimmer.

Die Eltern geleiten uns ins Schlafzimmer, wünschen eine gute Nacht und ziehen sich diskret zurück.

Ich bleibe mit Louisa allein.

Es gibt tatsächlich einen Wohnraum. An dessen Bar schenke ich mir einen dreifachen Whisky ein. Leere das Glas in einem Zug und fülle es erneut. Bereue, im Laufe des Abends nicht mehr getrunken zu haben, fühle mich zu klar im Kopf für das hier.

Louisa nähert sich. Ihre Gegenwart in meinem Rücken ist deutlich spürbar. Sie nimmt ein Glas und mir die Flasche aus der Hand. Gießt sich ein und geizt nicht.

Kurz erhebt sie es. »Auf uns.« Es klingt zynisch. »Gehst du jetzt zu ihr?«

Ich fahre herum. »Was?«

»Ob du zu ihr gehst?«

Sie weiß von Ana? Das kann nicht sein. »Du redest Blödsinn.«

»Weshalb verhältst du dich derart abweisend, wenn es keine andere gibt?«

»Du glaubst also, dass eine Frau im Spiel ist?« Geheuchelte Empörung.

Sie nickt.

»Ich habe keine andere.« Eine dreiste Lüge direkt in ihr Gesicht. »Es ist zu früh zum Heiraten. Außerdem entscheide ich gern selbst.« Wahr und zugleich gelogen, denn für Ana wäre ich bereit.

Nach dem Leeren des zweiten Glases stelle ich es beiseite. Es bringt nichts, mich zu sträuben und so viel zu trinken, dass ich am Ende keinen hochbekomme, muss einfach nur Gefühle und Pflicht trennen. Das kann doch nicht so schwer sein.

Howard würde sagen, nicht dramatisieren, sondern machen.

Also mache ich jetzt.

»Komm.« Es wäre angebracht, ihre Hand zu nehmen, aber das kostet zu viel Überwindung.

Louisa folgt mir ins Schlafzimmer, und während ich die Jacke und das Hemd ausziehe, müht sie sich mit dem Kleid.

Achtlos ziehe ich die Decke mit den Rosenblättern vom Bett, trete dann zu ihr. »Lass mich.« Ehe sie es allein schafft, graut sicher der Morgen.

Ihr Blick trifft meine Augen.

Ich gebe mir keine Mühe, ihn zu deuten. Alles, was sie erwarten darf, ist, dass ich in dieser ersten gemeinsamen Nacht nicht grob sein werde.

Das Kleid sinkt zu Boden und Louisa steht in champagnerfarbener Spitzenunterwäsche vor mir, die auf ihrer gebräunten Haut nicht unerotisch wirkt.

»Willst du zuerst ins Bad?«

Sie nickt.

Es dauert keine zehn Minuten, bis sie wieder herauskommt. Jetzt trägt sie ein nachtblaues Seidenhemdchen mit Spaghettiträgern, das gerade so über den Po reicht. Ihr Haar ist gelöst.

Ich betrachte sie nachdenklich.

Röte breitet sich auf ihrem Gesicht aus.

Lasse ich außer Acht, dass diese Ehe arrangiert ist und unweit von hier die Frau wartet, der mein Herz gehört, muss ich zugeben, dass Louisa heute reizend aussieht.

Würde mir Ana nicht unaufhörlich im Kopf herumspuken, vielleicht, ganz vielleicht könnte ich diese Hochzeitsnacht genießen.

Abrupt wende ich mich ab und gehe ins Bad. Entledige mich der Hose. Werfe sie achtlos über den Wannenrand, bevor ich die Socken abstreife. Nur mit Boxershorts bekleidet, fällt der Blick auf den Spiegel. Meine Finger fahren durch die Haare, die zu akkurat nach hinten liegen. So mag es Dad, nicht ich.

Louisa wartet.

Ein paar Zimmer weiter tut Ana vermutlich das gleiche.

Für einen Augenblick taucht die Frage auf, weshalb ich es mir derart schwer mache. Die meisten Männer in der Mafia unterhalten neben der Ehefrau eine Geliebte. Das ist nichts Außergewöhnliches, nur dass ich mir das anders vorgestellt habe.

Da ich nicht die ganze Nacht in diesem Bad verbringen kann, kehre ich ins Schlafzimmer zurück. Louisa liegt auf dem Bett, betrachtet mich neugierig und ein wenig ängstlich. Ob ihre Furcht meiner Ablehnung entstammt oder ihrem ersten Mal gilt, lässt sich nicht sagen.

Ich gleite neben sie und schalte das Denken aus. An dieser Stelle hilft es nicht weiter.

Vor einiger Zeit habe ich rein aus Protest gegen diese Ehe ein paar Nutten angelernt. Gehe jetzt ähnlich vor. Küsse Louisa zärtlich, um ihr die Furcht zu nehmen. Wobei nicht verborgen bleibt, wie sie mir entgegenkommt. Sie schmiegt sich in meine Hand, die ihren Nacken hält, während ihre meinen Arm entlangstreicht.

Ich ziehe ihr das Hemdchen aus, erkenne, dass sie kein Höschen trägt. Gut.

Ihr Gesicht ist gesenkt, ich fasse sie am Kinn und hebe ihren Kopf, streiche behutsam an der Seite entlang und spüre, wie Gänsehaut sich ausbreitet.

»Hab keine Angst.«

Sie nickt und je länger meine Hände sie zärtlich berühren, umso mehr scheint ihr Vertrauen zu wachsen. Als ich zu ihrer Mitte vordringe und sanft die Schenkel spreize, zuckt sie nicht zurück. Ein Blick auf ihre Scham. Bei der Vorstellung, dass kein Mann das bislang gesehen, geschweige denn berührt hat, werde ich tatsächlich hart.

»Es wird wehtun«, erkläre ich und platziere den Penis an ihrem Eingang.

Ihre Finger liegen auf meinem Rücken, krallen sich in die Haut, als ich in sie eindringe.

Das ist ok. Ebenso, dass sie sich kaum bewegt und wenig für mich tut. Beim ersten Mal kein Grund, ihr etwas vorzuwerfen.

Ich bewege mich langsam, massiere ihren Lustpunkt und merke, wie sie sich allmählich entspannt. »So ist es richtig.«

Als ich ihr Jungfernhäutchen durchstoße, zieht sie zischend Atem ein. Ihr Gesicht ist schmerzverzerrt, während ich mich vor und zurück schiebe, härter zustoße. Das muss sein, sonst tut es umso länger weh.

Ich gelange schließlich zum Höhepunkt und pumpe meinen Samen tief in sie. Vielleicht gelingt es mir ja gleich in der ersten Nacht, einen Erben zu zeugen. Dann wäre ich fein raus.

Ich ziehe mich zurück, will ihr keine weiteren Schmerzen zufügen. Küsse sie stattdessen und massiere mit dem Daumen ihren Lustpunkt so lange, bis sich Spannung aufbaut und es ihr letztlich gelingt loszulassen.

Damit ist meine Schuldigkeit erfüllt.

Ich zünde mir eine Zigarette an und schaue dem Rauch hinterher, der dem Mund entweicht. Dabei fühle ich Louisas Blick und ahne, dass sie sich jetzt nach Nähe sehnt. Ihre Augen betteln um Zärtlichkeit.

Ich kann das nicht. »Schlaf.«

Sie schlägt die Lider nieder, aber auch als ich längst die Zigarette im Aschbecher ausgedrückt habe, schläft sie nicht.

Die Frau an meiner Seite bedeutet mir nicht das Geringste, derweil auf demselben Flur die eine wartet, neben der ich einschlafen möchte und am nächsten Morgen wieder erwachen. Mir graut vor der Zukunft.

Ich schleiche aus dem Bett und krame in der Reisetasche. Finde das Tütchen mit dem Kokain, das ich vorsorglich eingepackt habe. Seit dem Krankenhausaufenthalt habe ich nichts genommen. Anfänglich aus Furcht vor Nebenwirkungen in Verbindung mit den Medikamenten, dann, weil ich es für besser hielt, einen klaren Kopf zu behalten.

Diese beiden Frauen überfordern mich eindeutig. Ich forme zwei Lines und ziehe sie mir rein. Das Kribbeln der Schleimhäute lässt mich die Nase krausziehen. Beim Einsetzen der Wirkung lehne ich mich im Sessel zurück und fühle eine gewisse Erleichterung.

Als ich aufstehe, sitzt Louisa aufrecht im Bett.

»Was?«, frage ich in die Stille. Erwarte Vorhaltungen.

»Ich kann nicht schlafen. Hältst du mich?«

Hatte ich nicht vor, gehe trotzdem zu ihr und küsse ihre Stirn. »Wir sehen uns morgen.«

Sie reißt die Augen auf, in denen in der nächsten Sekunde Tränen schimmern.

»Ich bin es gewohnt, allein zu schlafen.« Eine lahme Erklärung und doch offenbart der Ausdruck auf ihrem Gesicht, dass sie mir glauben möchte.

Es kommt mir falsch vor, Hoffnung zu schenken. Besser, sie freundet sich nicht mit einem netten Matteo an, da es sonst umso schwerer fällt, den anderen zu ertragen.

Irgendwie stimmt das Kokain milde. Ich sinke neben sie und erlaube ihr, sich in meinen Arm zu schmiegen.

»Ich bleibe, bis du eingeschlafen bist.«

ANA

Halb vier und ich finde keinen Schlaf, Lausche auf jedes Geräusch, das vom Flur zu mir vordringt. Kaum, dass ich etwas höre, keimt die irrige Hoffnung auf, Matteo käme herüber.

In solchen Momenten erschließt sich das Ausmaß der eigenen Dummheit. Es ist seine Hochzeitsnacht. Ich erwarte Unmögliches von ihm. Bei der Vorstellung, dass er eine andere Frau in den Armen hält und ihr gibt, wonach ich mich sehne, verkrampft sich mein Herz.

Der Schmerz ist kaum zu ertragen, dabei bietet diese Nacht nur einen Vorgeschmack darauf, wie das Leben von nun an aussieht.

Entweder das oder ich ziehe mich an und verlasse dieses Hotel. Besser gleich die Stadt. Das Land. Den Kontinent.

Am Nachmittag gelang mir das nicht und mitten in der Nacht sieht es nicht anders aus. Während der Verstand die Niederlage nicht hinnimmt und sich in sinnfreier Diskussion verliert, hat das Herz seinen Entschluss gefasst. Ist willens, sich mit dem zufriedenzugeben, was es bekommt. Akzeptiert lieber ein paar gestohlene Stunden als komplett auf Matteo zu verzichten.

Kann man tiefer sinken?

Oder ist es niemals Schwäche, auf sein Herz zu hören?

Ich erschauere, als die Tür sich langsam öffnet.

Eine dunkle Gestalt schlüpft herein. Als sie sich dem Bett nähert, erkenne ich Matteos Duft.

Mein Herz schlägt vor Freude ein paar Takte schneller, ist sofort willens, als Liebesbeweis zu werten, dass er selbst in dieser Nacht zu mir kommt.

Ich lupfe die Bettdecke und er gleitet zu mir.

In der nächsten Sekunde umfängt er meinen Körper und ich fühle mich augenblicklich geborgen. Wie habe ich all die Zeit ohne ihn durchgehalten? Ich brauche die Sicherheit, die mir keiner außer ihm geben kann.

Seine Arme bieten Schutz. Niemand kann mir etwas anhaben, solange Matteo bei mir ist. Nicht irgendwelche Verwandten. Nicht die Mafia.

Seine Finger im Nacken schicken einen angenehmen Schauer durch meinen Körper, der mich schläfrig werden lässt. Für einen Moment kämpfe ich dagegen an. Möchte wach bleiben, um seine Gegenwart ein wenig länger auszukosten.

Ein Seufzen stiehlt sich über die Lippen, als mir bewusst wird, dass er nicht mehr hier sein wird, wenn ich am Morgen erwache.

Eine Hand legt sich auf meinen Unterleib, ich genieße die Wärme, die sie ausstrahlt. Rechne damit, dass sie jeden Moment weiter hinab wandert. Es ist lange her, aber ehrlich gesagt, habe ich weniger den Sex vermisst als die Nähe.

Matteos Hand liegt still. Ich schmiege mich an ihn. Verdränge für eine kurze Zeit die andere Frau und die Feindschaft zwischen unseren Familien, alles, was uns voneinander trennt. Stattdessen schlafe ich in seinen Armen ein.

Zum allerersten Mal.

Sonnenstrahlen kitzeln mich wach.

Ein seliges Lächeln breitet sich auf dem Gesicht aus, als ich Matteos Hände weiterhin auf der Haut spüre.

Er küsst meine Stirn. »Hast du gut geschlafen?«

»Oh ja.«

»Ich auch.«

Wir kuscheln uns aneinander. Ich streiche versonnen über den Duarteleguan auf seiner Brust. »Dass ich den früher nicht bemerkt habe.«

»An unserem Sport war es ziemlich dunkel.« Er schmunzelt, bevor er mich küsst und dann das Bett verlässt. »Ich gehe nicht gern, aber …«

»Du musst zurück.«

Er nickt.

»Wie lange kann ich bleiben?« Eine zu nüchterne, dennoch wichtige Frage.

Matteo mustert mein Gesicht, scheint zu überlegen. »Das liegt bei dir. Hast du irgendwelche Pläne?«

»Sie endeten alle mit unserem Wiedersehen.«

Seine Hand legt sich um sein Kinn. Er wirkt auf einmal unsicher. Nachvollziehbar, niemand von uns befand sich je zuvor in einer vergleichbaren Situation.

Mit ein paar Schritten bin ich bei ihm. »Ich möchte mit dir zusammen sein.«

»Ich wünsche mir nichts anderes. Aber …«

Da ist es wieder, dieses eine Wort, dass stets folgt, wenn er etwas ausspricht, das mein Herz zu einem Extraschlag der unguten Art treibt. »Verstehe.« Er ist ein Mafiaerbe. Eine Entscheidung für mich würde gleichzeitig bedeuten, sich gegen seine Familie zu stellen, und das ist unmöglich. »Falls du willst, dass ich gehe …«

»Nein«, unterbricht er mich scharf.

»Unsere Familien werden es nie akzeptieren.« Es ist ohnehin zu spät, irgendwo in diesem Hotel wartet seine Ehefrau.

»Viel kann ich dir nicht bieten.«

»Ich will nur dich.«

»Nicht einmal dieser Wunsch lässt sich erfüllen.«

»Einen Teil von dir?« Egal wie unvernünftig, ich bin bereit, die Rolle seiner Geliebten zu akzeptieren.

Ein tiefes Seufzen. »Ich möchte dich nicht kaputtmachen.«

»Als es keine Perspektive gab und ich Aragons Spielball war, hast du mich repariert.«

Er wirkt nicht überzeugt.

»La Rinconada hätte mich auf Dauer zerstört. Ich dachte ab und zu an Flucht, doch erst, als ich erfuhr, dass du verletzt im Krankenhaus liegst … Da fand ich die Kraft.«

»Was würde passieren, wenn Santiago erfährt, dass du bei mir bist?«

Diese Frage habe ich mir gestern bereits gestellt und … beiseitegeschoben. Auf die Familie brauche ich nicht zu zählen, aber er ist anders, hat mich beschützt, wenngleich es bedeutete, dass er mich ans Ende der Welt schickte. Ihm meine Rückkehr zu verheimlichen, ist in gewisser Weise unfair.

»Ich sollte mit ihm reden. Es wäre nicht gut, wenn er es durch Zufall herausfindet.«

Erneut wundere ich mich, weshalb der Cousin der mächtigste Mann innerhalb meiner Familie ist und ihn eine Aura der Unantastbarkeit umgibt. Seine unaufgeregte Art zeugt von Selbstbewusstsein, zugleich ist Santiago außerordentlich stolz. Fühlt er sich hintergangen, verliere ich mit ziemlicher Sicherheit den einzigen Fürsprecher.

»Wir haben einen Waffenstillstand ausgehandelt. Glaubst du, er wird ihn brechen?«

»Weil wir zusammen sind?«

»Weil du nur meine Geliebte bist.«

Das denke ich nicht, obwohl nicht auszuschließen ist, dass es seine Ehre verletzt. »Ich befürchte eher, dass er mich abermals ans Ende der Welt schickt, und sicherstellt, dass ich dieses Mal nicht entkomme.«

»Nein.«

»Er wird mich anhören.« Davon bin ich überzeugt. Erfährt er allerdings, dass ich in Miami bleiben will, um die Geliebte eines Duarte zu sein … Wie soll er das akzeptieren?

Prompt verlässt mich der Mut.

»Vielleicht ist es besser, ich halte mich erst einmal versteckt.« Mein Blick wandert zu Matteo, trifft auf eine nachdenkliche Miene.

Was wohl in ihm vorgeht?

Nicoletta Gallo

Nicoletta ist eine starke und kluge Frau, der so ziemlich jedes Mittel recht ist, um nicht den typischen Platz einer Mafiafrau einnehmen zu müssen.

Pflegt ein enges Verhältnis zu ihrem Bodyguard, Fjodor, der sie in allen Belangen unterstützt.

TOCHTER VON
FRANCESCO UND ZITA GALLO,
TRADITIONELLE MAFIAFAMILIE,
DIE AUF DIE NEAPOLITANISCHE
CAMORRA ZURÜCKGEHT

GEBOREN AM 12. JANUAR 1959

LEBT MIT IHRER FAMILIE
IM GALLO-TOWER IN NEW YORK

NICOLETTA

Mich auf einer weiteren Mafiahochzeit zu zeigen und eigens dafür nach Florida zu reisen, entlockte mir im Vorfeld keinerlei Begeisterungsstürme. Bei diesen Feiern drangsaliert mich Vater permanent mit seinen grantigen Blicken, die mir vorwerfen, selbst noch nicht verheiratet zu sein. Mir gefällt das ebenso wenig wie ihm, hätte gern einen Mann – aber eben nicht irgendeinen.

Ich bin vierundzwanzig und Jungfrau und zweifle langsam daran, dass es da draußen den Richtigen für mich gibt. Befürchte, eher trocknet meine Pussy aus, als dass ich die Nadel im Heuhaufen finde.

Die Kandidaten, die Vater in der Vergangenheit im Visier hatte, kamen allesamt nicht infrage. Also meiner Meinung nach und um die geht es hier schließlich, denn ich soll das ganze Leben mit diesem Mann teilen.

Am Anfang umgarnen dich alle. Damit ich darauf nicht reinfalle, hat Fjodor, mein Leibwächter plus, den Auftrag, jeden Einzelnen gründlich unter die Lupe zu nehmen.

Bislang hielt keiner dieser Überprüfung stand, sie stellten zwar allesamt innerhalb der Mafia etwas dar, bei näherem Hinsehen qualifizierte das noch lange nicht zu einem guten Ehemann.

Auch ich habe nur das eine Leben und lasse mich nicht an den Erstbesten verhökern. Mag sein, dass mein Geschmack nicht dem Durchschnitt entspricht und als kompliziert gelten mag.

Mir gefallen einerseits dominante Männer, aber außerhalb des Schlafzimmers lasse ich mich nicht unterdrücken. Einer, der im Geschäftsleben auftrumpft und privat den Schwanz einzieht, kommt mir niemals ins Bett. Dort muss er überzeugen, da ich Sex liebe und gewisse Ansprüche stelle.

Zusammengefasst lässt sich sagen, dass ich ohne Fjodors Ideenreichtum längst unter der Haube wäre. Zum Glück schafft es mein kleiner Russe zuverlässig, unerwünschte Anwärter auf die eine oder andere Art loszuwerden. Einer, der sich als besonders hartnäckig erwies, verschwand komplett von der Bildfläche.

Da Vaters Kandidaten äußerst schwach abschnitten, habe ich selbst die Fühler ausgestreckt und dabei rasch festgestellt, wie schwierig es ist, ein Komplettpaket zu finden, das meinen Wünschen entspricht.

Bis heute.

Wie aus dem Nichts tauchte plötzlich dieser Mann auf und scheute sich nicht, mich anzusprechen. Howard punktete direkt mit seinem Aussehen. Schönlinge mag ich nicht, sie sind mir suspekt. Mein Herz schlägt schneller, wenn die Augen wie in seinem Fall auf pure Männlichkeit treffen. Da konnte ich sogar verdrängen, dass es sich nur um den Bastard der Duartes handelte.

Andernfalls wäre ich ihm niemals in seine Suite gefolgt. So eine bin ich nicht.

Dass er sich weigerte, mir zu geben, was ich nötig habe, um Erfüllung zu finden, frustrierte nur im ersten Augenblick. Im Nachhinein spricht es eher für sein Standing.

Einer, der sich auf Anhieb meinem Willen beugt, besitzt kaum Stärke und unzureichendes Selbstbewusstsein. Über beides verfüge ich im Überfluss und ertrage daher keinen Schlappschwanz neben mir. Bezwingen soll er mich. Nicht im täglichen Leben. Nur im Bett.

Howard ist so ein Mann, dem ich das zutraue.

Bin zudem überzeugt, dass er nach ein paar Treffen erkennt, dass ein Besuch durch die Hintertür durchaus seinen Charme hat. Wenn Lust und Schmerz sich gegenseitig anheizen, ist Ekstase nicht weit entfernt, was schnell dazu führt, eigene Grenzen zu überschreiten, Neuland zu entdecken und seinen Reiz zu erkennen.

Ich stehe nicht auf Vanillasex.

Howard auch nicht, das offenbarte das Lodern in seinen Augen.

Aber er kann sich beherrschen. Hat sich selbst dann unter Kontrolle, wenn bei vielen Männern der Schwanz übernimmt. Daran, dass er mich will, besteht kein Zweifel.

Wir zwei haben Potenzial.

Das Einzige, dass einem näheren Kennenlernen im Weg steht, ist, dass er hier in Miami lebt und ich in New York.

Maledizione!

Da treffe ich jemand Vielversprechendes und im nächsten Moment trennen sich die Wege wieder.

Sein Gerede vom Heiraten nehme ich nicht ernst. Er wollte mich ficken und da verspricht ein Mann alles. Aufrichtiger klang, dass er sich der Vorteile einer Verbindung zwischen unseren Familien für das Geschäft bewusst ist. Auch das bewerte ich an dieser Stelle nicht über, obwohl seine Gier nach Macht für Intelligenz und Ehrgeiz spricht, etwas, was ich richtig heiß finde.

So einen Mann wünsche ich mir.

Howard gäbe den perfekten Ehemann ab, zu blöd, dass er zwar zur Duarte-Familie gehört, aber kein Duarte ist. Selbst wenn ich die vielen Vorzüge über diesen einen Makel stelle, Vater würde seine Zustimmung zu dieser Ehe auf jeden Fall verweigern.

Seit Stunden wälze ich mich im Bett umher, und dennoch fällt mir bei aller Kreativität, die mir durchaus eigen ist, keine Lösung für dieses Problem ein.

Maledizione!

Selbst beim Frühstück grüble ich, anstatt mich an den Gesprächen zu beteiligen. Sie könnten mir nicht gleichgültiger sein.

Dass wir gegen Mittag abreisen, erzeugt einen gewissen Druck. Ein Plan muss her, *e rapidamente*. Ich habe mir Howard in den Kopf gesetzt und in einem solchen Fall gleicht meine Sturheit der meines Vaters.

Endlich ein Mann mit Charakter, da vertraue ich schlicht nicht darauf, dass er mich bis zum nächsten Familienfest nicht wieder vergisst. Doch Schlupflöcher sind rar für Mafiatöchter. Trotz Volljährigkeit darf ich kaum eigene Entscheidungen treffen und kann daher nicht einfach ein paar Tage länger bleiben.

So etwas schickt sich nicht.

»… das weiß Cara genau.«

Diesen Satzfetzen schnappe ich auf. Worum es geht, interessiert nicht, aber die Erwähnung Caras bringt mich auf eine Idee.

»Darf ich für ein paar Tage Tante Cara besuchen?«, flöte ich in Richtung meines Vaters.

Seine Antwort besteht darin, dass er die Stirn runzelt und noch verdrossener dreinblickt als gewöhnlich, wenn der Name seiner ungeliebten Schwester fällt.

»Ich habe Andrea und Davide schon so lange nicht mehr gesehen.« Als ob ich die Zwillinge vermisse, aber irgendeinen Grund sollte es geben.

»Meinetwegen.«

Meine Augenbrauen ziehen sich unwillkürlich zusammen. Das Vater zustimmt, ist außergewöhnlich. Dies, ohne Diskussion zu erreichen, grenzt an ein Wunder.

»Sag ihr, Marcus soll für Di Stefano diese modifizierten AKs auftreiben.«

»Ja, Vater.« Das erklärt sein flottes Einverständnis. Statt mit seiner Schwester zu sprechen, schickt er mich vor. Heute bin ich dankbar dafür.

Nach dem Frühstück trage ich Fjodor auf, einen Leihwagen zu besorgen.

»Du willst wirklich zu Cara?«

»Ja.« Weshalb hat jeder ein Problem mit ihr? Als Old Lady mit einem Outlaw zu leben, kann kaum schlimmer sein als die Mafia.

Fjodors Blick offenbart, dass er meine Überzeugung nicht teilt. Aber das spielt keine Rolle. Die Tatsache, dass er mir die Nächte versüßt, bedeutet nicht, dass ihm eine Meinung zusteht.

Ich gehe aufs Zimmer. Sammle die Sachen zusammen, die verstreut herumliegen und werfe sie in den Koffer. Anstatt auf Fjodor zu warten, fahre ich mit dem Lift hinunter und checke an der Rezeption aus.

Als das erledigt ist, schaue ich mich um. Das Ganze ergibt keinen Sinn, wenn Howard nichts davon weiß. Nach ihm fragen möchte ich nicht.

Fjodor kommt zur Tür herein. »Meinetwegen können wir los.«

»Ich …«

Mein Blick erfasst den Lift. Aufatmen, als sich die Türen öffnen und ich Howard erkenne.

Ich winke ihm zu und weise den Russen an: »Bring schon mal das Gepäck zum Auto.«

Dessen Miene verdüstert sich und er bleibt wie angewurzelt stehen.

»Fjodor!«, ranze ich ihn an, als Howard uns erreicht und schließlich schlendert er provozierend langsam in Richtung Ausgang.

Howard schaut ihm hinterher. »Wer war das?«

»Mein Leibwächter.« Irritierte Reaktionen auf Fjodor bin ich gewohnt. Sieht eben nicht wie ein typischer Bodyguard aus der kleine Russe. Sein Schädel ist kahlrasiert bis auf einen Streifen in der Mitte, dieser ist wiederum so langgewachsen, dass er ihn hinten mit einem Gummi zusammenhält. Egal wie konservativ Vater sein mag, dass Fjodor mir mal aus einer brenzligen Situation geholfen hat, zählt mehr.

Als er aus unserem Blickfeld verschwindet, wendet sich Howard wieder mir zu. »Wie geht es meiner Zukünftigen heute Morgen?«

Sein schiefes Grinsen lässt das Herz höherschlagen. »Danke, gut«, antworte ich und senke züchtig den Blick.

»Wann sehen wir uns wieder?« Seine raue Stimme enthüllt, dass ich ihn an der Angel habe.

»Wie wäre es mit morgen?«

Er wirkt irritiert. »New York ist nicht um die Ecke.«

»Meine Tante lebt in Miami Springs und die besuche ich für ein paar Tage.«

»Also hole ich dich am Abend dort ab und wir gehen etwas essen?«

Ich stimme zu und schiebe ihm einen Zettel mit der Adresse zu.

»*Bljad*«, flucht Fjodor, als wir bereits eine Stunde unterwegs sind und gerade mal Miami Beach verlassen haben.

Mir geht der dichte Verkehr auf die Nerven. Ihn wurmt wahrscheinlich zusätzlich, dass bei meinen Besuchsabsichten ein Mann eine Rolle spielt.

»Soll ich dir einen blasen?« Das hilft ihm gewöhnlich dabei, runterzukommen. Ich brauche definitiv keinen Russen auf hundertachtzig, wenn ich bei Cara aufschlage.

Er rutscht etwas nach vorn und nickt zu seinem Schritt. »Gib dir besser Mühe.«

Ich neige mich ihm zu, löse seinen Gürtel, öffne die Hose und befreie seinen Schwanz. Streife die gesamte Länge entlang, lutsche an seinen Eiern.

Fjodor grummelt, klingt aber weniger mürrisch als gerade noch.

Während ich ihm einen blase, wandern die Gedanken zu meiner Tante. Wie sie wohl lebt? Es gab nie einen Familienbesuch, stattdessen wilde Gerüchte. Das letzte Mal sah ich sie auf der Beerdigung meiner Großmutter und die liegt Jahre zurück. Auch da erschien sie nur in Begleitung der Zwillinge. Marcus, ihren Ehemann, habe ich nie getroffen.

Weiß, dass er Präsident dieses MC ist und eine Motorradwerkstatt unterhält. In dieser Partnerwahl fand Caras Zerwürfnis mit der Familie seinen Ursprung.

Seitdem ist sie bei uns zu Hause ein Tabuthema und der Pres sowieso, es sei denn, Vater ist auf seine Dienstleistung angewiesen. In solchem Fall sinkt seine Laune unterirdisch.

Fjodor verreist kurz das Lenkrad, als er tief in meinem Rachen kommt. »Besser?«, frage ich, lecke ihn sauber und schließe seine Hose.

Er sagt etwas auf Russisch, dass ich nicht verstehe. Seine Stimme klingt okay, wenngleich sein Gesichtsausdruck verrät, dass ihm irgendwas immer noch nicht passt. Was das angeht, hatte ich ja bereits vorhin eine Ahnung.

Eine weitere Stunde vergeht, bis wir die Adresse erreichen, die ich von Cara besitze. Kein Wohnhaus, sondern besagte Werkstatt.

Fjodor steigt aus und bedeutet mir zu warten. Um seine Bodyguardehre nicht unnötig zu kränken, bleibe ich sitzen und verfolge, wie er sich umsieht und schließlich in der Werkstatt verschwindet.

Es dauert nur wenige Minuten, bis er mit einem Mann zurückkehrt, der in meine Richtung sieht. Jetzt hält es mich nicht länger. Ich steige ebenfalls aus. »Marcus?«, begrüße ich ihn.

»Lenny. Und du bist die Nichte unserer Old Mama?«

Ich nicke verhalten. Gehe davon aus, dass er Cara meint.

»Sie wird etwa in einer Stunde hier sein.«

»Gib uns ihre Adresse, dann schauen wir bei ihr zu Hause vorbei«, mischt sich Fjodor ein.

Lenny schüttelt den Kopf. »Nichts für ungut, aber ihr könnt euch ins Clubhaus setzen und etwas trinken.«

»Nicoletta?« Tante Cara sieht mich erstaunt an, als sie das Clubhaus betritt. Sie trägt einen Arbeitsoverall wie ein Mann und ihre Haare sind zu einem hohen Zopf gebunden. »Ist etwas passiert?«

»Ich wollte dich für ein paar Tage besuchen.«

Der Ausdruck auf ihrem Gesicht verwandelt sich in Skepsis.

»Oder ist das ein Problem?«

Sie verneint, lässt mich nicht aus den Augen. »Und wer ist er?« Ein Nicken in Fjodors Richtung.

»Mein Bodyguard.«

Tante Cara zieht die Brauen in die Stirn. »Ich muss noch etwas regeln, dann fahren wir heim.«

Cara fährt einen stattlichen Pick-up und wir folgen ihr. Ich staune, als sie in eine Einfahrt abbiegt, die zu einer ansehnlichen Villa führt.

Drinnen ist alles weitläufig und stilvoll eingerichtet. Nichts deutet auf das ominöse Outlaw-Leben hin, das ihr nachgesagt wird.

Gegen Abend erscheint ihr Ehemann mit den Teenager-Zwillingen. Die drei tragen Kutten, die von Marcus ziert der President-Patch und sein langer zotteliger Bart wird als einziges dem wilden Biker-Image gerecht.

Um es nicht am Ende zu vergessen, überbringe ich Dads Nachricht.

»Deshalb also.« Caras Freundlichkeit weicht. »Ich habe ihm tausendmal gesagt, dass Di Stefano von uns nicht mal eine Patronenhülse bekommt.«

»Er hat mich nicht geschickt, wenn du das denkst. Ich … Es war meine Idee, dich zu besuchen.«

»Nach all den Jahren.« Der Pres lacht argwöhnisch auf.

»Du kannst direkt wieder fahren und deinem Vater sagen, dass er sich solche Aktionen sparen kann.«

Erschrecken. Wenn sie genauso stur ist wie ihr Bruder, war es das. »Cara, bitte … Vater … Er hätte nie …«

»Ihr seid hier nicht länger willkommen.« Der Pres erhebt sich.

In meinem Hirn rattert es. Für eine Lügengeschichte, die noch dazu überzeugt, mangelt es an Zeit. Mir bleibt nur die Wahrheit oder ich vergesse Howard. »Ich habe einen Mann kennengelernt.«

Cara und Marcus sehen sich an.

»Ich will ihn wiedersehen. Vaters Bedingung für diesen Besuch war, dass ich euch frage.«

Cara angelt nach dem Telefon.

»Was hast du vor?«

»Ihm sagen, was ich von seinem Vorgehen halte.«

Wenn sie jetzt mit ihm spricht, eskaliert die Situation und Vater zitiert mich sofort nach Hause. »Kannst du ein paar Tage warten?«

»Dir liegt was an dem Mann.« Das Lächeln kehrt auf Caras Gesicht zurück.

»Er könnte derjenige sein, den ich heirate.«

Meine Tante seufzt. Zögert. Schiebt dann das Telefon von sich. »Ich koche uns was.« Sie steht auf und geht in Richtung offene Küche.

Ich atme auf.

»Er soll sich an die Sons in Kalifornien wenden«, flüstert mir Marcus zu, als Cara Gemüse aus dem Kühlschrank holt.

»Wo da?«

»Charming.«

HOWARD

Als heute, am zweiten Tag nach der Feier, die letzten Hochzeitsgäste Miami verlassen, zieht wieder Alltag ein, was mich durchatmen lässt. Wenngleich die Kolumbianer mit den anderen auswärtigen Gästen im Hotel untergebracht waren, schwebt eine gewisse Spannung über allem, sobald sich der Oberboss in der Stadt aufhält.

Nennt mich paranoid und scheinheilig, aber mir gefällt es auch nicht sonderlich, wenn mein Mellow Ocean voller Mafiosi steckt. Seien wir mal ehrlich, hat der Ruf erst mal gelitten, wird er nie wieder derselbe. Ich hasse den Gedanken, das Hotel als legalen Geschäftszweig zu verbrennen, nur weil sich die Who is Who der Mafia dort einnistet.

Matteo hat sich über meine Bedenken amüsiert, meinte, dass es sich nach außen hin durchweg um angesehene Geschäftsleute handele. Ich sehe das nun mal anders. Soll er mich kleinlich finden.

Am Nachmittag startet der normale Hotelbetrieb und damit ist die Welt in Ordnung. Einzig Ana ist geblieben und inzwischen in eine größere Suite umgezogen. Diese Bitte meines Freundes konnte ich unmöglich abschlagen.

Matteo ist seit seiner Hochzeit nicht mehr derselbe. So unkonzentriert und aufbrausend kenne ich ihn nicht. Das Doppelleben tut ihm schon nach zwei Tagen nicht gut. Mir fehlt die geringste Ahnung, wie ich damit umgehen soll, da es anmaßend erscheint, ihm wie früher ins Gewissen zu reden.

Nachdem ich über die recht spontane Idee geschlafen habe, ebenfalls zu heiraten, gefällt sie mir noch immer. Ich freue mich auf den Abend. Nicoletta hat zwar bisher nicht mein Herz gestohlen, aber ihre selbstbewusste Art fasziniert mich.

Anfänglich halte ich ein Essen im Blue Moon für eine ausgezeichnete Idee, ist schließlich der nobelste Schuppen, den die Familie zu bieten hat. Auf dem Weg zu der Adresse, die sie mir zugesteckt hat, komme ich davon ab. Nicht wegen der unguten Erinnerungen an meinen zweiundzwanzigsten Geburtstag, sondern weil ich einsehe, dass es unpassend ist, uns derart zu präsentieren.

Ein Blick in den Rückspiegel. Livan folgt in geringem Abstand. Zum ersten Mal verspüre ich den Drang, ihn abzuhängen. Bin schließlich auf dem Weg zu einem Date und lege keinen sonderlichen Wert auf einen Wachhund. Für Matteo war es früher fast ein Sport, Jorge zu entwischen. Jorge bezahlte das Spiel am Ende mit dem Leben und deshalb beschleunige ich nicht. Vertraue auf Livans Schweigen, wenn er mitbekommt, dass ich heimlich die Gallotochter treffe.

Irritation kommt auf, als ich vor einer Werkstatt stehe. Livan steigt mit mir aus und in Anbetracht des Ortes versuche ich gar nicht erst, ihn zurückzuhalten. Bevor wir das Gebäude erreichen, öffnet sich eine Tür und Nicoletta tritt heraus.

»Meine Tante führt ein recht eigenwilliges Leben«, erklärt sie.

»Scheint so.« Ich schaue zu den Bikern, die in diesem Augenblick auf den Hof fahren.

Gentlemanlike öffne ich ihr die Beifahrertür.

Als wir um die Ecke biegen, bemerke ich, dass uns neben Livans ein weiterer Wagen folgt.

»Fjodor«, sagt Nicoletta, die wohl bemerkt hat, dass ich immer wieder in den Rückspiegel schaue.

Ich fahre zu einem Touristenlokal, in das nie ein Einheimischer einkehrt und wir garantiert auf keine bekannten Gesichter treffen.

»Wie lange bleibst du?«

»Übermorgen fliege ich nach New York zurück, sonst argwöhnt Vater Dinge, die ihm besser nicht einfallen sollten.«

Ich weiß mittlerweile, dass daten innerhalb der Mafia eigenen Gesetzen unterliegt. »Es war mein voller Ernst. Ich will dich heiraten.«

»Und ich würde nicht ›Nein‹ sagen.«

Ich höre ein Aber. »Dass dein Vater nichts von mir hält, könnte zum Problem werden.« Daraus hat er nie ein Geheimnis gemacht und deshalb liegt diese Vermutung nahe.

»Wenn er sich stur stellt, mache ich es wie Tante Cara.«

»Was hat sie denn getan?« Dass sie mir jetzt bloß nicht damit kommt, nach Las Vegas durchzubrennen. Nicoletta mag schön sein und ihr Feuer heiß lodern, aber ich stehe nicht in Flammen. Ist nicht schlimm, ich behalte gern die Kontrolle, anstatt in einem ähnlichen Gefühlschaos zu versinken wie Matteo.

Liebe ist vergänglich, eine Familie bleibt und daher konzentriere ich mich auf den geschäftlichen Aspekt. Damit mein Plan aufgeht, ist unabdingbar, dass Francesco Gallo dieser Verbindung seinen Segen gibt.

»Cara hat Marcus gegen den Willen der Familie geheiratet.«

»Den Inhaber einer Werkstatt? Seit wann besitzen Mafiatöchter eine derartige Wahl?« Das ist mir neu, und was uns angeht, kommt es nicht infrage. »Ich lasse nicht zu, dass du dich gegen deine Familie stellst. Du verdienst ein anderes Leben.« Hoffentlich klingt die Sorge ehrlich und sie merkt nicht, dass es mir nicht um ihren guten Ruf, sondern um meine Zukunftspläne geht. Fest steht, wenn ich dadurch nicht den Fuß in die Tür setze, die an die Spitze der Gallofamilie führt, gibt es keine Hochzeit.

»Marcus ist mehr als das, er ist der Präsident des MC.«

Ich zucke mit den Schultern. Erinnere mich daran, dass Matteo mal so was erwähnte.

»Er hat Verbindungen. Handelt mit modifizierten Waffen.«

Alles schön und gut, aber nichts, was meine Meinung ändert. »Wir finden einen Weg, der dich nicht von der Familie entzweit.«

Im Anschluss an das Essen fahre ich nach Key Biscayne, möchte die Vorzüge des Datens genießen – ohne Touristen oder sonstige Nachtschwärmer. Um die Gegenwart einer sinnlichen Frau auszukosten, muss man sie nicht lieben.

Livan und Fjodor folgen wie Schatten. Das wird mir jetzt keinen Strich durch die Rechnung machen.

»Warte im Auto«, sage ich zu Livan.

»Kein Problem, *Cariño*.« Ein unverschämtes Grinsen ziert sein Gesicht.

Ich drehe mich um und beobachte, wie Nicoletta mit diesem Fjodor diskutiert. Sie sprechen so leise, dass ihre Worte unverständlich bleiben. Eine solche Diskussion mit einem Bodyguard ist mir suspekt, also gehe ich zu ihnen hinüber.

»Gibt es ein Problem?«

»Nein«, erwidert Nicoletta mit scharfer Stimme. »Fjodor nimmt seinen Job nur außergewöhnlich ernst.« Ihr Blick wandert zu dem Russen.

Er wirkt wütend, aber außer einem gemurmelten »*Bljad*« kommt kein weiterer Einwand.

Wir verschränken die Finger ineinander wie Teenager, bis unsere Bewacher außer Sichtweite sind. Dann ziehe ich Nicoletta in die Arme und küsse sie. Einnehmend. Fordernd. Kaum liebevoll. Seit Matteos Hochzeit ist klar, dass sie darauf nicht steht.

Allein, umfangen von Dunkelheit und ein wenig Mondlicht legt Nicoletta ihre falsche Scheu ab. Presst ihren Körper an mich, schiebt dabei ihren Unterleib hin und her, bis meiner reagiert und ich hart werde.

Von ihrem schamlosen Verhalten angestachelt, zerre ich sie in eine Einbuchtung. Dort würde uns nur entdecken, wer direkt davorsteht. Ich schiebe ihren Rock nach oben, stelle fest, dass sie kein Höschen trägt.

»Gutes böses Mädchen«, raune ich an ihrem Ohr und lasse zwei Finger durch ihre nasse Spalte fahren.

Sie keucht und schon machen sich ihre Hände an meiner Hose zu schaffen.

Ich hätte eine Decke mitnehmen sollen, aber das wäre zu auffällig gewesen. Also muss ich damit leben, dass der feine Sand praktisch überall ist.

Der Blow-Job ist erneut exquisit, trotzdem würde ich sie gern ficken.

Ich entziehe ihr meinen erigierten Schwanz und halte sie zurück, als sie sich umdrehen will. Keine Chance Baby, auch heute gibt es keinen Arschfick.

Ich ziehe sie näher heran. Öffne ihre Bluse. Verdammte kleine Knöpfe. Ich bin so ungestüm, dass ich einen davon abreiße.

Nicoletta sieht mich entsetzt an.

Ich zucke mit den Schultern. Um ihre Brüste freizulegen, zerre ich den BH nach oben. »Press sie zusammen.«

Sie zögert keine Sekunde und schon stoße ich in diese weiche Masse. Bloß gut, dass ihre Oberweite das möglich macht. Ist nicht dasselbe wie eine enge Spalte, aber besser als nichts.

Mit einem lauten Stöhnen spritze ich ab, sehe zu, wie mein Samen ihren Bauch herunterrinnt.

Ich ziehe sie auf den Schoß, sodass sie mit dem Rücken an meiner Vorderseite lehnt. Hebe ihre Beine über meine, drücke ihre Schenkel mit den Knien weit auseinander. Über ihre Schulter sehe ich hinab auf ihre glatt rasierte feucht glänzende Mitte.

Wir verlangen von einigen Nutten, dass sie unten herum komplett haarlos sind, aber bei Frauen außerhalb dieses Jobs kenne ich das nicht.

Ich halte sie mit der flachen Linken am Unterbauch in Position, während der rechte Daumen ihre Perle umkreist. Sie stöhnt auf, als ich ihre Schamlippen öffne und die Finger direkt an ihrem Eingang entlanggleiten lasse.

Mit sich aufbauender Spannung beginnt ihr Körper zu zittern. Sie wirft den Kopf zurück, sucht meine Lippen.

Als sie kommt, schreit sie ihre Geilheit heraus und ich bin froh, dass mein Mund diese Schreie dämpft. Livan muss nichts hiervon mitbekommen und ihr Russe schon gar nicht.

Ich beende den Kuss erst, als die letzten Wellen des Orgasmus abebben. Wir sehen an uns herunter und ich komme nicht gegen das Lachen an, das in mir aufsteigt, besonders als ich Nicolettas entsetzten Blick wahrnehme.

Um die Spermaspuren zu beseitigen, reiche ich ihr mein Taschentuch.

Wir richten die Kleidung und klopfen den Sand ab. Dass ich ihn weiterhin auf der Haut spüre, ist unangenehm, aber in diesem Fall akzeptabel.

Wir kehren zu unseren Bewachern zurück. Nicoletta hält ihren Arm etwas seltsam, schafft es so, zu verbergen, dass an ihrer Bluse ein Knopf fehlt.

Livan und Fjodor stehen schweigend beieinander und rauchen. Dem Russen scheinen solche Kapriolen seines Schützlings fremd, denn er wirkt noch wütender als vorhin.

Auf der Heimfahrt gibt mir Rätsel auf, dass eine Jungfrau derart versaut sein kann wie die schöne Gallotochter. Wäre ich verliebt, würde es mich sicherlich stören, aber so verstehe ich es eher als Benefit, dass es in der Vergangenheit jemanden gab, der sie all das gelehrt hat.

Der sich darauffolgende Abend verläuft beinahe identisch, nur dass er mit einem Abschied für länger endet. Das Funkeln in Nicolettas Augen suggeriert, sie habe sich bereits verliebt. Ich hinterfrage nicht, ob es echt oder gespielt ist. Sie ist scharf auf mich, allein das zählt.

Gut gelaunt erscheine ich am nächsten Morgen zum Frühstück und lasse mich nicht davon runterziehen, dass Matteo und Louisa dreinschauen, als hätte es ihnen die Petersilie verhagelt.

Im Anschluss fahre ich zum Leguan, wo es am gestrigen Abend einen Zwischenfall gab. Jemand, der nicht zu unseren Leuten gehört, wollte dort Stoff verticken, und hat sich dabei so dilettantisch angestellt, dass er von der Security erwischt wurde.

Um herauszufinden, ob der Typ nur dämlich oder im Auftrag einer fremden Familie in unser Gebiet eingedrungen ist, werde ich ihn befragen.

Ich parke den Benz unmittelbar an der Eingangstür, habe nicht vor, mich lange aufzuhalten.

»Mr. Coleman«, grüßt der Wachmann und hält mir die Tür auf. Ich nicke ihm zu und betrete den dunklen Flur.

An der Bar sind zwei weibliche Reinigungskräfte damit beschäftigt, diese auf Hochglanz zu polieren, während weitere die Tanzfläche reinigen. Ich gehe direkt nach hinten durch.

»Vorn im Flur bricht man sich den Hals. Sorge dafür, dass die Notbeleuchtung auch am Tage an ist«, weise ich Raul an.

»Selbstverständlich, Mr. Coleman.«

»Wo ist er?«

»Im letzten Zimmer rechts auf dem Gang.«

Dieses steuere ich an und finde einen Jungen, der kaum älter wirkt als Daniel. Er zuckt zusammen, als ich den Raum betrete, wendet den Kopf hin und her. Nicht so einfach, sich mit verbundenen Augen zu orientieren.

Seine Arme sind auf dem Rücken fixiert und zusätzlich an der Lehne, während die Knöchel durch Kabelbinder an den Stuhlbeinen gehalten werden.

Grob reiße ich ihm die Augenbinde vom Gesicht.

»Du weißt, wer ich bin?«

Er schüttelt den Kopf, doch seine Augen gestehen die Lüge.

»Es gibt zwei Möglichkeiten, wie das hier endet. Entweder du machst den Mund auf und erzählst mir, wieso du deinen Scheiß in unserem Club verstickst.« Ich schiebe eine Pause ein. »Oder ich nehme dich mit ins Kühlhaus.«

Er erhält einen Moment, um abzuwägen.

»Solltest du dich fragen, was es mit dem Kühlhaus auf sich hat, kann ich dir verraten, dass er zu einer Schlachterei gehört.«

»Du machst mir keine Angst.«

Ein Schmunzeln zupft an meinen Mundwinkeln. »Wir wissen beide, dass das gelogen ist. Ich stelle dir jetzt eine Frage, und zwar nur einmal. Es liegt bei dir, ob du hier in einem Stück rauskommst oder wir dich im Kühlhaus in deine Einzelteile zerlegen.«

»Fick dich!«

Meine Faust landet ohne Vorwarnung in seinem Magen und ich kann gerade beiseite springen, als dessen Inhalt nach draußen schießt. Offensichtlich behandeln wir unsere Gefangenen recht gut, wenn es sogar was zum Frühstück gibt. Ich schaue auf die Schweinerei, dann in sein Gesicht. »Komm, mach es uns beiden nicht so schwer. Wer schickt dich?«

»Niemand.«

Eine auffordernde Handbewegung soll ihn zum Weiterreden motivieren.

»Ich habe Schulden und deshalb …«

»Wie kommt ein Bürschchen wie du an Schulden?« Darauf erwarte ich keine Antwort. »Bei wem stehst du in der Kreide?« Auf diese Frage schon.

»Mr. Gordon.«

Also doch. Ich vermute schon lange, dass die Keine-Drogen-Politik der Nazis reine Fassade ist. »Du arbeitest für Winston Gordon?«

»Nein.« Zur Untermauerung dieser Aussage schüttelt er mit dem Kopf. »Seine Leute sind in der Nähe der Schule unterwegs und … ich brauchte Geld.«

Beeindruckend, was ein einzelner Schlag auszurichten vermag.

»Für Drogen?«

»Ich nehm den Scheiß nicht. Für ein Motorrad. Meines habe ich gecrasht.«

Irgendwie glaube ich ihm. »Wo wohnst du?«

»In Overtown.«

»Bei den Schwarzen?«

»Schon immer.«

Im Bad befeuchte ich ein Handtuch. Befreie seine Arme und reiche es ihm. »Wisch dich sauber.«

Sein Blick wird lauernd, er weiß anscheinend nicht, wie er mich einschätzen soll. »Was machen Sie jetzt mit mir?«

»Wie viel schuldest du Gordon?«, will ich wissen, ohne auf seine Frage einzugehen.

»Einen Riesen.« Er reibt bestmöglich die Kotze von seiner Kleidung, während ich die Fußfesseln löse. Da seine Bemühungen wenig Erfolg zeigen, nicke ich ihn ins Bad.

»Hat Gordon dich in den Leguan geschickt?«

»Nein.«

»Sondern?« Bin ich zu freundlich oder weshalb muss ich ihm schon wieder jedes Wort einzeln aus der Nase ziehen?

»War mal mit Freunden hier. Der Club ist cool.«

Als er aus dem Bad tritt, ist seine Kleidung zwar nass, aber wenigstens oberflächlich sauber.

»Komm!«

Er bleibt wie angewurzelt stehen.

»Was?«

»Ich habe alles gesagt.«

»Nun komm schon.« Ich verpasse ihm einen Schubs in Richtung Tür und nehme ihn mit nach vorn, wo Raul sich mit zwei Huren unterhält, die auf Kundschaft warten.

»Gib mir einen Riesen«, weise ich den Barmann an.

Dieser zählt die Scheine ab und reicht sie mir. Wenn ihm das ungewöhnlich vorkommt, zeigt er es nicht. Arbeitet seit Jahren für die Duartes und hat allem Anschein nach gelernt, wann es bekömmlicher ist, die eigenen Gedanken für sich zu behalten.

»Wie heißt du?«, wende ich mich wieder dem Jungen zu.

»James.«

»Ok, James, hier sind tausend Dollar. Diese trägst du ohne Umwege zu Mr. Gordon. Sollte ich dich noch einmal hier sehen oder hören, dass du weiter mit den Nazis Geschäfte machst, wirst du herausfinden, dass ich nicht gelogen habe, was das Kühlhaus angeht. Haben wir uns verstanden?«

Er nickt eifrig und ich reiche ihm das Geld.

»Wer bin ich?«

»Howard Coleman, Sir.«

»Guter Junge und vergiss nie, dass ich ein Auge auf dich habe.«

Pünktlich zum Abendessen erreiche ich die Villa.

»Hast du im Leguan alles geregelt?«, fragt Emilio.

»Ja, der Junge war harmlos.«

»Von wem hatte er den Stoff?«

»Winston Gordon.« Ich gehe nicht näher darauf ein, obwohl Josepha nicht mit am Tisch sitzt.

»Manchmal denke ich, dass wir die American Front unterschätzen«, sinniert Emilio.

»Wir sollten sie im Auge behalten.« Ich sehe zu Matteo, der zwar körperlich anwesend ist, aber in Gedanken weit weg scheint.

Auf der gegenüberliegenden Tischseite zu sitzen, stellt sich als keine gute Wahl heraus.

Louisa schenkt Matteo Wein nach, was er mit einem Grummeln quittiert.

Ich habe noch nie Frischvermählte gesehen, die so niedergeschlagen wirkten. »Wie schätzt du die Lage ein?«, provoziere ich eine Reaktion von ihm.

»Ihr habt ohne Frage recht.«

Ich bin nicht sicher, ob er weiß, worüber wir geredet haben. »Hast du nach dem Essen einen Moment für mich, Emilio?«

Das Familienoberhaupt nickt.

In diesem Augenblick tritt Daniel in das Esszimmer.

»Kontrollierst du morgen die Ware im Hafen?«, wendet sich Emilio an Matteo.

»Wann …«

»Matteo, bitte.« Wenn mein Bruder anwesend ist, stehe ich auf Josephas Seite und mag nicht, dass Mafiaangelegenheiten besprochen werden.

Er verzieht das Gesicht, schweigt allerdings.

»Einige von uns fahren übers Wochenende runter nach Key Largo.« Daniel fixiert mich wie ein hungriger Wolf.

Ich bleibe stumm, kann sehr geduldig sein.

»Howi?«

»Ja?«, säusle ich. Habe mir das von Emilio abgeschaut.

Daniel stöhnt auf. »Kann ich mitfahren?«

»Wo übernachtet ihr?«

»Das Haus gehört den Gallos.«

»Den Gallos aus New York?« Mir ist neu, dass MCs Ferienhäuser besitzen.

»Was weiß ich? Die Zwillinge sind mit dabei.«

»Woher kennst du sie?«

»Na aus der Schule.« Daniel sieht mich an, als sei ich minderbemittelt.

»Aber …« Ich stoppe. Es ist schwierig, zu erklären, dass Mafiaumgang okay ist, während ich ein Problem damit habe, dass er mit den Sprösslingen eines MC Pres das Wochenende verbringt.

»Verbiete es ihm nicht«, mischt sich Emilio ein.

Daniel außerhalb meines Einflussbereiches zu wissen, geht mir gegen den Strich. Andererseits verhält er sich mit Sicherheit noch renitenter, wenn ich ihm alles verweigere. In diesem Moment komme ich mir vor wie sein Vater, was mich eindeutig überfordert. »Du nimmst Gary mit.« Ich rechne mit Widerstand, aber der bleibt mir erspart.

»Danke, Howi.«

Nach dem Essen folge ich Emilio direkt ins Büro. Er schließt die Tür hinter uns und nickt mich in einen der Cocktailsessel.

»Was hast du auf dem Herzen, Howard?«

Mir fällt auf, wie sehr sich alles verändert hat, seit ich das erste Mal in diesen Raum zitiert wurde. Damals und all die anderen Male vor der Aufnahme in die Familie, fühlte ich mich befangen und allein mit Emilio zu sein, jagte mir Furcht ein. Inzwischen ist nur Respekt geblieben.

»Wie hast du das Problem im Leguan gelöst?«, fragt er, als ich nicht sofort antworte.

Mir wird etwas flau im Magen, aber da er es sowieso erfährt, sage ich die Wahrheit.

»Du hast tausend Dollar verschenkt?« Emilios Stimme klingt genauso unbewegt, wie die Miene aussieht, mit der er mich betrachtet.

»Onkel Felipe sprach mal davon, dass er regelmäßig den Bedürftigen hilft und sich so ihres Respekts und ihrer Loyalität versichert.« Den Oberboss Onkel zu nennen, ist seltsam, aber ihn noch vertraulicher mit Felipe anzusprechen, bringe ich nicht fertig. Ob es klug ist, mich auf ihn zu beziehen, weiß ich auch nicht.

Emilios Schweigen weckt Nervosität.

»Guter Schachzug«, sagt er schlussendlich und ich stoße erleichtert Luft aus.

»Am nichtssagenden Gesichtsausdruck musst du allerdings noch arbeiten. Wenn du jemandem außerhalb der Familie gegenüberstehst, unterlässt du jede Äußerung, die Rückschluss auf dein Denken und Empfinden zulässt. Also kein befreites Aufatmen.«

Derartige Maßregelungen erfahre ich häufig, nehme sie nicht übel, begreife sie stattdessen als eine Art Ausbildung. »Ja, Sir.« Schon Don Corleone hat gesagt: ›Du darfst nie einen Menschen, der nicht zur Familie gehört, merken lassen, was du denkst.‹

»Weshalb wolltest du mich sprechen.«

Ich räuspere mich und weiß im gleichen Moment, dass auch das ein Fehler ist. »Auf Matteos Hochzeit habe ich Nicoletta Gallo kennengelernt«, sage ich offensiv, da mein Gegenüber kein Freund von Small Talk ist. »Dabei kam mir in den Sinn, dass eine Verbindung zwischen unseren Familien der Zusammenarbeit zuträglich wäre.«

Diese Offenbarung entlockt selbst Emilio ein Grinsen. »Das ist nicht falsch gedacht.«

»Ehe Onkel Felipe irgendwen aussucht …«, setze ich hinzu.

»Du weißt, dass er zustimmen muss?«

»Die Gallos sind eine uralte italienische Familie, und eine Verbindung zur traditionellen Mafia ist nie von Nachteil«, plappere ich nach, was hier häufig ausgesprochen wird.

»Entspann dich, Howard.«

»Sir, ich will doch nur …«

Mit einer Handbewegung bringt er mich zum Schweigen. »Ich weiß das alles. Mich interessiert, was du für diese Gallotochter empfindest.«

»Sie sieht gut aus und besitzt Charme.« Das ist die jugendfreie Beschreibung oder eben die für einen Mann, der mein Vater sein könnte.

»Ich habe Augen im Kopf. Aber was treibt dich an?«

»Diese Verbindung ist gut für das Geschäft«, fasse ich abermals zusammen, dachte, ich hätte das bereits klargemacht.

»Was ist mit Gefühlen?«

Ich schüttle mit dem Kopf.

»Niemand drängt dich, eine Frau zu wählen, die du nicht liebst.« Emilios Blick bannt mich und ich gewinne den Eindruck, er wolle mir Nicoletta ausreden.

»Als Teil dieser Familie möchte ich vorwärtskommen.« Es existiert kein Grund, das zu verschweigen.

»Wie du meinst. Dann spreche ich mit Felipe.«

LOUISA

Mit gerade Mal achtzehn Jahren bin ich verheiratet. Es gibt jemanden, der zu mir gehört und gleichzeitig ist die Einsamkeit kaum auszuhalten. Irgendwie absurd. Auch vier Wochen später lebe ich in meinem Zimmer. Teile nicht etwa das Apartment meines Ehemannes auf der anderen Seite der Galerie, das wesentlich größer ist und mit mehr Liebe eingerichtet. Unglaublich aber die Wahrheit, ich war nur einmal dort. Am Tag nach der Hochzeit.

Matteo hielt es selbst in unserer Hochzeitsnacht nicht bei mir aus. War beim Aufwachen weg. Ich habe erst gewartet, ihn dann gesucht und als er Stunden später nicht wieder auftauchte, von Howard erfahren, dass er das Hotel bereits verlassen hat.

Allein!

David, mein Leibwächter, brachte mich nach Hause. Also zur Villa.

Derart gedemütigt vergaß ich für einen Moment die gute Erziehung und stürmte in Matteos Apartment. Hörte Geräusche aus dem Bad und da ich es nie gewagt hätte, ihm dorthin zu folgen, wartete ich erneut.

Als er ins Zimmer trat und mich entdeckte, veränderte sich sein Gesichtsausdruck binnen einer Sekunde und vermittelte, dass es ein Fehler war, ungebeten bei ihm zu erscheinen.

Ein Blick zur Uhr. Es ist bereits halb elf. Das Frühstück habe ich verschlafen. Kein Problem, bald gibt es Mittagessen, wenn in diesem Haus für etwas gesorgt ist, dann das niemand verhungert.

Die Abendmahlzeit ist die Schlimmste, wird im Kreise der Familie eingenommen, sodass ich Matteo nicht aus dem Weg gehen kann und seinen Hass ertragen muss.

Ich bin nicht so treuherzig und erwarte, dass er sich verliebt wie meine Romanhelden, doch dieses Maß an Abscheu …

Findet er mich hässlich?

Okay, ich bin keine Schönheit, die Augen sind zu groß, die Nase etwas zu breit, die Lippen zu voll. Aber hässlich?

Ich bemühe mich, zu gefallen. Fordere nichts ein. Nerve weder mit Wünschen noch Beschwerden. Bediene ihn bei Tisch, wenngleich es entwürdigend ist, nicht mal die Beachtung eines Dienstmädchens zu erfahren.

Die Hoffnung, nach der Eheschließung würde alles besser, erfüllt sich nicht.

Als einziger Sohn hat Matteo zahlreiche Verpflichtungen. Er arbeitet viel und ich gehöre bestimmt nicht zu den Frauen, die erwarten, dass sich der Mann ständig um sie kümmert. Dass er mich seit der Hochzeitsnacht nicht mehr berührt hat, verunsichert schon. Steht im Gegensatz zu dem, dass Mamma behauptete, er würde das Bett mit mir teilen, solange es keinen Erben gibt.

Was habe ich falsch gemacht?

Einsamkeit und Langeweile bestimmen den Alltag. Grübeln nach einem Ausweg. Ins Kissen weinen. Die beiden Bücher, die David mit meinen Sachen brachte, immer wieder lesen.

Josi hat am Anfang gesagt, ich könne zu ihr kommen. Ein paar Mal war ich nah dran, dieses Angebot anzunehmen. Etwas hält mich bis heute zurück, vielleicht weil ich spüre, dass es Matteo nicht recht wäre.

Trotz allem meldet sich der Hunger.

Ich stehe auf, gehe ins Bad. Im Spiegel sehen mir geschwollene rote Augen entgegen. So kann ich nachher nicht nach unten.

Um am Abend normal auszusehen, kühle ich mit einem nassen Waschlappen. Fühle mich elend. Obwohl ich das Zimmer mag, erdrückt es mich gerade.

Niemand sieht nach mir.

Selbst der Kontakt zu David ist abgerissen. Am Anfang erlaubte Matteo, dass der Leibwächter ab und an vorbeischaut. Dann stellte er ihn vor die Wahl, zu meiner Familie zurückzukehren oder sich in den Dienst der Duartes zu stellen. Er wählte die zweite Option.

Matteo und Howard lachen auf der Galerie. Das Gefühl, eine Aussätzige zu sein, verstärkt sich und obwohl Matteo nie nett ist, wünsche ich gerade, er würde zu mir kommen. Müsste ja nicht ewig bleiben.

Nur ein halbes Stündchen.

Wenigstens ein paar Minuten.

Das Lachen wird leiser.

Dann ist es still.

Ich warte.

Vergebens.

Danny kommt nach Hause. Seine Tür schließt sich. Wir sind nicht länger Freunde.

Ich rolle mich zusammen, wie Mr. Chorizo es so gern im Büro meines Schwiegervaters tut. Bleibe liegen, bis es Zeit für das Abendessen wird.

Eine Stunde Freigang.

Matteo spricht kein Wort mit mir.

Ich wage nicht, mich am allgemeinen Tischgespräch zu beteiligen. Er mag das nicht.

Dann liege ich wieder in meinem Bett. Lösche das Licht. An Schlaf ist nicht zu denken.

Wovon soll ich müde sein?

Tief im Innern keimt Widerstand auf.

Es ist falsch, wie Matteo mich behandelt. Ich bin seine Frau und selbst in der Mafia räumt mir das gewisse Rechte ein. Diese zu benennen, fällt schwer, aber es kann nicht angemessen sein, dass er mir sämtliche Beachtung entzieht und mich zugleich wie eine Gefangene hält.

Ich schalte das Licht wieder an.

Zögere.

Raffe allen Mut zusammen, stehe auf und streife den dunkelblauen Morgenrock über. Im Bad bürste ich grob durch das Haar, da es in jegliche Richtung absteht. Beim Versuch, mich mit Matteos Augen im Spiegel zu betrachten, entdecke ich Ähnlichkeit zu meiner Mutter. Dieser verkniffene Ausdruck um den Mund ist wirklich unattraktiv.

Ich hebe zwanghaft die Mundwinkel und streife den Morgenmantel ab.

Um nicht billig zu wirken, entscheide ich gegen das Seidennachthemdchen, sondern schlüpfe in ein Hauskleid. Lege etwas Rouge auf. Flechte einen Zopf. Die Spange mit dem Strass ist doch recht hübsch.

Pure Verzweiflung treibt mich zu Matteos Tür.

Mein Herz schlägt bis zum Hals. Gehe ich nicht sofort hinein, springt es aus der Brust.

Ich klopfe.

»Ja.«

Zaghaft öffne ich die Tür.

Matteo steht mit einem Whiskyglas an der Balkontür und schaut hinaus in die Nacht. Als er mich erkennt, verdüstert sich sein Gesichtsausdruck und neue Unsicherheit keimt auf.

»Was willst du?«

Vorhin im Bett hatte ich eine ganze Rede parat, um ihn davon zu überzeugen, unserer Ehe eine Chance zu geben. Diese hat sich in Luft aufgelöst und ich stehe regungs- und wortlos mitten im Raum.

»Geh auf dein Zimmer.«

»Nein.« Diesen Satz hat mein Babbo auch immer benutzt.

Matteos Brauen wandern in die Höhe und die Kälte in seinen Augen lässt mich frieren.

»Du bist mein Ehemann.«

»Verschwinde.«

»… du hast mich geheiratet.« Ich hasse die fiepsige Stimme. Sie klingt wie in den Augenblicken, in denen Babbo mich zur Rede stellte. Doch ich bin kein Kind mehr. Wenngleich damals wie heute niemand für mich einsteht, ist das Maß voll. Irgendwie.

»Wollen wir nicht wenigstens versuchen, das Beste daraus zu machen?«

»Wäre es nach mir gegangen, hätte es diese Ehe nie gegeben. Also erwarte lieber nichts von mir.«

»Warum …«

»Louisa, was willst du? Soll ich dich ficken, damit du Ruhe gibst?« Matteos Augen funkeln wütend und mir steigt Röte ins Gesicht. Er stellt sein Glas hart auf den Tisch. »Hau ab!«

Ich bleibe wie angewurzelt stehen, nicht aus Protest, sondern bin unfähig, mich zu bewegen.

Matteo schnappt sich die Autoschlüssel und hastet aus dem Zimmer.

Meine Starre löst sich und ich laufe ihm nach.

Er ist schneller, strebt auf seinen Wagen zu.

Am Ende stehe ich auf dem Parkplatz und sehe der roten Corvette hinterher, die auf das Tor zurollt.

In diesem Augenblick tritt Jander aus dem Haus. Er geht langsam, aber inzwischen ohne Stock. Von allen Leibwächtern ist er mir der liebste, ich mag seine sanfte und freundliche Art. Wie er sich ins Leben zurückgekämpft hat, ist bewundernswert. In seinem Blick liegt eine Art von Verständnis. Vielleicht bilde ich mir das auch nur ein, weil ich so dringend jemanden brauche.

»Weißt du, wo mein Mann hinfährt?«.

Er zuckt mit den Schultern. »Wird zu tun haben.«

Der Drang, herauszufinden, wo Matteo seine Abende verbringt, schwillt weiter an. Dass er oft bis spät in die Nacht arbeitet, fällt schwer zu glauben. Wahrscheinlich vergnügt er sich mit Freunden in irgendeinem Club. Ich mag nicht weiterdenken, denn es ist nicht auszuschließen, dass er sich mit den dort angestellten Frauen amüsiert. Ein unliebsamer Gedanke, aber nicht ungewöhnlich für einen Mafiamann. Nicht einmal Babbo macht da eine Ausnahme.

»Bitte, Jander.«

Sein Gesicht bleibt unbewegt.

»Matteo hat etwas vergessen.«

Der Blick des Leibwächters verrät, dass er die Lüge durchschaut. Nicht schwierig, da ich nichts bei mir habe.

»Steig ein.«

Hat er das wirklich gesagt?

Jander deutet auf den schwarzen Wagen.

Die Fahrt nach Miami Beach verläuft still.

Irgendwann stoppt er an dem Hotel, in dem wir geheiratet haben. Das kommt unerwartet, hier gibt es keinen Club.

»Zimmer 517.«

»Was hat das zu bedeuten?«

»Ich warte eine halbe Stunde.« Er öffnet mir die Tür.

Mit weichen Knien trete ich in das Hotel, gehe an der Rezeption entlang in Richtung der Aufzüge.

Jeder Schritt fällt schwer. Mein Magen rebelliert und das Herz pumpt ungesund schnell.

Das war eine blöde Idee.

Ich überlege umzudrehen, als ich eine schummrige Cocktailbar erreiche. Ein Moment des Zögerns. Genug Zeit, um sie zu bemerken.

Da sitzen Matteo und eine mir unbekannte Frau unheimlich nahe beieinander. Sein Arm liegt um ihre Taille und sie schaut ihn verliebt an.

Obwohl es mich innerlich zerreißt, wende ich die Augen nicht ab.

Das ist keine Zufallsbekanntschaft.

Beide wirken derart vertraut, als würden sie sich ewig kennen. Scheinen in ihrer eigenen Welt versunken. Matteos Blick ist weich und nicht zu vergleichen mit dem, wie er mich ansieht. Es scheint beinahe, als säße dort ein vollkommen anderer Mann.

Die Frau ist bildhübsch, und plötzlich ist verständlich, dass er mit mir nichts anzufangen weiß. Ich besitze weder dieses schwarze seidenglänzende Haar noch ihre ausdrucksstarken Augen. Jetzt fährt er mit dem Daumen über ihre geschwungene Unterlippe und sie neigt sich ein wenig näher zu ihm.

Eifersucht wallt heiß in mir auf.

»Deshalb also«, kreische ich und hasse im gleichen Atemzug diesen hysterischen Tonfall.

Beide wenden sich zu mir.

Kein Erschrecken.

Noch weniger Reue.

Sie sehen mich nur an, ohne dabei voneinander zu lassen.

»Was suchst du hier, Louisa?« Matteo klingt so gleichgültig, dass ich mich ganz klein fühle.

Ich schlinge die Arme um den Körper. Ein aussichtsloser Versuch, mich zusammenzuhalten und ein letztes bisschen Würde zu bewahren. »Du hast gesagt, dass es keine andere gibt.« Irgendwie gelingt es, dass meine Stimme nicht weinerlich klingt.

Matteo flüstert der Schönen etwas ins Ohr, bevor er lässig von seinem Hocker rutscht und mich in die Hotelhalle nickt.

»Glaub nicht, dass das kein Nachspiel hat«, zischt er, greift nach meinem Arm und zerrt mich grob ins Freie. In seinen Augen ein eiskalter Blick.

Dieser fällt jetzt auf Jander. Innerhalb von Sekunden ist er bei ihm.

Ich schreie auf, als seine Faust im Gesicht des Leibwächters landet.

Der hebt nicht einmal seine Hände. Lässt über sich ergehen, dass Matteo weitere zwei Mal auf ihn eindrischt.

Tränen schießen in meine Augen. Was habe ich getan? Jander ist noch nicht wieder vollkommen gesund.

Als Matteo abermals zuschlagen will, packe ich seinen Arm. »Ich habe ihn gezwungen. Wenn du jemanden schlagen musst, dann mich.« Keine Ahnung, woher ich den Mut nehme, dazwischen zu treten.

Matteo holt aus, stoppt aber, kurz bevor seine Faust mein Gesicht erreicht.

Er zieht ein Taschentuch hervor und reicht es Jander. »Wisch dir das Blut ab und bring sie nach Hause.« Mit diesen Worten dreht er sich um und verschwindet im Hotel.

Ich nehme dem Leibwächter das Tuch aus der Hand und tupfe vorsichtig das Blut aus seinem Gesicht. »Verzeih mir.«

»Das war es mir wert.«

Keine Ahnung, weshalb er sich auf meine Seite stellt, aber es bedeutet mir eine Menge.

Schweigsam fahren wir nach Hause.

»Du kommst zurecht?«

Ich nicke und Jander verzieht sich in Richtung Flachbau.

In meinem Zimmer halte ich die Tränen nicht länger zurück.

Matteo betrügt mich.

Ich bereue, den Leibwächter in Schwierigkeiten gebracht zu haben. Befürchte, dass es das noch nicht für ihn war. Es dauert, bis ich mich beruhige und mir klar wird, dass ich alles verschlimmert habe.

Obwohl bereits der Morgen graut, bin ich zu aufgeregt, um zu schlafen. Die Tür zur Galerie steht offen und ich lausche auf ein Geräusch, das mir anzeigt, dass Matteo heimkehrt. Wenngleich ich seine Wut fürchte, wünscht sich ein Teil von mir, dass er herüberkommt und mich anbrüllt, da das bedeuten würde, dass ich ihm nicht gänzlich egal bin.

Ich bekomme mit, wie Danny sein Zimmer verlässt. Vermutlich geht er runter zum Frühstück.

Allmählich packt mich die Furcht, dass Matteo überhaupt nicht mehr nach Hause kommt. Ein erschreckender Gedanke. Habe ich ihn komplett in die Arme dieser Fremden getrieben?

Wird er mich verstoßen? In Schande zu meiner Familie zurückschicken?

Um mit jemandem zu reden, rufe ich Nino an, gebe ihm eine Zusammenfassung der Geschehnisse des gestrigen Abends.

»Sie waren so vertraut, als würden *sie* zusammengehören.«

Stille auf der anderen Seite.

»Ich weiß nicht weiter, Nino.«

»Niemand kann ihn zwingen, dich zu lieben, aber deswegen muss er nicht so scheiße sein.«

Ich seufze. »Die meiste Zeit ignoriert er mich.«

»Es war ein Fehler, ihn auszuspionieren. Eine gute Ehefrau tut so etwas nicht.«

»Aber ein guter Ehemann darf mich betrügen.«

Mein Bruder zögert seine Antwort heraus. »Du weißt, wie es bei uns läuft, er sollte allerdings diskreter vorgehen.«

»Dann wäre es in Ordnung?«

»Und sich bemühen, beiden gerecht zu werden.«

Enttäuschung macht sich breit. Der Wunsch, dass sich Nino mit Vehemenz auf meine Seite stellt, erfüllt sich nicht. Stattdessen rechtfertigt er Matteos Verhalten damit, dass es in der Mafia nun einmal so ist.

»Er darf alles und ich …«

In diesem Moment wird die Tür aufgerissen.

Matteo ist mit ein paar Schritten bei mir und entreißt mir den Hörer.

»Nino?«

…

»Du willst mir nicht ernsthaft vorschreiben, wie ich meine Frau zu behandeln habe.«

…

»Dachte ich mir.« Er donnert den Hörer auf den Apparat und im nächsten Moment trifft mich eine schallende Ohrfeige.

Die linke Gesichtshälfte brennt höllisch, trotzdem kämpfe ich mit aller Macht gegen die aufsteigenden Tränen.

Nicht weinen!

»Beklagst du dich noch einmal bei einem Außenstehenden, bringe ich dich um«, brüllt Matteo, packt meine Arme und schüttelt mich.

Für eine Erwiderung bin ich zu perplex.

Sein Gesicht ist wutverzerrt. So habe ich ihn nie zuvor erlebt.

»Du bist meine Frau und machst, was ich dir sage.«

»Matteo …«

»Ich kann dich auch einschließen. Dir das Telefon wegnehmen. Ich kann …«

»Lass sie los.«

Ich sehe an ihm vorbei und erkenne Howard.

»Halt dich raus«, faucht Matteo.

»Würde ich gerne, aber du brüllst das ganze Haus zusammen.«

Er stößt mich grob von sich und dreht sich zu Howard. »Misch dich nicht in meine Ehe ein.«

»Ich habs versucht.«

»Versuch. Es. Härter.«

Howard verzieht das Gesicht und schüttelt den Kopf. »Nicht, wenn mein bester Freund zu einem Frauenschläger verkommt.«

»Ich bin kein Frauenschläger.« Jetzt packt er Howard am Kragen seiner Lederjacke. »Das war nur eine Ohrfeige.«

»Heute ist es eine Ohrfeige und morgen schlägst du sie krankenhausreif.« Howard löst Matteos Hände und drückt seine Arme nach unten. »Ich habe vorhin Jander gesehen.«

»Dann weißt du, was Typen blüht, die ihre Nase in Dinge stecken, die sie nichts angehen.«

»Ist das dein Ernst? Nach allem, was er für uns getan hat?«

Matteo grummelt, drängt sich an Howard vorbei und stürmt aus dem Zimmer.

»Bist du ok?«, wendet sich Howard an mich.

Ich nicke. »Ist schon gut.«

»Ist es nicht.«

MATTEO

Ich verbarrikadiere mich in meinem Apartment, um nicht irgendetwas zu tun, was ich später bereue. So weit haben sie mich gebracht mit ihrer Einmischung. Sollen sich um ihren eigenen Scheiß kümmern. Wo kommen wir denn hin, wenn sich plötzlich ein Jander in die Belange seines Bosses einmischt? Und falls Howard glaubt, dass er als Familienmitglied einen Freibrief besitzt, ist er komplett falsch gewickelt.

In der Schublade meines Nachttisches finde ich ein Tütchen Kokain. Seit dem Krankenhausaufenthalt halte ich mich von Drogen weitestgehend fern, aber an diesem Morgen benötige ich etwas, um runterzukommen.

Das Koks besänftigt und bewirkt, dass ich selbst nach einer schlaflosen Nacht funktioniere.

Mir gefällt der Blick nicht, mit dem mein Vater mich mustert, als ich in sein Büro trete. Kann gut sein, dass er den Streit bis hier unten gehört hat, aber er soll mich bloß nicht darauf ansprechen. Um das zu vermeiden bringe ich das Gespräch direkt aufs Business.

»Ich höre immer wieder, dass sich Leute der AmCon in unseren Gebieten rumdrücken.«

»Bringen sie ihre Geschäfte in unsere Straßen?«

»Nicht, dass ich wüsste.«

»Schick ein paar Soldaten in die Stadt. Sie sollen ein Auge darauf haben. Möglichst unauffällig.«

»Okay.«

»Nimm dir nichts vor für die kommende Woche.«

»Weil?«

»Du fliegst nach New York. Francesco ist unruhig. Er hat Angst, dass wir die Lieferkette nicht zuverlässig aufrechterhalten können, bis das Schiff fertiggestellt ist.«

»Und ich soll ihn pampern oder was?«

»Überzeuge ihn davon, dass weder er noch seine Abnehmer sich sorgen müssen. Howard begleitet dich. Felipe hat sich einverstanden erklärt, dass er Nicoletta heiratet, aber Francesco stemmt sich dagegen. Vielleicht hilft, wenn sie sich näher kennenlernen.«

»Er will das wirklich durchziehen?« Bislang hielt ich es für eine fixe Idee.

»Ihr redet nicht viel im Moment.«

Ich zucke mit den Schultern.

»Ist auch schwierig, wenn ihr tagsüber arbeitet und du kaum eine Nacht hier schläfst.«

Meine Brauen wandern von selbst nach oben. Unwillkürlich taucht die Frage auf, was er weiß und ob er ebenfalls vorhat, sich in meinen Privatkram einzumischen. Ok, bei ihm wäre das nichts Neues.

»Wie du deine Ehe führst, ist nicht mein Business. Aber glücklich wirst du so nicht.«

»Du sagst selbst, dass es dich nichts angeht, also belassen wir es dabei.« Derartige Diskussionen hängen mir zum Hals raus. Ich habe sie geheiratet. Was will er denn noch?

»Bist du dafür verantwortlich, dass Janders Gesicht zerschlagen ist?«

»Woher …«

»Er ist mit Louisa mitten in der Nacht weggefahren. Ich kann eins und eins zusammenzählen.«

»Gut, dass du es weißt.« Ich entscheide ungeplant, dieses Problem endgültig aus der Welt zu schaffen. »Louisa ist nicht so unschuldig, wie sie gern erscheint. Und Jander …« Den Rest spare ich mir. »Er muss aus ihrer Nähe verschwinden.«

»Was bedeutet das?«

»Schick ihn nach Kolumbien.« Gelegentlich kommen mir spontan die besten Einfälle.

***

Die folgenden Nächte verbringe ich bei Ana im Hotel. Bei ihr kann ich durchatmen, was in der Villa immer weniger gelingt. Wir verschanzen uns in ihrer Suite, um auch Howard nicht zu begegnen.

Dabei bleibt mir nicht verborgen, dass Louisas Auftritt Spuren bei Ana hinterlassen hat. Mitunter mustert sie mich, glaubt, ich bemerke es nicht. Dem ist nicht so. Nur Reden fällt mir augenblicklich schwer.

»Ich habe nachgedacht«, sagt sie, als ihr Kopf in meinem Schoß ruht und wir gemeinsam einen Film auf HBO schauen.

»Tatsächlich?« Ich streiche ihr eine Strähne aus dem Gesicht, beuge mich runter und küsse ihre Nasenspitze.

»Ernsthaft, so kann es nicht weitergehen.«

Ein Stöhnen lässt sich nicht zurückhalten. Die letzte Zuflucht schwindet, wenn Ana anfängt, mir ihre Meinung über meine Ehe aufzudrücken. Hier würde ich Louisa gern vergessen. Gehe ihr nicht umsonst aus dem Weg. Irgendwie scheint jeder Freude daran zu empfinden, mich an sie zu erinnern. »Glaubst du, ich brauche auch noch von dir Ehetipps?«

Der gereizte Tonfall bleibt ihr nicht verborgen. Sie dreht den Kopf und blickt mir in die Augen. »Was geht mich deine Ehe an?«

Ein weiterer Seufzer stiehlt sich aus meinem Mund. »Ich kann sie nicht verlassen.«

»Ich weiß.«

»Aber was …«

»Matteo«, unterbricht sie mich. »Dieses Hotelzimmer ist auf Dauer unerträglich.«

Wieso das denn? »Die Suite bietet alles, was du brauchst.«

»Trotzdem kommt sie mir wie ein Gefängnis vor.«

Das meint sie doch nicht ernst. Ich dränge ihren Kopf aus meinem Schoß und sie setzt sich auf. Nur um nichts zu sagen, was mir später leidtut, bleibe ich stumm. Schaue in ihre Augen und entdecke dort einen Aufruhr, der mir unverständlich ist.

Wohl als Geste der Besänftigung legt sie ihre Hand an meine Brust.

»Erklär es mir«, bitte ich widerwillig.

»Meine Eltern ließen mir ungewöhnlich viele Freiheiten. Dann wurden sie ermordet und ich musste zu Aragon nach Spanien, wo die Welt auf die Größe seiner Hacienda schrumpfte. Zurück in Miami sperrte er mich in ein winziges Zimmer … Verstehst du, worauf ich hinauswill?«

Nicht wirklich. Nur weil ich sie liebe, stelle ich mir vor, in dieser Suite wohnen zu müssen. So fällt es etwas leichter. Aber ich bin ein Mann. »Meine Mom verbringt einen Großteil ihres Lebens in der Villa und ich hatte nie den Eindruck, dass sie deswegen unglücklich ist«, gebe ich zu bedenken.

»Sie hat deinen Dad. Würde ich mit dir zusammen in der Villa Duarte wohnen, kämen keine Klagen über meine Lippen. Aber ich bin die meiste Zeit allein und merke, dass es nicht genügt, ausschließlich für unsere Nächte zu leben.«

Ich springe auf. »Du willst es beenden?«

»Nein.« In der nächsten Sekunde ist sie bei mir und wirft sich in meine Arme. »Niemals!«

»Was dann?«

»Ich überlege, doch mit Santiago zu sprechen. Sichert er mir zu, dass mich die Familie in Ruhe lässt, könnte ich in eine eigene Wohnung ziehen und ein normales Leben führen.« Ihre Augen leuchten auf. »Was sagst du?«

»Kann er das überhaupt?« Sie spricht von ihrem Cousin, als besäße er die Allmacht, dabei ist er nicht mal das Familienoberhaupt.

»Ja.«

Ich frage mich, woher sie diese Gewissheit nimmt. »Und wenn er sich weigert?«

Ana seufzt. »Daran denke ich besser nicht.«

Mir wäre lieber, alles bliebe unverändert. Nicht weil ich ihr ein freieres Leben missgönne, sondern weil unsere Beziehung schon kompliziert genug ist. Betrifft es Ana, gehe ich ungern ein unkalkulierbares Risiko ein.

Andererseits ist es ausgeschlossen, ihrem bettelnden Blick dauerhaft zu widerstehen. Wenn sie glaubt, ein Gespräch mit diesem Cousin sei hilfreich, soll sie es versuchen. Ich muss ihr diesbezüglich vertrauen. »Okay, sprich mit ihm.« Um mit ihr zusammenzuleben, würde ich alles geben. Was das angeht, kann auch ein Santiago nicht helfen.

Es wird Zeit, nach Hause zurückzukehren. Die Geschäfte warten und ich kann mich nicht ewig hier verkriechen.

Noch einmal schließe ich Ana in die Arme.

Sie versteift sich merklich wie immer, wenn der Abschied naht. Ihre Finger krallen sich in mein Hemd.

Sanft löse ich mich von ihr und gebe ihr das stumme Versprechen, irgendwann zu bleiben.

***

Tags darauf sitzen Howard und ich im Büro meines Vaters und wir besprechen in Detail die bevorstehende New-York-Reise, als das Telefon klingelt.

»Was gibt es, Greg?«

…

»Sie hat dir diesen Namen genannt?«

…

»Lasst sie durch.«

Vom Sessel aus habe ich einen guten Ausblick auf den Parkplatz. Kaum eine Minute später fährt ein Taxi vor, aus dem Ana steigt. Mein Blick schwingt zu Dad, dessen Miene gewohnt glatt erscheint. Howard hingegen wirkt seltsam amüsiert. Ich würde ihn gern wissen lassen, wie unpassend das ist, aber zuerst muss ich Ana abfangen.

Ich springe aus dem Sessel und spurte nach draußen, um sie zu erreichen, bevor sie dieses Büro betritt.

»Ana«, zische ich. »Was machst du hier?«

»Santiago schickt mich.«

»Hast du den Verstand verloren?« Ich drehe sie in Richtung Ausgang.

»Matteo, ich bin hier, um meine Zukunft zu sichern.«

Dieser bestimmende Ton ist mir fremd und mit welcher Unnachgiebigkeit sie sich von mir befreit, hätte ich ihr ebenso wenig zugetraut.

»Wenn du es nicht versuchst, hast du bereits verloren«, sagt sie.

Ich bin ratlos.

»Liebst du mich?«

Ich nicke. Was für eine dämliche Frage?

»Dann vertrau mir.« Damit lässt sie mich stehen und schreitet selbstbewusst auf das Büro meines Vaters zu.

Perplex ob ihrer Courage, folge ich ihr erst nach kurzem Zögern.

»Mr. Duarte, ich würde Sie gern einen Augenblick sprechen.«

Ich schließe die Tür.

»Setzen wir uns auf das Sofa«, erwidert Dad mit feinem Lächeln im Gesicht und hebt Mr. Chorizo auf den Boden.

»Was kann ich für Sie tun, Ms. …?« Er setzt sich und fordert Ana mit einer jovialen Handbewegung auf, ebenfalls Platz zu nehmen.

»Ana Vallejo.«

Dad lässt sich nicht anmerken, wie er über sie denkt. »Also, Ms. Vallejo, was führt Sie zu mir?«

»Sie wissen, wie Matteo zu mir steht?«

»Dass Sie ein Verhältnis mit ihm hatten, ist keine Neuigkeit. Aber ich wusste nicht, dass Sie wieder in der Stadt weilen. Wie lange werden Sie bleiben?«

Ana lächelt und ich habe nicht die geringste Ahnung, wohin dieses Gespräch führt. Meine Gedanken überschlagen sich und egal in welche Richtung sie sich bewegen, am Ende versinken sie in Schwärze.

»Ich glaube, wir haben eine Gemeinsamkeit«, erwidert Ana, ohne auf Dads Frage einzugehen.

»Und die wäre?«

»Ich verabschiede mich mal an dieser Stelle«, murmelt Howard und steht auf.

»Bleib«, raune ich.

Er zieht die Brauen zusammen.

»Bitte geh nicht.« Mir ist klar, dass er nichts tun kann, aber seine Anwesenheit beruhigt insoweit, dass ich es schaffe, mich wieder hinzusetzen, nachdem ich den Sessel so gedreht habe, dass ich Ana und Dad ansehen kann.

Auch Howard dreht seinen Sessel und setzt sich wieder.

Es ist ein wenig so, also würden wir einer Theateraufführung zusehen.

»Wir beide lieben Matteo und sind bereit, eine Menge für sein Wohlergehen zu tun.«

Dad nickt zögerlich.

»Ich habe mit Santiago gesprochen und er ist willens, sich dafür starkzumachen, dass die Familie mich freigibt. Als Matteos Geliebte dürfte ich unbehelligt in Miami leben.«

Ich halte die Luft an, stoße sie dann geräuschvoll aus. Habe keinen Schimmer, was sie veranlasst, unsere Affäre derart hemmungslos vor meinem Vater auszubreiten. Ich mustere Dad. Verfluche seine Fähigkeit, auch in solchen Situationen jede Emotion zu verbergen.

»Sie scheinen eine selbstbewusste junge Frau zu sein. Langsam begreife ich, was mein Sohn in Ihnen sieht. Und wenn Santiago mit all dem keine Probleme hat, schön für Sie. Stellt sich weiterhin die Frage, was Sie von mir erwarten?«

Genau! Das verstehe ich ebenso wenig und gewinne den Eindruck, dass die wichtigste Information noch nicht auf dem Tisch liegt.

»Mr. Duarte, damit Santiago seinen Einfluss für mich geltend macht, erwartet er, dass sie Anna zu ihrem Vater zurückschicken.«

»Dad?« Ich habe das Gefühl, dass der Boden unter meinen Füßen schwankt. »Ich denke, sie ist längst zurück in Spanien.«

Der Mafiaboss schenkt mir keinerlei Beachtung, redet weiter mit Ana, als sei ich Luft. »Nur um Sie nicht falsch zu verstehen, Sie erwarten die Freilassung der Geisel, die den Waffenstillstand zwischen den Vallejos und Duartes sicherstellt, damit Santiago Vallejo seiner Cousine ein sicheres Leben garantiert? Das ist absurd.«

In diesem Punkt stimme ich Dad zu. Welch Ironie!

Wie kommt Ana auf diese irrwitzige Idee?

»Sie lieben Matteo und wollen sein Glück. Ich mache ihn glücklich.« Ana.

»Glück wird überbewertet.« Dad.

Nach meinem Empfinden läuft diese Unterhaltung völlig aus dem Ruder. Wieso glaubt Ana, einen Mafiaboss ausgerechnet mit Gefühlen zu überzeugen? Offensichtlich war die dünne Luft in Peru ihrem Verstand nicht zuträglich.

»Lass gut sein, Ana«, bitte ich, bevor sie sich noch lächerlicher macht, und strecke ihr die Hand entgegen.

Statt sie zu ergreifen, redet sie weiter: »Stimmen Sie einer Scheidung von Louisa zu. Danach heiratet er mich und ich schenke ihm Erben, was nicht nur einen Waffenstillstand mit den Vallejos begründet, sondern zu dauerhaftem Frieden führt.«

Für einen Moment bleibt mir der Atem weg. Wie wagt sie es, so mit meinem Vater zu reden?

Dann gehe ich im Geiste ihre Ansprache abermals durch und erkenne, dass sie soeben in wenigen Sätzen die Lösung für all unsere Probleme dargelegt hat. »Dad, bitte.«

»Das habt ihr euch ja schön ausgedacht.«

»Die Fehde wäre beendet und …«

»Dass ich damit eine Familie vor den Kopf stoße, mit der wir seit vielen Jahren nicht nur eine Geschäftsbeziehung, sondern auch eine Freundschaft pflegen, habt ihr großzügig vernachlässigt.«

»Dad …«

»Schweig, Sohn! Ms. Vallejo, wenn das Ihr Angebot sein soll, betrachten Sie den Versuch als gescheitert.« Er steht auf und beendet damit das Gespräch.

Ana erhebt sich ebenfalls … und hält meinen Vater am Ärmel fest.

Ob ihrer Dreistigkeit schaut er verwundert an seinem Arm herunter.

Ana, die seinem Blick gefolgt ist, lässt los. »Und wenn ich die Rolle der Geliebten akzeptiere? Das ist doch in unseren Kreisen normal.« Jetzt fleht ihr Augenausdruck. »Bitte, schicken Sie Anna nach Hause.«

»Dad, komm uns wenigstens einen Schritt entgegen.« Ich kann den Groll nicht aus meiner Stimme heraushalten.

»Ihr Angebot überzeugt nicht.«

»Ich mache alles, was du willst …« Mit diesen Worten eile ich an Anas Seite und ergreife ihre Hand.

Gespannt erwarten wir Dads Antwort.

Er lässt sich Zeit.

»Gut, Matteo. Wenn dir so viel daran liegt.«

Ich atme auf und drücke Anas Hand ein wenig fester.

»Ich verlange von dir, dass du Louisa ab sofort behandelst, wie es sich gehört. Sie zieht in dein Apartment und ihr lebt zusammen als Eheleute. Du wirst Kinder zeugen und gut zu ihnen sein und deiner Frau Respekt zollen. Ich meine immer noch Louisa und nicht etwa sie.« Er deutet auf Ana. »Sie werden sich im Hintergrund halten, wie es sich für eine Geliebte geziemt. Kommt mir zu Ohren, dass Louisa unglücklich ist, oder irgendetwas offenbart, dass ihr beiden diese Vereinbarung nicht ernst genug nehmt, sorge ich dafür, dass ihr euch nie wieder seht. Stellst du dir das so vor, Matteo?«

In meinem Kopf surrt es wie in einem Bienenstock. Ich blicke zu Ana und dann zu Dad.

»Die Entscheidung liegt bei dir.«

»Aber ich darf Ana sehen?«

»Das ist der Deal. Treffe ein entsprechendes Arrangement mit deiner Frau.« Er hält mir die Hand entgegen.

Ohne lange zu zögern, schlage ich ein.

»Da das geklärt ist, möchte ich gern in Ruhe weiterarbeiten.«

»Was sage ich Santiago?«, fragt Ana.

»Mit ihm rede ich. Sie ziehen sich jetzt zurück. Matteo hat einiges mit seiner Frau zu klären. Er wird sich bei Ihnen melden.«

Wir verlassen das Büro.

Howard folgt uns. »Ich wollte eh zum Mellow Ocean. Kann ich dich mitnehmen, Ana?«

Sie schaut zu mir und ich stimme zu. Muss gestehen, dass sich mir die Tragweite dessen, was soeben im Büro ausgehandelt wurde, noch nicht komplett erschließt.

Unfassbar Dads Lüge bezüglich Anna Borja. Ich hatte keine Ahnung, dass sie sich weiterhin in unserer Gewalt befindet. Er muss über ein verdammt gutes Versteck verfügen. Ein weiterer Beweis dafür, dass ich noch viel zu lernen habe.

EMILIO

Ich bin zu weich, was diesen kleinen Scheißer angeht. Will, dass er glücklich wird. Halte das keinesfalls für überbewertet, nur der Preis, dies zu erreichen, ist mitunter zu hoch. In jedem Fall steht die Familie an erster Stelle.

Es ist kein Geheimnis, dass ich gern weitere Kinder gehabt hätte. Aber irgendwie kam nie der richtige Zeitpunkt.

Felipe und ich mussten die Geschäfte viel zu früh übernehmen. Dem Mord an unseren Eltern folgten unruhige und gefährliche Zeiten, nicht ideal um Kinder in die Welt zu setzen. Trotzdem finde ich es in diesem Haus oft zu ruhig. Es könnte ein wenig Trubel gut vertragen, aber nicht in der Art, wie Matteo ihn derzeit provoziert. Ich rede von Frohsinn und lautem Lachen, nicht von Streit und übler Laune.

In den zurückliegenden Jahren wurden die Türen im oberen Stockwerk nicht so oft geworfen wie in den letzten Wochen. Und als wäre das nicht genug, taucht heute auch noch Matteos Geliebte hier auf und stellt Forderungen.

Damit ist es mal wieder so ein Tag, an dem ich froh bin, dass es nur Matteo gibt. Dieser eine Sohn macht mehr Ärger als eine ganze Horde Kinder und es stellt sich erneut die Frage, was ich bei seiner Erziehung falsch gemacht habe.

Ein weiteres Mal bei Santiago zu Kreuze kriechen zu müssen, führt dazu, dass sich mir die Haare am Arm aufstellen. Es ist nicht meine Art, mich in die Privatangelegenheiten meines erwachsenen Sohnes einzumischen. Nicht einmal, wenn es diesem zur Abwechslung in den Kram passt.

Und dennoch werde ich es tun, lasse ihn jetzt nicht im Stich, sonst verliert er sich womöglich endgültig. Etwas, dass ich nicht übers Herz bringe, vor allem, weil ich zugelassen habe, dass Felipe seinen Willen bekam und ihn zu dieser Heirat zwang.

Dass Matteo inzwischen als Erbe funktioniert, löst weder Freude noch Genugtuung aus, denn rein menschlich geht es ihm nicht gut. Die Familie ist unsere Schwachstelle, nicht einmal Felipe konnte sich davon befreien.

Wer immer uns dieses Gen vererbte, hat dafür gesorgt, dass wir bei all der Härte des Geschäfts jene beschützen, die uns am Herzen liegen.

Egal wie viel Blödsinn Matteo verzapft, ich liebe diesen kleinen Scheißer mehr als alles andere.

Wenngleich ich die Entscheidung weiterhin nachvollziehen kann, tut es mir in diesem Augenblick leid, ihn dazu genötigt zu haben, Louisa zu heiraten. Andernfalls stünde der Weg offen, den diese Ana Vallejo aufgezeigt hat. Abgesehen von Matteos Glück, brächte auch diese Verbindung Vorteile fürs Geschäft.

Jedes ›was wäre, wenn‹ kommt zu spät. Aber sofern es in meiner Macht liegt, Matteo durch einen Deal mit Santiago ein wenig Frieden zu schenken, werde ich über meinen Schatten springen.

Mit etwas Glück herrscht in der Villa künftig wieder eine bessere Stimmung. Welch ein Hohn, dass ich als Oberhaupt dieser Familie dazu einen Vallejo brauche. Das kann man niemandem erzählen, ohne sich komplett lächerlich zu machen.

Das einzig Positive ist, dass wir so auf elegante Weise die Borja-Tochter loswerden. Um sie aus der Schusslinie zu bekommen, ließ ich sie nach Kolumbien bringen. Habe in der Folge aus so manchem Telefonat mit meinem Bruder mitbekommen, dass sie ihm ziemlich auf die Nerven fällt.

Davon, dass ich Jander vor ein paar Tagen ebenfalls nach Popayán schickte, war Felipe weitaus mehr angetan. Er kennt ihn von Familienbesuchen und weiß daher, dass selbst ein eingeschränkter Jander bessere Arbeit leistet als manch anderer ohne Handicap. Für mich keine leichte Entscheidung und ich habe sie nur getroffen, weil ich Matteo derzeit für unberechenbar halte.

Nach dem, was Jander für diese Familie getan hat, hat er das nicht verdient. Wir behandeln unsere Männer fair, ihn zu verbannen, war alles andere als das. Um ihm zu versichern, dass sein Aufenthalt in Kolumbien keine Strafe darstellt, rief ich ihn am Tag nach seiner Ankunft an.

»Mir geht es gut, machen Sie sich keine Gedanken, Patrón«, sagte er und ich wollte glauben, dass er das ernst meint.

Ganz nebenbei steckte er mir, dass Anna für jede Menge Stress sorgt. Am Ende des Telefonats versprach ich, ihn in ein paar Wochen zurückzuholen. Sollten wir tatsächlich einen gangbaren Weg für unser Trio finden, könnte ich dieses Versprechen womöglich schneller einlösen.

Ich greife nach dem Telefonhörer, hilft ja nichts, das Gespräch weiter hinauszuzögern.

»Hat Ana meine Forderung also ausgerichtet.« Santiago ist anzuhören, dass ihn die leidige Geschichte genauso nervt wie mich.

»Hat sie und ich will die Angelegenheit einfach nur aus der Welt schaffen.«

Ich nehme ein unterdrücktes Lachen wahr.

»Wie und wann stellst du dir die Übergabe vor?« Wozu dieses Telefonat unnötig in die Länge ziehen?

»Wüsste ich es nicht besser, würde ich annehmen, dass du sie loswerden willst.«

Erst jetzt wird mir bewusst, dass ich zum vertraulichen ›du‹ übergegangen bin. Ein kurzer Zwiespalt. Ich entscheide, es dabei zu belassen. »Sie verdreht den Soldaten meines Bruders den Kopf und führt sich nebenbei wie eine Diva auf.«

Jetzt ist sein Lachen nicht mehr unterdrückt. »Wenn sie erst mal Freiheit schnuppern, ist es schwer, sie wieder einzufangen.«

»Scheint so. Ich kann dafür sorgen, dass sie nach Miami gebracht wird …«

»Nicht nötig, Emilio. Ich schicke ein paar Männer, die sie abholen und sich um alles kümmern.«

»Im Gegenzug ist Matteos Ana frei?«

»So soll es sein.«

»Und wir wahren weiterhin Frieden?«

»Ja.«

»Was ist mit Aragon?«

»Ich könnte dafür sorgen, dass er die Füße stillhält.«

»Sag einfach, was du im Gegenzug verlangst.« Wenngleich wir tratschen wie best Buddies, bedeutet dass weder, dass wir Freunde sind, noch dass Gefallen kein Preisschild tragen. Matteos Mätzchen haben mich beim letzten Mal den Dirty Leguan gekostet. Folgt nun ein weiterer Club?

»Ich lasse Anna in zwei Tagen abholen und werde Aragon einen Anreiz bieten, damit er Spanien nicht so schnell wieder verlässt.«

»Dann gebe ich meinem Bruder Bescheid und nun sag, was ich dir schulde.«

»Einen Gefallen. Innerhalb unserer Familie ist einiges im Umbruch. Das kann reibungslos verlaufen. Möglicherweise aber nicht. Wie dem auch sei, es wird eine Zeit kommen, in der ich jemanden an meiner Seite brauche. Kann ich an diesem Tag auf dich zählen?«

»Ja«, antworte ich, obwohl mir nicht gefällt, gerade ihm etwas zu schulden.

Direkt im Anschluss rufe ich Felipe an und spüre seine Erleichterung. »Geht es Jander gut?«, erkundige ich mich.

»Ihn behalte ich gern.« Mein Bruder lacht polternd.

»Keine Chance.«

LOUISA

Seit Tagen habe ich das Zimmer nicht verlassen. Matteo nicht zu begegnen, ist ein Grund, ein weiterer, dass ich niemanden in Schwierigkeiten bringen möchte. Das Mädchen, das mir dreimal täglich das Essen bringt, hat gesagt, dass Jander nach Kolumbien geflogen ist und nicht zurückkommt.

Ich fühle Schuld, habe ihn da reingezogen und nun muss er es ausbaden. Meine erste Eingebung war, mit Padre Emilio zu sprechen und ihn zu bitten, den Leibwächter zurückzuholen. Zum Glück wurde mir rechtzeitig bewusst, dass Matteo davon erfahren würde und ich am Ende sowohl die eigene als auch Janders Lage verschlimmert hätte.

Mein Fernseher läuft tagsüber und während der Nacht. Um zu verfolgen, was über den Bildschirm flimmert, bin ich zu verstört. Ihn abzuschalten kommt nicht infrage, denn mit den Stimmen im Hintergrund fühle ich mich weniger einsam.

Vertieft in Gedanken, überhöre ich fast das Klopfen an der Tür.

»Bist du krank?«, fragt Danny, der in der nächsten Sekunde eintritt.

Ich schüttle den Kopf.

»Wieso kommst du dann nicht zum Essen runter?«

An dem Tag, an dem Matteo mich geohrfeigt hat, blieb ich wegen der geschwollenen Wange fern. Danach weil niemand meine Anwesenheit einforderte. Ich seufze.

»Matteo kann ein richtiger Arsch sein«, sagt Danny.

Mehr als ein Nicken ist nicht drin, ich benötige sämtliche Kraft, um die Tränen zu unterdrücken, die in meinem Innern hochsteigen.

»Wenn du was brauchst, bin ich da.«

»Danke«, presse ich hervor.

Aus lauter Angst vor dem, was passiert, sollte Matteo Danny bei mir erwischen, bin ich froh, als er die Tür hinter sich schließt.

Um ihn nicht in einen Interessenskonflikt zu stürzen, rufe ich auch Nino nicht mehr an. Er kann mir nicht helfen und es bringt nur Nachteile, ihn gegen Matteo aufzubringen.

Ich lasse mich auf den Rücken sinken. Schließe die Augen. Wünsche, der Tag möge vergehen und weiß im gleichen Moment, dass ihm nichts Erstrebenswertes folgt – nur eine ebenso einsame Nacht.

Allmählich verzweifle ich an der Aussicht, dass es in dieser Weise weitergeht. Ertappe mich bei der Vorstellung, dass Matteo es feiern würde, wenn er mich los wäre.

Ich bin überflüssig.

Eine Bürde.

Hat es schon wieder geklopft?

Jetzt vernehme ich es deutlich. Bleibe still, es ist keine Essenszeit, und wer immer da draußen steht, sollte nicht hier sein.

Die Tür öffnet sich.

Ich zucke zusammen, als mein Ehemann eintritt. Sein letzter Besuch führte zu einer Ohrfeige und der Drohung, mich umzubringen. Ich ziehe die Beine an und umschließe sie mit den Armen. Lasse ihn nicht aus den Augen.

»Wieso liegst du mitten am Tag im Bett?«

Weil ich sonst nichts zu tun habe. Diese Antwort möchte er bestimmt nicht hören und so bleibe ich stumm.

Matteo betrachtet mich durchdringend.

Natürlich ist mein Schweigen auch falsch. Am liebsten wäre ich unsichtbar.

Er kommt ein paar Schritte näher und ich rutsche weiter aufs Bett, bis die Lehne am Kopfteil kein Ausweichen mehr zulässt.

»Du hast Angst.«

Auch darauf erwidere ich nichts. Mein Anflug von Mut liegt nur wenige Tage zurück. Was hat diese Aufmüpfigkeit gebracht? Jander wurde verbannt. Matteo hat mich geschlagen. Unterm Strich hat es nur geschadet.

»Komm.« Er streckt mir die Hand entgegen.

Ich kann mich nicht durchringen, nach ihr zu greifen.

Ein Seufzen entkommt seinen Lippen und er setzt sich auf die Bettkante.

Mein Atem beschleunigt und das Beben, das den Körper erfasst, lässt sich nicht unterdrücken. Ich schlinge die Arme kräftiger um die Beine, hoffe auf Halt, der mich beruhigt und vor allem das Zittern unter Kontrolle bringt.

»Es war falsch.«

Worauf spielt er an?

»Ich hätte nicht an dir auslassen dürfen, dass ich sie nicht bekommen kann.«

Sein sanfter Tonfall entgeht mir nicht. Ihm zu trauen, ist unmöglich, weswegen ich beharrlich schweige.

»Wir stecken in dieser Ehe fest und müssen einen Weg finden, damit zu leben.«

Diese versöhnlichen Worte wecken ungewollt Hoffnung. Von Anfang an war ich bereit, ihm eine gute Ehefrau zu sein. Verlangte keine Liebe. Erwartete nur ein wenig Freundlichkeit.

»Gleich kommt ein Dienstmädchen und packt deine Sachen zusammen.«

»Du schickst mich weg?« Wieso laufen meine Augen jetzt über? Ich sollte froh sein, diesem Albtraum zu entkommen.

Schickt er mich fort, muss ich nach Bay Point zurück. Vom Ehemann verstoßen, würde Babbo mir die Verantwortung anlasten – und mich bestrafen. Mit einer Ohrfeige wäre das sicher nicht getan. Inmitten dieser düsteren Zukunftsaussichten verstehe ich Matteos Worte nicht. »Entschuldige, was hast du gesagt?«

»Du ziehst zu mir.«

»Was?«

»Wir wohnen ab sofort in meinem Apartment.«

Ehe ich etwas erwidere, klopft es erneut und in der nächsten Sekunde tritt das Mädchen herein.

»Bring alle persönlichen Sachen rüber zu mir und sorge dafür, dass im Ankleidezimmer ausreichend Platz für meine Frau ist«, weist Matteo sie an. »Lass uns runter zum Strand gehen.« Abermals streckt er mir seine Hand entgegen und dieses Mal ergreife ich sie.

***

Vor einer halben Stunde ist Matteo mit Howard zum Flughafen aufgebrochen. Sie fliegen nach New York und er konnte mir nicht sagen, wann genau er zurück sein würde.

Gestern haben wir uns lange unterhalten. Zum allerersten Mal. Die meiste Zeit sprach Matteo, aber das war in Ordnung. Er erzählte mir von Ana und hinterher verstand ich seine Frustration und selbst das daraus resultierende Verhalten – irgendwie.

Ich war nah dran, ihn zu bitten, Jander zurückzuholen, habe mich nicht getraut. Dieser neue Matteo gefällt mir um vieles besser als der, den er mir bislang gezeigt hat. Dennoch vertraue ich ihm nicht.

Er hat versprochen, von nun an netter zu sein. Hat erlaubt, mich auf dem Duarte-Anwesen frei zu bewegen, und das Kontaktverbot zu Danny aufgehoben.

Um keinen erneuten Ärger zu provozieren, habe ich nichts hinterfragt. Oder gar ein Drama daraus gemacht, als er von seinen Plänen für eine Zukunft sprach, in der ich ihn mit Ana teilen muss.

Dass ich jetzt in seinem Bett liege und mich sein Geruch umhüllt, ist ungewohnt. Als er sich vorhin mit einem Kuss auf meine Stirn verabschiedete, kam ich mir erstmals wirklich wie seine Frau vor und die Hoffnung erwachte, dass alles gut wird. An mir soll es nicht scheitern. Obwohl ich die Ohrfeige nicht vergessen habe, ist Verzeihen möglich.

Mein leichtgläubiges Herz schlug bereits schneller, als er gestern Nacht nach Hause kam und sich zu mir legte. Es wünschte tatsächlich, er würde mich berühren, was nicht passierte. Wäre wohl auch unpassend gewesen.

Matteo liebt Ana.

Das zu akzeptieren, ist mein Zugeständnis. Der Preis, den ich für die Illusion dieser Ehe zahle.

Daran erinnere ich mich in Augenblicken, in denen das Herz übermütig wird und Kleinmädchenträume von Liebe heraufbeschwört. Ich weiß, dies hier ist kein Liebesroman und daher wird sich nicht einer davon erfüllen. Jedenfalls nicht für mich.

Nach dem Frühstück komme ich an Padre Emilios Büro vorbei. Sein freundliches »Guten Morgen«, animiert dazu, näherzutreten.

»Darf ich … Darf ich vielleicht …«

»Hab keine Scheu.« Sein Lächeln ist warm.

»Hier gibt es so viele Bücher. Erlaubst du mir, ab und an eines zu leihen?« Dieser Wunsch kommt jedes Mal auf, wenn ich am Arbeitszimmer vorbeigehe. Ihn zu äußern, habe ich bisher nicht gewagt. Lesen ist mein einziges Hobby. Ich liebe es, in Geschichten abzutauchen, mich durch sie an einen fernen Ort und in ein anderes Leben zu träumen.

»Gerne. Aber viel mehr als Klassiker findest du hier nicht.«

»Das ist in Ordnung.« Ich trete an das Regal, auf das Padre Emilio deutet. Überfliege die Titel und entscheide mich für ›Anna Karenina‹ von Tolstoi. »Danke.«

Mit dem Buch gehe ich hinauf, aber nicht in Matteos Apartment, sondern in mein altes Zimmer. Dort am Fenster stehen das runde Tischchen und der bequeme Sessel, der sich hervorragend eignet, um zu lesen.

Ob Matteo wohl erlaubt, beides zu ihm zu bringen?

HOWARD

Es fällt mir unheimlich schwer, nicht komplett auszurasten und mein Gästezimmer im Gallotower genauso zu demolieren wie Matteo letztes Jahr sein Zimmer. Keine Ahnung, wie ich gleich das Abendessen überstehen soll, ohne jemandem die Faust ins Gesicht zu rammen. Mit dem alten Gallo an einem Tisch zu sitzen und zu tun, als sei alles in bester Ordnung, erscheint undenkbar.

Ich hasse diesen Kerl. Seine ganze herablassende Art.

Dabei sah es anfänglich gut aus. Der Transport aus Kolumbien ist problemlos angelaufen und Matteo überzeugte den Gallo-Paten davon, dass bis zur Fertigstellung des Containerschiffes die von mir entwickelte Route eine zuverlässige Alternative darstellt. Als dieser daraufhin sicher war, Di Stefano, seinen Großabnehmer, beruhigen zu können, entspannte sich die Stimmung, zu der ich vor allem mit Selbstbeherrschung beitrug.

Als das Geschäftliche geregelt war und die Runde sich auflöste, hielt ich die Zeit für gekommen, mein Anliegen auf den Tisch zu packen. Glaubte, durch Engagement überzeugt zu haben, und erwartete eine gewisse Aufgeschlossenheit.

Ich schicke ungern jemanden vor, bevorzuge, mich betreffende Angelegenheiten selbst zu regeln, und bat deshalb Felipe und Emilio um Zurückhaltung. Nahm gutgläubig an, dass Gallo inzwischen meinen Wert erkannt hat und mich akzeptieren würde, vor allem, da seine Tochter verrückt nach mir ist. Dieser Umstand erscheint irgendwie merkwürdig, sie wirkt nicht wie jemand, der schnell sein Herz verliert. Egal, ich habe sie in erster Linie erwählt, um innerhalb der Mafia aufzusteigen.

Matteo beerbt eines Tages Emilio und Felipe. Als Nicolettas Ehemann plane ich, bei den Gallos die Position des Paten einzunehmen. Elia fällt aufgrund seiner Erkrankung an Morbus Crohn als Erbe aus und die Existenz von Marco, dem jüngsten Gallospross, verleugne ich großzügig. Was nicht schwerfällt, da er erst neun wird. Gebe mich lieber der Vorstellung hin, wie Matteo und ich ein Imperium beherrschen, mächtig genug, dass niemand es wagt, einen von uns anzugreifen.

Dann ist Daniel sicher.

Darüber hinaus habe ich Glück. Bekomme mit Nicoletta eine feurige Vollblutfrau. Doch seien wir mal ehrlich, um an die Spitze zu gelangen, würde ich sie auch nehmen, wenn sie hässlich wäre.

All diesen schönen Plänen setzte der alte Gallo ein Ende – ohne mit der Wimper zu zucken.

Von wegen, er hat mich mittlerweile akzeptiert.

Bei der Erinnerung daran, was er mir an den Kopf geworfen hat, würde ich ihn am liebsten gleich beim Abendessen in seinem eigenen Hause niederstrecken. ›Rache ist ein Gericht, das kalt serviert am besten schmeckt‹, bediene ich mich gedanklich mal wieder eines Zitats von Don Corleone aus meinem Lieblingsfilm ›Der Pate‹.

Leise öffnet sich die Zimmertür und Nicoletta huscht herein. Sie stellt sich mir in den Weg und verhindert so, dass ich weiter im Zimmer auf und ab tigere und grolle. Ihre Hand legt sich an meine Brust, sicherlich spürt sie den aufgeregten Herzschlag.

»So was habe ich befürchtet«, sagt sie.

»Ich gehöre der Duarte-Familie an, das muss genügen.« Manche Tatsachen lassen sich nicht ändern.

»Du weißt, mein Vater ist sehr traditionell. Wenn er einen Schwiegersohn akzeptiert, der nicht zur italienischen Mafia gehört, erwartet er, dass dieser zumindest einen renommierten Namen trägt«, wiederholt sie, was er mir entgegenschleuderte, nachdem ich ihn bat, seine Tochter heiraten zu dürfen.

»Ich bin ein Duarte.«

»Gewissermaßen. Trotzdem heißt du Coleman und …«

»Das reicht ihm nicht.« Ich schiebe ihre Hand weg.

»Du wirst einen Weg finden.«

Woher nimmt sie diese Überzeugung?

»Die Duartes sind an dieser Beziehung interessiert. Die Allianz zwischen den Familien zu erneuern, ist in ihrem Sinne.« Sie spricht sanft und ich werde den

Eindruck nicht los, dass in ihrem hübschen Kopf ein Plan existiert, den sie mir gerade schmackhaft macht.

»Spuck aus, was dir vorschwebt.«

»Die Duartes müssen dich adoptieren«, kommt es wie aus der Pistole geschossen.

Ich verziehe das Gesicht. »Das ist gequirlte Kacke.«

»Howard!« Sie tritt zu mir, nimmt meine Hand und führt sie an ihre Wange. »Gib zu, das wäre die Lösung.«

»Ich bin ein Coleman.«

»Willst du mir einreden, dass dir ein Name etwas bedeutet, der dich zu nichts anderem als einen Durchschnittsbürger stempelt?«

Meine Stirn legt sich wie von selbst in Falten.

»Wegen Matteo brauchst du dir keine Sorgen zu machen. Er ist der ältere von euch beiden, sodass du seine Rechte nicht gefährdest.« Der Ton, den sie anschlägt, ist neu und er gefällt mir nicht, klingt wie eine sanft ausgesprochene Manipulation.

»Du weißt ja gut Bescheid.« Allmählich hat es den Anschein, dass der Name nicht nur für ihren Vater von Bedeutung ist.

»Es ist normal innerhalb der Mafia, die Strukturen der Familien zu kennen.« Sie öffnet die Knöpfe meines Hemdes.

Rage steigt auf. Glaubt sie, ich sei dumm und merke nicht, dass sie mich am Nasenring durch die Manege führt? Aus reiner Neugier, wie weit sie das treibt, erlaube ich, dass sie es mir von den Schultern streift und sich über die Brust küsst.

Ihre Hände widmen sich dem Gürtel, dann der Hose, die sie samt Boxershorts herunterzieht und meinen Schwanz befreit.

Ich bin nicht hart. Das hier macht mich nicht an.

Anstatt einzusehen, dass ich keine Lust habe, betrachtet sie es als Herausforderung. Überhaupt nicht schüchtern, nimmt sie mich in ihren warmen Mund.

Heilige Scheiße, ihre Zunge hat echt Talent und ich kann die Erektion nicht verhindern. Ein Stöhnen stiehlt sich über die Lippen, als meine Härte tief in ihren Rachen stößt, während ihre Hände an den Hüften nach Halt suchen.

Für einen Moment senke ich die Lider und gebe mich ihrer Zungenfertigkeit hin.

Als ich sie wieder öffne, übertreibt es Nicoletta mit ihrem schmachtenden und zugleich siegessicheren Augenaufschlag.

Ich spiele nicht länger mit, entziehe mich ihr und schließe die Hose.

Einen Moment später, spüre ich sie hinter mir. Sie schlingt die Arme um meine Mitte, lehnt den Kopf an meinen Rücken, bleibt stumm.

»Wir sollten die anderen nicht warten lassen«, sage ich nach einem Blick auf die Rolex. Das Abendessen widert mich an, doch allein sein mit Nicoletta möchte ich in diesem Moment auch nicht.

Schmollend hebt sie das Hemd auf und reicht es mir. »Woher stammt diese Narbe?« Sie zeichnet sie mit den Fingern nach.

»Ich habe eine Niere verloren.«

»Oh.«

Ich knöpfe das Hemd zu und stecke es in die Hose, bin verstimmt. »Es gefällt mir nicht, wenn du Sex nutzt, um mich zu manipulieren.«

Sie setzt zu einer Erwiderung an, aber mein Zeigefinger verschließt ihren Mund.

»Ich denke darüber nach.« Nicht Nicoletta und schon gar nicht ihre Manipulation gibt den Ausschlag dafür, dass ich ihr einen Schritt entgegenkomme. Vielmehr habe ich Blut geleckt und so ist es die Aussicht auf Macht, die meine Hemmschwelle sinken lässt. Trotzdem muss es einen anderen Weg geben.

Dass sie meine Worte bereits als persönlichen Sieg wertet, zeigt sich dadurch, dass sie mich lasziv küsst. Es ist mir gleichgültig und so küsse ich sie zurück, schiebe sie dabei in Richtung Tür.

***

Am darauffolgenden Vormittag fliegen wir wieder nach Florida. Ich bin immer noch schlecht gelaunt, obwohl es beim gestrigen Abendessen keine Toten gab. Der Abend frustrierte mich allerdings derart, dass ich die Adoptionsidee nicht länger komplett von mir wies.

Heute überwiegt erneut Skepsis. Ich schaue aus dem Fenster und grüble, empfinde ein solches Ansinnen den Duartes gegenüber respektlos.

»Der alte Sack hat also abgelehnt«, stellt Matteo fest.

»Für ihn bin ich ein Dahergelaufener.«

Mein Freund hebt zwei Finger und ordert etwas zu trinken.

»Es ist Mittag«, gebe ich zu bedenken, als gleich darauf Drinks gebracht werden.

»Irgendwo ist es bereits fünf.« Er grinst und stößt mit seinem Glas gegen meines.

Ich nehme einen Schluck und mag die Wärme, die sich in der Kehle ausbreitet, ihr wohnt etwas Tröstendes inne. »Nicoletta meint, eine Adoption durch die Duartes würde das Problem lösen.« Ein schiefes Grinsen ist gedacht, diese Aussage im Zweifelsfall als Scherz abtun zu können.

Matteo weicht dennoch ein Stück zurück. Unglaube spiegelt sich in seiner Mimik wider. »Rede mit Dad. Oder Onkel Felipe. Sie regeln das sicher auch so.«

Augenscheinlich bin ich zu weit gegangen.

»Du gehörst unserer Familie an, aber klar, mit dieser Heirat bietet sich dir die Chance, an die Spitze zu gelangen.« Er klingt abgeklärt, doch mir macht er nichts vor.

»Du denkst, ich missbrauche deine Familie als Sprungbrett?« Für ihn muss es so aussehen. »Anfänglich ging es mir nur um Daniel.«

»Was hat er mit diesen Heiratsabsichten zu tun?«

»Du weißt, dass ich mich permanent um seine Sicherheit sorge.«

»Deshalb das Safehouse.«

»Schon, aber als Oberhaupt einer Familie entscheide ich, was ihn betrifft.«

Matteo wirkt nicht überzeugt.

»Inzwischen gehen meine Gedanken viel weiter. Mir schwebt vor, dass wir die Gallos benutzen, um die Macht der Duartes zu stärken.«

Sein Gesichtsausdruck bleibt skeptisch, als er mit einer Handbewegung fordert, dass ich es näher erkläre.

»In Kolumbien die Kokafelder, in Miami der Umschlagplatz, in New York die Weiterverarbeitung. Alles innerhalb unserer Familie. Ich will mit dir zusammenarbeiten. Vergleichbar mit dem, wie es Felipe und Emilio handhaben.«

Verstehen breitet sich auf Matteos Gesicht aus. »Du meinst …«

»Wir beherrschen gemeinsam das Business. Glaubst du wirklich, ich suche eine Möglichkeit, mich abzukapseln?«

»Aber dann …« Er räuspert sich. »In dem Falle ergibt eine Adoption Sinn.«

»Wie meinst du das?«

»Drei Standorte mit jeweils einem Duarte an der Spitze.«

Am Abend telefoniere ich mit Nicoletta und es kommt zum ersten Streit. Schweigsam lausche ich ihren Ideen, Francesco zur Einwilligung zu nötigen.

Dass sie erneut versucht, mich nach ihrem Gutdünken zu lenken, macht mich sauer.

Hat sie kein Vertrauen in meine Fähigkeiten?

Nachdem ich ihr das vorwerfe, herrscht Ruhe auf der anderen Seite der Leitung.

Leider ist das nicht von Dauer.

»Vielleicht könnte ich ja Tante Cara anrufen, damit sie sich für uns einsetzt.«

»Stopp, Nicoletta!«

Schweigen.

»Du rufst niemanden an und du unternimmst auch sonst nichts. Ich kläre die Angelegenheit.«

»Wenn du meinst.«

Dieses Schnippische fährt mich hoch. »Genau das meine ich.«

»Und was soll ich machen?«

»Genieß dein Leben und warte ab. Sobald es Neuigkeiten gibt, erfährst du sie als Erste.«

Leider erkennt sie nicht, dass für mich alles gesagt ist, und wir zoffen uns, bis ich schließlich auflege.

***

Knapp drei Wochen später ist die Angelegenheit geklärt. Die Bosse haben unter sich verhandelt, was okay für mich ist. Um die nötigen Papiere zu unterzeichnen, reiste Felipe heute Morgen an. Francesco Gallo traf mit Nicoletta gegen Mittag ein.

Wir haben uns inzwischen versöhnt.

Weil Emilios Büro zu klein ist, sitzen wir im Esszimmer. Neben den Mitgliedern beider Familien mit von der Partie ist Roberto Piñeda, der als Anwalt sofort sämtliche Dokumente notariell beglaubigt.

Felipe sitzt am Kopf des Tisches und eröffnet das Meeting. »Nach meinem Verständnis besteht Einigkeit darüber, unsere Familien ein weiteres Mal durch eine Heirat zu verschmelzen. Francesco, dir ist es wichtig, dass diese Verbindung zu den Duartes äußerlich evident ist.«

Der Angesprochene nickt.

»Dann kommen wir zuerst zur Adoption. Emilio.«

»Es ist mein ausdrücklicher Wille, Howard Coleman als meinen Sohn anzunehmen mit all den daraus resultierenden Folgen.«

»Howard?«

»Es ist mein freier Wille, Emilio Duarte als meinen Vater anzunehmen, mit allen Rechten und Pflichten, die sich daraus ergeben.«

»Mr. Piñeda.«

»Eine Einverständniserklärung von Shirley Coleman liegt vor. Den leiblichen Vater konnten wir nicht ausfindig machen.« Er schiebt Emilio eine Mappe zu und dieser unterzeichnet an den erforderlichen Stellen. Dann wandern die Unterlagen zu mir und ich unterschreibe ebenfalls.

»Kommen wir zum Ehevertrag. Dieser ist vorgefasst und enthält die Einwilligung von Howard Duarte, Nicoletta, Tochter des Francesco Gallo zur Frau zu nehmen. Auf besonderen Wunsch von Francesco Gallo wurde aufgenommen, dass der Vollzug der Ehe nach traditionellem Kodex stattzufinden hat. Howard Duarte seinerseits erklärt seinen Vorsatz, bis zur Eheschließung auf jedwede Handlungen zu verzichten, die diesem Kodex entgegenwirken. Der Termin für die Hochzeit wird auf den 10. Dezember 1983 festgesetzt. Bis dahin wird Nicoletta Gallo der Obhut der Familie Duarte übergeben.«

Diesen Vertrag unterzeichnet der alte Gallo zuerst, ihm folgt mein neuer Dad, bevor die Reihe an mir ist. Zum Schluss besiegelt die Unterschrift des Oberbosses die Gültigkeit.

Mir schwirrt der Kopf. Ich fühle mich wie ein Gaul, den man gerade verschachert hat. Kein Wunder, dass Matteo damals so ausrastete, als es um seinen Ehevertrag ging. Ich will diese Hochzeit und grolle trotzdem im Innern.

Als der Papierkram erledigt ist, steige ich die Treppe hinauf, um nach Nicoletta zu sehen, die sich in Louisas altem Zimmer einrichtet. Vor der Eheschließung müssen wir getrennt wohnen. Wenngleich mir das mit dem traditionellen Kodex suspekt ist, habe ich mittlerweile kapiert, dass danach die Braut als Jungfrau in die Ehe zu gehen hat.

Vor Nicolettas Zimmer wacht Fjodor und verweigert mir prompt den Zutritt.

»Du kennst mich, ich bin Howard Coleman.« Gerade ausgesprochen fällt mir der Fehler auf. »Also Howard Duarte.« Auch das veranlasst den Bodyguard nicht, zur Seite zu treten.

»Ich möchte zu meiner Verlobten. Jetzt.«

In diesem Moment öffnet sich die Tür, die Lautstärke meiner Stimme ist wohl nach drinnen gedrungen. »Es ist gut, Fjodor«, sagt Nicoletta.

Ich mustere den Russen abschätzig von oben bis unten und trete an ihm vorbei. Der Raum wirkt etwas karg, da Tisch und Sessel fehlen. Beides ist mit Louisa zu Matteo gezogen. Aber es ist ja nur für den Übergang.

»Was macht der Typ hier?« Ich nicke in Richtung Tür.

»Er ist mein persönlicher Bodyguard.«

Keine Neuigkeit. »Und der bleibt?«

Jetzt nickt sie.

»Er wacht also bis zur Hochzeit über deine Keuschheit.« Langsam treibt dieser Kodex seltsame Blüten.

»Fjodor steht in meinen Diensten, nicht in Vaters.«

»Soll heißen, er bleibt auch nach der Heirat?«

Erneutes Nicken.

»Dann kümmere ich mich darum, dass er ein Zimmer im Flachbau bekommt.«

»Ich dachte, er könne das gegenüber erhalten.«

»Was?« Dieser Ausruf kam spontan.

»Ich bin es gewohnt, Fjodor in Rufnähe zu haben.«

»Da wohnt mein Bruder.«

»Für ihn findet sich sicher eine Lösung.«

Ich dränge jede Erwiderung zurück, um nicht auszurasten.

Als sich ihre Lippen auf meine pressen, fällt es mir verdammt schwer zu entspannen, da ich mich benutzt fühle – mal wieder.

Innerlich kämpfe ich um Gelassenheit, habe schließlich gerade den Ehevertrag unterzeichnet und am heutigen Abend wird dieses Ereignis im Kreise der Familie gefeiert.

Ich muss diesen Unmut loswerden. Weil mir nichts Besseres einfällt, schiebe ich sie in Richtung Bett. Zwinge die unguten Empfindungen beiseite, als ihre Finger zu meinem Schritt wandern.

Nicoletta schaut verdutzt.

Nein, solche Diskussionen machen mich nicht hart.

Das ändert sich allerdings, als ich eine Hand unter ihr Kleid gleiten lasse und gleich darauf die Finger ihre feuchte Mitte finden.

Am folgenden Tag unternehme ich eine Runde durch die Duarte Clubs. Es gehört zu meinen Aufgaben, dort nach dem Rechten zu sehen und die Gelder einzusammeln. Als ich diese später im Apartment zu je tausend Dollar bündele, tritt Nicoletta zur Tür herein. Ohne anzuklopfen.

Ich halte in der Tätigkeit inne. »Was gibt es?«

»Willst du ernsthaft, dass Fjodor auf einem Gästebett in meinem Zimmer schläft?«, säuselt sie mich an.

Auf diesen Ton reagiere ich außerhalb des Bettes allergisch. »Und sobald wir verheiratet sind, schläft er auf unserem gemeinsamen Sofa«, säusele ich zurück.

»Wir müssen eine Lösung finden.«

»Diese liegt darin, dass er zu den anderen in den Flachbau zieht.«

»Hast du dir diese Zimmer mal angesehen?«

Ein schiefes Grinsen erobert mein Gesicht. »Ich habe sogar in einem solchen gewohnt.«

Ihre Gesichtszüge entgleisen. »Ich werde nicht auf Fjodor verzichten.«

»Tag und Nacht? Bring mich nicht auf seltsame Ideen.«

»Howard, was denkst du von mir?«

»Dass du ein gerissenes Luder bist und dein Arsch nicht jungfräulich ist.« Wieso schafft sie es ständig, mich innerhalb von Sekunden von null auf hundert zu bringen?

Nicoletta schnappt nach Luft.

Ich verspüre keine Lust auf Streit, schiebe das Geld beiseite und nicke sie zu mir. »Du darfst glauben, dass ich in der Lage bin, meine Frau zu beschützen. Oder zweifelst du daran?«

»Natürlich nicht«, gibt sie säuerlich zu.

»Gut. Dann wird es dir nichts ausmachen, wenn Fjodor dort wohnt, wo es für Soldaten und Bodyguards der Duartes vorgesehen ist. Können wir uns darauf verständigen?«

»Ja.« Ihre Augen verraten, dass diese Zustimmung einzig dem Moment geschuldet ist.

»Wir richten ihm in der oberen Etage ein kleines Apartment her.« Ein erneutes Zugeständnis, um Unfrieden zu vermeiden. »Ist es jetzt gut?«

Nicoletta nickt und ich wende mich wieder dem Geld zu.

MATTEO

In den ersten Wochen überwiegt Euphorie und der neue Deal sorgt für eine ungewohnte Leichtigkeit. Ana ist nun offizieller Teil meines Lebens und nicht mehr heimlich zu ihr zu schleichen, nimmt einiges an Stress. Und mit ihm eine Menge Verbitterung.

Natürlich zahle ich dafür einen Preis, der darin besteht, dass Louisa nicht nur bei mir wohnt, sondern auch fester Bestandteil meines Alltags ist. Sie ist weder furchtbar noch ein schrecklicher Mensch, trotzdem stellt ihre ständige Gegenwart eine Herausforderung dar.

Nach ein paar Monaten ertappe ich mich häufiger dabei, mit dem Schicksal zu hadern und eine normale Familie zu ersehnen. Keine neue Wunschvorstellung, sie war nur in den Hintergrund getreten, seit Howard zu uns gehört. Jetzt ist sie zurück, da einem als *Profano* der Weg der Scheidung offensteht.

In solchen Momenten verstehe ich Howard noch weniger. Er durfte dieses freie Leben führen, das ich herbeisehne, und warf es weg, um … Für ein verkorkstes Dasein wie meins.

Die Gallotochter zu heiraten, halte ich nach wie vor für eine fixe Idee. Ausgerechnet Nicoletta? Er spricht selten über ihre Beziehung, und wenn emotionslos. Aber so sind wir, ich dramatisiere und er tut gern, als habe er keine Gefühle. Gehe ich nachts an seinem Apartment vorbei, belehrt mich die Geräuschkulisse eines Besseren. Ich mag diese Frau trotzdem nicht.

»So in Gedanken?«, fragt Ana.

»Alles in Ordnung, Liebes«, beruhige ich sie und bestelle uns noch einen Drink.

»Du weißt, dass du mit mir reden kannst.«

»Ja«, stimme ich zu und schweige, was nicht an fehlendem Vertrauen liegt, sondern am Respekt vor der Privatsphäre meines Freundes.

Ich streiche über ihren Schenkel, bin froh, dass diese wunderbare Frau zu mir gehört. Früher faszinierten mich vor allem ihre Schönheit und die Leidenschaft, mit der sie liebt. Heute schätze ich sie als Menschen, ihre Stärke, die Art, wie sie um uns kämpft. In ihr steckt viel mehr als ein Mädchen getrieben vom Hunger nach Leben und es ist beeindruckend, wie sie sich entwickelt hat, nachdem es ihr gelang, ihre Ängste abzulegen.

Sie hat mir von La Rinconada erzählt und von ihrer Flucht. So manches Mal war ich sprachlos, fühlte mich schlecht, weil sie derart viel auf sich genommen hat. Für uns.

Ich bin froh, dass diese Erlebnisse sie nicht gebrochen, sondern gestärkt haben. Wie sonst sollte sie den Mut aufbringen, meinen Vater zu konfrontieren. Im ersten Moment hielt ich das für verrückt, doch es war mutig und hat uns gerettet. Ohne diese Courage hätte mich das Doppelleben früher oder später zerstört.

Die getroffene Übereinkunft ist sicher nicht ideal, wird uns dreien aber unter den gegebenen Umständen bestmöglich gerecht.

Fest steht, dass es ohne Louisas Entgegenkommen nicht funktionieren würde. Lange hielt ich sie für ein naives, dummes Kind. Ein Irrtum, denn es braucht ein verdammt großes Herz, Ana als meine Geliebte zu akzeptieren.

Ana trinkt den letzten Schluck ihres Cocktails und ich zahle die Rechnung. Trinke im Vallerama nicht auf Kosten des Hauses. Sie mag diese Mixgetränke wirklich und so fahre ich mit ihr gelegentlich zu dem Club in Little Havanna. Nicht länger gefährlich für mich, sondern Santiago Vallejos Zugeständnis an seine Cousine.

Mir kommt das entgegen, da wir hier niemanden von meinen Leuten treffen. Es liegt mir fern, Louisa in irgendeiner Weise zu kompromittieren.

Gegen Mitternacht lenke ich die Corvette über die Calle Ocho. Aus jeder Bar dröhnt Musik und neben Einheimischen bevölkern selbst zu dieser Stunde zahllose Touristen die Gehwege.

»Pass auf«, quietscht Ana und ich zucke zusammen.

Mein Blick scannt die Umgebung und entdeckt einen Hahn, der gemächlich über die Straße stolziert. »Lauf schneller, sonst kommst du in den Topf«, rufe ich.

Diese Kubaner haben einen Narren an dem Federvieh gefressen, dass sich in Little Havanna zuhauf finden lässt. »Kannst du eigentlich kochen?«

»Ich?«

»Wer sonst?«

»Da fragst du die Falsche. Auch die Vallejos haben Personal für die Hausarbeit.«

Ich fahre über den Venetian Causeway nach Miami Beach. Hier geht es um diese Zeit flott voran und die Straßen Richtung North Beach sind nicht länger verstopft. Dort bewohnt Ana seit zwei Monaten ein Apartment.

Der obligatorische Blick zur Uhr bei der Ankunft.

»Fährst du sofort zurück?« Leichthin gesagt, trotzdem weiß ich, dass es in ihr anders aussieht.

»Ein Stündchen bleibt mir.«

Ihr Gesicht strahlt, als wir gemeinsam aussteigen. Sie ergreift meine Hand und ich ziehe sie an mich. Inhaliere ihren Duft.

Im Aufzug küssen wir uns. Haben keine Zeit zu verschenken.

Kaum dass die Apartmenttür ins Schloss fällt, helfen wir uns gegenseitig aus der Kleidung, lassen sie achtlos zu Boden fallen auf dem Weg zum Bett, das wir gemeinsam ausgesucht haben. Der Sex hat nie an Leidenschaft verloren.

Danach halte ich Ana in den Armen, löse mich erst sanft, als ihr Atem gleichmäßig geht. Ihr Seufzen, als sie die Leere spürt, die ich hinterlasse, schmerzt jedes Mal. Aber unser Deal beinhaltet, dass ich morgens neben Louisa liege.

Leise sammle ich meine Sachen zusammen. Das Licht lasse ich aus, es dringt genug von draußen herein, um mich zu orientieren. An der Tür ein letzter Blick zurück. Er trifft auf geöffnete Augen, die mir traurig hinterhersehen.

»Schlaf weiter.«

Ich verlasse das Apartment und eile zum Lift. Es ist spät geworden, deshalb trete ich das Gaspedal durch auf der Fahrt zur Insel. Hinter mir Andrey, da Livan von Dad beansprucht wird. Neben ihm ein Soldat, den ich in der Dunkelheit nicht erkenne.

Seit Jander in Kolumbien ist, obliegt es diesen beiden Bodyguards, sich zwischen Dad und mir aufzuteilen, Howard nicht zu vergessen. Aber der liebt es immer noch, sein Ding allein zu machen. Trotzdem kein einfacher Job, was das Hin und Her mit zwei Frauen sicher nicht erleichtert. Manchmal bin ich nah dran, Dad zu bitten, er solle Jander zurückholen. Bislang verhindert das mein Stolz. Oder ist es Scham?

Kurz vor der Zufahrt zum Heliport steigt ein mulmiges Gefühl in mir auf. Der Überfall an jener Stelle ist unvergessen.

Zu Hause gehe ich unter die Dusche, eine neue Angewohnheit, bevor ich zu Louisa ins Bett steige.

»Matteo«, nuschelt sie und rutscht näher.

Ich atme ihren blumigen Duft ein, der so anders ist als Anas. Sofort vermisse ich sie. Anfänglich fiel es mir schwer, diese Intimität zu akzeptieren. Hatte das Gefühl, Ana zu betrügen, sobald ich Louisa berührte.

Harsch ziehe ich Luft ein.

Spüre eine Berührung an meinem Schwanz. Da neben mir eine Frau liegt, die der Inbegriff von Keuschheit ist, tue ich das als zufällig ab. Zur Sicherheit ein Seitenblick.

Ihre Lider sind geschlossen.

Auch ich schließe die Augen, brauche dringend Schlaf.

Ihre Finger umschließen mich.

Das ist doch kein Zufall.

Louisa schläft nicht.

Wie soll ich damit umgehen?

Mein Penis hat bereits entschieden und richtet sich auf.

Ich bin entsetzt, steckte vor runden zwei Stunden in Ana.

Dem Schwanz ist das egal. Er reckt sich ihr entgegen, als sie die Schlafanzughose runterzieht.

Sie ist meine Ehefrau. Hat ein Recht auf mich. In diesem Moment bin ich froh, dass ihr Anas Leidenschaft fehlt. Dass sie so ganz anders liebt. Ich lasse zu, dass sich heiße Lippen um die Eichel schließen. Vielleicht glückt es ja in dieser Nacht, ihr meinen Samen einzupflanzen.

Ein Stöhnen verlässt den Mund, ist ein Zeichen dafür, wie wenig es gelingt, dies hier als reinen Zeugungsakt anzusehen.

Herzhaft gähnend erscheine ich im Esszimmer. Howard sitzt bereits am Tisch. Wir treffen uns öfter sonntags in der Frühe zum Frühstück. Während alle anderen noch schlafen, können wir ungestört reden. Mittlerweile bleibt nicht mehr viel Zeit nur für uns.

»Anstrengende Nacht?«

Ich winke ab. »Du auch, wie es aussieht.«

Grinsend schließt er die Knöpfe seines schwarzen Hemdes bis hinauf zum Hals, um die Kratzspuren zu verbergen.

Ich schaufle Rührei auf einen Teller. Habe Hunger wie ein Bär.

»Es läuft gut mit euch dreien.« Howard rührt gedankenverloren im Kaffee.

»Der bestmögliche Kompromiss, wenngleich ich lieber die eine zur Frau hätte. Kann nicht jeder dein Glück haben.«

»Was meinst du?«

»Du sparst dir solche Verwicklungen, heiratest gleich die Richtige.« Wieso zieht er die Augenbrauen zusammen?

»Du denkst, dass Nicoletta mir das bedeutet, was Ana für dich ist?«

»Nicht?«

Howard lacht auf. »Kennst du mich so schlecht?«

Wir ähneln einander, waren nie die Beziehungstypen. Aber wenn ich mich verlieben kann, dann er doch auch. »Ihr hört euch an, als seid ihr füreinander geschaffen.«

»So soll es sein.« Er greift nach einem Baconstreifen und steckt ihn direkt in den Mund. »Sie ist ein Vulkan und ich wäre blöd, ihn nicht am Brodeln zu halten. Einen besseren Deal kann *ich* nicht schließen.«

»Alles nur Schein?« Schwer zu glauben.

»Du kennst mich.«

»Das dachte ich zumindest.«

»Ich will Francescos Sessel, und wenn der Weg dorthin durch ihr Bett führt, gehe ich ihn.«

»Du hörst dich an wie ein echter Duarte.«

Howard lacht. »Bin ich doch. Oder? Aber mal ehrlich, Nicoletta ist heiß und der Sex ist gut.«

»Nur gut?« Nachts klingt das anders. Ich habe wirklich angenommen, dass sie ihn geknackt hat. Habe es ihm gegönnt, obwohl die Gallotochter nicht mein Fall ist. Dafür gibt es nicht einmal einen Grund. Es ist eher so ein Gefühl, das mich vor dieser Frau warnt. Wahrscheinlich totaler Blödsinn und meinem Hang zum Dramatisieren geschuldet.

»Ich muss sie bei Laune halten, auch wenn sich ihre Spielchen langsam abnutzen.«

»Du tust mir leid«, verhöhne ich ihn.
»Du Arsch.«
»Kann es sein, dass du bei deiner Rechnung den zweiten Sohn vergisst?« Howard versteift sich derart darauf, die Gallos zu übernehmen, dass ich fürchte, er habe einen Tunnelblick entwickelt.
»Marco? Der Kleine ist nicht mal in der Pubertät. Bis der so weit ist, bin ich längst an der Macht oder habe einen Weg gefunden, ihn außer Gefecht zu setzen.«
»Das war von Anfang an dein Ziel. Ganz nach oben zu gelangen.« Dieser Ehrgeiz ist mir fremd. Habe ich ihn früher nur nicht bemerkt?
»Ich habe dir gesagt …«
»Keine Kritik«, unterbreche ich ihn.
Howard sieht mir offen in die Augen. »Ich wollte immer nur dein Freund sein. Daran hat sich bis heute nichts geändert. Aber ich wiederhole es gern. Zusammen sind wir unschlagbar. Könnten kein besseres Standing haben als mit dir an der Spitze in Miami und mit mir in New York. Damit beherrschen wir zwei der attraktivsten Märkte in den Staaten.«
Selten habe ich Howard derart euphorisch erlebt. »Du vergisst die Fünf.«
»Die Sartoris sind gespalten und schwächen sich gegenseitig. Und die anderen blieben vor Jahren stehen. Es ist nur eine Frage der Zeit, bis sich unser Geschäft etabliert und sie uns nicht mehr das Wasser reichen können.«
Howard hat dazugelernt, seine Überlegungen gehen tiefer als angenommen und was das Business betrifft, ist Widerspruch unangebracht. »Manchmal dachte ich, es wäre Mariana.« Dabei spiele ich nicht auf die verstohlenen Blicke letztes Weihnachten an, sondern auf die Spannung zwischen ihnen bei meiner Hochzeit, die mir aufgefallen ist, als ich gelangweilt am Tisch saß.
In seinen Augen liegt ein Schatten, der eine Minute zuvor dort nicht war.
»Da ist was.« Habe ich mich also nicht getäuscht.
»Ist das so offensichtlich?«
»Eure Blicke und …«
»Sie löst etwas in mir aus, was ich so nicht kenne.«
Da ist Sehnsucht in seiner Stimme und ich verstehe die Welt nicht mehr. Nicht so sehr, weil mein gern emotionslos wirkender Freund Gefühle entwickelt, sondern weil er freiwillig darauf verzichtet, ihnen zu folgen.

»In ihrer Nähe gerät alles in mir in Aufruhr. Von Anfang an. Wäre sie nicht so jung und die Tochter …«

»Dann wäre sie es?« Ich lasse ihn seine absurden Ausflüchte nicht zu Ende bringen. Merke, dass ich ihn lieber in Kolumbien sehen würde als in New York.

Howard fährt sich über den Kopf. »Lass es mich so ausdrücken, wären wir beide frei und das Geschäft ohne Belang, würde ich auf sie warten.« Sein Gesicht zeigt innerhalb Sekunden mehr Emotionen, als für gewöhnlich über den Tag verteilt.

Ich bin kurz sprachlos. Dieses Eingeständnis macht mich traurig, zugleich offenbart es den Wert unserer Freundschaft.

Howard räuspert sich. »Für die Familie ist es so besser.« Seine glatte Maske sitzt wieder. »Felipe hätte sie mir sowieso nie gegeben.«

»Was ist mit Onkel Felipe?« Danny betritt das Speisezimmer. »Kann ich einen Cappuccino haben?«, ruft er dem Hausmädchen zu.

Howards Bruder hat sich rasch an die Annehmlichkeiten im Hause einer Mafiafamilie gewöhnt.

»Felipe ist unser aller Boss und wir sollten nie vergessen, dass sein Wort gilt«, schulmeistert mein Freund und es fehlt nur der erhobene Zeigefinger.

Ich unterdrücke ein Schmunzeln, was mir vergeht, als der Teenager weiterspricht. »Gut, euch allein anzutreffen. Wir müssen reden.« Er schaut zwischen uns hin und her. »Ich bin ja sechszehn und von den Jungs in der Schule habe ich erfahren, dass dies das Alter ist, in dem man in die Familie eingeführt wird.«

Mein Blick schießt zu Howard.

Er explodiert gleich. »Du«, sein Finger zeigt auf Danny, »hast nichts mit dieser Familie zu schaffen und daraus folgt, dass keine Familie existiert, in die du eingeführt werden kannst.«

»Das sehe ich anders«, begehrt der Teenager auf.

»Interessiert mich nicht. Du hältst jetzt die Klappe, isst dein Frühstück und danach machst du, was Jungs mit sechszehn tun.«

»Sie übernehmen Pflichten im Familienbusiness.«

»Daniel!«

Eine beschwichtigende Handbewegung meinerseits und die Brüder wenden sich mir zu. »Ich würde gern hören, was er zu sagen hat.« Diese Worte ziehen Howards Wut auf mich, aber er lässt Danny sprechen.

»Also für den Anfang würde ich euch öfter begleiten. Zum Beispiel bei den Runden durch die Clubs. Gelder einsammeln ist ein Job, den ich übernehmen könnte.«

»Als Nächstes will er die Nutten einarbeiten.« Ich biege mich vor Lachen.

Dannys Augen werden größer als Mr. Chorizos damals, als er die Wurst fraß.

»Setz ihm keinen Floh ins Ohr.«

»Und was sagt ihr?«, fragt Danny.

»Wozu?« Howard.

»Dass ich mich um die Clubs kümmere?«

»Komm«, foppe ich meinen Freund, »ist nicht *so* schlimm, wenn Danny ab und an eine Tour mitmacht.«

»Der Deal war, ihn rauszuhalten!« Seine Augen verengen sich zu Schlitzen.

»Tut mir leid, aber er hat das Sagen.« Ich sehe Danny an und deute auf Howard.

Der Teenager zieht einen Flunsch wie ein Sechsjähriger. Gleich wirft er uns Gemeinheit vor.

»Wenn ihr glaubt, dass ich das hinnehme, täuscht ihr euch!« Er häuft Rührei und Bacon auf einen Teller, schnappt sich zwei Scheiben Toast und rauscht angepisst oder eher beleidigt aus dem Raum.

»Das wird schwierig«, erlaube ich mir, zu erwähnen.

»Er bleibt draußen.«

Damit ist das letzte Wort in dieser Sache gesprochen.

Zumindest für den Augenblick.

HOWARD

Nach dem Frühstück sollte ich zum Mellow Ocean fahren, um ein ernstes Wörtchen mit dem Küchenchef zu sprechen. In letzter Zeit sind mir wiederholt Beschwerden von Gästen zu Ohren gekommen, die beanstanden, die Qualität der Speisen habe nachgelassen. Ein inakzeptabler Zustand. Ich kann den Koch weder erschießen noch rausschmeißen, da ich sonst ohne dastehe. Eins von beidem könnte gut passieren, wenn ich ihn mir vorknöpfe.

Es fällt mir schwer, mich aufzuraffen, habe keine Lust auf eine Auseinandersetzung. Auch nicht mit Daniel, dessen Auftritt vom Frühstück nicht hinnehmbar ist. Was meinen Bruder angeht, verzweifle ich allmählich. Sah die einzige Herausforderung darin, ihn herauszuhalten und zu beschützen, und habe dabei seine Willensstärke unterschätzt.

Dass aus Daniel kein Mafioso wird, habe ich Mom versprochen, und da sie sich in ihrer Enttäuschung bereits von mir abgewandt hat, darf ich in dem Punkt nicht versagen. Aber genau das wird immer wahrscheinlicher, nicht mangels Engagements, sondern weil Daniel alle Bemühungen torpediert. Anders lässt es sich kaum bezeichnen.

Noch gestern wäre mir nicht in den Sinn gekommen, dass er jemals eine Einführung in die Mafia verlangen könnte. Was stimmt mit dem Jungen nicht?

Früher glaubte ich, Daniel habe nur das Aussehen und die Eitelkeit von unserem Erzeuger geerbt. Mittlerweile sieht es aus, als stecke zusätzlich einiges von dessen Charakter in ihm.

Gerade macht er mich permanent sauer. Ich reiße mir den Arsch auf, schaffe ihm einen Safe-Place und er hat nichts Besseres zu tun, als eine Einführung in die Geschäfte zu fordern.

Ist er übergeschnappt?

Der Ärger steigert sich zu Wut. Ich bin verdammt nah dran, zu ihm zu stürmen, um die Renitenz notfalls aus ihm herauszuprügeln.

Auch ich habe dazugelernt und eine der wichtigsten Lektionen bestand in Impulskontrolle und so stoppe ich vor dem Erreichen seines Zimmers. Schaue kurz zu Nicolettas Tür und registriere am Rande, dass selbst Fjodor diesen Sonntag gemächlich anzugehen scheint. Für gewöhnlich bewacht der mürrische Russe zu dieser Zeit längst ihre Tür, obwohl ich durchgesetzt habe, dass er bei den Soldaten wohnt.

Ich kehre in mein Zimmer zurück und lege mich aufs Bett. Das Gespräch mit Matteo hat Mariana ins Bewusstsein zurückgebracht. Frei und ohne Verpflichtungen würde ich mich in den Benz setzen und nach Key West fahren. Einfach so. Ein paar Tage weg von dem ganzen Zirkus. Ich stelle mir ihre Reaktion vor, wenn ich ihr plötzlich gegenüberstehe.

Über diesen Tagtraum schlafe ich ein.

Als ich erwache, ist es an der Zeit fürs Mittagessen. Mit einem Puls wieder auf Normalniveau gehe ich vorher zu Daniel.

Auf mein Klopfen erhalte ich keine Antwort.

»Daniel, ich bin es.«

»Was willst du?«

Dass er schmollt, ist so typisch. »Reden.«

»Komm rein.«

Er sitzt vor dem Fernseher und spielt eines seiner Atarispiele.

»Wird dir das nicht irgendwann langweilig?«

»Etwas anderes erlaubst du ja nicht.«

»Du könntest irgendeinen Sport treiben.«

»Sport?«

»Wieso nicht?« Ich setze mich in den Sessel ihm gegenüber.

»Also wäre es ok, wenn ich drüben bei den Männern trainiere?«

Natürlich habe ich eher einen Sportverein seiner Highschool im Sinn.

»Ist das ok für dich?«, drängt er.

Ein ›Nein‹ und das Gespräch hat sich erledigt. Ich sehe ja ein, dass ihm alles zu verbieten auch kein Weg ist. »Sofern du nicht länger mit uns durch irgendwelche Clubs ziehen willst.«

»Mit sechzehn warst du regelmäßig mit Matteo unterwegs.«

»Aber nicht in Clubs.«

»Wer's glaubt.«

»Glaub, was du willst.« Der renitente Ausdruck auf seinem schönen Gesicht weckt Unwillen.

»Trainieren ist also ok?«

»Ja.« Obwohl es mir missfällt, ist dieses Zugeständnis sicher klüger, als seinen Starrsinn zu provozieren.

Bestimmt eine Minute lang fixieren wir uns stumm. Sein Glück, dass er keine neuen Forderungen aufstellt.

»Dann spiel meinetwegen weiter«, sage ich und lasse ihn wieder allein.

Nicolettas Tür ist auch jetzt unbewacht. Ich klopfe und gehe hinein, als es still bleibt. Ihr Zimmer ist verwaist. Okay. Solange sie anderweitig beschäftigt ist, muss ich mich nicht um sie kümmern. Wir harmonieren zwar im Bett, aber darüber hinaus verbindet uns nichts. Seit die Hochzeit arrangiert ist, verspüre ich zudem wenig Antrieb, sie näher kennenzulernen.

Im Augenwinkel erkenne ich Sachen auf dem Boden des begehbaren Kleiderschranks. Noch nie habe ich eine derart unordentliche Frau getroffen. Ich hebe die Klamotten auf und hänge sie zurück. Dabei kommt es mir vor, als würde ein Teil ihrer Kleidung fehlen. Ein Blick in die hintere Ecke, wo ebenfalls ein Koffer fehlt.

Um herauszufinden, was das zu bedeuten hat, gehe ich hinüber zum Flachbau.

Fjodor ist gleichfalls verschwunden. Keine sonderliche Überraschung.

Ich klopfe gegenüber bei Livan.

»*Cariño*, hast du eine Ahnung, wo der Russe steckt?«

Der Bodyguard schüttelt mit dem Kopf. »Mit ziemlicher Sicherheit findest du ihn bei deiner Verlobten.«

»Die ist genauso unauffindbar.« So langsam beschleicht mich die Vermutung, dass die beiden zusammen weg sind. Nur was das zu bedeuten hat, erschließt sich nicht.

»Denkst du, sie haben was miteinander?«, stellt Livan die Frage, die mich am Anfang auch umgetrieben hat.

Schulterzucken.

Irgendwie schwer vorstellbar, dass sich die stolze Gallotochter mit ihrem Bodyguard einlässt. Zweifel bleiben, denn unstrittig ist ebenfalls, dass sie sich mit irgendwen eingelassen hat.

»Was hast du vor?«

»Mal abgesehen davon, dass ich keine Ahnung habe, wo die beiden stecken, werde ich ihnen nicht hinterherrennen.«

Nachdenklich kehre ich in mein Apartment zurück.

Dass Nicoletta und Fjodor ungewöhnlich eng miteinander sind, ist bestenfalls ein Indiz, aber kein Beweis dafür, dass sie zusammen durchgebrannt sind.

Lässt sich ausschließen, dass sie in Wahrheit diesen Russen liebt? Nein!

Was für eine gequirlte Kacke.

Sollte Nicoletta die Hochzeit absagen, kann ich meinen schönen Plan vom Duarte-Imperium im Klo runterspülen.

NICOLETTA

Als ich jemanden auf der Treppe höre, wende ich mich ab. Haste zurück nach oben, der Appetit auf Frühstück ist vergangen.

Howard hat seine Rolle teuflisch gut gespielt und das nur, um mich bei Laune zu halten.

Wie konnte ich darauf reinfallen?

Nicht mitbekommen, dass sich in Wahrheit alles ausschließlich um seine Familie dreht, meine zu einem Duarte-Außenposten verkommen soll und ich der Preis bin, den er zahlen muss?

Wie erniedrigend.

Ich werfe die Zimmertür zu.

In der nächsten Sekunde öffnet sie sich wieder und Fjodor tritt ein.

»Hau ab!«

Er bewegt sich keinen Schritt.

Auch egal. Ich schnappe nach Luft. Die Spielchen nutzen sich ab, hat er gesagt. Alle Leidenschaft ein Fake. Ein unumgehbares Übel, um den Vulkan am Brodeln zu halten. Das ist die grausame Wahrheit und ich habe angenommen, er sei scharf auf *mich*.

Ich ging davon aus, dass er mich wirklich will und das Geschäftliche seine Gefühle ergänzt. Dabei steht das Business im Mittelpunkt und …

Maledizione!

Ich komme mir wertlos vor.

Ein Mittel zum Zweck.

Notwendiges Übel.

Ich greife eine Schale von der Kommode und donnere sie gegen die Wand. Sehe zu, wie sie zerbricht und die Scherben zu Boden fallen.

Zerstört. In kleine Teile zersplittert. So fühle ich mich.

»Was ist denn passiert?«, fragt Fjodor.

Ich kann es ihm nicht sagen, ohne seinen Spott zu riskieren. Er hat mich schließlich vor Howard gewarnt.

Dieser Mistkerl denkt an eine andere, als wären seine geheuchelten Gefühle nicht demütigend genug.

Mariana? Matteos verfluchte Cousine?

Nie zuvor hat mich jemand so heftig gekränkt. Ich möchte schreien, um nicht daran zu ersticken.

Was findet er an dieser einfältigen Göre?

Die Vase mit den frischen Blumen ist bereits in der Hand.

Fjodor stoppt mich.

Ich funkle ihn zornig an.

Er gibt meinen Arm frei und schüttelt den Kopf.

Stimmt ja, Emotionen so offen zu zeigen, ist ein Fehler.

Niemand soll wissen, dass ich etwas für Howard empfinde. Empfunden habe, denn er hat mir sämtliche Gefühle aus dem Herzen gerissen und sie zu Hass zertrampelt.

Ich stampfe mit dem Fuß auf, möchte durchdrehen, die ganze verfluchte Wut rauslassen.

Nein!

Ich muss nachdenken. Das geht nicht, wenn sich der Zorn weiter hochschaukelt. Howard darf niemals erfahren, dass es echt war. Eine kluge Einsicht, während durch meine Adern ungebremste Wut rast. Entweder finde ich ein Ventil oder die Explosion ist nur eine Frage der Zeit.

Rachegedanken halten mich zusammen.

Ich muss die nächsten Schritte planen.

Nicht hier, wo alles an ihn erinnert und er mir jeden Moment über den Weg laufen kann. Nur so schnell wie möglich runter von dieser widerlichen Insel. Weg von den Duartes.

Hastig werfe ich ein paar Sachen in den Koffer.

»Sagst du jetzt endlich, was los ist?«

Auch dieses Mal erhält Fjodor keine Antwort. »Räum das weg«, weise ich ihn stattdessen an und deute auf die Scherben.

»Wohin willst du?«

»Nach Hause.« Das darf er wissen.

»Dann heiratest du ihn nicht?« Mein Bodyguard klingt gewohnt kalt.

»Er hat mich verarscht.«

»Erwartest du, dass ich Mitgefühl heuchle?«

»Nein, Fjodor. Bring mich nur nach Hause.«

Wir haben Glück, dass an diesem Sonntagmorgen jeder mit sich beschäftigt scheint. Emilio Duarte sitzt nicht im Büro und auch sonst begegnet uns niemand in der Villa, der sich wundern könnte, dass der Russe mir mit einem Koffer hinterherläuft.

Wir fahren in seinem Auto und als Verlobte des Erben lassen uns die Wachen ohne Nachfrage das Tor passieren.

Ich möchte auf direktem Weg zum Flughafen, aber Fjodors Orientierungssinn lässt zu wünschen übrig.

»Hast du dich schon wieder verfahren?« Ich werde das Gefühl nicht los, in die falsche Richtung unterwegs zu sein.

Fjodor blickt umher, sucht offenbar nach einem Straßenschild oder etwas Markantem, um sich zu orientieren. »*Nam kajuk*«, flucht er.

Erneut habe ich das Bedürfnis, zu schreien. Unterdrücke es. Den Bodyguard zusätzlich unter Druck zu setzen, hilft sicher nicht.

In meinen Adern kribbelt es, als wäre ein Ameisenstamm auf Pilgertour. Jede Minute sehe ich nach hinten durch die Heckscheibe, rechne damit, dass wir inzwischen gesucht werden. Zum Glück entdecke ich bislang keine Verfolger.

»Wir nehmen ein Taxi«, entscheide ich, als mich endgültig die Geduld verlässt.

»*Blin*.« Er ist nicht damit einverstanden, fährt trotzdem rechts ran, als er ein Taxi am Straßenrand ausmacht.

Während Fjodor meinen Koffer aus dem Auto hievt, laufe ich zum Taxifahrer. »Können Sie uns zum Airport bringen?«

»Ich warte auf einen Gast, rufe Ihnen aber gern über Funk einen Wagen.«

Bis dieser auftaucht, vergehen knapp zehn Minuten. Mir kommen sie wie eine ganze Stunde vor.

Trotz der Verzögerung erreichen wir unbehelligt den Flughafen.

»Wann geht der nächste Flug nach New York«, erkundige ich mich am Schalter von Trans American Airlines.

»Um 16:15 Uhr.«

Fünf Stunden. Da kann ich gleich zu Howard zurückkehren. »Philly?« Ab da können wir uns einen Leihwagen nehmen.

»12:50 Uhr.«

Ich kaufe zwei Tickets.

Das Warten fällt schwer. Innere Unruhe lässt den Ameisenstamm in meinen Adern beschleunigen. Obwohl mir bewusst ist, dass ich mich auffällig verhalte, scanne ich regelmäßig die Umgebung. Genau wie Fjodor.

Erst als wir in der Maschine sitzen, entspanne ich.

In Philadelphia mieten wir auf Fjodors Namen einen Leihwagen. Zu diesem Zeitpunkt bin ich weitestgehend relaxt. Vermeide Leichtsinn, obwohl Howard unmöglich wissen kann, wo wir sind. Runde zwei Stunden trennen uns von zu Hause, wo ich sicher bin.

Dennoch besteht kein Zweifel daran, dass mein Verlobter nicht einfach aufgibt. Er hat sich das alles so schön ausgemalt, erst nehmen ihn die Duartes in ihre Familie auf, dann heiratet er in unsere ein. Ja, er hat mit mir über seine Pläne geredet, aber ich habe wohl nicht gut genug zugehört.

Mein Fehler, anzunehmen, Howard sei anders. Erst seit Kurzem in der Mafia hielt ich ihn für weniger verdorben. Leichter beeinflussbar. Ein Irrtum, der verflucht wehtut.

Das allein könnte mich niemals so tief verletzen. Eine andere Frau schon.

Mariana!

Ich will ihren Namen nicht einmal denken und kann ihn doch nicht vergessen. Hat er ihr Bild vor Augen, wenn seine Zunge mich zum Orgasmus leckt?

Je länger die Gedanken wie ein Karussell immer die gleichen Runden drehen, desto mehr fühle ich mich als Bauernopfer. Verfluche mich dafür, dass ich es nicht besser wusste.

Er hat seine Rolle gut gespielt und ich war von ihm derart fasziniert, dass ich all meine Schutzwälle bereits nach kurzer Zeit herunterfuhr. Seine düstere, ein wenig brutale Ausstrahlung versprach den Thrill, der mich antörnt. Er verabreichte mir Appetithäppchen davon, gerade so viel, dass ich heiß darauf war, diese Seite von ihm näher kennenzulernen.

Hätte mich stutzig machen sollen, dass er nie über einen gewissen Punkt hinausging, nicht mal, wenn ich es provozierte? Bis heute glaube ich, dass dieser

Teil echt war, dass tief in ihm ein Monster existiert, das sich gut mit meinem ergänzt hätte.

Zu spät.

Dass dieser vielschichtige Mann Mariana vorzieht, schockiert. Diese unerfahrene Göre kann ihm niemals Befriedigung schenken. Auf böse Art wünsche ich, dass sie sein Monster weckt – und es sie zerstört.

Mir könnte das nicht passieren. Leider werde ich nie erfahren, wie tief die Abgründe sind, die in Howard lauern. Vergebe keine zweiten Chancen.

Auf Verrat folgt Verlust.

Und Rache.

Mein Herz zu zertrampeln, bleibt nicht konsequenzlos. Ich werde ihm alles nehmen. Muss mich nicht einmal anstrengen, es erfordert weiter nichts, als ›Nein‹ zu sagen.

Und prompt stehe ich erneut ohne Ehemann da. Allein mit meinem Russen schreie ich alle Frustration heraus. Möchte auf etwas einschlagen. Bestenfalls auf Howard. Ersatzweise Fjodor. Also boxe ich mit ganzer Kraft in seine Seite.

Er verreist das Lenkrad und wir schlingern. »*Bljad*!« Sein Blick die reinste Todesdrohung.

Ich stoße einen weiteren Schrei aus.

Fjodor lenkt auf den Seitenstreifen, vollführt eine Vollbremsung. Die Räder kommen zum Stehen und er zieht seine Ringe von den Fingern der rechten Hand. Im nächsten Moment ballt sich diese zur Faust und landet in meinem Gesicht.

Schmerz explodiert und das Ameisenvolk in den Venen stoppt.

Ruhe.

»Noch mal?«

Ich nicke und wende ihm das schmerzverzerrte Gesicht zu.

Der nächste Schlag lässt mich aufschreien. Ich hebe die Hände. Signalisiere, dass es reicht.

»Du kannst behaupten, dass *er* das war.« Fjodor grinst diabolisch.

»Ja.« Auf seine guten Ideen ist Verlass.

»Können wir weiterfahren?«

»Küss mich.«

»Du bist krank.«

»Willst du eine andere?«

Er steckt die Ringe zurück an die Finger und dann seine Zunge in meinen Hals.

Ich reiße seine Hose auf, ziehe den Rock nach oben und krabble auf seinen Schoß. Setze mich mit dem Rücken an seine Vorderseite. Ich schiebe den Hintern hin und her, bis ich seine Härte spüre und Nässe zwischen meinen Schenkeln.

Er zerfetzt das Höschen und rammt mir seinen Penis ohne Vorwarnung bis zum Anschlag in den Arsch.

Ich schreie. Jeder seiner Stöße steigert den Schmerz.

Er macht unbeirrt weiter, spießt mich auf.

Seine Hände fixieren meinen Körper, er steuert mich wie eine Puppe, hebt das Becken, nur um es in der nächsten Sekunde wieder auf seine Erektion zu rammen.

Ich liebe es, von ihm benutzt zu werden.

Als er seinen Samen in mich pumpt, beißt er mir in die Schulter. Sein Daumen reibt hart meine Perle und ich lasse ebenfalls los.

Erschöpft sinke ich an ihn.

»Du hast etwas vergessen«, wispert er.

»*Spasibo, Zarewitsch.*«

Fjodor hat mich bestens erzogen, was nicht bedeutet, dass ich es nicht ernst meine. Vorsichtig krabble ich von ihm runter. Der Hintern schmerzt und ich weiß nicht, wie ich sitzen soll. Körperlicher Schmerz ist dennoch weitaus angenehmer als seelischer.

Wir fahren weiter und ich fühle mich besser. Die Gedanken werden wieder klarer und wandern in Richtung Zukunft.

Santiago Vallejo könnte ein passender Kandidat sein. Er gefällt mir rein optisch und hat Standing. Darüber hinaus umgibt ihn etwas Geheimnisvolles, was ihn zugleich anziehend, aber vor allem unberechenbar macht.

Die Gallos und die Vallejos trennt keine Fehde. Das größte Hindernis besteht darin, dass Santiago immer wieder mal verlauten lässt, dass er nicht vorhabe, jemals eine Familie zu gründen.

Nino Rinaldi? Ein Schwächling.

Und das war es auch schon.

Matteo ist vergeben. Ihn hätte Vater sofort akzeptiert. Ich nicht. Er hat zwar diesen vielversprechenden Blick drauf, dennoch fehlt ihm das Düstere, das ich bei Howard in der ersten Minute entdeckt habe.

»*Maledizione*!«

Howard hätte ich lieben können.

Fjodor hält vor dem Gallotower. Ich gehe zur Tür, während er das Gepäck aus dem Kofferraum holt.

Zu Hause. Als ich noch klein war, liebte ich es, mit Elia hier Verstecken zu spielen. Es gab unzählige Möglichkeiten. Nicht mal vor Vaters Büro haben wir haltgemacht. Irgendwann schwand die Fröhlichkeit und denke ich an meine Teenagerzeit zurück, gibt es keine plüschigen Erinnerungen.

»Bring den Koffer aufs Zimmer«, weise ich Fjodor an und fahre hinauf zur siebten Etage.

Ich täusche mich nicht, Vater sitzt auch am späten Sonntagnachmittag im Arbeitszimmer. Tief durchatmen. Er ist kein einfacher Charakter, seine Prinzipien entstammen einer anderen Zeit.

»Dad«, spreche ich ihn an und hasse es, dass die Stimme verweichlicht klingt.

Er schaut von seinen Papieren auf, und obwohl er mir direkt ins Gesicht sieht, wirkt er ungläubig. »Nicoletta, was suchst du hier?« Sein Tonfall hat etwas Lauerndes.

»Ich werde Howard nicht heiraten.«

»Unterbrich mich, falls ich falschliege, aber warst nicht du es, die alle Hebel einschließlich meiner hirnverbrannten Schwester in Bewegung gesetzt hat, um ihn ehelichen zu dürfen?«

»Es geht ihm nur darum, an die Spitze unserer Familie zu gelangen.« Selbstredend behalte ich das mit Mariana für mich. Gefühlsduselei akzeptiert die Mafia nicht.

»Was soll er sonst wollen?«, erwidert Vater ungewöhnlich weich. »Habe ich dich zu einem naiven Mädchen erzogen? Eines, dass irgendwelche Flausen im Kopf spazieren trägt?«

Ich schlucke hart. Verneine.

»Er möchte, dass unser Name verschwindet, stellt sich hier einen Duarte-Außenposten vor.« Der letzte Trumpf.

»Natürlich will er das. Ich würde ernsthaft an seinem Verstand zweifeln, wenn es anders wäre. Es liegt bei uns, das zu verhindern.«

»Aber …« Ich deute auf mein Gesicht. »Das hat er mir schon vor der Ehe angetan.«

»Du wirst ihn gereizt haben. Wir wissen beide, dass du das bestens beherrschst.«

Gegen jeden Willen steigen Tränen auf. Geboren aus Hilflosigkeit. Ich beiße sie zurück. Vor Vater zu weinen, hat nie etwas gebracht. Verzweifelt suche ich nach einem weiteren Argument. Mir fällt keines ein, alles, was jetzt aus meinem Mund käme, würde mich nur jämmerlicher wirken lassen als ohnehin.

»Wir haben einen Vertrag geschlossen und den wirst du erfüllen.«

»Verträge kann man lösen«, begehre ich auf.

»Natürlich könnte man. Aber das werde ich nicht.« Er greift zum Hörer des Telefons, das rechts vor ihm auf dem Tisch steht.

»Wen rufst du an?« Panik steigt auf. »Dad, bitte nicht.«

Er schneidet mir mit einer Handbewegung das Wort ab.

»Sag deinem Sohn, dass sie hier ist.«

…

»Nichts von Bedeutung. Ist in der Realität angekommen und plärrt herum.«

…

»Wenn du es wünschst, behalte ich sie ein paar Tage hier. Er kann sie jederzeit abholen.«

…

»Ja. Und sprich mit ihm, damit er sicherstellt, dass so was nicht noch mal passiert. Sie ist jetzt sein Problem.«

Unbändige Wut steigt in mir auf. Der eigene Vater übereignet mich wie ein Möbelstück. Ich stürme aus dem Arbeitszimmer, er soll die Tränen nicht mitbekommen, die inzwischen gut sichtbar in den Augen stehen und jeden Moment überlaufen.

Ich eile zu meinem alten Zimmer. Will mich verkriechen.

Beim Öffnen der Tür taucht Angst auf, einen leeren Raum vorzufinden.

Diese Furcht erweist sich als unbegründet.

Ich werfe mich aufs Bett und heule Ohnmacht und Zorn heraus. Stecke die Faust in den Mund, damit niemand es hört.

Liege noch so da, als Elia ins Zimmer tritt.

Das Verhältnis zu meinem älteren Bruder ist zwiegespalten, wir haben uns geliebt und gehasst, waren uns oft einfach egal. Jetzt brauche ich seinen Beistand und erzähle ihm ohne Zögern von dem Gespräch zwischen Howard und Matteo.

»Ich verstehe dich.«

Obwohl sie nichts ändern, trösten seine Worte.

»Du kannst die Heirat nicht vereiteln, aber dafür sorgen, dass er sein Ziel nicht erreicht.« Elia mag körperlich eingeschränkt sein, sein Intellekt macht viel davon wett.

Ich horche auf. »Dad lässt nicht zu, dass du das Erbe antrittst.« Ein anderer Weg fällt mir nicht ein, wie wir das verhindern könnten. »Auf Marco dürfen wir nicht zählen. Howard schafft den Kleinen eher aus der Welt, als zu riskieren, dass er seine Pläne durchkreuzt.«

»Mir fällt etwas ein.«

Elia ist clever, trotzdem bleibe ich skeptisch.

»Ist mir nicht immer was eingefallen?«

Stimmt und mir bleibt eh nichts übrig, als ihm zu vertrauen.

HOWARD

Emilio behauptet im Anschluss an das Telefonat mit Francesco Gallo, meine Braut habe kalte Füße bekommen. Seien wir mal ehrlich, das ist gequirlte Kacke und so würde ich am liebsten gleich morgen früh nach New York fliegen, um sie zur Rede zu stellen.

Mein neuer Vater überzeugt mich, ihr ein paar Tage zuzugestehen, um sich zu ordnen. Bislang war mir nicht bewusst, dass Nicoletta dies nötig hat.

Auf dem Bett liegend, nippe ich an einem Glas meines bevorzugten Bourbons. Ich wäre nicht draufgekommen, aber Matteo meinte nach dem Abendessen, sie habe möglicherweise unser Gespräch belauscht und das mit Mariana falsch verstanden.

Zumindest würde es ihre überstürzte Abreise erklären.

Matteos Beziehungsdrama betrachtete ich von Anfang an mit Argwohn. Hätte nicht erwartet, dass es mir mal ähnlich ergeht, mit dem Unterschied, dass sein Herz involviert ist, während mich dieses Hickhack nur nervt.

Ein Schicksal, das Mafiamänner teilen?

Dabei mag ich Nicoletta. Sie ist klug. Häufig anstrengend, was sicher nicht ausbleibt, wenn man willensstarke Frauen bevorzugt. Ihr Feuer im Bett verachte ich keineswegs. Dass es nicht mehr so hoch lodert wie die ersten Male, liegt auch daran, dass der Vordereingang weiterhin tabu ist. Dennoch reißt sie mich mit, indem sie Dinge erlaubt, die ich zwar kannte, aber nicht praktizierte. Hielt mich nie für einen Top, der eine Bottom benötigt.

So logisch Matteos Theorie erscheinen mag, mir drängt sich eine andere auf und die dreht sich um diesen Russen. Dass es einen Mann vor mir gab, steht zweifelsfrei fest. Bedenkt man die Einschränkungen, denen Mafiatöchter unterliegen, kommt nur jemand aus dem direkten Umfeld infrage. Treffer! Falls sich mein Verdacht bestätigt und da was zwischen den beiden läuft, ist er tot.

***

Während der folgenden Tage stürze ich mich in die Arbeit. Am Donnerstag hält mich Emilio nicht länger zurück und ich fliege mit Livan zum Big Apple, wo mir Nicoletta einen eisigen Empfang bereitet.

»Emilio behauptet, du hast Schiss bekommen, aber irgendwie glaube ich das nicht.« Meine Hände stecken in den Hosentaschen. Sie soll mir nicht anmerken, dass ich weitaus weniger emotionslos bin, als der Gesichtsausdruck vorgaukelt.

»Ich schau mal bei den Männern rein«, meint Livan, der in der offenen Tür steht. Ich halte ihn nicht auf, stoße die Zimmertür mit dem Fuß zu.

»Denk, was du willst«, speit Nicoletta mir entgegen.

Dass sie die Bitch rauslässt, passt zu ihr, beeindruckt mich aber nicht.

Mir fallen Verfärbungen auf, die bei bestimmtem Lichteinfall unter der Schminke erkennbar sind. »Was ist passiert?« Ich deute auf ihr Gesicht.

»Das ist dir sowieso egal.«

Normalerweise nicht. Im Moment schon. »Hast du was mit Fjodor?«, konfrontiere ich sie mit meiner Vermutung.

»Drehst du jetzt völlig durch? Ich bin Jungfrau!«

»Wer garantiert, dass du ihm deinen Arsch nicht genauso anbietest wie mir?« Das ist sicher nicht nett, dennoch eine logische Schlussfolgerung.

»Du bist eklig.«

»*Ich* habe dich nicht in den Arsch gefickt.«

Ihre Hand trifft mich schneller, als ich meine aus der Tasche ziehen kann, um sie aufzuhalten. Mit Verspätung packe ich ihre Handgelenke und halte sie fest, als sie sich windet.

»Du Widerling tust mir weh.«

»Dafür sorgst du selbst mit deinem Gezappel.« Die Vorstellung, meine Verlobte mit dem russischen Leibwächter zu teilen, provoziert Wut. »Ob es dir passt oder nicht, wir werden in zwei Wochen heiraten und du solltest dir gut überlegen, wie weit du mich verärgerst.« Ohne auf ihre Entgegnung zu warten, lasse ich los und öffne die Zimmertür.

»Wo gehst du hin?«

»Es gibt sicher die ein oder andere Bar in Manhattan.«

»Du willst dich jetzt besaufen?« Ihre Stimme klingt schrill.

Ich zucke mit den Schultern. Wieso nicht? Dieses Haus und seinen Herrn konnte ich noch nie leiden. »Der Jet ist für morgen um 12:00 Uhr bestellt. Sei rechtzeitig fertig. Und damit keine Missverständnisse aufkommen, Fjodor bleibt hier.«

»Ich brauche einen eigenen Bodyguard«, ruft sie mir hinterher, aber da habe ich die Treppe schon erreicht.

Eine Etage tiefer nehme ich den Lift.

Unter diesem Dach fällt mir das Atmen schwer, daher verspüre ich nicht das geringste Verlangen, den Abend mit der Gallofamilie zu verbringen. Elia bei der Ankunft über den Weg zu laufen, hat gereicht. Brauche nicht noch mehr Leute, die starren, als wollten sie mich erdolchen.

Vor dem Haus bleibe ich stehen. Schaue nach oben. Der novembergraue Himmel passt prima zur Stimmung. Ich spaziere die Straße entlang, wissend, dass dies Ärger einbringt. Livan kann mir später die Hölle heißmachen.

Im Augenblick möchte ich nur weg. Laufe in Richtung Norden und stoppe an der ersten Bar auf dem Weg.

Eine Kaschemme, die meinen Bourbon nicht anbietet.

Nach einem Bier gegen den Durst ziehe ich weiter.

Am Broadway habe ich mehr Glück. Obwohl früh am Abend ist es voll und der Geräuschpegel nervend hoch. Aber sie haben Bourbon aus Wyoming. Niemand schenkt mir Beachtung, als ich mich an der hintersten Ecke des Tresens verkrieche. Bin nicht in Stimmung für wie auch immer geartete Konversation.

Stunden später bleibe ich als einziger Gast zurück.

Der Barmann poliert die letzten Gläser. Kümmert sich um die Reinigung des Schanktisches und wischt die Theke ab. Sein Glück, dass er mir dabei nicht zu nahe kommt.

Gegen halb drei habe ich ein Einsehen, zahle die Zeche und gebe ihm für die aufgebrachte Geduld ein königliches Trinkgeld.

Draußen ist es kühl und windig, dennoch empfinde ich die frische Luft als wohltuend. Der Alkohol verleiht eine gewisse Leichtigkeit. In Nächten wie dieser mag ich den schwebenden Zustand kurz vor der völligen Trunkenheit.

Auf den Gehwegen sind nur noch vereinzelt Menschen unterwegs. Niemand, der mich nervt, und so verwerfe ich die Idee, ein Taxi zu suchen. Habe es nicht eilig, den Gallotower zu erreichen.

Abseits des Broadways bin ich praktisch allein. Die Gedanken fließen ungehindert, werden erst unterbrochen, als mir schwere Schritte auffallen, die sich zügig nähern.

Ein automatischer Griff nach der Beretta landet im Leeren. Mist!

Schon überwältigen mich zwei Typen, halten mich in Position, während ein Dritter seine Fäuste abwechselnd ins Gesicht und den Magen hämmert, bis mir der teure Whisky hochkommt.

Blut rinnt mir aus der Nase und tropft auf den Mantel.

Erst als er mehrfach gezielt auf meine rechte Flanke einschlägt, überwinde ich den Schock. Reiße das Knie hoch. Treffe den prügelnden Bastard im Schritt. Der Schmerz lässt ihn sich krümmen, sodass ich beim zweiten Mal sein Kinn erwische.

Er taumelt.

Während der Sekunden, in denen er mit sich beschäftigt ist, fokussiere ich sämtliche Kräfte und werde den Kerl zur linken Seite los. Dann landet die Faust zielsicher im Gesicht dessen, der noch an mir klebt.

Ich schlage und trete, nutze jede Möglichkeit zur Gegenwehr. Die Erfahrungen aus den zahlreichen Schlägereien meiner Jugend zahlen sich aus.

Endlich geben sie auf und verziehen sich.

Ich stütze die Hände auf die Knie, um zu Atem zu kommen.

Stolpere los. Beschleunige die Schritte, um schnellstmöglich die Straße zu verlassen. Kann nicht ausschließen, dass sie irgendwelche Kumpels mobilisieren und zurückkehren.

Der Gallotower kommt in Sicht.

Ich trete ein und lehne von innen gegen die Tür. Bedeute den Wachleuten, mir einen Moment zu geben.

Dann schleiche ich auf mein Zimmer. Verschanze mich im Bad und betrachte das Ausmaß der Verletzungen. Der Kiefer schmerzt und das linke Auge ist geschwollen. Die Nase scheint zumindest nicht gebrochen.

Ich ziehe den Pullover aus, finde einige Blutergüsse. Alles halb so schlimm. Sorge bereitet mir nur, dass die rechte Nierengegend dunkel verfärbt ist. Ich taste sie vorsichtig ab.

Das ist nicht gut.
Ganz und gar nicht.
Ein banaler Überfall?
Die Schläge auf meine Schwachstelle rein zufällig?
Passiert in den Straßen New Yorks doch ständig?
Mit dem Unterschied, dass gewöhnliche Gangster Geld verlangen oder mir zumindest die Rolex abgenommen hätten.
Nein, das war eine Message.
Entweder mit Moretti als Absender oder aber … Würde Nicoletta so weit gehen? Ich möchte das nicht glauben. Doch Tatsache ist, dass *sie* meine Achillesferse kennt.

Am Morgen erwache ich unausgeschlafen mit leichtem Kater. Beides kein Problem. Dass ich Blut pisse, versetzt mich allerdings in Panik.
Ich verzichte aufs Frühstück, bleibe im Zimmer. Trinke literweise Wasser, pendle zwischen Klo und Bett hin und her.
Es klopft.
Livan tritt ohne Rückmeldung ein. »Was zum Teufel ist mit dir passiert?«
»Kleine Auseinandersetzung.«
»Mit einem Familienmitglied?«
Ich schüttle den Kopf. Er ist quasi ein Freund, lüge ihn daher nicht an.
»Sag nicht, du warst allein unterwegs.«
Ich weiche seinem Blick aus.
»Wann werdet ihr endlich klug? Der Jet steht bereit, wir können los.«
»Gut.«
»Du klingst alles andere als gut. Irgendeine ernsthafte Verletzung?«
Ich ziehe den Pullover hoch und lasse ihn einen Blick auf die Seite werfen.
»Scheiße. Das sollte sich ein Arzt ansehen. Ich rufe gleich an, damit Doctore Gavallo bei unserer Rückkehr bereitsteht.«
Gern hätte ich widersprochen, bin keine Pussy und ertrage das Resultat solcher Auseinandersetzungen normalerweise klaglos. Aber hier geht es um meine verbliebene Niere.
Als ich das Zimmer mit der Reisetasche verlasse, kommt mir die Zukünftige entgegen. »Kann ich einen anderen Bodyguard mitnehmen?«

Ich mustere ihr emotionsloses Gesicht. Mein Verdacht verhindert etwaiges Entgegenkommen. Zudem dröhnt der Schädel und ich fühle mich zusammengeschlagen. Welch Ironie, würde Matteo sagen.

»Betrachte mich als deinen Beschützer.«

Sie macht auf dem Absatz kehrt und ich folge nach unten.

Livan verstaut das Gepäck im Wagen.

Ich stelle die Reisetasche dazu. Werde Zeuge der Verabschiedung zwischen den Geschwistern.

Elia und Nicoletta reden leise. Das gehässige Grinsen auf ihren Gesichtern nimmt mir jeglichen Zweifel und lässt Mordlust aufkeimen. Ich reiße mich zusammen, gönne ihnen die Genugtuung nicht.

Mit mir redet Nicoletta kein Wort. Nicht auf dem Weg zum Airport und nicht auf dem Flug nach Miami.

Stört es mich?

Nein!

Ich schließe die Augen, schlafe aber nicht. Grüble, wozu diese Frau noch fähig ist. Möglicherweise habe ich ihren Starrsinn unterschätzt, auf jeden Fall die Bereitschaft Grenzen niederzureißen, um ihren Willen durchzusetzen.

Ich bin zu geladen für Deeskalation und gerade ist es mir egal, dass wir uns zerfleischen, wenn wir so weitermachen.

Am späten Nachmittag erreichen wir die Villa. Livan hält mich zurück. »Gavallo wartet bei mir. Ich dachte, du willst es nicht an die große Glocke hängen.«

Mein dankbarer Blick streift den Bodyguard und ich folge ihm.

»Wie ist das passiert?« Mit strenger Miene betastet Doctore Gavallo die rechte Flanke. Als ich nicht antworte, setzt er hinzu: »So etwas sollten Sie besser vermeiden.«

»Funktioniert nicht immer in unserem Geschäft«, knurre ich. Wie es dazu kam, geht ihn nichts an und ich behalte auch für mich, welche Scheißangst ich ausstehe.

Er schließt einen Apparat an, der sich als portables Ultraschallgerät entpuppt.

Ich beiße die Zähne zusammen, als er den Ultraschallkopf in die Flanke drückt und die Nierengegend entlang schiebt.

»Noch mal Glück gehabt, die Niere scheint so weit in Ordnung.«

Meine coole Fassade ist dahin und ich atme erleichtert auf.

»Viel trinken und hier sind ein paar Tabletten gegen die Schmerzen.«

Ich ziehe den Pullover wieder an und gehe rüber zur Villa, schaffe es unbemerkt an Emilios Büro vorbei.

MARIANA

Fast ein Jahr ist seit unserer Ankunft vergangen und es hat eine Weile gedauert, mich in Key West einzuleben. In manchem Moment kommt es mir vor wie gestern, dann wieder, als sei ich schon eine Ewigkeit hier. Mittlerweile unterscheide ich mich nicht länger von den Mädchen meiner Highschool. Tante Matalina legt Wert darauf, dass ich die Jugend genieße, und hält Silvio in Schach, wenn ab und an der Bodyguard bei ihm durchkommt.

Seit ein paar Wochen ist Pepe bei mir und damit hat sich das letzte Puzzleteilchen gefunden, das meine Welt komplettiert. Er ist privat untergebracht, teilt sich mit dem hauseigenen Pferd einen Unterstand und eine Koppel. Das Beste ist, ich kann ihn jederzeit besuchen.

Das Telefonat mit Papá heute Mittag hat mich so aufgewühlt, dass wir schon seit einer Stunde am Smathers Beach ausreiten und ich mich trotzdem nicht beruhige. Mit Tränen in den Augen streiche ich über Pepes Mähne.

Ich reite zurück und verabschiede mich von meinem Pferd. Laufe dann nach Hause, habe keinen Blick für die Schönheit rundherum und die Touristen, die ich sonst gern beobachte, nerven heute.

»Wusstest du es?«, frage ich Matalina bei der Rückkehr.

»Was meinst du?«

»Dass Howard in zehn Tagen heiratet.«

An Tantchens Seufzen erkenne ich, wie ihre Antwort lautet, noch bevor sie diese ausspricht. »Dein Papá sieht es nicht gern, wenn du dich mit der Familie zeigst. Du weißt, dass er sich Sorgen macht. Er dachte … Was hast du denn?«

Ich blinzle die Tränen zurück.

»Du siehst doch alle an Weihnachten in Popayán. Die paar Wochen …«

Ein sinnloser Versuch, mich zu trösten.

»Nicht ihn.« Mit diesen Worten laufe ich die Treppe hinauf. Matalina besitzt so ein Talent, dass man ihr am Ende mehr anvertraut, als ursprünglich beabsichtigt.

In meinem Zimmer lasse ich die Traurigkeit zu. Weine um den Mann, der mir so viel bedeutet und nun eine andere zur Frau nimmt. Obwohl die Vorstellung, sie gemeinsam glücklich zu sehen, unbeschreiblich wehtut, habe ich so lange auf Papá eingeredet, bis er erlaubte, dabei zu sein.

Selbst auf die Gefahr hin, dass es mein Herz in Stücke reißt, mit anzusehen, wie er Nicoletta Gallo Liebe und Treue fürs gesamte Leben verspricht, kann ich nicht hier sitzen. Es wäre genauso schlimm, da ich es ja weiß.

Dabei war ich sicher, Howard würde etwas für mich empfinden. Seine Reaktion auf meine kleine Scharade mit seinem Bruder werte ich bis heute als Eifersucht.

Die Mafiawelt ist überschaubar und so kenne ich seine Zukünftige vom Ansehen. Sie ist eine richtige Frau, worauf Howard ja besonderen Wert legt. Ihre edlen Gesichtszüge, die stolze Haltung – alles strahlt Selbstbewusstsein aus.

Sie passt zu meinem Rockstar, das lässt sich nicht leugnen und da rettet mich auch nicht, in einem halben Jahr siebzehn zu werden.

Vielleicht hätte ich die neue Freiheit nutzen sollen, um die Verbindung zwischen uns zu vertiefen. Aber sich frei in Key West zu bewegen, ist das eine, für ein paar Tage zu verschwinden etwas völlig anderes. So hielt ich an Träumen von einer gemeinsamen Zukunft fest und verdrängte, dass er mir das Versprechen verweigerte, auf mich zu warten.

Nur ein halbes Jahr später schafft er Fakten und ich werde Gast auf seiner Hochzeit sein. Werde ihn vor dem Altar sehen, sein Ja-Wort hören und hinnehmen müssen, dass sich meine Visionen in haltlose Fantasien verwandeln.

Der Traum, uns in ein paar Jahren zufällig hier wiederzutreffen und dass er sich dann in mich verliebt, verkommt zu einer sich nicht erfüllenden Sehnsucht.

Im wirklichen Leben hat er Nicoletta gewählt.

Noch heute Mittag habe ich Papá angebettelt, am 7. Dezember ebenfalls nach Miami reisen zu dürfen, um gemeinsam mit der Familie die *Noche de las Velitas* zu begehen. In diesem Moment erscheint mir das masochistisch.

Im Haus herrscht inzwischen Ruhe, was mir die Gelegenheit gibt, aus der Küche ein paar Erdbeeren zu holen, ohne Matalina zu begegnen.

Während ich die süßen Früchte verspeise, ziehe ich das Foto von Matteos Hochzeit aus dem Taschenkalender, der auf dem Nachttisch liegt. Es zeigt Howard an seiner Seite.

Ich betrachte sein Gesicht, küsse es. Trotz des Anzugs bleibt er mein Rockstar. Ein Finger streichelt ihn liebevoll, bevor ich das Bild in den Kalender zurücklege.

Wäre ich nur ein paar Jahre älter.

***

»Du bist seit Tagen so ruhig«, sagt Matalina als Silvio auf dem Weg nach Miami den Wagen betankt.

Ein Seufzen verlässt meine Lippen.

»Er gefällt dir.«

»Wer?« Erschrocken sehe ich zur Tante.

»Ich bin nicht blind. Schon bei Matteos Hochzeit waren deine Blicke unübersehbar. Und diese Traurigkeit jetzt …«

»Sag Dad nichts.«

Sie schüttelt entrüstet den Kopf. »Weiß *er* es?«

»Er behauptet, ich sei zu jung.«

»Und jetzt fahren wir zu seiner Hochzeit.« Matalina tätschelt meine Wange.

»Ich sage mir die ganze Zeit, dass man da nichts machen kann, aber …«

»Es hilft nicht.«

Ich schüttle mit dem Kopf.

»*Madonna mia*, armes Kind.«

Um das in mir tobende Chaos perfekt zu machen, verfügt Papá, dass wir nicht mit den anderen im Mellow Ocean übernachten, sondern in der Villa.

Als Silvio das Auto auf den Parkplatz lenkt, erwartet uns kein Empfangskomitee. Wir steigen aus und der wachhabende Soldat an der Tür grüßt freundlich.

»Tante Matalina. Mariana.« Onkel Emilio eilt aus seinem Büro auf uns zu, kaum dass wir eingetreten sind.

»Zeigst du dem Bodyguard sein Zimmer?«, wendet er sich an den Mann an seiner Tür, der daraufhin mit Silvio verschwindet.

»Kommt.« Er schnappt sich unser Gepäck und steigt voran in die obere Etage.

Dort tritt uns prompt Howard entgegen. »Nimmst du Mariana mit?«, fragt Onkel Emilio, drückt ihm meine Reisetasche in die Hand und deutet Matalina, ihm zu folgen.

Für einen Moment sehen wir uns stumm an. Mein Rockstar trägt eine schwarze Jeans und ein dunkelgrünes, tailliertes Hemd und sieht darin so attraktiv aus, dass ich den Blick nicht abwenden kann.

»Hattet ihr«, Howard räuspert sich, »eine gute Fahrt?«

Ich bin unfähig, ein Wort herauszubringen.

»Alles okay?«, fragt er und mustert mich.

Verlegen schaue ich hinab auf die Schuhe.

»Du siehst nicht so aus.« Dass er zwei Finger unter mein Kinn legt, und den Kopf sanft nach oben drückt, lässt mich erbeben.

»Du …« Ich beiße mir auf die Zunge, damit die Frage nicht herausrutscht, deren Antwort als einzige interessiert.

Howards Blick hält meinen gefangen.

Sollte seiner nicht strahlen?

Er setzt dazu an, etwas zu sagen. Verstummt, bevor ein Wort seinen Mund verlässt. Betrachtet mich weiter.

»Du wohnst im Zimmer meines Bruders«, sagt er schließlich.

HOWARD

Seit der Rückkehr aus New York herrscht eisige Stimmung zwischen Nicoletta und mir. Diese Frau hat sich derart gewandelt, dass sie wie ein böser Zwilling erscheint. Ich bin viel unterwegs, und wenn es nichts für die Familie zu tun gibt, fahre ich ins Hotel.

Einen Tag vor unserer Vermählung hole ich Nicoletta zum Frühstück ab. Halte Deeskalation für angebracht, da inzwischen zahlreiche Hochzeitsgäste angereist sind und nicht mitbekommen sollen, wie es um uns steht. »Andrey kann dich nachher zum Hotel fahren, damit du deine Familie begrüßen kannst.«

»Ich brauche Andrey nicht.«

Ihre schnippische Antwort ignoriere ich, um nicht direkt hochzufahren.

»Du fährst mich.«

Besser nicht. Ich kenne meine Grenzen und dem Galloclan heute schon zu begegnen, befindet sich nicht innerhalb dieser. »Musst mit dem Bodyguard vorliebnehmen, ich habe einiges zu erledigen.« Das Ringen um eine neutrale Stimmlage ist zum Glück erfolgreich.

»Wenn Fjodor hier wäre …«

»Du weißt, weshalb …«

Auch sie lässt mich nicht ausreden. »Dann beklage dich nicht.«

»Was willst du eigentlich von mir?« Meine Selbstbeherrschung verabschiedet sich.

»Nichts, Howard. Absolut nichts.«

Ihre schippische Stimme peinigt die Ohren und ich bereue, den Kontakt gesucht zu haben. »Reiß dich zusammen.« Unten sitzen die Kolumbianer beim Frühstück.

»Das könnte dir so passen.«

Damit der Streit nicht eskaliert, lasse ich Nicoletta auf der Galerie stehen, pfeife auf die Morgenmahlzeit und ziehe mich ins Apartment zurück. Dort raufe ich mir die kurzen Haare.

Ich blicke auf und sehe Daniel, der sein Zimmer an Mariana abtreten musste. Er sitzt auf dem Sofa und daddelt. Es fällt schwer, meine Laune nicht an ihm auszulassen.

Ich brauche einen Moment für mich. Habe die Wahl zwischen dem Bad und dem Balkon. Entscheide mich für draußen und stecke mir eine Zigarette an.

Erkenne keine Idee, wie ich die Lage entspannen könnte. Pragmatisch gesehen, hatte sie ihre Rache, für das, was sie mir vorwirft. Und seien wir mal ehrlich, ich habe nichts Verwerfliches getan. Nicht nach Mafiamaßstäben.

Was will sie also?

Ist ja nicht so, dass ich nicht auf sie eingegangen wäre, habe sie nie unbefriedigt zurückgelassen, wenn sie mir einen geblasen hat. Habe sie auch nie arschig behandelt. Oder dreht sich alles um Fjodor? Trägt sie mir nach, dass er in New York bleiben musste? Ich hätte ihn gleich zu Beginn wegschicken sollen. Besser noch erschießen.

Stand heute würde ich die Hochzeit absagen, ginge es lediglich um den Aufstieg innerhalb der Mafia. Diesen Weg habe ich mir verbaut, denn inzwischen hängt weitaus mehr dran als das gemeinsame Geschäft. Ich habe mein Wort gegeben und wer Francesco Gallo nur ein einziges Mal getroffen hat, weiß, dass Blut fließt, wenn ich seine Familie vor den Kopf stoße.

Es gibt niemanden außer mir, dem ich die Verantwortung zuschieben kann. Inzwischen ist es so weit gekommen, dass ich aufs Frühstück verzichte und mich in meinem Zimmer verschanze. Die Welt auf ein paar Quadratmeter zusammengeschrumpft. In der Villa die Kolumbianer. Das Mellow Ocean belagert von den Gallos mit ihrer gesamten Entourage.

Mein Magen knurrt und die Laune ist im Keller. Ich gehe wieder nach drinnen, wo Daniel vor dem Fernseher hockt.

»Hast du nichts Besseres zu tun?«, ranze ich ihn an.

Er rollt mit den Augen.

Ich bin in wenigen Schritten bei ihm, packe ihn am T-Shirt, halte inne, als Nicolettas hysterische Stimme von der Galerie bis in mein Zimmer dröhnt. Wo ist ihr angenehm dunkles Timbre geblieben?

Jedenfalls scheint sie mit dem Frühstück fertig.

Ich lasse meinen Bruder los, werde erst mal was essen.

Lausche an der Tür. Alles ruhig. Trotzdem warte ich einen Augenblick, um nicht zwischen irgendwelche Fronten zu geraten, bevor ich die Treppe hinunterschleiche und mich dabei erbärmlich fühle.

Im Esszimmer treffe ich auf Angel und Juan und beteilige mich aus reiner Höflichkeit am Gespräch.

Stimmengewirr schafft es von der Halle bis zu uns.

»Scheint, als sei deine Schwiegerfamilie eingetroffen«, sagt Angel.

Die ganze Aufregung umsonst.

Schweigend kaue ich auf meinem Pancake herum, Mom hat früher gesagt, es gehöre sich nicht, mit vollem Mund zu sprechen.

Die Großonkel hält es nicht mehr lange am Frühstückstisch. Sie machen sich auf, die Neuankömmlinge zu begrüßen, während ich Sirup auf einen weiteren Pancake träufle.

Ewig kann ich das Frühstück nicht hinauszögern.

Als ich das Esszimmer verlasse, dringt Francescos Stimme aus Emilios Büro, dessen Tür halb offensteht.

Mir bleibt nur der Weg nach draußen.

Vielleicht nicht das Schlechteste.

Auf der Wiese schwirrt der Hochzeitsplaner herum und gibt Anweisungen, wie die Tische und Stühle für die morgige Feier aufzustellen sind. Ich haste weiter. Um nichts davon mitzubekommen, laufe ich runter zum Wasser. Niemand wird die Zeit finden, heute am Strand zu liegen. Fest steht, dass ich hier nicht auf Nicoletta treffe und das zählt. Werde nie wieder ins Lächerliche ziehen, dass sie fürchtet, sich trotz Sonnencreme hier in Florida die Haut zu verbrennen.

Je weiter ich mich von der Villa entferne, umso freier atme ich durch. Brauche dringend eine Auszeit.

Ich steuere direkt auf die Terrasse zu, die ein Stück ins Wasser hineingebaut wurde. Kübel mit niedrigen Palmen schützen zusätzlich vor neugierigen Blicken.

Nicht nur mich, wie ich beim Betreten feststelle. Mariana hat es sich auf einer der Liegen bequem gemacht. Auf einem Beistelltisch steht ein Schälchen mit Erdbeeren.

Sie trägt einen atemberaubenden schwarzen Badeanzug mit einem roten Gürtel und einer goldenen Schnalle. Er schmeichelt ihrer Figur und zeigt mehr davon, als ich je zuvor gesehen habe.

Es fällt schwer, sie nicht anzustarren.

»Darf ich?« Ich deute auf die Liege nebenan.

Sie schaut zu mir hoch, der Saft der Erdbeeren benetzt ihre Lippen. »Gern.«

Ich lasse mich nieder und verschränke die Arme hinter dem Kopf. »Ist dir der Trubel auch zu viel?«

»Es gibt Menschen, die ich nicht unbedingt treffen muss.«

Ich lache auf.

Mariana stimmt erst ein, verstummt dann und mustert mich. Das Strahlen in ihren Augen verwandelt sich in Traurigkeit.

»Du kannst mit mir reden«, biete ich mit rauer Stimme an. Will den Blick abwenden, weil es falsch ist, sie so anzusehen. Es gelingt nicht, wieder ist da diese seltsame Anziehungskraft und ich komme nicht dagegen an.

»Du hast dich entschieden.« Mariana richtet sich leicht auf, hält dabei meinen Blick.

»Was willst du von mir hören?«

Mit einem Ruck setzt sie sich ganz auf. »Etwas, dass du niemals sagen wirst.«

»Mach es mir nicht derart schwer.« Auch ich setze mich auf. Wir kommen uns dabei so nah, dass sich die Knie beinahe berühren.

»Weshalb mache ich es dir schwer? Du heiratest eine wunderschöne Frau, neben der ich mir wie ein Mauerblümchen vorkomme, aber …«

»Aber was?«

»Wieso ist sie eifersüchtig? Das ergibt keinen Sinn.«

Ich ziehe die Stirn in Falten. »Was meinst du?«

»Weshalb sonst giftet sie mich an?«

Jetzt begreife ich. »Habt ihr vorhin auf der Galerie gestritten?«

»Es ist nur ein Streit, wenn beide zu Wort kommen.«

»Was hat sie gesagt?«

»So einiges, was darin mündete, dass ich mich von dir fernhalten solle.« Sie senkt den Blick. »Willst du das auch?«

Matteo hatte die ganze Zeit recht. Nicoletta hat unser Gespräch belauscht. Sie ist weder mit Fjodor durchgebrannt, noch ging es um Mafiakram, sondern einzig und allein um Eifersucht.

»Nein«, antworte ich verspätet und möchte dieses eine Wort direkt zurücknehmen. Nicht weil es gelogen ist. Aber jetzt mache ich es ihr schwer.

»In ein paar Monaten werde ich siebzehn. Schau mich an. Siehst du ein Kind?«

Hätte ich Nicoletta nie zurückholen sollen? »Mariana.« Ich blicke tief in ihre smaragdfarbenen Augen. »Natürlich bist du kein Kind mehr.« Nicht weiterreden! »Wären wir nicht Teil der Mafia …« Ich senke den Kopf und weiß nicht weiter.

»Howard, was dann?«

Wie sie meinen Namen ausspricht, berührt mich so tief, dass ich mir erlaube, darüber nachzudenken.

Sie ist die Tochter vom Oberboss.

Na und.

Ja, sie ist jung.

Aber nichts an ihr ist kindlich.

Sie ist wunderschön und weiß es nicht einmal.

Ich liebe ihre natürliche Art …

Was?

Verdammt, was habe ich gerade gedacht?

»Howard?«

»Das darf nicht sein.« Statt mich von ihr zu entfernen, rücke ich näher. Verschenke ohne Zögern die Sekunde, in der ich mich hätte bremsen können.

Aber das will ich ja gar nicht.

Und schon berühren sich unsere Lippen. Es fühlt sich nicht falsch an, obwohl es das müsste.

Ein Seufzen.

So süß, dass ich sie umfasse, um sie bei mir zu halten. Spüre ihr seidiges Haar und küsse sie tiefer. Schmecke die Erdbeeren in ihrem Mund und wünsche mir, dass die Zeit stehen bleibt.

Ich löse mich aus einem einzigen Grund. Möchte ihr nicht wehtun, obwohl es dafür wahrscheinlich zu spät ist.

»Es tut …« Ein Räuspern soll die belegte Stimme vertreiben. »Es tut mir leid. Es ist falsch, dir Hoffnungen zu geben.«

Ein feines Lächeln erobert ihr Gesicht. Sie streicht über meine Wange und ich benötige alle Willensstärke, um mich nicht in diese Berührung zu lehnen.

»Ich liebe dich.« Ihre Stimme klingt klar und ihr Blick ist offen.

Es ist unmöglich, diese Offenbarung so stehen zu lassen. Doch was soll ich sagen? Während ich um Worte ringe, legt sie einen Finger auf meine Lippen. »Es ist gut.«

Gebannt sehe ich zu, wie Mariana aufsteht, ein buntes Sommerkleid überzieht und die Terrasse verlässt. Gern würde ich sie zurückhalten, aber dann wäre meine Beherrschung dahin. Ich habe nie zuvor so gefühlt. Bin eher pragmatischer Natur. Matteo ist ein Herzmensch und diese verlieben sich. Wie kann es sein, dass ich jetzt lichterloh brenne?

Allein zurückgeblieben stelle ich alles infrage. Ab dem Moment, in dem wir nach der Initiation den Friedhof verließen. Hat der Angriff dazu geführt, dass ich komplett überreagiere? Oder bin ich machtgeil? Dass die Mafia einen nicht unerheblichen Preis einfordert, habe ich nie bezweifelt und bis vor Kurzem war ich mehr als willens, diesen zu zahlen.

Doch jetzt auf dieser Terrasse erwische ich mich bei dem Gedanken, dass Macht nicht alles ist. Niemand hat verlangt, Nicoletta zu heiraten. Emilio hat mich gewarnt. Hätte ich sie nur niemals zurückgeholt. Damit habe ich die Gelegenheit vertan.

Selbst als sie längst aus dem Blickfeld verschwunden ist, schaue ich Mariana hinterher. Denke an unser Treffen in Key West. Warum habe ich nicht damals auf mein Herz gehört? Als Mitglied dieser Familie hatte ich vielleicht eine Chance.

Ich flüchte von der Terrasse. Die Gedanken strömen hier viel zu laut auf mich ein. Ohne nach rechts oder links zu blicken, kehre ich in die Villa zurück.

Aus dem Arbeitszimmer dringen Stimmen.

Ich haste vorbei, schalte einen Gang runter, um nicht durch harte Schritte aufzufallen. Wäre unfähig, ein strategisches Meeting mit den Bossen durchzustehen.

Unbemerkt erreiche ich mein Zimmer, wo Daniel auf der Atari spielt.

»Du spielst schon stundenlang«, blaffe ich ihn an.

Er schaut nicht vom Fernseher auf und daddelt weiter.

»Ich rede mit dir, verdammt!«

Jetzt wirft er den Joystick neben sich auf das Sofa und blitzt mich wütend an. »Du willst doch nicht, dass ich einen Job bekomme.«

»Ach nein? Wann habe ich je verboten, dir einen Job zu suchen?« Mein Tonfall ist schneidend, was nur zum Teil daran liegt, dass der Bruder nervt, vor allem jedoch an der Verunsicherung, die sich durch meine Adern frisst.

»Ich will einen Job innerhalb der Familie.«

»Nein! Geh Zeitungen austragen oder so was.«

»Auf Duarte Island?«

Der Punkt geht an ihn.

»Oder woanders mit einem Bodyguard?«

»Schon gut.« Ich ertrage nicht, mit Daniel zu streiten, und verlasse wortlos das Apartment.

Eine geschlagene Minute stehe ich auf dem Flur. Unschlüssig. Mag mich selbst nicht leiden.

Schlussendlich klopfe ich bei Matteo.

»Komm rein, Howard«, ruft er durch die geschlossene Tür.

»Wieso wusstest du?«

»Erst schreist du deinen Bruder an, dann knallt die Tür. Da war es nicht schwer zu erraten, dass du gleich hier aufschlagen würdest.«

»Ich lass euch besser allein«, sagt Louisa, die in ihrem Sessel sitzt und in einem Buch liest.

In mir brodelt es. »Mache ich einen Fehler?«

»Den Deal mit den Gallos durch eine solche Verbindung zu bestärken, ist sinnvoll. Das bestätigt Dad dir sofort.«

»Also ist alles gut, wie es ist?«

»Wir kennen uns ewig und in all den Jahren ist mir nie aufgefallen, wie ehrgeizig du bist. Du hast die Chance direkt ergriffen, als dir klar war, dass Elia niemals in der Lage sein wird, die Gallos anzuführen. Jeder Mafiavater wäre stolz auf einen Sohn wie dich. Du weißt das alles, hast es mir oft genug auseinandergesetzt.«

Ich ziehe die Brauen zusammen, tue das häufig, wenn mir etwas nicht geheuer vorkommt. Matteos Ansprache trieft doch vor Ironie?

»Wir müssen uns was für Danny einfallen lassen«, wechselt er abrupt das Thema.

»Dir gefällt nicht, dass wir ständig aneinandergeraten.« Mein Freund mag Unfrieden im Haus genauso wenig wie sein Dad.

»Vielleicht können wir wenigstens diesen Krisenherd entschärfen. Dass ich gegen den anderen machtlos bin, habe ich eingesehen.«

»Wir waren uns einig, dass er nicht in kriminelle Sachen reingezogen wird.«

Matteo hebt beschwichtigend die Hände. »Ein paar Blocks von deinem Hotel gibt es eine nette Sportsbar. Ist mir neulich aufgefallen, als ich mit Ana über den Ocean Drive fuhr. Mach dem Besitzer ein Angebot.«

»Und dann?« Worauf will er hinaus? Offenbar leide ich unter Begriffsstutzigkeit, wenn ich mies drauf bin.

»Lass ihn die Bar verwalten, soll er da rumhängen, statt in der Villa.«

»Der Laden ist legal?«

»Hundertpro.«

»Er kann aber nicht nachts in der Bar abhängen und morgens zur Schule.«

»Och, Howard, bist du seine Mama? So langsam nervt, dass du einerseits zum Mafioso geboren scheinst und dich andererseits wie eine Pussy aufführst, sobald es deinen Bruder betrifft.«

Ich seufze.

»Mich hat Dad mit sechzehn ins Geschäft eingeführt, ist Usus. Habe trotzdem die Schule abgeschlossen.«

»Ist vielleicht nicht die blödeste Idee«, gebe ich zähneknirschend zu. »So kommt er vom Fernseher weg und geht mir nicht die ganze Zeit auf den Sack.«

»Und jetzt hau raus, was dir auf dem Herzen liegt.«

War ja klar, dass Matteo erkennt, dass es da noch was gibt. Aber darüber möchte ich nicht sprechen. »Was macht Emilio eigentlich, wenn er kein Mafiaboss ist?«

»Du lenkst ab.«

»Interessiert mich eben.«

»Rate! Findest du es heraus, lass ich dich in Ruhe.« Matteo grinst und scheint sicher, dass ich niemals draufkomme.

»Sag schon.« Ich bin nicht in Ratelaune.

»Wie du willst. Bootstouren für Touristen. Und weißt du, was er macht, wenn er mal einen gesamten Tag weg ist?« Er schiebt eine Pause ein. »Er kutschiert die Touris selber rum. Ist er in Stimmung, fährt er mit ihnen an Duarte Island vorbei und erzählt Schauergeschichten, dass dort üble Dinge vor sich gehen.«

»Kein Scheiß?«

Er schüttelt den Kopf. »Schluss mit den Ausflüchten. Was ist los mit dir?«

Ich zögere.

Er nickt auffordernd und ich fühle mich zu zwiegespalten, um seinem Drängen zu widerstehen.

»Du bist ein verdammter Idiot«, sagt Matteo, nachdem ich ihm das gesamte Drama vor die Füße gekotzt habe.

»Hätte ich eine Chance? Als Mitglied der Familie?« Ich fahre mir über den Kopf, unsicher, ob ich die Antwort hören möchte.

Matteo zuckt mit den Schultern und spricht nicht aus, was seine Mimik offenbart. »Du weißt, was passiert, wenn du die Hochzeit platzen lässt?«, erinnert er mich stattdessen indirekt an meine Pflicht.

Ich nicke zerknirscht.

»Wie hast du es fertiggebracht, dich in einer vergleichbaren Situation wiederzufinden wie ich? Schließlich bin ich der mit dem Herz.«

»Mariana holt Dinge aus mir heraus, von denen ich nicht wusste, dass sie existieren.«

»Verdammter Idiot. Ich hatte keine Wahl. Du schon.«

»Wir haben uns geküsst.«

»Oh.« Ein Grinsen zupft an seinem Mundwinkel.

»Was?« Denkt er, ich habe es nicht bemerkt.

»Du sagst das, als ob …«

»Ich heirate morgen Nicoletta und werde eines Tages der Boss der Gallos.« Meine Stimme klingt weniger fest, als sie es sollte.

»Und du vergisst Mariana.«

»Ich vergesse Mariana. Wie läuft es eigentlich bei dir?« Erneut eine Frage, um mich abzulenken.

»Besser als gedacht. Es ist fast wie eine Ehe zu dritt.«

»Problem gelöst?«

»Der einzig gangbare Weg, bis der Tag kommt, an dem mir niemand mehr vorschreibt, wie ich zu leben habe. Louisa ist auf ihre Art liebreizend, aber nicht die Richtige. Trotzdem bin ich ihr dankbar. Sie macht es mir leicht. Verliert nie ein böses Wort, obwohl sie genau weiß, wann ich zu Ana gehe. Das erkenne ich an ihren Augen. Sie verraten den Wunsch, mich eines Tages für sie zu entscheiden. Doch das wird niemals geschehen.«

Ich blähe die Backen auf und lasse geräuschvoll die Luft entweichen. Dass meiner Frage ein derartiger Redeschwall folgt, kommt unerwartet. »Sieht aus, als könnten wir nur eines haben. Macht oder Liebe.«

»Und noch mal, *du* hattest die Wahl.«

»Liebe vergeht. Die Familie bleibt.« Ich möchte es gern so sehen, da alles andere zu sehr schmerzt.

***

Die Hochzeit findet in der St. Mary's Kathedrale statt. Eine Nummer kleiner kam für die Gallos nicht infrage. Die Bänke rechts gehören den Duartes mit ihren Verbündeten, während die linke Seite der Schwiegerfamilie und deren Partnern vorbehalten ist.

Bodyguards in dunklen Anzügen sorgen für Sicherheit. Allein vier flankieren die Tür.

Ich warte vor dem Altar und überschaue die Anwesenden. Mein Blick fällt auf Livan, der mir aufmunternd zunickt. Wieso tut er das? Weiß hier eigentlich jeder, dass ich von diesem Bund fürs Leben nicht überzeugt bin?

Neben ihm steht Jander. Er sieht gesund aus. Schön, dass die Kolumbianer ihn mitgebracht haben. Seit der Auseinandersetzung mit Matteo ist er erstmals wieder in Miami. »Erlaube ihm, hierzubleiben«, wispere ich meinem Trauzeugen zu.

»Und wenn er das gar nicht will«, zischt Matteo zurück.

Weshalb grollt er Jander weiterhin?

Francesco Gallo betritt die Kirche durch den Seiteneingang und setzt sich zu seiner Familie in die erste Reihe. Seltsam. Sollte er mir nicht seine Tochter übergeben? Und wieso ist sein Gesicht puterrot? Ist er gerannt oder wütend?

In diesem Moment öffnet sich die hölzerne Kirchentür. Sekunden später erscheint die Braut.

Ein Raunen geht durch die Reihen.

Ich schlucke schwer, traue kaum den Augen, während das Gemurmel der Gäste ungut in meinen Ohren dröhnt.

Matteo sagt etwas, dass sich nach »heilige Scheiße« anhört.

Ich sehe zu ihm und finde seinen Blick versteinert.

Elia führt Nicoletta. Francesco hat sich offenbar geweigert. Elias Miene ist unbewegt, aber in seinen Augen spiegelt sich Feindseligkeit. Schließlich erreichen sie mich und er legt die Hand seiner Schwester wortlos in meine.

Ich halte sie auf Abstand und mustere sie von oben bis unten. Kann nicht fassen, dass sie mich derart demütigt.

Abrupt lasse ich ihre Hand los. »Einen Augenblick, Monsignore«, sage ich an den Kirchenvertreter gerichtet, der uns trauen soll.

Ohne Matteos fragenden Gesichtsausdruck zu beachten, schreite ich in Richtung Ausgang. Sämtliche Blicke folgen mir und das Gemurmel schwillt an.

Die Bodyguards an der Tür wollen diese schon öffnen, als ich den Kopf schüttle.

Ich wende mich an den Mann, der mir am nächsten steht und in etwa meine Statur besitzt. »Gib mir dein Hemd.«

»Sir?«

»Dein Hemd. Jetzt.«

Ich entledige mich der Smokingjacke und löse die Fliege. Öffne langsam mein weißes Hemd, ziehe es aus und reiche es dem Bodyguard, der mir daraufhin sein schwarzes gibt. Dieses streife ich über, knöpfe es ohne Eile zu, stecke es in die Hose, lege mir die Fliege erneut um und schlüpfe zum Schluss wieder in die Jacke.

Dann kehre ich gemächlich zu meiner Zukünftigen zurück. Betrachte sie in ihrem voluminösen schwarzen Brautkleid, in dem sie wie die böse Stiefmutter aus einem der Grimmschen Märchen wirkt, die mir Mom als Kind erzählt hat.

»So ist es besser«, sage ich laut genug, dass es zumindest in den ersten Reihen zu verstehen ist, und nicke dem Monsignore zu.

Seinen Worten schenke ich keinerlei Beachtung. Passe nur auf, an den richtigen Stellen zu reagieren, konzentriere mich ansonsten darauf, das Gesicht emotionslos zu halten.

Ich würdige Nicoletta keines Blickes, als ich ihr den Ring an den Finger stecke.

»Sie dürfen die Braut küssen.«

Daran hatte ich nicht gedacht. Mir bleibt nur so lange, wie es benötigt, den schwarzen Schleier vor ihrem Gesicht zu lupfen. Der kalte Ausdruck in ihren Augen bringt mich fast dazu, ihn wieder zu senken. Doch ich spiele mit, dränge die Zunge durch ihre blutroten geschlossenen Lippen und lasse sie durch die Brutalität dieses Kusses wissen, was ich von alldem halte.

Die sich anschließende Feier findet auf meinen Wunsch hin auf Duarte Island statt. Ich wollte dem Mellow Ocean nicht eine weitere Mafiahochzeit aufbürden und die angenehmen Temperaturen im Dezember bieten sich einfach an für eine Gartenhochzeit im Stil des Paten.

Wenigstens lässt es sich hier draußen freier durchatmen, wenn schon das Lächeln derart auf meinem Gesicht zementiert ist, dass es schmerzt. Dennoch scheint es überzeugend, denn das Fest verläuft ohne Zwischenfälle. Sieht man davon ab, dass Nicoletta kein Wort mit mir spricht. Übergeht man den eisigen Blick ihres Bruders und den Zorn, der im alten Gallo wütet.

Erstmals verstehe ich diesen Mann. Auch ihn hat dieser Auftritt brüskiert.

Ausgerechnet Mariana verleiht mir die Kraft, diese unsägliche Hochzeit durchzustehen. Ist da, wenn ich glaube, es nicht mehr auszuhalten. Streicht mir mit ihrem Blick über das Gesicht und ermöglicht so, den Schmerz unter der Maske ein wenig länger zu unterdrücken. Wenngleich sich meine Gefühle für diese Frau, und als solche betrachte ich sie inzwischen, nicht zu hundert Prozent einordnen lassen, erkenne ich ihre Liebe für mich.

So halte ich durch bis Mitternacht. Die Zeit, zu der sich das Brautpaar zurückzieht, um die Ehe zu vollziehen. Müsste ich mich nicht in die Unvermeidlichkeit dieser traditionellen Hochzeit fügen, würde ich Nicoletta heute nicht anfassen. Sie hat mich als schwarze Braut vor der gesamten Mafiawelt lächerlich gemacht. Etwas, von dem man sicher noch in Jahren spricht.

Verweigerung steht dennoch nicht zur Debatte. Ich muss sie ficken, und zwar mit dem Pfaffen und ihrem Vater als Zeugen. Gemäß der Tradition sollte Emilio den Akt für die Duarte-Familie bezeugen, hat sich aber verweigert – wofür ich ihm dankbar bin.

Um einen seelischen Knacks zu vermeiden, habe ich darauf bestanden, dass diese unsägliche öffentliche Deflorierung nicht in meinem Apartment stattfindet, sondern in Nicolettas Zimmer. Dort stehen die beiden Zeugen, so diskret wie möglich, nahe der Tür.

Nicoletta geht direkt zum Bett. Bringt damit den größtmöglichen Abstand zwischen die Männer und uns.

Glaubt sie, ich hebe dezent ihren Rock und vollziehe den Akt auf eher unspektakuläre Weise? No way, Baby, jetzt ist die Reihe an mir.

Ich packe meine Braut am Arm und wirble sie herum, sodass ich am Bett stehe und sie vor mir, mit dem Gesicht den Zeugen zugewandt. Trotz des schummrigen Lichts gut sichtbar.

»Du wolltest mich schwarz, sieh deinen Wunsch als erfüllt an«, hauche ich in ihr Ohr und öffne schwungvoll den Reißverschluss im Rücken. Halte sie in Position, als sie sich zu mir drehen will. Fast zärtlich schiebe ich das Kleid über ihre Schultern und sehe hinterher, wie es zu Boden sinkt.

Jetzt trägt sie nur noch schwarze halterlose Strümpfe, einen Spitzen-BH und ein Spitzenhöschen.

Den BH entferne ich als Nächstes, fetze ihr dann das Höschen vom Leib. Halte ihre Hände so, dass es ihr unmöglich ist, sich zu bedecken. Ich spüre ihren Widerstand. Weiß, dass es sie anmachen würde, wäre nur der Pfaffe zugegen. Aber nicht mit ihrem Vater als Zuschauer.

Dass sie vor Scham förmlich vergeht, erkenne ich an ihrem hochroten Gesicht, als ich sie zu mir drehe und im nächsten Moment auf das Bett schubse.

Da liegt sie nun.

Entblößt und erniedrigt.

Befriedigt stelle ich fest, dass von ihrem Hochmut nichts geblieben ist.

Zu wenig.

Ich spreize ihre Beine.

Lasse mir Zeit.

Genieße, sie zu demütigen.

Möchte sie tief verletzen, ihr Wunden zufügen, die lange erhalten bleiben. Körperlich unmöglich, da ich keine Frauen schlage und sie mich auch heute nicht dazu bringt, mit diesem Grundsatz zu brechen.

Ich öffne die Hose und lasse sie nur so weit herunter wie nötig. Das Hemd ist lang genug, um den nackten Arsch zu bedecken. Mein Blick streift ihre glattrasierte Pussy. Ein Anblick, der in dieser Nacht niemals dafür gesorgt hätte, dass ich hart werde.

Genugtuung und das Wissen darum, wie sehr sie leidet, beschert mir eine steinharte Erektion. Ich dringe ohne Zögern tief in sie ein, scheiße auf Rücksicht wegen ihrer Jungfräulichkeit. Sie soll meinen Zorn spüren, bei jedem kräftigen Stoß, mit dem ich mich in sie treibe.

Dass Schmerz ihr Gesicht verzerrt, quittiere ich mit einem Lächeln.

Schließlich ergieße ich mich in ihr. Ein Orgasmus, der keinerlei Befriedigung bringt. Ich habe sie benutzt und komme mir ebenfalls benutzt vor.

Als das Pulsieren vorüber ist, ziehe ich mich zurück, schließe meine Hose und wende mich den Zeugen zu. Das Gesicht des Pfaffen ist puterrot und er schaut mir nicht in die Augen. Francesco Gallo wirkt so unberührt, wie man es von einem Mafioso erwartet.

Mein Zeigefinger deutet auf das blutige Laken.

»Auftrag ausgeführt.« Ich salutiere und verlasse das Zimmer.

MARIANA

Alle Blicke richten sich auf Nicoletta Gallo, als sie in einem schwarzen Kleid die Kirche betritt. Das Oberteil besteht aus Spitze, der Tüllrock ist ausladend. Mein Blick rast zu Howard. Er wirkt entsetzt und kämpft um Beherrschung. Ich klammere mich an der Bank fest, widerstehe dem Impuls, zu ihm zu eilen.

Während der sich anschließenden Feier hält er sich großartig, sucht aber immer wieder meinen Blick. Und so bin ich auf die einzig mögliche Weise für ihn da. Lasse seine Augen nicht ins Leere laufen.

»Verdammte Mafia«, schimpft Tante Matalina neben mir. »Wie konnte er diese Schnepfe heiraten?«

Ihre Worte ändern nichts, aber in mir keimt ein Plan.

»Tantchen, tust du mir einen Gefallen.«

Sie schaut argwöhnisch. Nur bei ihr traue ich mich, offen zu reden.

»*Madonna mia*, Kindchen, das kann nicht dein Ernst sein.«

Was soll ich darauf erwidern? Weiß selbst, dass mein Vorhaben gewagt ist. Fliege ich auf, habe ich mir Papás Wohlwollen auf ewig verscherzt und muss damit rechnen, dass er mich doch auf ein Internat schickt.

Sogar dieses Risiko hält mich nicht auf.

Matalina schwankt. Sorgt sich um meinen guten Ruf. Fürchtet mit Sicherheit die Konsequenzen. Versteht gleichzeitig meine Verzweiflung – zumindest im Ansatz.

Dass Tantchen unkonventionelle Ansichten vertritt, kommt mir entgegen. Wobei mir zugutekommt, dass sie an diesem Tag ebenfalls hinter Howards Fassade geblickt hat.

So intrigiert sie nach besten Möglichkeiten und sorgt am Ende dafür, dass ich unbemerkt in sein Zimmer gelange, während er bei Nicoletta im Zimmer ist.

Ab da liegt es bei mir.

Die Tür öffnet sich.

Mein Herz schlägt, als wolle es einen Weltrekord aufstellen. Freude sprudelt durch die Adern, weil ich recht behalten habe und Howard die Nacht nicht bei seiner neuen Frau verbringt.

»Mariana«, ruft er aus, als er mich auf seinem Bett entdeckt. »Was machst *du* hier?« Er wirkt erschrocken.

»Ich dachte, nach diesem Tag verträgst du ein wenig Aufmunterung.« Vor Aufregung klingt meine Stimme gehetzt.

»Wo ist Daniel?«

»Übernachtet bei Nino.«

Allein für diesen ungläubigen Blick liebe ich ihn.

»Tante Matalina hat ihn abgefüllt.«

»Daniel?«

Er ist so herrlich verwirrt, was umso charmanter wirkt, weil es überhaupt nicht zu meinem Rockstar passt. »Nino. Deshalb muss Daniel ihn ja nach Hause fahren. Und Tantchen hat ihm eingeredet, er solle gleich dort übernachten, da es schon spät ist.«

»Heißt das, Matalina weiß, dass du hier auf mich wartest.«

Ein kesses Lächeln. Ich stehe auf, überbrücke die Distanz zwischen uns, atme tief seinen maskulinen Duft ein. Ein exquisites Parfüm unterstreicht die natürliche Note und vernebelt mir die Sinne. Ich nehme ihm die Smokingjacke ab, die er über dem Arm trägt. Hänge sie ordentlich auf die Lehne eines Stuhls.

Howard steht bewegungslos da, augenscheinlich überfordert. Erst als ich sein Hemd aufknöpfe, erwacht er aus der Starre. Umfängt meine Hände und stoppt sie. Seine Körperwärme überträgt sich und weckt den Wunsch, mehr von ihm zu spüren.

»Ich glaube, das ist keine gute Idee.«

Seine belegte Stimme widerspricht den Worten. Ein Blick in die Augen bestätigt, dass er sich tief im Herzen dasselbe wünscht wie ich.

»Lass es zu«, bitte ich.

Howard schüttelt den Kopf, hält meine Hände weiterhin umschlossen. »Wenn ich dir das erlaube, erreichen wir schnell einen Punkt, an dem ich mich nicht mehr beherrschen kann. Ich will nichts tun, das dich in Schwierigkeiten bringt.«

»Ich habe Kondome dabei.«

Er schaut so entsetzt, dass ich schnell hinzufüge: »Von Tante Matalina. Sie hat geahnt, dass so was passieren könnte.«

»Mariana, das meine ich doch nicht. Denk an die Traditionen.«

Ich lache auf. »Keine Sorge, Dad würde mir das niemals antun.« Da er meine Hände weiterhin hält, stelle ich mich auf die Zehenspitzen und küsse seinen Mund.

»Du willst das wirklich.«

Endlich kapiert er.

»Ich gehe unter die Dusche und du denkst noch mal gut darüber nach«, fordert Howard eindringlich. »Ich bin nicht böse, wenn du gleich nicht mehr da bist.«

Glaubt er, dies hier sei eine spontane Eingebung? Eher eine sich erfüllende Hoffnung. Dass ich so eine Chance nicht ungenutzt verstreichen lasse, steht seit unserem Kuss in Key West fest.

Während Howard im Bad ist, ziehe ich das Kleid aus. Trage darunter cremefarbene Seidenunterwäsche. Bin froh, mich nicht für schwarze entschieden zu haben.

Er stellt das Wasser ab. Meine Aufregung steigt. Grund ist nicht Unsicherheit, eher die Befürchtung, etwas falsch zu machen.

Howard kommt mit einem Handtuch um seine Hüften aus dem Bad.

Ich betrachte seinen definierten Oberkörper mit dem Duarte-Familientattoo auf der Brust, die muskulösen Arme und gleite weiter zum flachen Bauch. Den Rest verbirgt das Tuch, und als ich wieder in sein Gesicht schaue, hat sich dort ein Grinsen manifestiert.

Sein Blick gleitet über meinen Körper, was bei jedem anderen Unwohlsein ausgelöst hätte. Aber Howard vermittelt mir ein Gefühl von Geborgenheit.

Er kommt zum Bett und setzt sich zu mir. »Sicher?«

Ich nicke, widerstehe nicht dem Drang, seine Haut zu berühren. Langsam gleiten die Fingerspitzen über seine Brust. Fahren den Leguan nach.

Einen Moment lässt er mich gewähren, bevor er meine Hand nimmt und sie zum Mund führt, zärtlich jeden einzelnen Finger küsst, um sie anschließend zurückzulegen.

Er gleitet zu mir aufs Bett, dreht sich auf die Seite und stützt seinen Kopf auf den Ellenbogen, streicht mit der anderen Hand über meine Haut. Berührt mich so sanft, als fürchte er, andernfalls etwas kaputtzumachen.

Gekonnt schnippt er den BH im Rücken auf und liebkost gleich darauf meine Nippel. Sie richten sich auf und der Atem beschleunigt sich.

Im nächsten Moment verschließt er den Mund mit seinen Lippen. Er schmeckt nicht fremd – nach Howard und ein bisschen nach Whisky.

Ohne den Kuss zu unterbrechen, rollt er das Höschen über meine Hüften. Als sein Blick hinabgleitet, verspüre ich den Impuls, mich zu bedecken. Howard deutet ein Kopfschütteln an. »Nicht.« Er lässt seine Zunge um den Nabel gleiten und leckt sich weiter abwärts.

Ich spreize die Beine ein wenig für ihn und ein Zittern durchrauscht den gesamten Körper.

»Noch können wir aufhören«, flüstert er mit den Lippen an meiner Scham.

Ich greife sein raspelkurzes Haar und drücke ihm den Unterleib entgegen, spüre seine Zunge im nächsten Augenblick an meiner Mitte und stöhne so laut, dass ich erschrecke.

Er liebkost und bereitet mich vor, löst das Handtuch und wirft es aus dem Bett.

Ich fahre zärtlich über die Narbe an seiner linken Seite. »Geht es dir gut?«

Howard nickt. Seine braunen Augen schauen voller Wärme. »Es wird wehtun.«

Ich habe davon gehört, verspüre trotzdem keine Angst. Fühle mich gut aufgehoben. Um meine Bereitschaft zu signalisieren, spreize ich die Schenkel etwas weiter.

Er holt ein Kondom aus dem Nachttisch und reißt die Verpackung mit den Zähnen auf. »Willst du?«

Ich nehme es ihm ab, bekomme es aber vor lauter Aufregung nicht hin.

Lächelnd nimmt er es mir aus der Hand und innerhalb von Sekunden sitzt es an Ort und Stelle.

Ein letzter fragender Blick, bevor Howard seinen Penis am Schaft umfasst und die Spitze ein paarmal leicht auf meinen Eingang treffen lässt. Dann spüre ich ihn in mir. Ganz wenig.

Er bewegt sich behutsam, dennoch ziehe ich geräuschvoll Luft ein, als er tiefer dringt.

Plötzlich ist da ein Gefühl, als würde ich innerlich zerreißen.

Howard stoppt sofort. »Lass locker.«

Es tut weh, dennoch bemühe ich mich, nicht weiter zu verkrampfen. Ich kralle meine Hände in seine Oberarme, senke die Lider, atme den frischen Duft seines Körpers ein und erlaube nur einen einzigen Gedanken. Ich liebe Howard und in diesem Augenblick liebt er mich. Glücksgefühle durchrauschen mich und es tut längst nicht mehr so weh.

»Jetzt mach so, wie du es brauchst«, presse ich mutig zwischen den Zähnen hervor, da er unsere erste gemeinsame Nacht in guter Erinnerung behalten soll.

Howards fragender Blick trifft auf meinen.

»Es ist okay. Wirklich.«

Seine Stöße beschleunigen, werden rhythmischer.

Mir bleibt nicht verborgen, dass er sich weiterhin zurücknimmt.

»Ich kann nicht mehr«, knurrt er an einem Punkt.

Danach dringt er ein paar Mal so tief in mich ein, dass es mir Tränen in die Augen treibt. Ich spüre sein Pulsieren und dann hält er inne. Senkt seine Lippen und küsst mich.

Nachdem er sich von mir gelöst hat, wird er das Kondom im Bad los. Als er zurück ins Zimmer kommt, bedecke ich meinen Körper.

Er lacht auf, zieht das Laken weg. »Komm!«

Ich ergreife die Hand, die sich mir entgegenstreckt.

Im Bad dirigiert er mich unter die Regenwalddusche. Ich entspanne, als warmes Wasser über uns rinnt.

Howard verteilt ein exotisch duftendes Duschgel auf seinen Handflächen, doch anstatt sich damit einzureiben, kümmert er sich um mich. Zärtliche Hände überall, während er das Gel auf dem Körper verreibt. Als er durch meine Mitte fährt, entgleitet mir ein Stöhnen.

Das warme Wasser entspannt derart, dass es sich unheimlich gut anfühlt, was seine Finger zwischen meinen Beinen anstellen. Seine Berührungen senden ein wohliges Kribbeln durch den gesamten Leib. Ich ergebe mich ihm komplett, lehne den Rücken an seine Vorderseite.

Seine linke Hand ruht auf meinem Unterbauch, während die andere den Lustpunkt massiert. Ab einem gewissen Moment ist es mir unmöglich, mich zu kontrollieren. Ich lasse mich fallen, vertraue darauf, dass seine starken Arme mich auffangen.

Er macht auch weiter, als ich glaube, es nicht länger auszuhalten, und mein Atem stoßweise kommt.

Schließlich pulsiere ich so wie er vorhin. Es ist wie ein Rausch, die Knie werden weich, aber Howard lässt mich nicht fallen. Ich spüre seine Lippen auf der Schulter.

Dann ist es vorbei.

Howard stellt das Wasser ab und angelt nach einem Handtuch, hüllt mich damit ein. Schwäche macht es mir unmöglich, aufrecht zu stehen. Er scheint es zu bemerken, denn nur eine Sekunde später liege ich in seinen Armen und rr trägt mich zum Bett.

»Ich möchte nur ein einziges Mal neben dir einschlafen«, flüstert er.

Ein sehnsuchtsvolles Seufzen, Sprechen geht gerade nicht.

»Ich stelle uns den Wecker um sechs. Zu der Zeit schlafen alle noch.«

In die Kissen gekuschelt, gähne ich herzhaft, bin umgeben von seinem Duft. »Ich liebe dich«, kommt es schlaftrunken über meine Lippen.

Als Howard nichts erwidert, öffne ich die Augen. Erkenne an seiner Mimik, wie er mit sich kämpft.

»Eines Tages werden wir zusammen sein. Bis dahin warte ich auf dich.«

»Ich …« Er bricht ab. Verzweiflung im Blick.

»Schon gut.« Ich dränge ihn nicht. Wie er mich in dieser Nacht behandelt, sagt ohnehin mehr aus, als Worte es jemals könnten.

MATTEO

6 Monate später

Ich bin ein glücklicher Mann, wenngleich es nicht zum Standard gehört, mit zwei Frauen zu leben. Mittlerweile haben wir uns an diese Situation gewöhnt und doch vergeht kein Tag, an dem mir nicht bewusst ist, dass das alles hätte mächtig in die Hose gehen können.

Wäre ich gläubig, würde ich Gott danken für meine liebenswerte und verständnisvolle Ehefrau, wenngleich meine Liebe Ana gehört.

Um die Wege zu verkürzen, habe ich für sie ein Apartment in Mid Beach angemietet. Dort verbringen wir viele gemeinsame Stunden. Es entspannt, nicht länger lügen zu müssen, was nervenaufreibendes Versteckspiel überflüssig macht.

Ana und ich zeigen uns nach wie vor nicht an Orten, die ich mit Louisa aufsuche. Eine Frage des Respekts. In unserem Fall leicht umsetzbar. Meine bodenständige Frau bevorzugt Strandspaziergänge und besucht gern ein gutes Restaurant, wenn sie mich nicht gerade nötigt, mit ihr zu einem Buchladen zu fahren. Ana hingegen liebt es, über den Ocean Drive zu rauschen und sich abends in einer Bar ihrer Vorliebe für Cocktails hinzugeben.

Howard hatte wieder mal recht, als er behauptete, ich veranstalte mein eigenes Drama. Sehe mittlerweile ein, dass ich für den damaligen Unfrieden verantwortlich war, indem ich mit dem Widerwillen gegen diese Heirat und dem ständigen Grollen allen das Leben schwer gemacht habe.

Diese Gedanken wandern durch den Kopf, als ich die Corvette langsam über den Ocean Drive lenke, sodass Ana nichts verpasst. Ich schmunzle, das meint Dad sicher nicht, wenn er verlangt, dass wir auf der Straße Präsenz zeigen.

Anas Hand liegt auf meinem Schenkel, ich spüre ihre Wärme durch den Stoff der hellen Hose. Ein Blick zu ihr landet auf einem strahlenden Gesicht.

Ich stoppe vor dem ›Danny's‹ für einen letzten Drink.

Howards Bruder ist der jüngste Barbesitzer in Miami Beach. Er hat seinen Laden perfekt unter Kontrolle, steht heute wie an den meisten Abenden selbst hinter der Bar. Sein schwarzes Hemd ist bis zu den Ellenbogen hochgekrempelt und er schwingt einen Cocktailshaker. Das ist sein Metier.

»Hey, alles klar?«, ruft er uns zu und verteilt den Inhalt des Shakers gekonnt auf zwei Gläser.

»Immer.« Welch Ironie, dass er dem Gesetz nach weder Alkohol trinken darf, noch um diese Zeit etwas in einer Bar verloren hat. Eine Sondergenehmigung von Chief Patterson ermöglicht das.

Ich nicke Gary zu, der sich am Ende des Tresens an einem Wasser festhält.

»Howi war vorhin auch schon da«, lässt Danny mich wissen.

Ich runzle die Stirn. »Mit ihr?«

Er schüttelt den Kopf. »Kam direkt von 'nem Job. Hat Nino getroffen.«

»Hier?«

»Wo sonst? Der hing den ganzen Abend hier rum.«

»Ich übernachte heute bei dir«, flüstere ich Ana zu, als Danny mir einen Bourbon rüberschiebt und ihr einen Mojito hinstellt. Er kennt die Geschmäcker seiner Familie.

Sie lehnt sich an mich, natürlich gefällt ihr diese Aussicht und ich würde lügen, behauptete ich anderes. Aber daher rührt dieser Entschluss nicht. Sitzt Nino stundenlang in einer Bar, ist er am Ende der Nacht sturzbetrunken. Howard würde ihn niemals in diesem Zustand alleinlassen, folglich kommt er erst gegen Morgen nach Hause und Nicoletta liefert ihm dann einen feurigen Empfang, den ich nicht miterleben möchte.

»Deine Mom hat vorhin angerufen«, informiere ich Danny.

»Bei dir?«

»Dich erreicht sie angeblich nicht. Du solltest die nächsten Tage mal bei ihr vorbeischauen.«

»Wird gemacht.«

»Und schalt einen Gang runter, wenn du zu ihr fährst. Bekommt sie von all dem was mit, macht sie uns die Hölle heiß.« Ich überschaue die urige Bar. Viel

Holz, schummeriges Licht, Countrymusik. Ein stimmiges Ambiente. Aber was seine Mom angeht, sicher nicht der richtige Platz für einen Teenager.

»Sie wird auf ihre alten Tage nicht anfangen, nach South Beach zu fahren, um Bars zu besuchen.«

»Die Leute reden und manchmal schafft es etwas von dem Geschwätz bis Homestead.«

»Ich lass Lady stehen und nehm mir den Wagen eines Soldaten.«

»Guter Junge.« Er sollte wirklich nicht mit seinem neuen gelben Ferrari-Cabriolet bei seiner Mutter vorfahren. »Nimm Gary mit.«

Die Apartmenttür hat sich bei unserer Rückkehr noch nicht komplett geschlossen, als das Telefon klingelt. Ana nimmt den Hörer ab und hält ihn auf Abstand zu ihrem Ohr.

»Wo treibt er sich rum?«, geifert Nicoletta laut genug, dass ich jedes Wort mitbekomme.

Ana schaut mich fragend an und ich nehme ihr den Hörer ab.

»Beruhige dich.«

»Hat er eine Geliebte?«

»Nino braucht seine Hilfe und er ist mit ihm unterwegs.«

»*Maledizione*! Ist ja klar, dass ihr zusammenhaltet.« Ein paar weitere italienische Flüche, und die Leitung ist tot.

Ana tritt von hinten an mich heran und schlingt ihre Arme um meine Mitte. Ich drehe mich zu ihr, streiche ihr eine Haarsträhne aus dem Gesicht und erfasse ein weiteres Mal an diesem Abend, wie gut es mir geht.

Gegen Morgen fahre ich nach Hause in die Villa. Louisa erwacht, als ich unser Zimmer betrete.

»Gut geschlafen?« Ich küsse ihre Stirn.

»Besser wäre es mit dir.« Ihr Lächeln sehnsuchtsvoll, aber frei von Vorwurf.

Mir ist bewusst, dass der Deal vorsieht, morgens neben ihr im Bett zu liegen. »Sorry. Kommt nicht wieder vor.«

Ich bin dankbar, dass sie mir keine Szene macht. »Eben unter die Dusche, dann haben wir einen Job. Weißt du, ob Howard da ist?« Auf dem Weg ins Bad streife ich das Shirt ab.

»Oh, ja.«

Mehr braucht sie nicht zu sagen, alles andere kann ich mir denken, habe es oft genug erlebt.

Als ich nach dem Duschen in Boxershorts zurück ins Schlafzimmer komme, rufe ich meinen Freund an. Hoffe, er meldet sich und nicht seine Furie.

»Ja.« Er klingt grantig.

An seinen grimmigen Blick bin ich gewohnt, der gehört zu seinem Charakter, aber ich hasse, dass er mittlerweile auch knurrig drauf ist, und zwar rund um die Uhr. Ein falsches Wort kann eine Explosion auslösen.

»Wir haben jemanden im Kühlhaus. Eine Patrouille hat ihn aufgegriffen.« Livan hat mich direkt bei meiner Rückkehr darüber informiert.

»Sicher, dass es kein verirrter Touri ist?«

»Mitten in der Nacht?«

»Und ihn hat eine Patrouille aufgespürt?« Howard grummelt. »Wir sollten die Männer vom Wachposten gleich mitnehmen. Sie müssen geschlafen haben.« Er spielt auf den versteckten Posten unmittelbar hinter der Brücke an, der seit dem Überfall auf uns vor eineinhalb Jahren existiert und jeden Unbefugten direkt schnappen soll.

»Mit denen beschäftige ich mich später.« Will hören, was sie zu sagen haben, bevor ich über ihr Schicksal entscheide. Da brauche ich Howard in seiner momentanen Verfassung nicht.

»Wir können in einer halben Stunde losfahren.« Ich vernehme eine Art Vorfreude in seiner Stimme. Während ich um diese Jobs gern einen Bogen mache, nutzt er sie mittlerweile zum Frustabbau.

Ohne ein Wort setzt sich Howard auf den Beifahrersitz der Corvette. Ich kann seinen verkniffenen Gesichtsausdruck nicht leiden, das hat doch nichts mehr damit zu tun, das Gesicht blank zu halten.

Hinter uns im Jeep warten vier Männer darauf, dass es losgeht.

»Ein ziemliches Aufgebot für einen einzelnen Typen.« Howard nickt in Richtung Jeep.

»Wir haben keine Ahnung, was dahintersteckt. Die Soldaten durchkämmen bereits die gesamte Insel. Wer weiß, was er vorhatte? Soll sich in der Nähe des Gasspeichers rumgedrückt haben. Ein Trupp überprüft diesen gerade.«

»Du denkst, er hat was manipuliert?«

»Oder er ist der Lockvogel und sie erwarten uns unterwegs.« Ungute Erinnerungen flammen auf.

»In dem Fall reichen vier Männer nicht.«

»Dad will wissen, zu wem er gehört und was sein Auftrag ist.« Ich mag nicht an den Angriff der Initiationsnacht zurückdenken.

»Er muss das nicht überleben oder?«

Ich schaue zu Howard. »Du bist krank.«

»Nur wütend. Manchmal nah dran, sie mit eigenen Händen zu erwürgen.«

»Man hört es.«

»Noch ein oder zwei Monate bis das Haus fertig ist und ihr seid uns los.«

»Was ist mit New York?«

Howard zuckt mit den Schultern. »Francesco erwartet mittlerweile, dass ich ihm ein paar Dinge abnehme.«

»Und das, obwohl er dich hasst?« Ich weiß, dass sich Howard das so nicht vorgestellt hat.

Er lacht schaurig auf. »Alle Gallos hassen mich. Vielleicht sollte ich wirklich umsiedeln und einen nach dem anderen abknallen. Angefangen bei meiner liebenden Ehefrau.«

Ich zünde mir eine Zigarette an und reiche ihm das Päckchen. »Könnt ihr nicht ein Arrangement treffen? So wie wir? Gib ihr, was sie sich wünscht und …«

Howard lacht abermals auf. »Ihr einziger Lebensinhalt besteht darin, mir das Leben zur Hölle zu machen. Das will sie und das hat sie.«

»Und alles, wegen dieses dämlichen Gesprächs damals? Ich entsinne mich nicht mal mehr genau, was wir geredet haben. Das ist absurd!«

»Sie weiß von Mariana.«

Ich blähe die Backen auf und stoße geräuschvoll Luft aus. »Mariana ist weit weg.«

»Sie sagt, ich sei ein verlogener Bastard, der sie sogar in der Hochzeitsnacht betrogen hat.«

Ich erinnere ihn nicht daran, dass das der Wahrheit entspricht. Bezweifle allerdings, dass sich Nicolettas diesbezüglicher Vorwurf auf Wissen gründet.

Wir erreichen das Schlachthaus und ich fahre hinter einem Viehtransport auf das Gelände. Parke den Wagen nahe dem Eingang zum Kühlhaus.

»Ihr sichert die Gegend«, rufe ich den Männern im Jeep zu. »Nur für den Fall.«

Auf dem Weg ins Innere krempelt sich Howard die Ärmel hoch, will offensichtlich keine Zeit verschenken.

Obwohl das Kühlhaus nach jedem Job penibel gereinigt wird und sauber aussieht, steigt mir direkt beim Betreten übler Gestank in die Nase.

Eisen. Schweiß. Angst.

Das alles rieche ich neben dem Desinfektionsmittel, das wohl als einziges real ist, während die anderen Gerüche ausschließlich in meiner Fantasie existieren.

Der Mann ist dunkelhaarig, trägt einen Tarnanzug und ein weißes Shirt. Er hängt an den Händen gefesselt an einem der Fleischerhaken, kann mit den Spitzen seiner Boots gerade den Boden berühren. Scheint ihm nichts auszumachen. Er wirkt ungewohnt gelassen in Anbetracht seiner Situation.

Als Howard zur Begrüßung die Zigarette auf seiner Brust ausdrückt, verzieht er kaum das Gesicht.

Ich starre auf das schwarze Loch, das diese Aktion im T-Shirt hinterlassen hat. »Du weißt, wer wir sind?«

»Der Erbe und der Bastard.«

Ok, reden kann er. Bevor ich eine weitere Frage stelle, landet Howards Faust so hart in seinem Gesicht, dass die Nase bricht. Blut fließt, tropft auf seine Kleidung und den Boden.

»Ich denke mal, das war für den Bastard.«

Mein Freund sagt nichts.

»Stellst du dich uns vor?«

Offensichtlich nicht. Ein paar weitere Schläge von Howard bewirken nur, dass er zwei Zähne ausspuckt und uns nicht mehr gut sehen kann, da seine Augen langsam zuschwellen.

Relativ bald ist mir klar, dass er nicht reden wird. Es gibt diese Sorte Männer, die egal, was man mit ihnen anstellt, den Mund nicht aufmachen. Wahrscheinlich, weil sie wissen, dass sie so oder so sterben. Der Kerl vor uns gehört dazu.

Es ärgert mich, dass wir nicht einen Schritt weiterkommen. Um keine Gelegenheit zu verschenken, überlasse ich es Howard, sich an ihm auszutoben.

An einem Punkt würde ich ihn am liebsten erschießen, damit es endlich vorbei ist.

Ich halte mich zurück. Nehme ich Howard diese Möglichkeit, seine Wut abzureagieren, lässt er sie womöglich an ungeeigneterer Stelle raus. Irgendwo, wo er sich oder der Familie schaden könnte. Und so gehe ich hinaus und wasche mich. Muss mir das Drama nicht länger ansehen.

Eine halbe Stunde warte ich in der Corvette.

Schließlich kommt Howard heraus, redet mit den Männern im Jeep.

Zwei steigen aus. Ihnen obliegt heute die Pflicht, aufzuräumen.

Als er auf den Wagen zuschreitet, zündet er sich eine Zigarette an.

»Diese Kerle halten auch nichts mehr aus«, murmelt er beim Einsteigen und ich erspare uns jede Erwiderung.

HOWARD

Vorhin im Kühlhaus stand ich unter Strom, inzwischen ist das Adrenalin wieder auf Normallevel und es fühlt sich an, als hätte ich einen Kater. In solchen Momenten kann ich mich selbst nicht leiden.

Matteo lenkt die Corvette zur Villa.

Ich möchte Nicoletta nicht begegnen, habe nicht die Kraft für die nächste Runde zwischen uns. Daher setze ich mich in den Benz und fahre rüber zur Baustelle.

Eine kurze Fahrt, bevor ich den Rohbau sehe, der exakt meine Gemütslage widerspiegelt. Schwarzer Schiefer verkleidet den Flachbau mit seinen weitläufigen, dunkel profilierten Fensterfronten zur Wasserseite. Natürlich gibt es dort auch einen Jachtanleger. Die dazugehörige Jacht ist bestellt. Seit das New-York-Geschäft läuft, schwimme ich in Geld und die Schulden bei Matteo sind längst beglichen.

Es könnte besser nicht laufen. Wir haben das Jahr überbrückt, die Columbian Queen, unser neues Schiff, ist fertiggestellt und wird in etwa zwei Wochen mit der ersten Ladung den Hafen von Miami anlaufen.

Ich ziehe mein Jackett über und schaue an mir herunter, als ich auf den Bauleiter zugehe, der mit einigen Arbeitern spricht. Entdecke keine zu offensichtlichen Spuren, die bloßlegen, wo ich herkomme. »Läuft alles?«

»Wir werden wie geplant fertig, Mr. Duarte.«

Nichts anderes erwarte ich. Obwohl dieses Haus exakt nach meinen Vorstellungen gebaut wird, sind die Gefühle bezüglich des Umzugs gemischt. Hoffe natürlich, die Lage deeskaliert, sobald wir nicht mehr so eng aufeinanderhocken.

Was die Aufteilung des Hauses angeht, waren wir uns einig.

Allein das überraschte. Aber uns beiden ist wohl klar, dass wir auch mal eine Auszeit benötigen. Daher ist das neue Zuhause so konzipiert, dass es über zwei separate und komplett ausgestattete Wohnflügel verfügt. Ein gewaltiges Wohnzimmer mit direktem Ausblick auf den Jachtanleger stellt das Verbindungselement dar.

Zur Landseite gibt es einen Anbau mit Hauswirtschaftsräumen und auf meiner Seite fügt sich ein abgeschlossenes Apartment für Daniel an. Obwohl ich ihm damit relative Unabhängigkeit zugestehe, hat mein Bruder entschieden, vorerst in der Villa zu bleiben. Ich nehme es ihm nicht übel.

Nach einem halben Jahr Ehe lässt sich nicht verleugnen, dass Nicoletta mir nicht guttut. Sie hat mich in einen Mann verwandelt, der mir oft fremd ist, und häufig entdecke ich Züge, die mir zuwider sind.

Statt ihrer Streitsucht mit Gelassenheit zu begegnen, lasse ich mich provozieren und nutze darüber hinaus jede Gelegenheit, um sie zu demütigen. Die Folge ist ein immerwährender Schlagabtausch, der ermüdet.

Im Anschluss an die Begutachtung aller Räume fahre ich doch zur Villa.

»Wo warst du so lange? Matteo ist schon seit Stunden zurück.«

Am liebsten würde ich auf dem Hacken kehrtmachen.

»Habe im Haus nach dem Rechten gesehen.« Ich steuere das Bad an und ziehe mich aus. Möchte den Gestank vom Kühlhaus loswerden.

Beim Aufknöpfen des Hemdes fühle ich Nicolettas Nähe. Es ist abartig, dass der Geruch von Blut sie anzumachen scheint. Ihre Hände massieren von hinten sanft die Schultern. Bewirken Anspannung. Im nächsten Moment gleitet ihre heiße Zunge meine Wirbelsäule hinab.

»Ich dusche eben.«

»Nimm mich mit.«

So zahm und anhänglich kenne ich sie nur aus der ersten Zeit und wittere daher irgendeine Absicht. Hinterfrage nichts offen, werde den Teufel tun, sie zu verärgern.

»Dann komm.« Soll sie mich benutzen, schließlich ist sie meine Frau. Und ich bin ein Mann, der keine neben ihr hat und nicht gern zu Nutten geht. Da wäre es eine nette Abwechslung, Druck auf natürliche Art abzubauen.

Ich sehe zu, wie sie ihre Kleidung loswird. Ihr Körper strahlt pure Sinnlichkeit aus. In diesem Moment hoffe ich auf einen seltenen Abend ohne Streit.

Wir treiben es unter der Dusche. Sie schreit ihre Geilheit heraus, als ich sie hart ficke und ihren Arsch spanke, bis ihn eine gleichmäßig rote Farbe ziert. Den Höhepunkt erreichen wir fast zeitgleich und ringen um Atem.

Ich stelle das Wasser ab und warte darauf, dass sie rauslässt, was mir den heißen Sex beschert hat.

Lange dauert das nicht.

»Vater möchte, dass wir in New York leben«, erwähnt sie wie nebenbei, als wir uns fürs Abendessen anziehen.

Meine Augenbrauen wandern in Richtung Stirn. Das ist mir neu, wenn ich mit ihm sprach, ging es einzig darum, mich stärker ins Geschäft einzubringen.

»Du willst zurück nach New York?« Eine andere Erklärung fällt mir nicht ein, obwohl das keinen Sinn ergibt. »Was ist mit dem Haus?« Ich habe jeden ihrer Wünsche umgesetzt, denn die Größe meines Zimmers zu bemängeln, ist so ziemlich der einzige Kritikpunkt, den ich nachvollziehen kann.

»Es spricht nichts dagegen, eines hier zu haben, und eines in New York.«

»Schon mal darüber nachgedacht, dass ich nicht Krösus bin?« Geld ist selbstredend kein Problem, mich ärgert nur ihre Sprunghaftigkeit.

Sie streicht meine Brust entlang, fährt tiefer. »Ein schwaches Argument in Mafiakreisen.«

Natürlich täusche ich sie nicht und mit Verpflichtungen gegenüber den Duartes lohnt nicht, zu argumentieren. Wir wissen beide, dass Emilio und Matteo in Miami prima zurechtkommen.

»Ich dachte, du fühlst dich hier wohl.« Bei mir ist das der Fall, und wenngleich ich mein Herz verkauft habe, um zum Oberhaupt der Gallofamilie aufzusteigen, zieht mich nichts dorthin. Nicht solange Francesco am Ruder ist. Andererseits bin ich nicht blöd und weiß, dass es mehr als eine Heirat erfordert, meine dortige Position zu festigen.

Weshalb Nicoletta drängt, nach New York zu gehen, erschließt sich mir nicht. Aber so wie sie sich bemüht, muss ihr eine Menge daran liegen.

Sie nimmt mir die Hose ab, die ich anziehen will, und ihre Hand schiebt sich in die Boxershorts. »Ich habe hier niemanden. In New York ist meine Familie.«

Ihre Tatkraft löst einen körperlichen Reflex aus und ich werde hart. Unter der Dusche übertünchte die Begierde alle negativen Empfindungen. Jetzt verdränge ich nicht so einfach, dass sie mich benutzt.

Glaubt sie, Sex ändert meine Meinung? Dass ich plötzlich scharf darauf bin, in New York zwischen den Gallos zu leben?

Sie sinkt auf die Knie und schon umschließen ihre Lippen meine Männlichkeit.

Ich lasse sie gewähren, bin aber nicht bei der Sache. Sie bemerkt es nicht einmal.

Ohne Absicht, direkt aus dem Nichts taucht ein Bild auf. Erst verschwommen, dann immer klarer.

Mariana.

Nicht mit meinem Schwanz in Nicolettas Mund!

Ich reiße die Augen auf, komme nicht dagegen an, mir vorzustellen, dass es Mariana wäre.

Könnte ich nur die Zeit zurückdrehen.

Ich ergieße mich tief im Rachen meiner Frau.

Das hier ist so abartig krank, kein Wunder, dass sich alle Euphorie bezüglich einer eigenen Familie aufgelöst hat. Selbstverständlich begreife ich, wie dumm und zugleich unglaubwürdig es wäre, jetzt aus lauter Frustration vom Weg abzukommen.

»Ich könnte hin- und herfliegen. Nehme mir ein Apartment in New York und kümmere mich tageweise dort ums Geschäft. Sofern nichts Besonderes ansteht, kommst du mit und siehst deine Familie.« Das halte ich für eine geeignete Lösung, die allen Seiten gerecht wird. Francescos, meiner und sogar Nicolettas.

Ihre langen Fingernägel bohren sich schmerzhaft in meine Haut.

»Na klar, du hältst dir in New York eine Geliebte und ich sitze in Miami fest.«

»Hörst du mir nicht zu?« Es erfordert sämtliche Willensstärke, gelassen zu bleiben. »Ich habe gesagt …«

»Ich weiß, was du gesagt hast. Aber du wirst einsehen, dass deine permanente Anwesenheit nötig ist, um das Business in New York anzukurbeln, jetzt wo das Schiff im Einsatz ist und damit die Lieferkette absichert.«

»Beabsichtigst du, mir unser Geschäft zu erklären?« Ich hebe das Handtuch auf und will zurück ins Bad. Das ist doch nicht auf ihrem Mist gewachsen. Francesco erwartet Unterstützung, hat dabei nie den Eindruck vermittelt, er sei erpicht, mich ständig um sich zu haben. »Ist das Elias Idee?«

»Natürlich nicht! Wie kommst du darauf?«

Ihr vehementes Abstreiten legt nahe, dass ich recht habe. Elia erscheint unberechenbar. Schwer einzuschätzen, wo seine Loyalität liegt.

»Wir reden darüber, sobald die erste Ladung eingetroffen und der Gallo-Anteil auf dem Weg nach New York ist.« Damit schaffe ich das Problem zwar nicht aus der Welt, vertage es aber immerhin.

***

Endlich ist unser großer Tag gekommen. Gegen alle Widerstände haben wir es geschafft. Matteo und ich stehen nebeneinander am Pier und schauen zu, wie die Columbian Queen anlegt. Wie früher sind wir allein unterwegs, wollen diesen Moment ohne jeden Zeugen genießen, also auch ohne den üblichen Wachschutz.

»Vielleicht war es gar nicht so falsch, ein komplett neues Schiff zu bauen«, resümiert Matteo.

Ich zucke mit den Schultern.

»Was ist schon wieder los mit dir?«

»Ich soll den Absatz in New York weiterentwickeln.«

»Wer sagt das?«

»Francesco. Irgendwer hat ihm den Floh ins Ohr gesetzt, dass aus unserem Deal mehr herauszuholen ist, wenn der Absatz gesteigert wird.«

»Nicoletta?«

»Eher Elia.«

»Wir haben einen Vertrag geschlossen, das Zeug zu liefern. Alles andere liegt in ihrer Hand.«

»Du vergisst, dass ich inzwischen einer von ihnen bin.« Bitterkeit mischt sich in meine Stimme.

»Shit!«

»Du sagst es.«

Matteo zündet sich eine Zigarette an und inhaliert tief den Rauch, bevor er mir das Päckchen reicht. »Aber du hast nicht vor, in New York zu leben?«

Ginge es nach mir, nicht. »Ich habe mit Emilio gesprochen. Wenngleich normalerweise die Frau zu ihrem Mann zieht, zählt in diesem Falle mehr, dass ich der potenzielle Nachfolger ihrer Familie bin.«

»Der alte Gallo war nie dein Fan. Wieso ist er plötzlich scharf darauf, dich in seine Geschäfte zu holen?«

»Das verstehe ich auch nicht, bin der Bastard, selbst wenn ich Duarte heiße.«

Für ein paar Minuten beobachten wir das Schiff schweigend. Es macht mächtig was her mit den bunten Containern, die sich oben aufreihen.

»Haben wir Elia unterschätzt?«, fragt Matteo.

Ich werfe meine Zigarette zu Boden und trete sie aus. »Je länger ich darüber nachdenke, umso seltsamer kommt mir alles vor. Vielleicht sollte ich tatsächlich nach New York gehen …«

Matteo runzelt die Stirn und schnauft.

»Für ein paar Wochen, höchstens Monate, um herauszufinden, was in dieser Familie läuft.«

»Ich gebe nicht gern zu, dass du womöglich recht hast. Sollten die Gallos eine geheime Agenda verfolgen, wäre es gefährlich, diese nicht zu kennen. Aber lass uns das für die kommenden Stunden vergessen und den Erfolg feiern.«

Die Gangway wird heruntergelassen und wir betreten unser Schiff. Im Anschluss an ein Gespräch mit dem Kapitän, der uns versichert, dass die Überfahrt problemlos abgelaufen sei, begleitet uns der erste Offizier in den Frachtraum.

Im Bauch des Kolosses riecht es nach frischer Farbe. Wir lassen eine Holzbox öffnen. Haben entschieden, die Päckchen mit dem weißen Pulver nicht den Kaffeesäcken beizugeben, sondern sie gut versteckt in Kisten mit verschiedensten Waren zu deponieren.

»Hier lagern Millionen«, sage ich.

Dieser Coup ist genial und abgesehen vom Profit, steigert er den Einfluss der Familie. Sie ist jetzt schon mächtiger denn je. Und ich habe dazu beigetragen. Selbst Onkel Felipe, der lange skeptisch war, zeigt inzwischen seine Wertschätzung mir gegenüber.

Wir verlassen die Columbian Queen und schlendern in Richtung Corvette. »Du weißt schon, dass Dannys Anwesenheit mittlerweile freiwillig ist«, sagt Matteo plötzlich.

Ich kann seinem Gedankengang nicht folgen und sehe ihn irritiert an.

»Keiner wird dich aufhalten, wenn du ihn wegschickst. Noch steckt er in nichts Illegalem drin und …«

Ich lache auf. Es klingt nicht amüsiert. Was habe ich nicht alles getan, um Daniel zu schützen? Und am Ende des Tages sagt Matteo, dass er gehen kann.

Zu spät.

Sein Entgegenkommen versandet in Bedeutungslosigkeit, weil ich eine Sache unterschätzt habe. »Dem Bengel gehört eine Bar, er fährt einen Ferrari und ist verdammte siebzehn. Was glaubst du, würde passieren, wenn ich ihn zu Mom zurückschicke?«

Matteo seufzt, begreift das Dilemma.

Obwohl mein Bruder vor dem Gesetz eine weiße Weste besitzt, steckt er bis zum Hals in unserem Lebensstil. Ein normales bürgerliches Leben würde er nicht länger akzeptieren. Bevor Zweifel an allem die Oberhand gewinnen, drehe ich mich um und deute auf das Schiff. »Da hattest du eine echt geniale Idee.«

Unterwegs informiert Matteo seinen Dad direkt über das neue Autotelefon vom erfolgreichen Einlauf der Columbian Queen. Damit ich seine Reaktion mitbekomme, stellt er den Lautsprecher an.

»Ich habe nichts anderes erwartet.« Wir schauen uns an, so gelöst klingt Emilio selten.

»Alles gut bei dir?«, will Matteo wissen.

»Ich habe Neuigkeiten, aber nicht am Telefon.«

»Ok.«

Emilios Tonfall nach zu urteilen, scheinen es positive News zu sein. »Wir feiern noch ein wenig«, mische ich mich in das Gespräch ein.

»Macht das, ihr kleinen Scheißer.« Er lacht unbekümmert. »Wirklich ein guter Job!«

Unglaublich. Ein Lob von *unserem* Dad hören wir nicht häufig.

Wir fahren zum Leguan, der immer eine bevorzugte Adresse bleiben wird. Früher zog es Matteo eher in den hinteren Teil und da vor allem zu Dina. Das ist vorbei. Zwei Frauen scheinen zu genügen.

Er bestellt am Tresen eine Flasche von meinem hochgeschätzten Bourbon, lässt ihn zur privaten Lounge bringen.

Dort treffen wir auf Nino, der schon das ein oder andere Glas hatte.

»Hey ihr zwei, auch mal wieder hier?«, ruft er aufgesetzt fröhlich.

»Dafür scheinst du eine zweite Heimat gefunden zu haben«, sagt Matteo.

Ich verkneife mir eine Bemerkung. Es ist kein Geheimnis, dass Nino zu viel trinkt.

Wir leisten ihm Gesellschaft und gönnen uns ebenfalls ein paar Gläser. Auf den Erfolg. Jeden Knüppel, den man uns zwischen die Beine warf, haben wir aus dem Weg geräumt.

Ab jetzt geht es nur noch aufwärts.

Leicht angetrunken rede ich mir ein, dass es auch gelingen wird, die eigenen Probleme zu lösen.

Kurz nach Mitternacht verständigen wir uns mit Blicken, dass es an der Zeit ist, die feucht-fröhliche Runde aufzulösen. Wissen im Gegensatz zu Nino, wann wir genug haben.

»Ich fahre zu Ana.«

Nachvollziehbar, dass er auch mit ihr unseren Erfolg feiern möchte.

»Dann rufe ich Livan an. Er kann mich abholen.« Ungewollt verdüstert sich mein Blick. Einzig der Tatsache geschuldet, dass mich nichts zu Nicoletta zieht und es an einer Alternative mangelt.

»Bringst du ihn nach Hause?« Matteo deutet in Ninos Richtung.

Mache ich doch gern. Alles, um nicht nach Hause zu müssen.

Nachdem Matteo abgezogen ist, telefoniere ich am Tresen mit Livan. Er verspricht, in einer Stunde hier zu sein.

Zurück in der Lounge lasse ich mich in das Chesterfieldsofa fallen und gieße noch einen Bourbon ein.

Nino hält mir sein leeres Glas entgegen, doch ich fülle es nicht. »Du hast genug.«

Jeder andere Mafioso, zumindest die meisten, hätten sich das nicht sagen lassen, aber Nino setzt das Glas wieder ab und lehnt sich zurück.

»Was ist los mit dir?« Diese Frage stelle ich nicht zum ersten Mal. Eine befriedigende Antwort erwarte ich auch heute nicht.

»Ich denke ernsthaft darüber nach, meinen Alten zu erschießen.«

Das ist neu und ein Blick in Ninos Augen offenbart, dass es sich nicht um leere Worte handelt.

»Ihn oder mich.«

Der alte Rinaldi ist ein Ekel. Niemand würde um ihn trauern. »Und wenn es einen dritten Weg gäbe?« Mir kommt eine Idee.

»Wie soll der denn aussehen?«

»Ich muss mich um meine Familie in New York kümmern. Früher oder später brauche ich eine rechte Hand.«

»Du gehst nach New York?« Er gießt sich selbst ein und ich halte ihn nicht zurück.

»Notgedrungen und in dem Schlangennest wäre ein Freund von Vorteil.«

Ninos glasige Augen mustern mich.

»Ich beabsichtige nicht, die gesamte Zeit vor Ort zu sein, und kann dort niemandem vertrauen.«

Ehe sich Nino zu meinem Vorschlag äußert, erscheint Livan. »Taxi ist da.«

Wir bringen Nino zur Upper East Side, bevor es zurück in Richtung Süden nach Duarte Island geht.

Ich bin müde und nicke immer wieder ein.

»Howard!«

Livans alarmierter Tonfall lässt mich sofort hellwach sein.

Er deutet in Fahrtrichtung und da sehe ich es ebenfalls. Ziehe reflexartig meine Beretta, starre auf das weit geöffnete Tor. Entdecke nirgendwo eine Menschenseele.

Livan stellt das Licht aus und drosselt die Geschwindigkeit. Auch er hält seine Waffe inzwischen in der Hand.

Die Dunkelheit um uns herum scheint auf einmal voller Schatten.

Wir erreichen das Tor und erkennen die Leichen der beiden Männer, die es für gewöhnlich bewachen.

Livan stoppt.

Die Stille dröhnt in meinen Ohren.

»Hier drinnen sind wir eine Zielscheibe«, flüstert er.

Wir verlassen den Wagen. Ducken uns und suchen an einem der Büsche nach Deckung, die innen die Mauer kaschieren.

Möglichst unauffällig nähern wir uns der Villa. Den Weg dorthin pflastern tote Männer.

Unsere.

Fremde.

Ist hier außer uns noch jemand am Leben?

Die Tür zur Villa steht ebenfalls offen. Der Soldat, der dort seinen Dienst verrichtete, wurde mit einem Kopfschuss ausgeschaltet.

Ich vernehme Schritte und richte meine Waffe in die Richtung, aus der diese kommen.

Livan tut das Gleiche.

»Andrey, was ist hier passiert?«, zische ich, als ich erkenne, dass die drei, die sich der Villa nähern, zu uns gehören.

»Wir wurden angegriffen.«

Was er nicht sagt. »Reiß dich zusammen und gib einen vernünftigen Bericht.«

»Natürlich, Mr. Duarte.«

Worauf wartet er? Meine Nerven sind zum Zerreißen angespannt.

»Vor einer reichlichen Stunde gab es eine Explosion. Der Gasspeicher ist hochgegangen und irgendwie hat die Elektrik was abbekommen. Jedenfalls gibt es keinen Strom. Zuerst glaubten wir an einen Defekt als Auslöser. Aber dann hörten wir Schüsse und es gab weitere kleinere Detonationen. Daraufhin ist ein Großteil der Männer ausgerückt, um die Insel zu sichern. Eine Handvoll blieb zum Schutz der Villa hier.«

»Diese, die jetzt tot auf dem Rasen liegen?« Ich kriege gleich einen Anfall.

»Alles, was da draußen stattfand, war mehr oder weniger eine Ablenkung.« Andrey weicht meinem Blick aus.

»Wovon?«

»Wir sind zurück, als in unserer unmittelbaren Nähe ein Sprengsatz hochging und außer uns niemand da war.«

»Fernzündung?« Livan.

»Vermutlich. Als wir das Anwesen erreichten, war es schon zu spät. Die meisten Männer sind … Also … sie …« Dass er zu stottern beginnt, ist Antwort genug.

»Wo ist Mr. Duarte? Der Patrón?«, präzisiere ich.

»Das letzte Mal, als ich ihn gesehen habe, war er in der Villa und hat sich darum gekümmert, dass die Frauen in den Schutzraum gelangen.«

»Sichert das Haus«, befehle ich.

Da diese drei im Zweifelsfall nicht ausreichen, schließe ich mich mit Livan an.

Andrey reicht uns Taschenlampen.

Per Fingerzeig dirigiere ich die Soldaten ins Erdgeschoss, während ich mit Livan nach oben steige.

Wir finden keinerlei Anzeichen für einen Kampf. Verglichen mit dem Schlachtfeld draußen wirkt die Villa wie ein Geisterhaus.

Etwa zehn Minuten später treffen wir uns in der Halle wieder.

»Gesichert«, lautet es von den Männern, die die untere Etage durchkämmt haben.

»Das hier ist mir viel zu still«, raunt mir Livan zu.

»In der Tat.« Ich kratze mich am Kinn und frage mich erneut, wo Emilio steckt. »Ob der Boss mit den Frauen im Schutzraum ist?«

»Unwahrscheinlich«, meint Livan.

Ich sehe es genauso, mir fehlt nur eine andersartige Erklärung. »Versucht, über Funk jemanden zu erreichen«, weise ich die verbliebenen Männer an. »Und sichert das verdammte Tor.«

Livan und ich nicken uns zu.

Er folgt mir und wir steigen durch die Geheimtür hinunter in den Keller. Postieren uns, um auf den Monitoren zu erscheinen. Ich gebe den Code für den äußeren Mechanismus ein. Bin froh, dass der Schutzraum, Strom von einem Notstromaggregat bezieht. Mittels Handzeichen signalisiere ich, auch drinnen aufzusperren.

Die schwere Tür öffnet sich einen Spalt und ich helfe nach. Finde nur die Frauen.

Louisa hält Mr. Chorizo im Arm und ihr ist Erleichterung anzusehen, während mich meine eigene Frau mit Blicken erdolcht, als sei ich für den Angriff persönlich verantwortlich.

Josepha ist bleich wie ein Laken.

»Geht es dir nicht gut?« Ich stütze sie auf dem Weg nach oben.

»Wo ist Emilio?«, haucht sie.

»Ich weiß es nicht«, antworte ich ehrlich und führe sie zum Sofa in seinem Büro.

»Hat jemand meinen Bruder gesehen?«

»Der schläft sicher wieder auswärts.« Nicoletta.

›Wieder‹ stößt mir sauer auf, ich wusste bisher nicht, dass so etwas überhaupt vorkommt. Aber darum kümmere ich mich später, jetzt ist nicht der richtige Zeitpunkt.

»Howard!« Andrey stürmt ins Arbeitszimmer, hält inne, als er die Frauen entdeckt.

»Was?«, fahre ich ihn an, beunruhigt davon, dass er mich beim Vornamen nennt.

Der Mann schweigt, als hätte er seine Zunge verschluckt.

Ein ungutes Gefühl macht sich breit. Ich gehe zu ihm und ziehe ihn am Ärmel in die Halle. »Was ist passiert?«, will ich ungeduldig wissen, als wir außer Hörweite der Frauen sind.

»Mr. Duarte …«

»Was denn?«

»Also Mr. Duarte …«

»Mann, reiß dich zusammen.« Ich bin nah dran, ihm eine reinzuhauen, damit er wieder geradeaus denkt.

»Nicht Sie. Emilio Duarte.«

In diesem Augenblick ahne ich Schreckliches. Würde Andrey gern den Mund verbieten, der völlig aufgelöst vor mir steht. Solange er es nicht ausspricht, kann ich mich an die Hoffnung klammern, dass alles wieder gut wird.

– Fortsetzung folgt –

Überblick über die Familien

Stand zu Beginn Band 2

Familie Duarte

Paul & Rosa
Nino
Louisa
Stefania
Familie Rinaldi

Camilo
Halbbruder
Sergio & Flora
Francsco
Zita Sartori
Cara & Marcus
Andrea + Davide
Elia
Nicoletta
Marco
Familie Gallo
Gallo
Napoli

Eterio & Pita
Ft. Lauderdale Tribe
Palm Springs Tribe
Anton & Flora
Aragon
Viola
Esteban & Laura
Ana
Stefano
Gabriela
Joaquin
Anna
Vallejo
Familie
Vallejo (Little Havanna Tribe)
& Borja

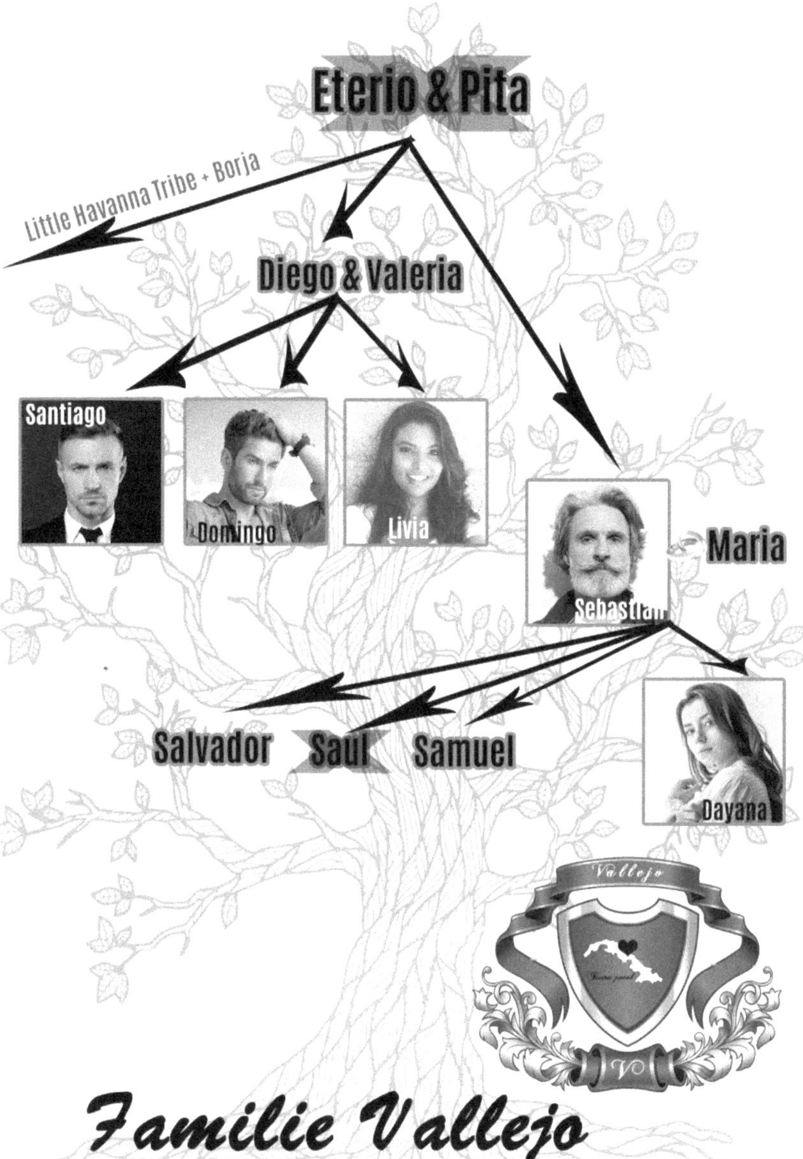

Familie Vallejo

(Ft. Lauderdale / Palm Springs, FL Tribe)

Die Bodyguards

Sie sind nur Nebenfiguren, doch ohne sie würde manch ein Protagonist
den nächsten Morgen nicht erblicken.

Duarte Familie

Nicoletta Gallo

Daniel Coleman

Mariana Duarte

Die Colemans

Zum Schluss …

Danke, dass du dieses Buch gekauft oder geliehen hast. Ich hoffe, dass es dir beim Lesen genauso viel Freude bereitet hat wie mir beim Schreiben. Hat dir das Buch gefallen, unterstütze mich doch mit einer Bewertung auf Amazon oder einer anderen Plattform.

Lieben Dank auch an meine Testleser:innen für ihr Feedback, das mir sehr geholfen hat.

Auch im zweiten Teil ging es wieder zur Sache.

Erst mussten sich unsere Helden vom Überfall in der Initiationsnacht erholen, dann gab es jede Menge Liebeschaos.

Matteo, Louisa und Ana haben es am Ende irgendwie geschafft, sich zu arrangieren. Howard hat weiterhin Probleme damit, Gefühle zuzulassen, und wir können gespannt sein, wie das noch weitergeht.

Und dann wieder solch ein Cliffhanger. Eine Vorableserin hasst mich deswegen schon ein bisschen, aber es dauert ja nicht allzu lange, bis Band 3 erscheint. Im Januar 2026 ist es so weit.

Es würde mich sehr freuen, wenn wir uns dann wieder lesen. Es gibt ja auch noch andere Bücher aus meiner Feder, die vielleicht die Zeit bis dahin etwas verkürzen.

Bis demnächst,

Ava